CSSCI集刊

学术支持单位 南京大学文学院

文学研究

南京大学出版社

目　录

“灰阑记”故事在东亚的出现及流传 …………………………………… 李星星 / 1

两部东方戏剧表演艺术的理论经典

——《风姿花传》与《明心鉴》对读 ……………………………………… 包海英 / 10

※　※　※　※　※　※

“懒与道相近”:中国古代的“懒书写”与“懒文化” ……………………… 罗　宁 / 19

经纬人文:《文选》“诗”类的编排及其诗学观 ……………………… 杨晓斌　龙哲惟 / 44

从诗文交往看北宋士僧文艺审美观念的互渗 ……………………………… 崔　淼 / 55

论陈诚笔下西域形象的文学呈现及其典范意义 ……………………… 顾　宇　柳　宏 / 65

身份定位、书写策略与史料真伪:沈周传记演变考索 ……………………… 汤志波 / 76

论顾贞观对《弹指词》的改定:从《沁园春》一词谈起 ……………………… 王先勇 / 87

通过避讳看《延芬室集》中无编年诗的抄写者和抄写时间 ………………… 徐军华 / 98

黎简对李商隐诗歌的接受 …………………………………………………… 万　静 / 106

独特形态与多元面貌:和刻本《杜骗新书》考论 …………………………… 刘　璇 / 117

※　※　※　※　※　※

传统再造与新诗突围:重释鲁迅《我的失恋》 ……………………………… 李　婷 / 128

“文人”与作为修辞策略的“文人无行” ……………………………………… 牛　菡 / 140

《难民回忆录》的文史价值刍议 …………………………………………… 黄　静 / 150

※ ※ ※ ※ ※ ※

欲望或悖论:贾樟柯《世界》的全球化叙事 …………………………………… 陈书盈 / 159

《路易·波拿巴的雾月十八日》中的重复修辞 ……………………………… 徐 春 / 168

※ ※ ※ ※ ※ ※

宋集整理之佳构,诗僧研究之杰作

——评周裕锴《石门文字禅校注》 …………………………………… 卞东波 / 179

CONTENTS

Spead of the Circle of Chalk: Its Origin and Path of Communication in East Asia
······ Li Xingxing / 1

Two Theoretical Classics of the Performing Arts of Oriental Drama
—A Comparative Study of *Fengzihuachuan* and *Mingxinjian* ··· Bao Haiying / 10

※ ※ ※ ※ ※ ※

"Laziness Is Close to Dao": The Writing and Culture of Laziness in Pre-modern China
······ Luo Ning / 19

The Longitude and Latitude of Humanities: The Compilation and Arrangement of "Poetry" in *Wen Xuan* and Its Poetics Concepts
······ Yang XiaoBin & Long Zhewei / 44

On the Mutual Penetration of Literary and Artistic Aesthetic Concepts of Scholars and Monks in the Northern Song Dynasty from the Perspective of Poetry and Prose Communication ······ Cui Miao / 55

On the Literary Presentation and Exemplary Significance of the Image of the Western Regions in Chen Cheng's Works ······ Gu Yu & Liu Hong / 65

Identity Positioning, Writing Strategy and Authenticity of Historical Materials: A Study on the Evolution of Shen Zhou's Biography ······ Tang Zhibo / 76

The Study of Gu Zhenguan's Revision about *Tanzhi Ci*: From the Ci of "Qinyuan Chun" ······ Wang Xianyong / 87

Textual Research on the Copywriter and the Time of the Non-Chronological Poems in the *Yanfenshi Collection* ······ Xu Junhua / 98

Li Jian's Acceptance of Li Shangyin's Poetry ································· Wan Jing / 106

Unique Form and Multiple Faces

—An Examination of the Japanese Editions of *Du Pian Xin Shu*

··· Liu Xuan / 117

※ ※ ※ ※ ※ ※

Reconstruction of Tradition and Breakthrough of New Poetry: A Reinterpretation of Lu Xun's *My Lost Love* ··· Li Ting / 128

Literati and "Literati Have No Morals" as a Rhetorical Strategy ············ Niu Han / 140

An Analysis of the Literary and Historical Value of *Memoirs of a Refugee*

··· Huang Jing / 150

※ ※ ※ ※ ※ ※

Desire or Dilemma: The Narrative of Globalization in Jia Zhangke's *The World*

··· Chen Shuying / 159

Repetitive Poetics of *Eighteenth Brumaire of Louis Bonaparte* ············ Xu Chun / 168

※ ※ ※ ※ ※ ※

Model for the Textual Research on Song Dynasty Literary Works, and Masterwork for the Study of Chinese Poet-Monks: Comments on Prof. Zhou Yukai's *Collation and Annotation on Shimen Wenzichan* ·················· Bian Dongbo / 179

“灰阑记”故事在东亚的出现及流传

李星星*

摘　要：中国古代“灰阑记”故事的流传最早可能见于东汉应劭《风俗通义》里面所记录的《黄霸叱姒》。其后，“灰阑记”类型的讼案及故事不断被后世吸纳，许多传世文献中均有记载。元代李行道以《风俗通义》中的《黄霸叱姒》为蓝本创作的杂剧《包待制智勘灰阑记》，将中国古代“灰阑记”故事的演绎推向了全新的文人高度。日本江户时代“大冈故事”里的《审问生母与继母之事》，很大可能在创作过程中采用了《黄霸叱姒》的框架，并从元杂剧《包待制智勘灰阑记》中吸收了故事情节的重要线索，当属与日本民间文化相结合，本地变异的结果。由此可见，“灰阑记”故事在东亚存在一个以汉代《风俗通义》为源头的儒家文化传承圈，成为世界“两母争子”型故事的重要组成部分。

关键词：灰阑记；两母争子；风俗通义；大冈政谈

中国古代“灰阑记”型故事的流传最早可能见于东汉应劭《风俗通义》里面所记录的《黄霸叱姒》，讲述的是西汉颍川一富室两妯娌争子，由“丞相黄霸”断清这一桩案子的故事。“灰阑记”类型的讼案及故事发展到唐代，许多文献中均有记录，马总撰《意林》，虞世南撰《北堂书钞》都有这个故事。北宋时期李昉、李穆、徐铉等编纂《太平御览》，南宋郑克著的《折狱龟鉴》以及桂万荣撰的《棠阴比事》等书，都记载有“两母争子”的讼案及其故事。

元代李行道以东汉《风俗通义》中的《黄霸叱姒》为蓝本创作的杂剧《包待制智勘灰阑记》，将中国古代“灰阑记”故事的演绎推向了全新的文人高度。日本流传的《审问生母与继母之事》和德国布莱希特（Bertolt Brecht）以元杂剧《包待制智勘灰阑记》为范本改编的《高加索灰阑记》，则是该类型故事在世界范围内的现代文人创作的版本。同样，我国多个民族和地区其实也都发现有“两母争子”及其变体的故事流传。另外，“两母争子”型故事在西亚、南亚、印度、欧洲等地区也有记载。本文集中选取了东汉应劭《风俗通义》里面的《黄霸叱姒》，元代李行道的杂剧《包待制智勘灰阑记》和日本江户时代《大冈政谈》系列故事的代表作——《审问生母与继母之事》，以此探讨中国“灰阑记”故事的本土生发，及其在东亚地区流传与变异的情况。

---

*　**作者简介**：李星星，中国民用航空飞行学院讲师，主要研究方向为中国文学与比较文学。本文系中国民用航空飞行学院2022年度中央高校基本科研业务费基金项目——面上项目“灰阑记故事在东亚的出现及流传”（J2022－052）阶段性成果。

一、中国“灰阑记”故事的定型与发展

汉代应劭所著的《风俗通义》是一部“辨物类名号，释时俗嫌疑”的著作，学术界大都以为成书于194—204年间。《风俗通义》原书共计三十卷，宋初时尚有全本流传，至元大德时期(1297—1307)，就只残存十卷左右。该书的“怪神”篇记载了很多神鬼异怪之事，均为《搜神记》所采。吴树平的《风俗通义校释》，从唐代虞世南的《北堂书钞》和马总的《意林》以及宋代李昉等撰的《太平御览》诸种类书中，勾稽出了一段《风俗通义》中的佚文：

> 颍川有富室，兄弟同居，两妇数月皆怀妊，长妇胎伤，因闭匿之。产期至，同到乳母舍。弟妇生男，夜因盗取之，争讼三年，州郡不能决。丞相黄霸出坐殿前，令卒抱儿，去两妇各十步，叱妇曰：“自往取之。”长妇抱持甚急，儿大啼叫，弟妇恐伤害之，因乃放与，而心甚怆怆，长妇甚喜。霸曰：“此弟子也。”责问乃伏。[①]

这则故事讲的是两妯娌争夺一男孩，双方都自称为孩子的生母，诉讼僵持三年，州郡都无法判决，后来只得由丞相黄霸出面来审断这桩案件。黄霸设一机巧，让衙役持抱孩儿，令两个妇人各离开十步，然后自行动手来抢夺孩子。于是长妇不顾孩子安危，一把将其抢入怀中，而弟妇因为担心伤及孩子，不忍拽挽，只好放手。黄霸由此断定弟妇实为亲生母亲。

应劭出生于东汉“累世通显官僚世家”。为使东汉从当时“王室大坏，九州岛幅裂，乱靡有定，生民无几”的危机中解脱出来，他曾出仕任泰山太守，并竭力希望通过写书著文的方式来启化民风，即“为政之要，辨风正俗最其上也”。应劭所著《风俗通义》，目的就在于解释时俗嫌疑，辨正物类名号，缓和社会矛盾，力求“言通于流俗之过谬，而事该之于义理也”。而《风俗通义》中所记的黄霸，在历史上也确有其人。根据前人学者的考证，黄霸，字次公，淮阳阳夏人，主要为政于汉武帝至汉宣帝年间。据《汉书》本传记载，黄霸曾两次在颍川担任太守，先从扬州刺史“为颍川太守”，“以外宽内明，得吏民心，户口岁增，治为天下第一，征守京兆尹，秩二千石”，后因获罪，又到颍川为太守，“前后八年，郡中愈治”，并且得到皇帝的表彰，诏书称扬黄霸“宣布诏令，百姓乡化，孝子弟弟贞妇顺孙，日以众多，田者让畔，道不拾遗，养视鳏寡，赡助贫穷，狱或八年亡重罪囚……”，再后来，征为太子太傅，迁御史大夫，“五凤三年(前55)代丙吉为丞相，封建成侯，食邑六百户”，“为丞相五岁，甘露三年(前51)薨”。[②]《汉书》本传中虽并未有“黄霸断子”的直接记录，但是的确强调了多次其为吏爱民敬且处议得法的父母官。我们推论，这一案件可能是黄霸在颍川担任太守时所断，而“丞相”之尊称为后人追记时所加，时间在公元前65年至公元前55年之间。

到了元代，李行道有《包待制智勘灰阑记》杂剧，则是情节更为完整、内容更为丰富的“两母争子”故事。该杂剧写的是马均卿娶行首张海棠为妾，生子马寿郎。马均卿大娘子伙同赵令史，为了霸占马均卿的家产，遂毒死马均卿，嫁祸张海棠，争夺马寿郎。包拯为了判

---

① 吴树平：《风俗通义校释》，天津人民出版社1980年版，第423页。

② 姚玉光：《异质同伦与影响变异——中日德〈灰阑〉故事比较谈》，《中华戏曲》2007年第5期。

别马寿郎的生母,巧设一计:

> (包待制云)张千。取石灰来。在阶下画个阑儿。着这孩儿在阑内。着他两个妇人。拽这孩儿出灰阑外来。若是他亲养的孩儿。便拽得出来。不是他亲养的孩儿。便拽不出来。……(搽旦做拽倈儿出阑科)(正旦拽不出科)(包待制云)可知道不是他所生的孩儿。就拽不出灰阑外来。张千。与我采那张海棠下去。打着者。(张千做打正旦科)(包待制云)着两个妇人再拽那孩儿者。(搽旦做拽倈儿出阑科)(正旦拽不出科)(包待制云)兀那妇人。我看你两次三番。不用一些气力拽那孩儿。张千。选大棒子与我打着。(正旦云)望爷爷息雷霆之怒。罢虎狼之威。妾身自嫁马员外。生下这孩儿。十月怀胎。三年乳哺。咽苦吐甜。煨干避湿。不知受了多少辛苦。方才抬举的他五岁。不争为这孩儿。两家硬夺。中间必有损伤。孩儿幼小。倘或扭折他胳膊。爷爷就打死妇人。也不敢用力拽他出这灰阑外来。只望爷爷可怜见咱。[①]

所谓包待制,指的是宋代有名的政治家包拯,《宋史》卷三一六有传。在传记中,记载包拯"性峭立,恶吏苛刻,务敦厚,虽甚嫉恶,而未尝不推以忠恕也。与人不苟合,不伪辞色悦人,平居无私书,故人、亲党皆绝之。虽贵,衣服、器用、饮食如布衣时";在审理案件时公正,"立朝刚毅,贵戚宦官为之敛手,闻者皆惮之。人以包拯笑比黄河清,童稚妇女,亦知其名,呼曰'包待制'。京师为之语曰:'关节不到,有阎罗包老。'旧制,凡讼诉不得径造庭下。拯开正门,使得至前陈曲直,吏不敢欺。中官势族筑园榭,侵惠民河,以故河塞不通,适京师大水,拯乃悉毁去。或持地券自言有伪增步数者,皆审验劾奏之"。同时,在本传中,记载了他知天长县时的一个案件,云:"有盗割人牛舌者,主来诉。拯曰:'第归,杀而鬻之。'寻复有来告私杀牛者,拯曰:'何为割牛舌而又告之?'盗惊服。"[②]包拯的这种为官风范,使之不仅成为宋元公案说话里最受欢迎的人物,而且也成为元代戏剧文学里面最受欢迎的人物之一,如关汉卿《包待制三勘蝴蝶梦》《包待制智斩鲁斋郎》、郑廷玉《包待制智勘后庭花》、佚名《包待制陈州粜米》《包待制智赚合同文字》等等,都是写包拯断案的杂剧戏文。

二、中国"两母争子"故事来源考

不少学者认为中国"灰阑记"故事是受到了外来文化的影响而产生的,只是在到底是受到佛教影响还是犹太教影响的问题上各有不同见解。追溯回中国"两母争子"文人创作的源头,要想知道应劭所作《风俗通义》中的"黄霸断子"故事是否有受到外来思想和文学的影响,我们首先需要梳理一下佛经故事、《圣经》和《古兰经》分别传入中国的时间,辨别在客观上是否足以为《风俗通义》吸收外来"两母争子"故事提供条件。

在中国古代,域外文学被翻译成中文的作品很少,而且基本依附于宗教的传播,它们对中国主流文学的影响是微乎其微的。与中国文学西译相比,这时的中西文学交流主要处于

① 臧晋叔编:《元曲选》(第三册),中华书局 1958 年版,第 1127—1128 页。
② 《宋史》,中华书局 1977 年版,第 10315—10318 页。

出口阶段。

最早传入中国的西方文学当属圣经文学。《圣经》是犹太教与基督教经典的总称，包括《旧约》和《新约》两部分。汉译《圣经》之所以得名，是因为起初译者翻译的时候，遵循了中国文化里把重要著述称之为"经"的传统，于是也将这部书以"经"命名，并在前面冠以"圣"字。关于圣经的最早翻译可以追溯到唐代。根据1625年在西安出土的《大秦景教流行中国碑颂》所载，唐太宗贞观九年(635年)，基督教的一个派别景教传入中国。碑文上有"经……二十七部"、"真经"、"旧法"等字样，另外一处还有"大秦国有上德曰阿罗本……载真经……至于长安……"和"翻经建寺"的记载。[①]由此可知，早在7世纪，《圣经》的部分经卷已经译成中文，只可惜译文并未流传下来。1293年，天主教士孟德高维诺到北京，他曾将《旧约》中的诗篇及《新约》译成蒙文，这是最早的天主教中文《圣经》，但也未见流传。[②]此后，翻译《圣经》的任务主要由来华传教士承担。葡萄牙人阳玛诺(1574—1659)曾将通俗拉丁文本的四福音书译成汉语文言文，并加注释，全书分为14卷，名为《圣经直解》，该书在1636年初刊于北京，后多次重刻，并有节译本《圣经浅解》传世。被誉为"西来孔子"的意大利人艾儒略(1582—1649)则编译了《天主降生言行纪录》，附图一部，名为《出像经解》，崇祯年间刊于福州，这是迄今所见中国最早的《圣经》节选本。1814年至1823年间，英国新教教徒马礼逊将《圣经》翻译成汉文，世称"马礼逊本"。这是《圣经》的第一个汉译足本，其历史意义及影响十分重大。在近代之前，《圣经》对中国文学的影响虽不十分明显，但也散见于古代典籍中。

《古兰经》的"定本"被称为"奥斯曼本"，是奥斯曼(577—656)在位期间(644—656)规定的《古兰经》的标准本。《古兰经》的奥斯曼本一共有30卷，114章，6200余节经文。现今世界各地流传的经籍版本均以此为蓝本印制而成。因此，可以认为，伊斯兰教历二十九年，即公元651年，第三任哈里发奥斯曼遣使来华，朝贡通好以后，《古兰经》的某些段落或经文随着伊斯兰教的传入而进入中国。很显然，《古兰经》作为一本经籍传入中国的时间要比上述时间晚一些。[③]明末清初以后，随着中国对阿拉伯地区穆斯林了解的增加和中国穆斯林宗教团体的不断扩大，中国才开始有了关于《古兰经》的介绍与翻译活动。致力于研究伊斯兰教的马坚先生在《古兰经译者序》中指出："《古兰经》在过去没有中文的译本……明末清初，王岱兴、马注、伍遵契、刘智等人才用中文编译书籍，阐扬伊斯兰教。他们的著作里所引用的《古兰经》明文，虽译成中文，但为数不多，著述最富的刘智，除零星引证外，只译过最短的三章，其余的人，更不用说了。"[④]至于在国内出现通译本，那则是20世纪20年代的事。

佛经传入中国，学界一般公认的说法是东汉明帝永丰八年(96年)，而最早可能则是在汉哀帝元寿元年(公元前2年)。按照荀悦《汉纪》中的说法，东汉明帝某晚梦见一个金人，此人身长丈二，项上有日月光泽，明帝不识乃问朝臣，有人告知，其所梦可能是西方"名曰佛"的神。明帝遂派人去往天竺，"问其道术而图其形象焉"，此后佛教开始逐渐传入中国。而后，佛经的翻译工作大概始于桓帝建和元年(147年)，大量译本的出现乃是在魏晋南北朝时

---

① 穆尔：《1550年前的中国基督教史》，郝镇华译，中华书局1984年版，第30页。

② 谢如雪：《〈圣经〉翻译史话》，《中国翻译》1984年第12期。

③ 金久宜：《〈古兰经〉在中国》，《文史知识》1995年第10期。

④ 《古兰经》，马坚译，中国社会科学出版社1981年版。

期。进一步地，吸纳进印度《大藏经》的《贤愚经》，其汉译本问世时间为5世纪左右。也就是说，佛经中“药王断子”故事在中国的流传，最早可能为5世纪前后。而后《贤愚经》相继出现在中国其他各民族的翻译版本里面，其中又以藏文译本时间最早且数量最大。《贤愚经》的藏文本，根据布顿大师著《佛教史大宝藏论》所知，主要为唐文宗时期的佛教学者与敦煌吐蕃翻译家管·法成(འགོས་ཆོས་འགྲུབ།)参照汉、梵两种文本译出。

由上我们可推知，成书于194—204年间的《风俗通义》，相比《贤愚经》《圣经》和《古兰经》在中国的汉译与传播，早了数百年之久，因此中国最早的“两母争子”故事当不会有吸收外来思想和文学之可能，本土生发的可能性更大。

另外，可予以佐证的是朱季海先生在《〈风俗通义〉校笺》中的考释。按照朱季海先生所指出，“如应书所记，是汉汝颍间俗：妇人产子，同到乳舍也”，“汉时有专设乳舍，人人可往。这一习俗从春秋时即已开始形成”。①因为在产期内的孕妇都同在一间乳舍，比床而卧，且人人可往，故可能会出现偷换婴孩的事情。《风俗通义》中“黄霸断子”的故事，嫂子本因胎伤不能生育，却也假装待产住进乳舍，并在夜里盗取了弟妇刚生的孩子，占为己有，两妯娌因此产生纠纷。案件的起因与汉代颍川流行的这一“乳舍产子”的特殊风俗关系密切，故事情节当不是受到外来影响之缘故。

三、日本折狱故事与“灰阑记”的东传

16世纪末期，尤其是进入到江户时代(1603—1868)，日本封建经济进一步发展，新兴的商业城市相继出现，町人社会阶层逐渐壮大，且日益成为文化消遣的主要群体。这些财力丰厚又掌握生产资料的町人，在追求物质享受的同时，也力求达到精神上的满足。于是乎，这一时代的文学作品，以前所未有之姿，讴歌城市生活，迎合市民阶层。在此驱动下，江户时代俗文学有了长足而深远的发展。

还需要说明的一点是，古代中国文化输入与日本本土接受之间的发展变化关系。首先，我们要肯定的是，中国古代文化在日本书面文学形成初期，的确有过非常直接和重大的影响，不过就其传播和吸收的大部分内容，主要还是在经史子集和诗文方面。与中国当时的情况如出一辙，在长期的封建经济和社会制度的影响下，日本掌握文化话语权的学者及僧侣主要研习和推崇的也都是汉文化之正统文学，而对于传播于街头巷尾中的市民文学作品则持轻视和鄙薄的态度。虽然从唐宋起，中国就逐渐出现和形成了“俗讲文学”的文学样式，但此后五六百年间，以五山文学为主流的日本文化体系，在引入诸多汉文化的过程中，却并没有太多注意到中国俗讲俗语类的通俗文学。然而，自江户时代肇始，一向被学者僧侣们忽视的中国俗文学作品正好符合了日本新兴町人阶层的需求。此阶层中的一部分文人，从翻译到摹写，继而正式步入江户时代的文坛，推动和扭转了中国文化向日本输入的传统情势。中国俗文学自身的发展及对外传播与当时的日本市民文学内在发展因素不谋而合、相互促进，于是终于缔造了日本江户时代俗文学的盛大繁荣。

在这样的背景之下，江户时代的说唱文艺自然也得到了巨大的发展。说唱文艺中的评

① 朱季海：《〈风俗通义〉校笺》，载王元化主编《学术集林》(卷八)，上海远东出版社1996年版，第130页。

书，日文叫作“讲谈”，说书的艺人叫“讲谈师”。评书的主要内容大致为武将的逸闻传说，《太平记》和《平家物语》等里的战争故事，报仇雪恨的游侠故事，“浪人”的逸话以及当时的部分民间故事。在评书这一文艺形式中，以讲说战争或武将故事为内容的，日文称为“政谈”，也叫“折狱物”，因政谈的主要内容是折狱故事而得名。

在日本的折狱故事里面，最具有代表性的应该是以判官大冈命名并在江户后期出版定型的一系列故事读物。大冈，即大冈忠相，是德川八代将军吉宗时期的越前守①，而后在江户享保二年（1717 年）至元文元年（1736 年）的二十年间担任町奉行②，于元文元年（1736 年）升职为寺社奉行③。在享保年间的司法改革中，大冈清正廉洁、平冤昭雪、功绩斐然。江户市民口耳相传、感念至深，出于对他的景仰，于是逐渐创造出了“清官大冈越前守”的形象。大冈忠相去世后（1751 年），许多明察秋毫的断案故事都附会在他的身上。另外还有很多关于他的传说，在日本民间广为流传。据此，日本所有有关大冈折狱的故事读物，一般地都统称为“大冈政谈”。中国的包拯和日本的大冈忠相在民间形象的确立上差不多是类似的情况。包公的确是“笑比黄河清”，“贵戚宦官为之敛手，闻者皆惮之”的一代清官。但是包公案中某些平反冤狱的故事，其实也不尽是其亲自审断的。那些不知由来又出神入化的折狱故事堆到老包身上，使他也神化为“昼判阳，夜断阴”的超人存在。

《大冈政谈》故事现收入《大冈忠相比事》（抄写本 10 卷 3 册）、《大冈政要实录》（抄写本 20 卷 20 册，成于宽政年间）、《大冈仁政录》（抄写本 5 卷 5 册，成于宽政年间）、《大冈名誉政谈》（抄写本 15 卷 13 册，成于 19 世纪中期）、《今古实录》本（27 册，明治十六、十七年刊）、《帝国文库》（明治二十九年刊）和《有朋堂文库》本（大正七年刊）等 7 种书，共 87 篇。④与许多通俗文学作品一样，《大冈政谈》在形式上也有一个从评书发展到小说的过程。它的出现和定型，与中国通俗文学的影响有着密切的联系。大部分的“大冈故事”是虚构的，以《棠阴比事故事》为首，井原西鹤撰有《本朝樱阴比事》和《本朝藤阴比事》，记录江户初期知名法官之功绩的《板仓政要》《阪仓大冈两君政要录》《近代公实严秘录》和《当世珍说要秘录》等著作均为《大冈政谈》的底本。⑤上述诸本主要都是依据中国宋代桂万荣所辑录的《棠阴比事》重新编译或者以其作为底本创作而成的。

经典诉讼案例《棠阴比事》是我国较早期的折狱故事集，收有断案故事 144 篇，其中就收入了汉代应劭《风俗通义》中的《黄霸叱姒》故事。该书的日文译本最早是在元和五年（1619 年）从朝鲜文转译过去的。其后，日本江户初期的庆安二年（1649 年），全书用假名译成出版，书名也叫《棠阴比事》，在扉页上印有《棠阴比事物语》的字样。据说是在日本把我国的整本书译成日文出版的第一部书，译者不详。这本书在日本问世之后很受欢迎，整板本、印刷本等好几种文本相继刊行，还出现了许多以折狱、犯罪故事为内容的仿制品，大都为宽永至宽文年间，即 17 世纪 20 年代至 60 年代。日本著名儒学研究者林罗山著的《棠阴比事加

① 越前守：越前是日本旧地名，现福井县东半部，从前叫越前国或越前藩。守是地方（国、藩）的长官。

② 町奉行：江户时代由幕府派往江户、京都、大阪等大城市的长官，掌握行政和公检法等大权。

③ 社奉行：管理寺库与神社的法官。

④ 麻生矶次：《江戸文学と中国文学》，三省堂 1976 年版，第 258 页。

⑤ 中田妙叶：《日本“大冈故事”〈审问生母与继母之事〉与元曲〈灰阑记〉》，《外国文学评论》2001 年第 2 期。

钞》则刊行于宽文二年(1662 年)。应该说,宋代桂万荣辑录之《棠阴比事》传到日本以后,折狱故事在日本开始逐渐流行起来。

四、日本"大冈故事"与"灰阑记"的变异

"大冈故事"系列的代表作,是题为《审问生母与继母之事》的"两母争子"故事:

一家主人与无辜的妻子离婚后,马上迎娶了后妻。但是,前妻离婚时已经怀孕,在娘家生下女儿。女孩长到十岁的时候,已经是姿色尽有,聪明智慧,如果送到公馆做佣工肯定能很好地养家。那位后妻喜爱这个女孩,要把她领取抚养。前妻和后妻互相争夺女孩,到奉行所诉讼。她们都称女孩是自己所生,却又没有什么证据。大冈越前守前殿便向两个妇人说道:"那女孩站在你们中间,你们分别拉她的两只手,谁拉去了就算是谁的孩子。"她们用力拉那女孩的手。女孩痛得无法忍受,哇哇恸哭。前妻看她可怜便撒了手,后妻将女孩拉到自己身边,得意地说:"你看!她就是我女儿。"大冈越前守前殿于是对后妻道:"你所说的就是伪证。真母看了孩子痛,便觉得可怜,不得不放了手。你本与女孩毫无关系,所以不管她痛不痛只想着把她拉了去!"后妻突然跪倒,经过拷问最终招认。①

不难看出,《审问生母与继母之事》与前文我们提到的,李行道的元杂剧《包待制智勘灰阑记》在许多主要情节上,有比较大的相似性。这则故事最早出现在《隐秘录》里面,其时已经演变为大冈忠相的折狱故事之一。针对《审问生母与继母之事》的来源,日本学界大致认为,该作品依据传入日本的《棠阴比事》里面收入的东汉应劭的《风俗通义·黄霸叱姒》,加之与当时的日本文化融合而产生,最后演变为"生母继母争一子"的故事。

要知道,最晚收入《黄霸叱姒》故事的《棠阴比事加钞》刊载于宽文二年(1662 年),而以抄写本形式出现的《隐秘录》最早可能是出现于明和六年(1769 年),这其间相距一个世纪之久。此处还需注意的是,"大冈断案"故事群虽然在这百年间逐渐生发成型,但目前尚未从中发现"生母继母争一子"或与之类似的故事。换言之,《黄霸叱姒》中的"两母争子"故事是在日本流传了一百年后,突然演变成《审问生母与继母之事》并出现在《隐秘录》中,而后又通过《隐秘录》被种种"大冈断案"故事所收录,最终成为"大冈断案"故事系列中的代表作品之一。因而,笔者猜测,除了《棠阴比事》对"大冈故事"的成型产生了较大的影响之外,或许还有别的中国通俗文学作品与之有密切的联系。笔者认为,李行道的元杂剧《包待制智勘灰阑记》应该也对《大冈政谈》中的《审问生母与继母之事》产生了直接影响,其在犯罪手段或者断案方法上,可能为《审问生母与继母之事》提供了生动活泼的故事情节。以下我们尝试探讨这方面的可能性。

其实,在《棠阴比事》传入日本期间,元杂剧《包待制智勘灰阑记》也输入到了日本。它

① 辻达也编:《大冈政谈》,东洋文库,平凡社 1984 年版。

被收入明人臧懋循编于1616年的《元曲选》，其书名录于《唐本类书考》中卷第43张第一面上。[①]《唐本类书考》是刊行于宽永四年(1627年)的丛书目录。当初平安书林向堂主人辑录编纂《唐本类书考》，一方面是为了方便江户时期的官方对输入日本的外国书籍进行审查，另一方面也是为了帮助学者与僧侣规避可能会在研究中出现的弊病和纰漏。在《唐本类书考》刊行流传之前，元录年间也曾刊行过一色时栋纂辑的《二酉洞》。不过，宽永年间输入的书籍种类较之元录年间繁盛许多，因而《唐本类书考》的编纂大有补充完善《二酉洞》的意味。当时《唐本类书考》所录230余种书目，在受到学者文人热烈追捧的同时，也得到了书籍商行的极大关注。这其中就包括了收入《唐本类书考》的《元曲选》。另外，《古杂剧》一部在《商舶载来书目》里记录了该书于元文五庚申年(1740年)已经传入日本。[②]《商舶载来书目》是由审查自长崎港输入的中国书籍的官员向井富编纂的，于文化元年八月刊行，共五册。由此可见，町人阶层对诸如《元曲选》和《古杂剧》一类的戏曲书籍的欢迎，很好地反映出当时社会在戏曲领域的兴趣取向以及戏曲在当时文化中的接受与普及程度。李行道的《包待制智勘灰阑记》为日本民众所熟知，并被文人雅士引入“大冈故事”，应该不是什么难事。

至于《圣经》中的“所罗门王的审判”，应该不大可能影响日本“大冈政谈”中的“两母争子”故事。《圣经》传到日本的时间较晚，目前已知最早去往日本传播基督教的是西班牙传教士方济各，时间为天文十八年(1549年)。半个多世纪之后，德川幕府又接连颁布了禁止基督教的命令(1612年)和锁国令(1635年)，同西欧国家断绝了来往。因此我们可以认为“大冈政谈”中的“两母争子”故事应该与《圣经》中“所罗门王的审判”没有直接的关系。另外，当时佛教对于日本的影响也远没有中国对日本的影响大，佛教的传播大多也都是经中国传到日本去的，所以《佛本生故事》和《贤愚经》里面的“两母争子”故事大概也不会直接影响日本《大冈政谈》里《审问生母与继母之事》的产生。

五、结语

青木正儿认为，中国的小说和戏曲不光对江户时代的文化产生了深远的影响，对日本近世文学的研究而言也是不容忽视的课题。[③]日本出现的大冈系列故事，如《隐秘录》《大冈政谈》《大冈政要实录》等各类书籍，无疑都受影响于中国文化而发端。其中的《审问生母与继母之事》故事明显受到了《棠阴比事》所载东汉应劭的《风俗通义·黄霸叱姒》和元杂剧《包待制智勘灰阑记》的双重影响，并发生了变异。

通过梳理“灰阑记”文本在东亚范围内的生发、流传与变异，尤其是深入研究了日本《大冈政谈》里《审问生母与继母之事》对宋代《棠阴比事·黄霸叱姒》和元杂剧《包待制智勘灰阑记》的接受和改写，笔者认为“两母争子”型故事在东亚存在一个以汉代《风俗通义》为源

① 大庭修：《江戸時代における唐船持渡書の研究》，同朋舍1984年版，索引篇第13页，数据篇第699页。
② 大庭修：《江戸時代における唐船持渡書の研究》，同朋舍1984年版，索引篇第13页，数据篇第699页。
③ 石崎又藏：《近世日本における支那俗語文学史》，清水弘文堂书房1967年版，第3页。

头的传承圈,它从一个侧面反映了儒家文化传播与接受的关系。其血缘至上的伦理观念以及追求真善美的价值取向,乃是深受汉儒思想影响的中日民间和文人创作群体的共同纽带。在此基础上,结合不同时间及地域文化而呈现出的具有本土风貌的各式"灰阑记"故事,共同构成了世界"两母争子"型故事的重要组成部分。

两部东方戏剧表演艺术的理论经典

——《风姿花传》与《明心鉴》对读

包海英*

摘　要：世阿弥的《风姿花传》，是一部关于日本古典戏剧“能”的理论著作。吴永嘉的《明心鉴》，是一部关于昆曲舞台实践的经验心得与理论著作。两部著作的作者都是长期从事戏剧活动的演员，我们把两部书对读，发现其对于表演艺术的阐释颇多相通之处。虽两书撰写时间距今已较为久远，但其理论来自长期的戏剧实践，凝结着历代艺人的丰富经验与感悟，在当下仍能给人以深刻的启迪，具有极强的理论价值与应用价值。

关键词：表演艺术；《风姿花传》；《明心鉴》；理论价值

《风姿花传》和《明心鉴》，两部产生于异时异地之书，它们都不是长篇大论，且都是名望极高的演员对一生舞台戏剧实践的经验心得的理论化提纯与总结；又因之都属于东方戏剧系统，对于表演艺术的理解与阐释多有相通之处。虽两书撰写时间距今已较为久远，但由实践而得来的关于戏剧表演的“真知”，凝结了历代艺人的丰富经验与感悟，我们把两部书细细品读，不难发现出自艺人之手的经验总结，既不乏一定的理论价值，更兼有指导戏剧表演的实际应用价值与有益启示。

一、《风姿花传》与《明心鉴》的作者、内容与性质

（一）《风姿花传》的作者、内容与性质

《风姿花传》是日本能乐表演世家出身的世阿弥所作，约完成于 14 世纪末至 15 世纪初。世阿弥大致生活在日本中世纪的 1363 年至 1433 年间，其父亲观阿弥和兄弟均为能乐演员，家庭出身决定了世阿弥一生的道路，他五六岁便开始学艺，十岁登台为父亲配戏。因父子技艺高超，室町幕府的大将军足利义满对其大加赞赏。于是，足利义满和一些诸侯就成了这对父子的坚强后援。观阿弥去世后，世阿弥承袭了父亲“观世大夫”的荣誉称号，编演了许多能乐剧目，致力于推动能乐的发展。到 37 岁时，他就被人们公认为“能乐中的首席演

---

* **作者简介**：包海英，山东师范大学新闻与传媒学院副教授，主要研究方向为戏剧理论与戏曲美学。

员，能乐艺术的最高代表"[①]。

世阿弥的能乐理论著作共有21部，《风姿花传》是其中的第一部。能乐演员中堪称艺术家的人并不少见，但留下理论著作的演员十分鲜见，因撰写理论著作不仅需要大量的艺术实践活动，还需要相当高的逻辑思维能力与表现力。世阿弥无疑具有以上条件，此外还有很重要的一点不容忽视，即作为舞台艺术的"能"在当时不断成熟，为系统化理论的出现提供了前提。

《风姿花传》是第一部关于能乐的系统化理论著作，全书由七篇组成，这七篇原本各自独立成篇，最后被汇集在了一起。因为《风姿花传》的成书过程比较复杂，且经历了长达20年的时间，在这期间，世阿弥不断对其中的一些篇章进行大幅度的修改，才最终定型。《风姿花传》正如其书名所示，全书围绕"花"这一美学概念，分七个篇章论述了能乐的方方面面，其中如何才能在舞台上呈现"花"并使"花"保持长久不败是论述的焦点。该书内容，大抵源于作者的切身体验，以及父亲观阿弥的教导，既有理论价值，更具有实际指导意义。

日本戏剧家河竹登志夫在《戏剧概论》一书中指出，"传统的肉体性"，是日本戏剧不同于欧洲戏剧的重要特点。[②]所谓"传统的肉体性"是指日本戏剧从剧本到演出方式(演技、舞台构造、舞台装置、音乐、服装等等)都代代相传，而且基本是通过血缘纽带关系代代相传，所以叫"传统的肉体性"。世阿弥的戏剧著作，全是要传与子孙的"秘传书"，《风姿花传》亦是如此，如其第五篇题目为《奥仪篇》，而"奥仪"即"奥秘"之意。世阿弥的戏剧著作中，常反复出现这样的话：

> 吾恐斯道荒废，撰写此传，无传授他人之心，仅为子孙留传家训。[③]

> 此"特别篇秘传"所述之事，乃"能"艺之道中大事，亦吾家一门极重要事，一代只可单传一人。即使是自家嫡系子孙，若无此才亦勿相传。[④]

于是，世阿弥这些戏剧理论著作，一直被秘藏了五百多年，直到1909年，世阿弥的16部秘传书才首次被发现。"秘传书"的性质使得该书内容真诚而无虚饰，表达亲切而又通俗易懂。

(二)《明心鉴》的作者、内容与性质

《明心鉴》又名《明心宝鉴》，据吴新雷先生考证，该书作者是苏州人吴永嘉，字古亭，演员出身，且在当时的戏曲界是一位德高望重的长辈。[⑤]另据孙书磊考证，该书有两个版本系统。其一是杜双寿辑录《明心宝鉴》所收本系统，即吴永嘉原本系统；其二是托名黄旛绰所作《梨园原》所收本系统。本文所论《明心鉴》系吴永嘉原本系统。[⑥]

---

① 余秋雨：《世界戏剧学》，长江文艺出版社2013年版，第87页。

② 余秋雨：《世界戏剧学》，长江文艺出版社2013年版，第87页。

③ 世阿弥：《风姿花传》，王冬兰译，吉林出版集团有限责任公司2016年版，第64页。

④ 世阿弥：《风姿花传》，王冬兰译，吉林出版集团有限责任公司2016年版，第103页。

⑤ 吴新雷：《中国戏曲史论》，江苏教育出版社1996年版，第283页。

⑥ 孙书磊：《〈明心鉴〉考论》，《南京师范大学文学院学报》2016年第3期。

吴永嘉原本《明心鉴》收录于杜双寿的《明心宝鉴》中,各卷首叶提名之下皆署有“吴下吴永嘉古亭原本”字样,由此可知,《明心鉴》的初始撰写者是清代乾隆年间苏州人吴永嘉,字古亭。细读《明心鉴》,我们可获得作者的一些其他讯息。卷一《西江月二首》其二云:“余前多病受良方,今日略知除恙。”①又卷四《别见一论》有云:“余前私下无工,登场意乱心慌,胆怯神散,言语当场关目!”②可知作者吴永嘉乃为演员。而卷首的《明心鉴序》又提及该书的缘起:“古亭老宗台、老宗师现实以《明心鉴》见示,观览之下,恍然领会,而至先生为后学之子弟指示迷津,苦心良可见也。”③进而我们又可推知吴永嘉不是一般的戏曲演员,既被尊为“老宗台”、“老宗师”,可见其在戏曲界是位德高望重的老前辈。后吴新雷先生从乾隆四十八年(1783 年)苏州老廊庙《翼宿神祠碑记》所载的捐银名单中发现了“吴永加”这一姓名,认为此“吴永加”即为作者“吴永嘉”。④若二者果为同一人,则可见吴永嘉确实为乾隆年间苏州的资深昆曲艺人。

吴永嘉原本《明心鉴》分为四卷,即《释症集》《秘诀集》《方法集》和《勤学集》。各卷下面,又列有条目若干,解释厘析,虽多为三言两语的口诀,但从卷一《西江月二首》其二中的“余前多病受良方”可知,作者要为后学子弟指示迷津的“良方”也是受之于人。可见,该书原作者虽为吴永嘉,但书中内容却是历代表演艺术家宝贵艺术经验与感悟的总结。

吴永嘉虽未像世阿弥那般在书中反复告诫梨园子弟得此《明心鉴》必须保密、不可外传,但在戏曲表演业竞争极为激烈的年代,艺人们得到一些宝贵的经验之谈,也往往十分珍视,每每秘不示人。《明心鉴序》结尾告诫观此书者云:“览者慎勿视为游戏之谈,直以为珠玉之品,珍之箧笥可也。”⑤既为“珠玉之品”,当须“珍之箧笥”,定然也不是可以随意传阅之物。

《风姿花传》与《明心鉴》的作者均系演员,且一个出自戏剧表演世家,一个是资深的戏曲界前辈,从篇幅上看,两书差距较大,但两书内容却颇多相通之处:如两书均是艺人从事戏剧表演的经验与感悟的总结,都有秘传书的性质。虽《明心鉴》多为言简意赅的口诀,缺乏《风姿花传》的细致与亲切,但寥寥数语却也通俗易懂,同《风姿花传》一样,其对艺人和读者都有着深刻的启发性。

二、《风姿花传》与《明心鉴》书名释义

(一)《风姿花传》书名释义

《风姿花传》一书以“花”这一美学概念为核心,“花”是世阿弥追求的最理想的艺术效果,也是他艺术理论的核心。那么何为“花”呢? 我国学者一般认为“花”就是演员表演的魅力,或曰“演员的魅力,表演的精华”,演员的魅力当然体现在表演上,所以“花”不只形容表

① 傅谨:《经典文献导读书系・戏曲卷》,北京师范大学出版社 2013 年版,第 97 页。
② 傅谨:《经典文献导读书系・戏曲卷》,北京师范大学出版社 2013 年版,第 105 页。
③ 傅谨:《经典文献导读书系・戏曲卷》,北京师范大学出版社 2013 年版,第 96 页。
④ 吴新雷:《中国戏曲史论》,江苏教育出版社 1996 年版,第 283 页。
⑤ 傅谨:《经典文献导读书系・戏曲卷》,北京师范大学出版社 2013 年版,第 96 页。

演的魅力，也指演技，作者在《特别篇秘传》中明确表示他“使用‘花’一词比喻诸种演技”。因为演技有高低之分、优劣之别，而演技低劣者是无“花”可言的，所以确切地说，这里的“花”是指能乐演员高超的演技和演员表演的无穷魅力。

《风姿花传》又名《花传书》，毋庸置疑，“花”是该书论述的关键词，书中多处以“花”喻指演员表演的魅力，“花”的出现频次高达137次之多。在第一篇《各年龄习艺条款篇》中，世阿弥将演员的艺术生涯按照年龄分为七个阶段，论述了不同阶段对应的花，如演员青少年时出现的“一时之花”“新奇之花”并非“真正之花”，“真正之花”常形成于中年时期。而勤学苦练的演员能实现“老木开花”。除了这些，书中还论及，用心磨炼演技，虽然十分艰难，但仍有望达到“无上之花”的艺术最高境界。但若只能演某一种风体，即使有花也不过是令观众觉得乏味的“石上之花”，演员还应该掌握“年年岁岁之花”，也就是把不同时期所学技艺都保存在自己的现艺中，这样才能游刃有余地表演各种技艺。世阿弥还告诫演员要懂得因果，若忽视初学时的技艺学习之“因”，便难以实现在能乐艺术领域收获名望的理想之“果”。

学者对于“花”的阐释既集中又比较一致，至于书名中的“传”似乎无须作过多的阐释，因其意十分明显，即把这些传授给家族子弟之意。而对“风”和“姿”的阐释相对较少，那么“风”和“姿”究竟指的是什么呢？“风”的含义就蕴于《风姿花传》一书中，但在书中，它常以“风体”一词出现，理解了“风体”是什么我们也就明白了“风”的意思。

“风体”一词也是世阿弥常常使用的语言，在日语中本来是歌道用语，指歌风等。世阿弥在书中转用“风体”一词，主要指艺风、风姿、演技、风趣等，也可理解为表演的类型。

> 在一天演出的中间部分，如第三曲、第四曲的适当时机，让他们登场表演杂技擅长的风体。①

> 真正的高手，无论任何风体，皆无所不能。只演一种风体的曲目，为不成熟的演员之所为。②

> 尽管给人新鲜感很重要，但也不能上演世上所没有的风体。③

从以上引文可见，“风体”主要指演员的表演风格、类型或能乐曲目。

“姿”除了在书名中出现，译文中并未得见，不知其确指何意。但张文江先生在《〈风姿花传〉讲记》一文中认为，此处的“姿”，“就是李渔《闲情偶寄》所谓的态度，也就是《西游记》第一回‘大觉金仙没垢姿’的姿”④，今列于此，以备参考。

虽然书名中的“风”和“姿”二字不像“花”与“传”一般易于理解，但作者自叙其书命名之由，无论是根据刘振瀛先生所译的“若能将此花，由我心传至你心，谓之风姿花传”，还是据

---

① 世阿弥：《风姿花传》，王冬兰译，吉林出版集团有限责任公司2016年版，第37页。
② 世阿弥：《风姿花传》，王冬兰译，吉林出版集团有限责任公司2016年版，第74页。
③ 世阿弥：《风姿花传》，王冬兰译，吉林出版集团有限责任公司2016年版，第92页。
④ 张文江：《〈风姿花传〉讲记》，《戏剧艺术》2008年第6期。

王冬兰女生所译的“继承传统，对‘能’之‘花’以心相传，因此吾将此书命名为《风姿花传》”[①]，都十分清楚地表明该书主要讲述的就是如何将能乐表演的最佳技艺传诸后人，以实现最佳表演效果，将能乐的表演魅力之花传承下去。

（二）《明心鉴》书名释义

《明心鉴》之所以命名为“明心鉴”，《明心鉴序》道出其中缘由：“其大旨在乎‘用心’二字，心不用安得明，心不明何由鉴？对鉴仅可以见形，对心则可以见理。以心为鉴，明益求明，而凡曲之抑扬，身之周折，无不从容中道矣，故自题曰《明心鉴》。”[②]可见序的作者点名“梨园一道，全贵用心”，那么所谓“心”也就是用心。有学者把“明心”理解为“用心”之意，[③]这样理解虽没有大的偏差，但略有不妥。因为根据序中的“心不用安得明”和“以心为鉴，明益求明”可知，这里强调了“明”乃是“用心”这个“因”带来的必然之“果”。而“明”也超越了对事物只是有所了解、比较清楚的层次，而应上升到“感悟”和“体悟”的层面，而“明益求明”则更加深刻地强化了艺无止境的思想，正因为如此，才要以心为鉴，而不是满足于见形即可。

至于“鉴”字，“对鉴可以见形”中的“鉴”很明显是镜子之意。而“以心为鉴”中的“鉴”乍看也有镜子之意，但我们再进一步思考，就会发现此处的“鉴”应该更多的是出于对自己内心的审视与自省，这与用心是相呼应的。

“一心珍重明心鉴，莫把明心视等闲；不遇诚心人不授，空教心嚼舌津干。”此绝五个“心”字，意在“曲、白、声、状、势”五则之内，故特明言之。……心起心结，鉴始鉴终。[④]

通过对《风姿花传》和《明心鉴》题名的阐释，可以看出，前者表明的是要把能乐获得表演魅力的技艺传承下去；后者则强调用心才能做到“明益求明”，精益求精，掌握戏曲表演的要义，成为真正的戏界“高明者”。两书的相关度显而易见，即都是要把戏剧表演的经验与心得传给后来者，且都强调用心。《明心鉴》的“用心”已经阐明，此处不作赘述，而《风姿花传》作者亦强调要将能之“花”“由我心传至你心”，而要保持“花”，必须用心钻研。可见，《风姿花传》和《明心鉴》都十分看重用心。

三、《风姿花传》与《明心鉴》的表演理论价值

（一）《风姿花传》的表演理论价值

《风姿花传》所含戏剧理论问题细腻丰富，但因其毕竟是专注于能乐的理论，因此有些问题的论述明显带有能乐这一戏剧样式的局限性，因此针对戏剧表演艺术而言，我们选取书中带有普遍意义与深度思考的戏剧问题，评述其理论价值。

首先，从编剧、剧本、演员、演技、演出环境等因素综合考量，提出戏剧各要素当“相应”，即相互协调一致的要求。

---

① 世阿弥：《风姿花传》，王冬兰译，吉林出版集团有限责任公司2016年版，第73页。

② 傅谨：《经典文献导读书系·戏曲卷》，北京师范大学出版社2013年版，第96页。

③ 赵晓红、石芳：《论〈梨园原〉之“用心”》，《贵州师范大学学报》（社会科学版）2010年第5期。

④ 世阿弥：《风姿花传》，王冬兰译，吉林出版集团有限责任公司2016年版，第106页。

世阿弥说“能剧本的写作，为此道之生命”[①]，似乎在强调编剧或剧本才是能的根本。但他后面又说“‘能’演得好与不好，取决于上演曲目与演员的‘位’（演技程度）是否相适应协调”，这里似乎又在强调演员的演技决定了能的演出能否成功，演技才是最重要的。那么对于能乐来说，到底是剧本重要还是演员的演技重要呢？世阿弥特别提出“任何事物若不相协调，便不会成功。好题材的‘能’，由优秀演员演出”[②]，才能取得理想的舞台效果。因此，他还指出编写能乐剧本时，“应以动作为中心。若以动作为中心而写，演唱其词时，动作将自然产生。所以写作时，应先考虑动作，然后还要在曲调、情趣上下工夫”，此处不难看出，世阿弥的观点与李渔的“手则握笔，心却登场”，也就是剧本创作要为戏剧演出服务相通，但他又强调“任何演技，都是依据语言所表达的意思而产生动作。因表达意思的是语言，所以音曲（唱、念）为主，动作为从。故由音曲（唱、念）而产生动作为顺，以动作为依据而演唱为逆。万事皆应循其序，不可倒行逆施”。这里似乎又在以剧本为主，动作完全依据剧本语言的意思而产生。世阿弥的表达矛盾吗？事实上这恰恰表明了戏剧剧本应与舞台动作相应，只有这样才能为观众呈现出完好的戏剧。

此外，世阿弥还提出演员应该既能懂得能乐这门艺术，同时又要“自知不足之处，在重要场合，懂得扬长避短，先演自己擅长的风体”，这样便于得到观众的赞赏。对于不擅长的风体，只要“在小的场合，或乡下作为练习曲目多演几回。这样通过练习，积累经验，不擅长曲目，随经验积累，到时自然会成为擅长曲目”了。可见，演员对自身的演技应有清晰的认知，先演出适合自己的曲目，继而通过在适当场合的不断练习积累，更多地把握其他风体和曲目，这样才能拓宽自己的艺术道路。

另一个有意思的问题是，世阿弥发现有时候一些精巧的“能”自身很美很细腻，即使没有经验的演员也能演好，在乡下祭祀场所或晚间上演场所演出，演出效果都很好。于是，便把这样的曲目拿到隆重盛大的场合，且有贵人相助，但却事与愿违，演出结果以失败告终。这里既有天时，又有人和，演出结果却损坏了演员的名声，连相助的贵人也丢了面子，为什么呢？只能是地利的问题了。所以，世阿弥指出，演出不只关乎剧本和演员，有时还与环境有关。

世阿弥关于戏剧诸要素要“相应”的观点，不但符合戏剧艺术的演出实际情况，也突出了戏剧艺术的综合性特征。

其次，戏剧要长久地获得观众的关注与喜爱，便需掌握诸种演技，让“花”永不凋谢。这就需要给观众以新鲜感，感受到能乐的风趣所在。

第一，掌握多种风体演技，让观众不至心生厌烦。如果一个演员会的曲目极少，几个剧目反复演，观众不觉无聊尚难，遑论有何新鲜感。但如果演员掌握的曲目很多，把自己掌握的曲目都演一遍要很长时间。那么同一曲目的演出就会隔很长时间，这样虽然也是演相同的曲目，仍然会让人觉得新鲜。为此，世阿弥提出演员需掌握十体，即各种人物类型的演技都需掌握，“做到同一演技三五年间只演一次，使演出不断变化”，如此才能一直让人觉得新鲜不厌。世阿弥虽未从心理学角度去阐释这个现象的原因，但这并不难理解，较长的时间

① 世阿弥：《风姿花传》，王冬兰译，吉林出版集团有限责任公司 2016 年版，第 80 页。

② 世阿弥：《风姿花传》，王冬兰译，吉林出版集团有限责任公司 2016 年版，第 85 页。

间隔拉开了观众与曲目的距离，同时增强了观众的期待心理，再加上演员练功不辍，日积月累，再演以前的曲目定会有一定的提高，所以观众感觉到新鲜有趣也就不足为奇了。

第二，“花为心，种为技”，刻苦用功，用心钻研，便能领悟使“花”永不凋谢之境地，懂得如何给观众新鲜感。世阿弥强调演技的艰苦磨炼，是产生花的前提和基础，演技好比是花的种子，只有种子是好的，才会开出鲜艳的花来。而磨炼演技，便不能局限于少数的曲目，而要尽可能地掌握多种风体，既有自己的看家本事，又能样样拿得起来。他举例说一个常演“鬼能”的演员即使演得再好，观众也不会总感到新鲜。反倒是一直被观众认为是艺风最美的高手，出人意料地偶演“鬼能”，让人觉得非常新鲜。这和我们戏曲界的反串非常相似，这种演出确实常常令人耳目一新，效果大好。但前提必须是刻苦练功，用心钻研。

第三，演技不可外传，“保密便有‘花’，公开则无‘花’”。世阿弥认为保密对各家各派都非常重要，“只有在观众不知‘花’为何物之时，才能成为演员之‘花’”，主张出奇制胜，因此“秘传之事，切不可告知他人，只可传与自家一门”。甚至，他还主张“不但不可把秘传内容告知他人，而且连自存秘传之事也不能让任何人知晓”，因为一旦他人知道谁有秘传，就会小心提防，这样会使竞争对手提高警惕，在激烈的竞争中不易取胜。若对手不知秘传之事，疏忽大意，则有利于自己出奇制胜。

再次，《风姿花传》对观众给予了很高的重视与深入的分析。

世阿弥提出能是供观众欣赏的，能乐演出“不得不顺应各时代的风尚”，如果“面对崇尚‘美’的观众演‘强’的人物时，可不完全拘泥模拟”，而要尽可能“演得‘美’些”。因能乐与观众关系密切，所以就需要了解观众。世阿弥指出：若模拟高贵人物，需恭听上流阶层观众意见；低贱的行业动作不宜过细模拟，因为这是不能给上层人看的。世阿弥还特别指出观众的鉴赏力是有高低之别的。在《问答条款篇》中针对为何有时新手会击败老手的问题，世阿弥给出的解释是：年轻演员的“一时之花”能让一般观众觉得新奇，而有经验的演员之“花”此时已经凋谢，新奇之“花”就会取胜。真正具有鉴赏力的观众观看则会不同：遇到“花”未凋谢的大龄演员，哪怕已年过五旬，年轻演员的“花”再鲜嫩，也不会取胜。这颇似我们常说的“外行看热闹，内行看门道”，鉴赏力高的观众就是内行。基于此，世阿弥认为，“曲目的品位，演员的艺‘位’，观众的鉴赏力、演出场所、上演时间等诸多条件，如不能相适协调”①，演出就不会成功。

（二）《明心鉴》的表演理论价值

《明心鉴》虽是乾隆年间昆曲资深艺人吴永嘉的表演实践经验心得的总结，但作为“百戏之祖”昆曲表演理论对我国其他剧种亦大有裨益。《明心鉴》文体非常特殊，与另一部表演理论著作《梨园原》一样，多是三言两语的口诀。但就是这些言简意赅的艺诀，浓缩了历代戏曲艺人非常重要的经验与感悟，给后人以无尽的启迪。

首先，演员欲成功地塑造舞台形象，不仅要对鉴见形，亦要“以心为鉴，明益求明”，内外兼顾方可。我国戏曲理论重视神似超过形似，但并不忽视形似。所以《明心鉴》提出对镜自观，可求得形体动作上的形似。但这还远远不够，若想技艺精进，还要“以心为鉴”，也就是用心揣摩，发现自己出现任何艺病，应立即提高警惕，尽心改正，因为“毛虽细小，易入于

① 世阿弥：《风姿花传》，王冬兰译，吉林出版集团有限责任公司2016年版，第87页。

骨”，若“因学艺不精，而成患不除，则为人终身之大患”。如何除去大患？当然要览镜自观，用心反省了，如此内外兼修，才有可能实现“个个点头道美，人人鼓掌称扬”的舞台效果。

其次，从“曲、白、声、状、势”五个方面指出戏曲表演之要。针对此五端，《明心鉴》分别归纳出戏曲表演这五个方面中，艺人比较容易出现的毛病及矫正的方法。这里面不仅体现了戏曲表演艺术的综合性，同时也表明了戏曲表演技巧的各方面也应相应，无论是唱曲、道白、声情，还是手势、身段等等，也要配合得宜，才能塑造出美的舞台艺术形象。因此，《明心鉴》针对此五端指出的问题和解决方法虽然只有三言两语，实际上对演员的要求却极为严苛，比如关于道白，要求从音韵、反切、句读、诗意、文义等诸多角度，去锻炼演员对字音、词义、文情的把握，同时还要注意把握节奏。此外，演员还要口齿清楚，而且务必使道白“长、短、高、低语，官、私、紧慢言”此八声“赛过家常话”，以令听者“不由不意惹，越听越情牵”。

再次，指出演员欲成为“技高艺广”的戏场“高明者”，必须勤学苦练，“非私下工夫不能也”。《明心鉴》给出了勤学苦练的具体方法。一是私下多对镜“观像”。因为在舞台上要演古人，所以观像者对镜，可“观其古人品行。忠孝者，正直为之；奸佞者，邪曲为之。取曲之文理、白之缘由，依其发声发状，有款有段，有意有情”，慢慢即可“若古人一样”了。二是多“鉴书”，即多读书。对于演艺的诸多病症，“鉴书为药饵，勤服尽除根”。《明心鉴》中提及的演员应读之书颇多，《字汇》《中原音韵》《音韵辑要》《四书》《春秋》《黄白眉故事》《说文解字》等都是建议演员要读的，此外诸多名人诗歌也在其列。要求演员多读书，以便演员对字义、句读、定场白、吐字等各方面有更好的把握，知其意趣，而且还不至于把身段做混。总之，多读古书，对于演员表演是大有裨益的。

以上，笔者从三个方面分别对《风姿花传》和《明心鉴》的表演理论价值做了简要的论述，实际上，这两部篇幅都不长的著作，还有十分丰富的思想有待开掘与阐释。

四、《风姿花传》与《明心鉴》表演理论对当下的启示

（一）从演员自身到戏剧艺术，都应注意“相应”的问题

世阿弥的“相应”，注意到了曲目、演员的演技、观众和演出环境（包括演出场所和上演时间）等诸多条件，他认为这些因素如不能相适协调，演出就不会成功。而吴永嘉则关注戏曲演员自身应掌握的演技，从唱曲、道白、身段等各个方面，要求演员做到符合演出规范。前者从宏观方面着眼，让我们看到作为过程性动态艺术的戏剧设计到的方方面面；后者则从微观方面论说，集中关注演员表演的各种因素，和我们今天说的唱念做打俱佳、手眼身法步需练到位一致。无论从哪方面来看，戏剧艺术做到各方面的相应，才能产生良好的演出效果。

（二）勤学苦练，用心揣摩，精益求精，是保持艺术之花常开不败的法宝

《明心鉴》共四卷，其中《勤学集》独占一卷，勤学苦练的内容涉及戏曲表演的各种要素，并把懒惰和勤奋作对比，指出懒惰者“苟安日惛，业之难成”，勤奋者钻研不倦，则会“苟有日新，业之易成”。《风姿花传》虽未单列篇章，但对技艺的勤苦磨炼的强调几乎贯穿始终，还特别指出“‘花’为心，‘种’为技”，欲演出有魅力，打磨演技这颗种子是前提，且须注意保存过去的“花种”，否则“花”将不再开放。世阿弥指出，所学之技艺，切不可忘记丢失，而要保

存，便须“拳不离手，曲不离口”，将幼年至老年的所有技艺皆备于己身，保存好“年年岁岁之花”，才能拥有长久的艺术生命。世阿弥还要求子弟要掌握能乐的十体，也就是各种类型人物的演技都需掌握，若不勤学苦练，怎么能掌握这么多的风体呢？总之，刻苦练功，用心钻研，才能保持演员的演剧魅力以及艺术生命。

（三）观众的反馈也是戏剧演出的一部分，应予以高度重视

《风姿花传》中多处提及观众，因世阿弥家族被幕府将军资助，所以他比较重视为贵族阶层服务，即便如此，他也注意到了下层民众，特意指出演出能乐一定要看演出场合和面对的观众。值得注意的是，世阿弥还特别指出观众鉴赏力有高低之分，所以有时候演出获得了赞誉也不值得骄傲，演出不那么成功也无须气馁，因为外行的赞许并无价值，演出效果不好，有时只是因为“下里巴人”欣赏不了“阳春白雪”。《明心鉴》直接论及观众的地方虽不多，但也明确表示要令观众满意，获得“个个点头道美，人人鼓掌称扬”的演出效果，需要“分清句读，使听者清清爽爽入耳”，否则就会“被视听之人憎恶”。吴永嘉还提及如果道白有趣，也会令观众意惹情牵，演技高超的演员会“一脸神气，两眼鲜灵”，这样表演喜怒哀乐都会打动观众。

《风姿花传》“不仅仅涉及戏剧理论，还涉及人生理论，因为戏剧和人生有密切的关系”[①]。实际上我们若用心阅读短小精练的《明心鉴》，也会有此感受，无他，皆因两书作者均为在自己从事的行业领域用心之人，且他们总结的经验或理论都凝结着前人的汗水与心血，正是要将彼之心传至我心，所以两书除了对从事戏剧表演的人来说具有指导意义，同时也能给一般读者带来深刻的启迪和感动。

① 张文江：《〈风姿花传〉讲记》，《戏剧艺术》2008年第6期。

“懒与道相近”:中国古代的“懒书写”与“懒文化”

罗　宁*

摘　要:懒字在汉语里原本是对人的品性的负面价值评判,中古早期佛经中多用以批评修道者的懒惰懈怠。在文学上嵇康第一次对懒进行了书写,赋予懒一种高士和名士姿态的意义。杜甫在诗歌中大量写懒,白居易则将懒书写推向唐代的高峰。与此同时,唐代高僧嬾残及其乐道歌,其他僧人的乐道歌、山居诗,以及在这些懒书写中蕴含和体现的禅宗思想,影响了唐宋的文学与文化。宋代苏黄及周围的诗人大量书写懒,使用嬾残的典故,标志着懒文化的成立。宋人不仅在诗歌中写懒的各种状态,赞颂懒的品质,给自己取含有懒字的室名别号,还在文章中论述懒的观念和思想。明清时期的懒书写在用事、用词等方面承袭宋元,缺乏新意,懒文化更加普及而成为俗文化的一个组成部分。

关键词:懒;懒文化;嬾残;白居易;苏黄

“懒”字在唐代以前的基本意义就是懒惰,用以指称人身上的一种负面的品性,是一个贬义词。而到了唐代,杜甫等人的诗以“懒”作为自嘲多了起来,白居易则用一种享受的态度来看待和书写“懒”,“懒”甚至成为诗歌的主题。宋人继承唐人的写作观念和模式,进一步发展了“懒书写”,“懒”成为文人津津乐道的事情。在宋代懒书写发达的背后是禅宗思想的流行,唐代以来的各种乐道歌、山居诗以及高僧嬾残的故事,成为宋代懒书写的重要资源和内容。在苏黄等人的写作和影响之下,一种关于懒的文化和思潮终于形成,可称之为“懒文化”。

一、汉魏至隋唐的懒书写

懒(嬾)字不见于五经,大约出现于汉代。攋即懒。《说文解字·女部》:“嬾,懈也。从女赖声。一曰䜌也。”①此后字书中常见②。而古书使用之例,如《后汉书·王丹传》:“每岁农

---

*　**作者简介**:罗宁,西南交通大学人文学院教授,主要研究方向为汉魏至唐宋文学与文献研究。本文曾在第五届宋代文学同人会暨国际中青年学者宋代文学研讨会(苏州,2018)上报告,得到张鸣教授等先生的指教,谨致谢忱。

①　段玉裁《说文解字注》,成都古籍书店 1981 年版,第 660 页下。“一曰䜌也”下段注:“大徐作卧也,小徐作卧食,今正。卧部曰:楚谓小嬾曰䜌,从卧食。”

②　如张揖《广雅》:“傺、疲、劳、懈、惰、怠、䜌,嬾也。”“嬾,懈也。”(王念孙《广雅疏证》,江苏古籍出版社 1984 年版,第 62 页下、169 页上)顾野王《玉篇·女部》:“嬾,懈惰也。”(《宋本玉篇》,中国书店 1983 年版,第 67 页)

时，辄载酒肴于田间，候勤者而劳之。其**憧孏**者，耻不致丹，皆兼功自厉。”李贤注：“孏与嬾同。”又写作孄。更有名的使用大约是《后汉书·边韶传》记他弟子的嘲讽：“边孝先，腹便便。嬾读书，但欲眠。”大约在东汉末，嬾字与惰（憧）字形成了复音词懒惰、惰懒（憧孏）。最早使用懒惰一词的是汉译佛经，据研究初见于昙果、康孟详翻译的《中本起经》：“**嬾憧**无计，日更贫乏。”①此后魏晋南北朝汉译佛经中很常见，从上下文即可看出懒惰是被斥责批评的品性。如：

> 如是**懒惰**，当何由养活男女，充官赋役？（佛陀跋陀罗、法显译《摩诃僧祇律》卷六）

> 如珍宝为一切众生故生，而**懈怠嬾惰**者所不得；诸佛亦如是，虽为众生故出世，**懈怠**、小心、贪身著我者不得度。（鸠摩罗什译《大智度论》卷九十九《释昙无竭品》）

> 以是方便，皆使发心，渐渐增益，入于佛道，除**嬾惰**意，及**懈怠**想。（鸠摩罗什译《妙法莲华经》卷五《安乐行品》）

> 譬如田夫，有好田苗，其守田者，**懒惰**放逸，栏牛噉食。愚痴凡夫，亦复如是。（求那跋陀罗译《杂阿含经》卷四十三）

此外佛经多有，不更举例。在佛教义理中，贪嗔痴等是世人迷惑不觉的烦恼（根本烦恼），而随之而起的叫“随烦恼”，包括懈怠、放逸等20个名目②。简单来说，懈怠、放逸（二者皆与懒相近）是破坏修行的，而精进则与之相反，具有正面的价值。懒惰这个汉译佛经新词，目前最早见于诗歌使用的是陶潜《责子》诗：“阿舒已二八，懒惰故无匹。”③且不论此诗是否带有自嘲之义，但懒惰一词在当时是贬义词是毫无疑义的。

在懒尚是一种负面评价（并且被佛经加强了）的时候，嵇康对它进行了一次深刻的书写，他在《与山巨源绝交书》中毫无隐晦地宣告着自己的懒：

> 性复**疏嬾**，筋驽肉缓，头面常一月十五日不洗，不大闷痒，不能沐也。每常小便而忍不起，令胞中略转乃起耳。又**纵逸**来久，情意**傲散**，简与礼相背，**嬾与慢**相成，而为侪类见宽，不攻其过。又读《庄》《老》，重增其**放**，故使荣进之心日颓，任实之情转笃。

他又将自己和阮籍比较，“不如嗣宗之贤（资），而有**慢弛**之阙”。接下来说自己于礼法“有必

① 参见顾满林《东汉佛道文献词汇新质研究》，商务印书馆2013年版，第236页。

② 参见方立天《佛教哲学》，中国人民大学出版社1986年版，第125页。

③ 袁行霈《陶渊明集笺注》，中华书局2003年版，第304页。龚斌《陶渊明集校笺》，上海古籍出版社1996年版，第264页。古直《重订陶渊明诗笺》，李剑锋评，山东大学出版社2016年版，第143页。按各家于“懒惰”一词均无注，盖以为平常之词，实际上在当时“懒惰”是一个从佛经新译词引入诗文的词汇，陶潜应是第一个使用者。经电子检索，整个南北朝时期的外典文献用懒惰一词也不多，除范晔《后汉书》外，仅有《宋书·袁湛传》《南齐书·虞玩之传》、皇侃《论语义疏》“宰予昼寝”注数处，不一一列举。

不堪者七",多数可说是与懒相关的毛病,如:"卧喜晚起,而当关呼之不置,一不堪也。抱琴行吟,弋钓草野,而吏卒守之,不得妄动,二不堪也。危坐一时,痺不得摇,性复多虱,把搔无已,而当裹以章服,揖拜上官,三不堪也。"①嵇康将自己写得如此不堪,目的正是为了引起他人的厌恶,以求避世远谤。嵇康说的疏懒,在其《答二郭三首》之二中也表达过:"因疏遂成嬾,寝迹北山阿。"②此外,嵇康《高士传》司马相如赞云"长卿慢世,越礼自放"③,也就是前面说的"简与礼相背,嬾与慢相成"。嵇康之懒后来成为典故,如王维《山中示弟》:"莫学嵇康懒,且安原宪贫。"杨亿《省中当直即事书怀兼简阁长李舍人》:"性懒无堪过叔夜,思迟多病似相如。"("无堪"就是"不堪",指七不堪。)王之道《寄奉符大有叔》:"宁知懒过嵇中散,亦有诗如谢法曹。"王士禛《徐五兄自号嵇庵》:"独应七不堪,仿佛嵇生懒。"均用其事。

嵇康的懒书写具有某种象征和示范的意义,它本身即体现和包含了三个因子:高士隐逸,狂士任诞,名士风流,这影响到魏晋南北朝有关懒慢书写的文学和文化。南齐卞彬《蚤虱赋序》说自己"为人多病,起居甚疎,萦寝败絮,不能自释。兼摄性懈惰,嬾事皮肤,澡刷不谨,澣沐失时,四体䩄䩄,加以臭秽,故苇席蓬缨之间,蚤虱猥流。……若吾之虱者,无汤沐之虑,绝相吊之忧,宴聚乎久襟烂布之裳,服无改换,掐啮不能加,脱略缓嬾,复不勤于捕讨"④,写懒于澡沐而多虱,实由嵇康"七不堪"中的"性复多虱,把搔无已"演化而来,是中国文学史上第二次细致的懒书写。江淹《与交友论隐书》写隐逸之志,说"性有所短,不可韦弦者五",其中有"人间应修,酷懒作书"⑤,显然也是从"七不堪"中来——"素不便书,又不喜作书,而人间多事,堆案盈机,不相酬答,则犯教伤义,欲自勉强,则不能久,四不堪也"。至于郭璞"不持仪检,形质穨索,纵情嫚惰,时有醉饱之失"⑥,也是一种懒("嫚惰"),体现的是与嵇阮同流的任诞之风。可以说,魏晋名士以一种不合作的高隐姿态赋予了"懒"新的意义,成为南北朝文化的一个重要因子。进一步来说,尽管唐以前的"懒"一般不被当作美德懿行,修道者更批评懒惰、懈怠、放逸等行为,但同时期的文化对高士、狂士、名士的追慕崇尚又隐含了懒的因子,而这为后来懒文化的形成做了早期的准备。

时间进入唐代,象征着高士、名士姿态和风流的懒的因子开始发挥其在文学上的作用,这首先在推崇阮籍、嵇康、陶潜的隐逸诗人王绩那里表现出来。他的《田家三首》其一云:"阮籍生涯懒,嵇康意气疏。"就使用了嵇康的"招牌"词——疏懒。又《薛记室收过庄见寻率题古意以赠》云:"散诞时须酒,萧条懒向书。"写生活之散淡逍遥。很快在唐人表达隐逸闲居的诗中,懒字多了起来:

---

① 萧统:《文选》,上海书店出版社 1988 年影印胡克家本,第 599—602 页。又见戴明扬《嵇康集校注》,中华书局 2014 年版,第 194—199 页。

② 戴明扬:《嵇康集校注》,中华书局 2014 年版,第 106 页。

③ 《世说新语·品藻》注引,见余嘉锡《世说新语笺疏》,上海古籍出版社 1993 年版,第 542 页。此条叙事即引用了"长卿慢世"之语:"王子猷、子敬兄弟共赏《高士传》人及《赞》。子敬赏'井丹高洁',子猷云:'未若"长卿慢世"。'"

④ 萧子显:《南齐书》卷五十二《卞彬传》,中华书局 1972 年版,第 892 页。

⑤ 胡之骥:《江文通集汇注》,中华书局 1984 年版,第 349 页。

⑥ 余嘉锡:《世说新语笺疏》,上海古籍出版社 1993 年版,第 257 页。

纱帽乌皮几，闲居懒赋诗。（王维《慕容承携素馔见过》）

老来懒赋诗，惟有老相随。（王维《偶然作六首》之六）

惠连发清兴，袁安念高卧。余故非斯人，为性兼懒惰。（高适《苦雪四首》之二）

归家如欲懒，俗虑向来销。（岑参《雪后与群公过慈恩寺》）

杜甫是第一个大量写到“懒”的诗人。下面这些诗中可以看到嵇康所说的疏懒：

东柯遂疏懒，休镊鬓毛斑。（《秦州杂诗二十首》十五）

疏懒为名误，驱驰丧我真。（《寄张十二山人彪三十韵》）

无人觉来往，疏懒意何长。（《西郊》）

旧谙疏懒叔，须汝故相携。（《佐还山后寄三首》其一）

纵饮久判人共弃，懒朝真与世相违。（《曲江对酒》）

“懒朝”其实也暗用了嵇康的“七不堪”，七不堪说到底就是不堪为官，像“裹以章服，揖拜上官”那样的生活，正是嵇康所厌弃的①。杜甫还将嵇康文中的“嬾与慢相成”锻造成“懒慢”一词：

懒慢无堪不出村，呼儿自在掩柴门。（《绝句漫兴九首》之六）

懒慢头时栉，艰难带减围。（《伤秋》）

也用懒惰：

阿翁懒惰久，觉儿行步奔。（《示从孙济》）

旁人错比扬雄宅，懒惰无心作解嘲。（《堂成》）

---

① “懒朝”暗用嵇康典故之意，杜诗的诸家注本均未注出。顺便指出，“懒朝真与世相违”的“真”有二义：一为真正、确实，与上联“久”字相对；另一为真性之意，即嵇康文中“性有所不堪，真不可强”的“真”，以及嵇康《幽愤诗》“志在守朴，养素全真”的“真”（源自《庄子》）。杜诗“疏懒为名误，驱驰丧我真”，用嵇康典则更为明显。蔡梦弼注：“奔波风埃而失其率真之性也。”（《杜工部草堂诗笺》卷十五）真字的解释也不准确。

此外他写懒的诗句还有：

兴来不暇**懒**，今晨梳我头。（《晦日寻崔戢李封》）

小来**习性懒**，晚节**慵**转剧。（《送李校书二十六韵》）

近识峨眉老，知予**懒**是真。（《漫成二首》之二）

拾遗曾奏数行书，**懒性**从来水竹居。（《奉酬严公寄题野亭之作》）

幽栖身**懒**动，客至欲如何。（《绝句六首》之二）

黄师塔前江水东，春光**懒困**倚微风。（《江畔独步寻花》之五）

平生**懒拙**意，偶值栖遁迹。（《发同谷县》）

我衰更**懒拙**，生事不自谋。（《发秦州》）

不同于此前诗人偶然自嘲或自谦的模式，杜甫是将懒当作自己习性的一部分而大加书写，甚至将它看作一种生存及处世方式。嵇康虽然表述过类似的意思，但那是在特殊时势下带有自辱性质的表态。值得一提的是，“懒慢”、“懒性”、“懒困”、“懒拙”均是杜甫首创的新词。“困”表示困乏、疲惫，是中古出现的俗词。“拙”指笨拙，最早有《老子》的“大巧若拙”，后来潘岳的“拙者可以绝意乎宠荣之事”、“终优游以养拙”（《闲居赋》），陶潜的“性刚才拙，与物多忤”（《与子俨等疏》）和“守拙归园田”（《归园田居》其一），谢灵运的“进德智所拙”（《登池上楼》）等，初步构成了拙的观念。和写懒类似，杜甫也是第一个大量写拙的诗人，如《自京赴奉先县咏怀五百字》：“杜陵有布衣，老大意转拙。”《屏迹三首》其一：“用拙存吾道，幽居近物情。”《投简成华两县诸子》：“自然弃掷与时异，况乃疏顽临事拙。”《暮春题瀼西新赁草屋五首》其二：“养拙干戈际，全生麋鹿群。”杜甫将“懒”字与这些字复合构成新词，使懒的意义更加丰富。创造新词和新意象是伟大诗人的标记，杜甫在这方面贡献尤多。

杜甫之后，大历诗人写懒渐多起来，如李端《赠薛戴》“懒是平生性”，严维《送舍弟》“疏懒吾成性”，司空曙《逢江客问南中故人因以诗寄》“疏懒辞微禄”，灵一《送明素上人归楚觐省》“能将疏懒背时人”，但大体上没有超出杜甫的表达。而稍后白居易的出现，则将懒书写推到唐代的高峰。众所周知，白居易有大量闲适之作，并且曾用“闲适”作为其诗歌的一个类别的名称，而懒可以说就是闲适的一种极致状态，如其诗云：“既懒出门去，亦无客来寻。以此遂成闲，闲步绕园林。”（《林下闲步寄皇甫庶子》）懒于出门则成闲。白居易诗中的懒字随处可见，如“银章暂假为专城，贺客来多懒起迎”（《又答贺客》），“二毛晓落梳头懒，两眼春昏点药频”（《自叹二首》之二），“迎送宾客懒，鞭笞黎庶难”（《自咏五首》之三）等。“疏懒”、“懒慢”也常常使用：

不拟人间更求事,些些**疏懒**亦何妨。(《南龙兴寺残雪》)

独有**懒慢**者,日高头未梳。工**拙**性不同,进退亦遂殊。……三旬两入省,因得养顽**疏**。(《常乐里闲居偶题十六韵……时为校书郎》)

懒慢不相访,隔街如隔山。(《酬吴七见寄》)

性情**懒慢**好相亲,门巷萧条称作邻。(《春中与卢四周谅华阳观同居》)

白居易还发明了新词“懒放”和“放懒”:

寒来弥**懒放**,数日一梳头。……人心不过适,适外复何求。(《适意二首》之一)

眼底一无事,心中百不知。想到京国日,**懒放**亦如斯。(《自问行何迟》)

念兹弥**懒放**,积习遂为常。……慵中每相忆,此意未能忘。(《寄张十八》)

怕寒**放懒**不肯动,日高睡足方频伸。(《雪中晏起偶咏所怀兼呈张常侍韦庶子皇甫郎中杂言》)

这两个词,大概是对《与山巨源绝交书》“懒与慢相成……又读《庄》《老》,重增其放”的熔铸。宋人受白居易影响很大,继承使用之。如司马光《闲居呈复古》:“闲居虽**懒放**,未得便无营。”《又和南园真率会见赠》:“酬应诗豪困牵率,从来**懒放**似嵇康。”①苏轼《与晁美叔二首》之一:“日欲裁谢,而**拙钝懒放**,因循至今。”②

白居易诗中不只是提到懒,或只是使用有关典故,更有许多对懒的具体描述,如“日高头未梳”、“三旬两入省”、“懒慢不相访,隔街如隔山”、“数日一梳头”、“朝睡足始起”、“经旬不出门,竟日不下堂”等等。这些对“懒生活”细节的描写,比杜甫更加具体入实③。更进一步,白诗中还有不少专门描写“懒生活”的作品,如《晏起》《雪中晏起偶咏所怀兼呈张常侍韦庶子皇甫郎中杂言》《日高卧》《懒放二首呈刘梦得吴方之》《咏慵》《晚起》(同题有三首)等。举两首:

怕寒**放懒**日高卧,临老谁言牵率身。夹幕绕房深似洞,重茵衬枕暖于春。小青衣动桃根起,嫩绿醅浮竹叶新。未裹头前倾一盏,何如冲雪趁朝人。(《日高卧》)

---

① 司马光:《传家集》卷十一,卷十二,吉林出版集团有限公司影印《四库全书荟要》本,2005年,第127页下、第144页上。

② 《苏轼文集》卷五十五,中华书局1986年版,第1685页。

③ 刘宁讨论过元白诗的“入实趣味”,见刘宁《唐宋之际诗歌演变研究:以元白之元和体的创作影响为中心》,北京师范大学出版社2002年版,第3—6页。

烂熳朝眠后,频伸晚起时。暖炉生火早,寒镜裹头迟。融雪煎香茗,调酥煮乳糜。慵馋还自哂,快活亦谁知。酒性温无毒,琴声淡不悲。荣公三乐外,仍弄小男儿。(《晚起》)

白居易在《效陶潜体诗十六首》序中说自己退居渭上后,"懒放之心,弥觉自得"。在这一表述里,懒放已不仅仅是自嘲,不仅仅是享受,更具有了一种生命与宗教的意义。"自得"本是儒家提倡和追求的心理状态[①],而在白居易的语境里也具有佛教的色彩。他在《咏所乐》中说:"嬾与道相近,钝将闲自随。"则将懒上升到道的高度[②]。这里的"道",兼有佛家、道家、儒家的多层和复合的含义,与当时马祖一系的禅宗思想相通[③]。

毛妍君说:"在中国文学史上,白居易是第一个大力抒写自己的慵懒、标榜自己好闲、张扬自己昼寝的文人。"[④]写懒第一人的名号或应归之于嵇康或杜甫,但必须承认,白居易将懒书写大大推进了一步,涉及更多的生活细节,表现更多的闲情逸致,并有专门写懒和慵的诗篇。可以说,懒作为一个主题或题材从此进入到诗歌史之中。关于白居易诗的闲适及其与马祖禅(洪州禅)的关系,前人论述已多[⑤],萧驰分析过洪州禅的日常性与白居易诗的"无事"题旨[⑥],曹逸梅论述了唐宋诗中对昼寝的描写和看法[⑦],都有深刻的见解。不过他们对于与"闲"、"无事"、"昼寝"等相关联的"懒",几乎都没有提及,不能不说是一个遗憾。

晚唐的懒书写是中唐的余波,姚合在白居易、刘长卿之后发展了吏隐主题,其代表作《武功县作三十首》其一云:"更师嵇叔夜,不拟作书题。"其四云:"醉卧慵开眼,闲行懒系腰。"其二十四云:"久贫还易老,多病嬾能医。"也常常书写慵懒之状。按照蒋寅的说法,这表现了作者的"懒吏"形象[⑧]。姚合确实也曾明言其疏懒的本性,"疏懒今成性"(《游春十二首》其七),"自知疏懒性"(《游春十二首》其十一),"自怜疏懒性"(《秋日闲居二首》其二)。白居易、姚合等人的懒书写及其透露的生活意趣,除了有中古隐逸文化的背景支撑外,还有来自中晚唐禅宗思想的影响。张籍《晚秋闲居》云:"从来疏懒性,应只有僧知。"僧家为何能理解疏懒?因为他们置身世外,与仕途之人相比清闲自适,而在世人看来就是闲散逍遥而

---

① 《礼记·中庸》:"君子无入而不自得焉。"《孟子·离娄下》:"君子深造之以道,欲其自得之也。自得之则居之安,居之安则资之深,资之深则取之左右逢其原,故君子欲其自得之也。"顺便指出,嵇康《与山巨源绝交书》里也有"所谓达能兼善而不渝,穷则自得而无闷"的话。

② 白居易这句诗的句式来自《与山巨源绝交书》的"简与礼相背,嬾与慢相成",但不同的是,在嵇康那里,简、嬾、慢都是负面的词语,而白居易这里的懒、钝、闲都得到了正面肯定,而且说懒近于道。

③ 胡遂讨论过马祖禅法中"平常心是道"、"即事即真"等思想与元白张王等人的闲适诗歌及平易诗风之间的关系,见其《佛教禅宗与唐代诗风之发展演变》第三章第四节"平常心是道:论元白诗派平易浅俗诗风",中华书局2007年版。

④ 毛妍君:《白居易闲适诗研究》,中国社会科学出版社2010年版,第155页。

⑤ 参见孙昌武《禅思与诗情》中《白居易与禅》一章,中华书局2006年版。贾晋华:《"平常心是道"与"中隐"》,《汉学研究》第16卷2期,1998年。

⑥ 萧驰:《洪州禅与白居易闲适诗的山意水思》,《中国文哲研究集刊》2005年第26期。

⑦ 曹逸梅:《午枕的伦理:昼寝诗文化内涵的唐宋转型》,《文学遗产》2014年第6期。

⑧ 蒋寅:《"武功体"与"吏隐"主题的发展》,《扬州大学学报》2000年第3期。松原朗曾提到姚合"尚俭与慵懒的美学",认为来自张籍,见松原朗《晚唐诗之摇篮——张籍、姚合、贾岛论》,西北大学出版社2018年版。

近于懒了。不只如此，禅僧也主动地承认这种懒，并从中体味其宗教的意义。五代释延寿《山居诗》其八云："方知**懒与真空合**，一衲闲披憩旧庐。"和白居易的"懒与道相近"一样，点出了懒中所蕴含的宗教性。下面谈谈懒残等僧人的乐道歌以及唐代的山居诗，这些作品多写求道修禅者的懒散生活和旷达态度，既是其宗教思想的直接呈现，也是懒书写的重要组成。

二、懒残、乐道歌与禅宗

懒残原名明瓒，是唐代开元至大历年间在衡山隐居的一位异僧和高僧，他以执役僧的形象出现于世人面前，预言了李泌的宰相之任，在显现神力之后，以被虎衔走的方式离开（尸解）。在记载懒残生平最早的文献《甘泽谣》中，他实际上被塑造成一个神仙和高僧的形象[①]。懒残之得名，据说是"性懒而食残，故号懒残"，但早期文献没有他如何懒的具体记载，而五代禅宗典籍《祖堂集》记录的懒残乐道歌，则实实在在地呈现出一种禅宗气息的"懒"来。歌云：

> 兀然无事无改换，无事何须论一段。真心无散乱，他事不须断。过去已过去，未来更莫算。兀然无事坐，何曾有人唤？向外觅功夫，总是痴顽汉。粮不畜一粒，逢饭但知餐。世间多事人，相趁浑不及。我不乐生天，亦不爱福田。饥来即吃饭，睡来即卧瞑。愚人笑我，智乃知贤。不是痴钝，本体如然。要去即去，要住即住。身被一破纳，脚着娘生袴。多言复多语，由来反相误。……种种劳筋骨，不如林间睡兀兀。举头见日高，乞饭从头喂。……世事悠悠，不如山丘。青松蔽日，碧涧长流。卧藤萝下，块石枕头。山云当幕，夜月为钩。不朝天子，岂羡王侯？生死无虑，更须何忧？水月无形，我常只宁。万法皆尔，本自无生。兀然无事坐，春来草自青。[②]

《祖堂集》共载《乐道歌》三首，另两首分别为腾腾和尚（仁俭）、关南和尚（道常）所作[③]。按《祖堂集》的说法，腾腾和尚为初唐时人（慧安国师门下），关南为晚唐时人。孙昌武提到腾腾和懒瓒之作，认为"从作品的思想内容和表现风格看，应是中唐祖师禅形成以后的，大概是那些山居修道的禅僧的创作"[④]。腾腾和尚歌中的"识取自家城廓"、"言语不离性空"、"烦恼即是菩提"等，确实不像是盛唐以前禅宗的思想。"烦恼即是菩提"即慧能所说"即烦

① 有关懒残故事、形象以及相关典故在诗文中的表现，拙文《懒残故事及其形象在唐宋之演变与接受》（未刊）另有讨论。

② 静、筠《祖堂集》卷三《懒瓒和尚》，孙昌武等点校，中华书局 2007 年版，第 148 页。顺便指出，"饥来即吃饭，睡来即卧瞑"，《景德传灯录》卷三十作"饥来吃饭，困来即眠"，对禅宗思想影响极大，甚至成为话头和公案，参见拙文《懒残故事及其形象在唐宋之演变与接受》。有意思的是，早在嵇康《难自然好学论》中就说过"饱则安寝，饥则求食"的话。

③ 见《祖堂集》卷三《腾腾和尚》，第 153 页；卷十七《关南和尚》，第 754 页。腾腾之《证道歌》亦名《了元歌》，参见项楚等《唐代白话诗派研究》，巴蜀书社 2005 年版，第 411—416 页。

④ 孙昌武：《禅思与诗情》，中华书局 2006 年版，第 308 页。

恼是菩提"[1],"自家城廓"类似马祖所说"自家宝藏"[2],著名的"今日任运腾腾,明日腾腾任运",也和马祖所说"长养圣胎,任运过时"[3]类似。可以肯定,腾腾和尚歌是托名之作,其写作时间在中唐以后[4]。至于嬾残之作,其中的"何须读文字"之说,近于慧能的"佛性之理,不关文字"等"不立文字"的说法[5],而"无事"思想和乐道思想等,和马祖以来的禅宗确有相近处。嬾残的师承,一说是北宗的普寂法嗣,一说是南宗的慧能门下,不论如何,他在南岳时和怀让、希迁、马祖互相认识是完全可能的,其乐道歌的产生并非没有可能。而且临济义玄(? —866)曾引用"古人"的话说,"向外作工夫,总是痴顽汉",与歌中"向外觅功夫,总是痴顽汉"一致,所谓古人,大概就是指嬾残吧。

相比腾腾和关南的乐道歌来说,嬾残歌更多地描写了僧人安贫乐道的生活,表现自在逍遥的生活境界,是名副其实的乐道歌。如"种种劳筋骨,不如林间睡兀兀。举头见日高,乞饭从头喂",以及最后"世事悠悠"至"春来草自青"的一段。后来南宋《南岳总胜集》记嬾残事,录歌则仅节录"世事悠悠"以下部分,亦可见这段最为人所喜爱,最能表达乐道之情。可以比较的是敦煌遗书中的《山僧歌》(斯5692):

> 问曰居山何似好,起时日高睡时早。山中软草以为衣,斋餐松柏随时饱。卧崖龛,石枕脑,一抱乱草为衣袄。面前若有狼藉生,一阵清风自扫了。独隐山,实畅道,更无诸事乱相扰。……贪看山,石撅倒,不能却起睡到晓。时人唤我作痴憨,自作清闲无烦恼。……最上乘,无可造。不施工力自然了。识心见性又知时,无心便是释迦老。[6]

项楚老师在解读此诗时就联系到乐道歌,说得很好:"禅宗歌偈中有一类叫'乐道歌',《山僧歌》就属于这一类,它极力渲染山僧山居修禅生活的乐趣。所谓'修禅生活',其实只是做一个寻常无事自在人,也就是做一个与世无争、无所事事的懒汉。然而禅宗中人却觉得这种懒散生活中充满了极大的乐趣,无往而不感受到'禅悦'之味,以至自认为这就是'成佛'了,所以最后点出了主题:'识心见性又知时,无心便是释迦老。'"[7]两首歌诗都写到吃饭穿衣的简陋与随意,尤其都写到睡觉晚起:"举头见日高","起时日高睡时早"。祁伟研究山居诗

---

① 郭鹏:《坛经校释》,中华书局1983年版,第51页。

② 《景德传灯录》卷六《越州大珠慧海禅师》。丹霞天然《骊龙珠吟》也有"认取宝,自家珍,此珠元是本来人"的句子,见《祖堂集》卷四《丹霞和尚》,第218页。

③ 《景德传灯录》卷六《江西道一禅师》。亦见《祖堂集》卷十四《江西马祖》,第611页。

④ 我甚至怀疑腾腾和尚之名即来自白居易诗。白诗中用到"腾腾"一词(意为迷糊)约20次,其中有几处都表现出任运的思想,如《答元八郎中杨十二博士》:"身觉浮云无所著,心同止水有何情。但知萧洒疏朝市,不要崎岖隐姓名。尽日观鱼临涧坐,有时随鹿上山行。谁能抛得人间事,来共腾腾过此生。"又如"腾腾兀兀在人间"、"腾腾闲来经七春"、"不营一事共腾腾"等。

⑤ 关于禅宗的"不立文字",参见周裕锴《文字禅与宋代诗学》,高等教育出版社1998年版,第1—8页。萧丽华探讨过唐代僧诗中的文字观,见其《"文字禅"诗学的发展轨迹》,新文丰出版公司2012年版。

⑥ 转引自项楚《敦煌诗歌导论》,巴蜀书社2001年版,第131—132页。按,"撅倒"同"蹶倒",意为倒下。《古尊宿语录》卷四十四《宝峰云庵真净禅师住金陵报宁语录》:"大地作床,长天为幕。蹶倒打睡,百草头上。"赜藏主:《古尊宿语录》,中华书局1994年版,第850页。

⑦ 项楚:《敦煌诗歌导论》,巴蜀书社2001年版,第132页。

时，分析这类诗歌的主题，有“行住坐卧”、“历史兴衰”、“参禅示悟”、“山居乐道”四类[①]。按这个标准，嬾残歌涉及除历史兴衰以外的三个主题。无事任运、逍遥自在的懒散生活，是嬾残歌中最为形象和最为精彩的部分，也是后人对嬾残及其乐道歌接受的核心所在。《景德传灯录》卷三十收录的《铭记箴歌》，其中就有腾腾和尚《了元歌》（《祖堂集》称乐道歌）、南岳懒瓒和尚歌、石头和尚《草庵歌》、道吾和尚《乐道歌》、关南长老《获珠吟》（《祖堂集》称乐道歌）等，都是思想意旨相近的乐道歌，歌唱“不坐禅，不修道，任运逍遥只么了”（《获珠吟》），表达“畅情乐道”（道吾和尚《乐道歌》）之意，这些作品都可以看作嬾残乐道歌的后裔或近亲。

嬾残在宋代有着广泛的影响。他之所以被宋人留意，主要不是他傲视王侯、安贫乐道的形象——高士传统里的原宪、田子方、颜歜以及文人传统里的嵇康、陶渊明等已经具备了这样的思想和形象资源，也不是其谪堕神仙的形象，而是他的《乐道歌》以及他名字里的“懒”因子。黄庭坚大概是宋代最喜爱和推崇嬾残的人，曾抄写嬾残歌[②]，还在自己的像赞上说自己是嬾残转世，《张子谦写予真请自赞》：“自疑是南岳懒瓒师，人言是前身黄叔度。”[③]他在《次韵元实病目》的结尾还写道：“君不见岳头懒瓒一生禅，鼻涕垂颐渠不管。”借懒瓒禅法来宽慰得眼病的范温（元实）。“鼻涕垂颐渠不管”似乎用了一个典故，但在黄庭坚之前的文献中找不到这个故事，而稍晚的惠洪《林间录》中却记载着：

> 唐高僧号懒瓒，隐居衡山之顶石窟中。尝作歌，其略曰：“世事悠悠，不如山丘。卧藤萝下，块石枕头。”其言宏妙，皆发佛祖之奥。德宗闻其名，遣使驰诏召之。使者即其窟，宣言：“天子有诏，尊者幸起谢恩。”瓒方拨牛粪火寻煨芋，食之，寒涕垂膺，未尝答。使者笑之，且劝瓒拭涕。瓒曰：“我岂有工夫为俗人拭涕耶？”竟不能致而去。德宗钦叹之。予尝见其像，垂颐瞋目，气韵超然，若不可犯干者。为题其上曰：“粪火但知黄独美，银钩那识紫泥新。尚无心绪收寒涕，岂有工夫问俗人。”

《甘泽谣》和《宋高僧传》的嬾残故事里有这样的情节：李泌来衡山发现嬾残并非凡人，半夜前往谒见，嬾残“拨牛粪火”，“出芋啗之”，然后将吃了一半的芋子给李泌吃。但是，早期文

---

① 祁伟：《佛教山居诗研究》，商务印书馆2014年版。

② 《山谷年谱》卷三十崇宁三年（1104年）四月：“先生有跋自书嬾瓒和尚歌后云：‘四月辛未，余将发清湘矣。湘老乞书，大暑天雨，体烦眼花，书不成字。’”（黄㽦《山谷年谱》，吉林出版集团有限公司影印《四库全书荟要》本，2005年，第319页上）今有“黄文节公书梵志诗”传世，有人误以为此乃黄庭坚书王梵志诗，项楚《王梵志诗十一首辨伪》有辨析，见其《王梵志诗校注》，上海古籍出版社2010年版，第772页。汪砢玉《珊瑚网》卷五《黄涪翁正书诗真迹》亦录其全文，后跋云：“元符三年（1100）七月，涪翁自戎州泝流上青衣，廿四日，宿廖致平牛口庄，养正置酒开芳阁，荷衣未尽，莲实可登，投壶弈棋，烧烛夜归。此字可令张法亨刻之。”今国家博物馆藏有黄庭坚“牛口庄题名卷”58字，即此。陈乔认为，《珊瑚网》所录原卷的前半已亡佚，今存后半的题记为真品，而今传的王梵志诗卷（无“此字可令张法亨刻之”九字），为《江村消夏录》《经训堂法书》所录者为赝品（《黄庭坚的〈明瓒诗后题卷〉》，《文物》1962年第11期）。不过，此题跋所述之时间和地点，与《山谷年谱》崇宁三年“发全州”的时地也不合，存疑。今人整理《黄庭坚全集》时补辑了《题所书唐明瓒禅师乐道歌后》（即跋文58字），见《黄庭坚全集》，中华书局2021年版，第2111页。

③ 《黄庭坚全集》，中华书局2021年版，第508页。

献中并没有德宗令使者召见、嬾残"寒涕垂膺"而不拭的细节。我怀疑这出于惠洪的杜撰增添,以此来注释黄庭坚诗中的"鼻涕垂颐渠不管",也就是说,这是一个伪典和伪注[①]。惠洪本人也多次用这个典故,《偶书寂音堂壁三首》之二:"寂音闲杀益风流,**寒涕**垂膺懒更收。"《蜀道人明禅过余甚勤久而出东山高弟两勤送行语句戏作此塞其见即之意》:"张口茹拳君聚落,垂膺**拭涕**我山林。"[②]其《次韵游衡岳》自述心迹,末句说"平生嘉遁心,行挽车轮起。**拭涕师懒瓒**,多事笑昙始"[③],更欲学习嬾残不问俗事,而嘲笑昙始奔走四方为世人和帝王说法未免多事。他在《送因觉先序》中还说:"余以屏迹岩丛,栈绝世路,宁当交公卿大夫哉!脱有见问者,为言未能**为世收寒涕**是矣。"[④]上面这些既可以看作化用黄庭坚诗句之典,也可以说是使用自己编造的典故(可谓自我作故)。嬾残垂涕的故事此后广见于各种佛教典籍,如《碧岩录》《南岳总胜集》《释氏通鉴》《佛祖历代通载》等。金元时期的佛教类书《禅苑蒙求瑶林》还收有《懒瓒煨芋》一则,可见这典故已经传遍丛林。南宋有多位僧人为嬾残作颂赞,多是赞赏其不赴征召、煨芋自适的精神。如释智愚《懒瓒和尚赞》:"石林冰冷,粪火芋香。深拨浅得,滋味最长。"又一首:"枕石苔生,崖藤影绿。天书促行,芋子未熟。"[⑤]释广闻《懒残和尚赞》:"寒涕无暇收,高风自然足。客来知不知,吾芋恰新熟。"[⑥]释普度《懒瓒赞》:"山窈窕,路羊肠。紫泥下诏,御墨犹香。报道我侬煨芋忙。"[⑦]

惠洪在《林间录》中引自己的诗"粪火但知黄独美"云云,又见《石门文字禅》卷十五,题为《读古德传八首》之四[⑧]。黄独是一种类似芋子的食物,因杜甫诗有"黄独无苗山雪盛"(《乾元中寓居同谷县作歌七首》其二),乃为世人所知。黄庭坚、惠洪、王观国等人还辨析过杜甫此诗有的版本作"黄精"是错误的[⑨]。惠洪诗中的"黄独美"其实就是"芋子美"的意思,黄独作为芋子的代名而使用。此后南宋僧人写懒瓒之诗,便常用黄独之语:

> 粪火堆中黄独羹,松萝影里白云闲,自从丹诏来岩窦,赢得虚名满人间。(道冲《懒瓒》)

> 肩担坏衲涕垂颐,目送征鸿宇宙低。丹诏不知黄独美,今人此道弃如泥。(永珍《懒瓒》)

> 香浮黄独地炉红,诏墨新题**懒**剥封。阅世难移清苦节,西风吹上祝融峰。(永秀

① 参见拙文《嬾残故事及其形象在唐宋之演变与接受》(未刊)。

② 上二首均见惠洪《石门文字禅》卷十二,周裕锴《石门文字禅校注》,上海古籍出版社2021年版,第2028、2007页。

③ 《石门文字禅》卷六,见周裕锴《石门文字禅校注》,第991页。

④ 《石门文字禅》卷二十四,见周裕锴《石门文字禅校注》,第3656页。

⑤ 《全宋诗》(第57册),北京大学出版社1998年版,第35928、35934页。

⑥ 《全宋诗》(第59册),北京大学出版社1998年版,第37013页。

⑦ 《全宋诗》(第61册),北京大学出版社1998年版,第38517页。

⑧ 周裕锴:《石门文字禅校注》,上海古籍出版社2021年版,第2297页。

⑨ 关于宋人对于杜诗此句黄精、黄独的辩论,参见莫砺锋《论宋人校勘杜诗的成就及影响》,《杜甫研究学刊》2005年第3期。

《懒瓒岩》[①])

垂颐寒涕满头霜，黄独煨来别有香。三诏入云三不起，儿孙各自立封疆。（普济《懒瓒赞》[②])

经过黄庭坚和惠洪的“宣传”，嬾残典故和形象频繁出现于宋代诗文之中：

客来慵拉懒残涕，老去定同弥勒龛。（范成大《初履地》[③])

西江一吸还居士，**寒涕双垂任懒残**。（李壁《湛庵出示宪使陈益之近作且蒙记忆再次韵一首适王令君国正携酒相过断章并识之有便仍以寄陈也》[④])

君不见**懒残**昔往衡山峰，使者召之终不从，天寒垂涕石窟中。（陆文圭《送北禅释天泉长老入燕》[⑤])

寒涕垂颐懒不收，肯将佛法挂心头。（释心月《慵衲》[⑥])

山房不识春风面，地炉宿火煨红软。**寒涕垂颐**午梦醒，饥肠殷殷晴雷转。……放憨一饱万缘空，口唱山歌手扪腹。可中真味与谁论，脯麟脍凤徒腥膻。向使**懒残**知有此，肯把虚名眩天子。（释绍昙《煨芋》[⑦])

风雪衡山涕满膺，**懒残**不管自家身。殷勤拨火分**煨芋**，却有工夫到别人。（文天祥《慧和尚三绝》之二[⑧])

《甘泽谣》有懒残将吃了一半的芋分给李泌的故事，北宋又出现嬾残煨芋自食、垂涕不拭的故事(伪典)，两个故事中都有煨芋的情节。文天祥之诗议论说，既然懒残连鼻涕都不管，说“我岂有功夫为俗人拭涕”，却有功夫理会李泌为相之事，立意可谓巧妙。可以说，文天祥诗是翻惠洪《林间录》及其“尚无心绪收寒涕，岂有工夫问俗人”之案，无意中却指出惠洪故事的矛盾之处。

① 以上三首见朱刚、陈珏《宋代禅僧诗辑考》，复旦大学出版社 2012 年版，第 571、637、643 页。

② 《全宋诗》(第 56 册)，北京大学出版社 1998 年版，第 35163 页。

③ 《范石湖集》卷十七，上海古籍出版社 1981 年版，第 243 页。

④ 《全宋诗》(第 52 册)，北京大学出版社 1998 年版，第 32319 页。

⑤ 《全宋诗》(第 71 册)，北京大学出版社 1998 年版，第 4454 页。

⑥ 《全宋诗》(第 60 册)，北京大学出版社 1998 年版，第 37710 页。

⑦ 《全宋诗》(第 65 册)，北京大学出版社 1998 年版，第 40748 页。绍昙还有一首《煨芋》：“粪火香凝午梦初，烂煨黄独替春蔬。山童急把柴门掩，只恐闲云引诏书。”末句暗用嬾残被召之事。见《全宋诗》(第 65 册)，第 40801 页。

⑧ 《文天祥全集》，中国书店影印世界书局版，1985 年，第 11 页。

由上可见,懒残煨芋是宋人习用的典故,其使用一般有两种情况,含义有所不同而有时也有交叉。一是写山居尤其是佛门生活的境况,多见于僧人以及士人与释了的酬唱诗中,或赏其安贫乐道,或称其自在逍遥。前引宋人之诗大多有这层意思。又如陈与义《留别天宁永庆乾明金銮四老》:"胜事远公莲,深心**懒残芋**。"[①]曹勋《和英上人见寄》:"好闲**懒瓒**聊**煨芋**,不病维摩尚倚床。"[②]刘过《简能仁礼老》:"牛粪火堆**煨芋**熟,时时拾得**懒残**余。"[③]二是写一种美味或野味。李纲《煨芋》和绍县《煨芋》等都将煨芋写得十分诱人。这也与苏轼开创的传统有关,其《除夕访子野食烧芋戏作》云:"松风溜溜作春寒,伴我饥肠响夜阑。牛粪火中烧芋子,山人更吃**懒残**残。"[④]他还有《次韵毛滂法曹感雨诗》:"他年记此味,**芋火对懒残**。"[⑤]除这两处写芋用及懒残典故外,苏轼还有多处写到食芋,其中一首《过子忽出新意以山芋作玉糁羹色香味皆奇绝天上酥陀则不可知人间决无此味也》[⑥],诗题说儿子苏过以新意将芋作成美味,名"玉糁羹",此后便流传开来。周紫芝《烧芋》:"粪火拨灰聊效颦,玉糁夸羹未须尔。"即用其名。南宋一本记载山居食物的书《山家清供》还专门记了煨芋,名为"土芝丹",并引述懒残故事,还有一首"居山人"的诗:"深夜一炉火,浑家团栾坐。煨得芋头熟,天子不如我。"[⑦]虽然没有出现懒字,但诗中体现的自适与乐道则是一致的。

懒残的乐道歌,垂涕和煨芋的故事,对宋以后的文学和文化的影响是巨大的,而这有赖于苏轼、黄庭坚、惠洪等人对懒残故事的不断书写和相关典故的不断使用。从某种意义上来说,宋人塑造了懒残作为懒文化鼻祖的形象与地位。

三、苏黄诗歌及宋词中的懒书写

受杜甫、白居易等人以及包括乐道歌在内的禅宗思想的影响,宋初以来的文学中就不乏懒书写。但要到了苏轼、黄庭坚的时代,文坛才真正刮起"懒"的狂风,正式形成一种可名之为"懒文化"的现象。下面以苏黄为代表,简述北宋后期的懒书写。

苏轼诗中提到懒的地方很多,如"如今老且懒,细事百不欲"(《寄周安孺茶》),"老来百事懒,身垢犹念浴"(《安国寺浴》),"予今正疏懒,官长幸见函"(《东湖》),"懒惰便樗散,疏狂托圣明"(《和子由初到陈州见寄二首次韵》之一),"懒惰今十稔"(《监试呈诸试官》),"万事付懒惰"(《和子由论书》),"我衰废学懒且媮"(《代书答梁先》),等等。他甚至说自己的懒散无人能比:"君看东坡翁,**懒散谁比数**。形骸堕醉梦,生事委尘土。"(《徐大正闲轩》[⑧])值得指出的是,苏轼所写自身的懒,不只是杜甫似的自嘲,也不只是白居易似的自得,而是对个

① 白敦仁:《陈与义集校笺》卷二十三,上海古籍出版社1990年版,第636页。

② 《全宋诗》(第33册),北京大学出版社1998年版,第21150页。

③ 《全宋诗》(第51册),北京大学出版社1998年版,第31836页。

④ 《苏轼诗集》,中华书局1982年版,第2628页。

⑤ 《苏轼诗集》中华书局1982年版,第1652页。

⑥ 《苏轼诗集》中华书局1982年版,第2316页。

⑦ 林洪《山家清供》,浙江人民美术出版社2019年版,第21页。所记懒残故事中还有"尚无情绪收寒涕,那得功夫伴俗人"两句,实为惠洪诗句之演变。

⑧ 《苏轼诗集》,中华书局1982年版,第1284页。此诗作于元丰七年(1084年)。

人习性的省视和生命遭遇的解释。他说:"嚣嚣好名心,嗟我岂独无。……自进苟无补,乃是**懒且愚**。"(《浰阳早发》)"一生溷尘垢,晚以道自盥。无成空得懒,坐此百事缓。"(《和顿教授见寄用除夜韵》)正是因为懒和愚的本性,才令自己一事无成,这是回顾人生境遇的感慨。

苏轼词《南乡子·自述》也说:"凉簟碧纱厨。一枕清风昼睡余。卧听晚衙无一事,徐徐。读尽床头几卷书。　　搔首赋归欤,自觉功名**懒**更疏。若问使君才与术,何如?占得人间一味**愚**。"[①]词中写懒状生动形象,说自己因懒而不得功名,无才无术,只有愚笨。他《送岑著作》一诗,更全面地描写了自己的懒拙之病以及对于懒拙的看法:

> **懒**者常似静,静岂**懒**者徒。**拙**则近于直,而直岂拙欤。夫子静且直,雍容时卷舒。嗟我复何为,相得欢有余。我本不违世,而世与我殊。**拙**于林间鸠,**懒**于冰底鱼。人皆笑其狂,子独怜其愚。直者有时信,静者不终居。而我**懒拙**病,不受砭药除。临行怪酒薄,已与别泪俱。后会岂无时,遂恐出处疏。惟应故山梦,随子到吾庐。[②]

这是一首关于懒的专题写作。苏轼区分了懒、静、拙、直四种品质,认为自己只是懒与拙(而不是岑著作的"静且直"),"拙于林间鸠,懒于冰底鱼",而且这懒拙之病无法根除。苏轼将此归于天性,如《答舒尧文书》所云:"轼**天资懒慢**,自少年筋力有余时,已不喜应接人事。"[③]

苏轼写"懒"时常与"拙"、"愚"等字眼相伴。前面提到,懒拙是杜甫首创的词,唐代无人沿用,至北宋中期始有诗人偶用之,如梅尧臣《晚归闻韩子华见访》:"未能一往见,懒拙其必容。"司马光《酬君贶和景仁见寄三首》其一:"懒拙无时用,耆朋独我思。"[④]但对拙的强调和懒拙一词的使用,还需待苏轼的倡导。苏轼很喜欢杜甫《屏迹》三诗,曾抄写之,其中便有"用拙存吾道,幽居近物情"、"废学从儿懒,长贫任妇愁。百年浑得醉,一月不梳头"等句,并书其后云:"子瞻云:'此东坡居士之诗也。'或者曰:'此杜子美《屏迹》诗也,居士安得窃之?'居士曰:'夫禾麻谷麦,起于神农、后稷,今家有仓廪,不予而取辄为盗,被盗者为失主。若必从其初,则农、稷之物也。今考其诗,字字皆居士实录,是则居士诗也,子美安得禁吾有哉!'"[⑤]要将杜诗窃为己有,这当然是开玩笑,实际上是苏轼认同杜诗表达的懒拙之情状,"字字皆居士实录"。

苏轼曾在《答毕仲举书》中谈到自己学佛的事:

> 佛书旧亦尝看,但闇塞不能通其妙,独时取其粗浅假说以自洗濯,若农夫之去草,旋去旋生,虽若无益,然终愈于不去也。若世之君子,所谓超然玄悟者,仆不识也。往时陈述古好论禅,自以为至矣,而鄙仆所言为浅陋。仆尝语述古,公之所谈,譬之饮食

① 邹同庆、王宗堂:《苏轼词编年校注》,中华书局2002年版,第243页。

② 《苏轼诗集》,中华书局1982年版,第329—330页。

③ 《答舒尧文二首》其一,《苏轼文集》,中华书局1986年版,第1670页。

④ 司马光:《传家集》卷十一,第125页下。

⑤ 苏轼:《书子美屏迹诗》,《苏轼文集》,中华书局1986年版,第2103页。

> 龙肉也,而仆之所学,猪肉也,猪之与龙,则有间矣,然公终日说龙肉,不如仆之食猪肉实美而真饱也。……学佛老者本期于静而达。**静似懒,达似放**,学者或未至其所期,而先得其所似,不为无害。①

信中提到,有些学佛老者未能真正学得静与达,而学会了懒与放,其实意在说自己学佛不到家,却学会了懒放。这信中苏轼一方面描述了自己的懒放状态,另一方面又试图探讨懒放的来源——开玩笑地追溯至学佛。倒可见在时人心目中,懒放与佛教确实是有某种关系的。

黄庭坚"自疑是南岳懒瓒师"的自嘲,其核心便在"懒"字上。他对自己疏懒成性、一事无成的反思,与苏轼并没有什么不同。在《次韵寄滑州舅氏》中他说:"舅氏知甥最**疏懒**,折腰尘土解哀怜。"在黄庭坚的懒书写中,有两种懒比较新颖:病懒和老懒。病懒一词白居易已用,如《兰若寓居》:"退身安草野,家园病懒归。"是说因病而不能、不欲做某事,是一种病中和病后的状态,懒并非核心元素。黄庭坚所写病懒,病和懒更像是并列关系,如"**病懒**百事废,不惟书问疏"(《次韵答王四》)、"老人**病懒**,了不喜作书"(《与子智帖二首》其一)。他还专门写有一首《病懒》诗,说"**病懒**不喜出,收身卧书林"。同时代的苏辙也常用,如《和子瞻煎茶》:"年来**病懒**百不堪,未废饮食求芳甘。"《次韵孙推官朴见寄二首》之二:"**病懒**近来全废学,宦游唯是苦思乡。"《次韵汪琛监簿见赠》:"惭愧邑人怜**病懒**,共成清净劝迟留。"②值得注意的是黄庭坚《次韵元实病目》,诗中虽然没有出现病懒一词,但表达了一种新的意思,即借病偷懒。该诗前面写眼疾,最后说:"金篦刮膜会有时,汤熨取快术诚短。君不见岳头懒瓒一生禅,鼻涕垂颐渠不管。"意思是将来会有良好的医术(金篦刮眼膜)治好眼病,但现在的汤药不能很快奏效。既然如此,就安然接受现状吧,想想嬾残一生所行禅法,就是一个"懒"字啊——连鼻涕垂颐也不管,那么你也借此机会偷个懒吧,不要再作"白鱼钻蠹简"。"阅人朦胧似有味,**看字昏涩尤宜懒**",这两句正道出黄庭坚劝慰朋友的核心旨意。借病偷懒的意思,比黄庭坚稍早的王令已写,《登城》云:"病来万事懒自宜,高城有楼闲登跻。"③可能对黄庭坚有所启发。此后诗人常用此意,如吕本中《奉怀季平范丈戏成两绝句录呈》其一:"形骸已病尤宜懒,岁月长贫屡有诗。"

老懒指年老而懒于行动,韩愈最早使用该词,《送无本师归范阳》云:"**老懒**无斗心,久不事铅椠。"④但此后唐人极少使用此词⑤。北宋文彦博、王安石、王令、陆佃偶用之,而苏黄则很喜欢这个表达。苏轼在诗中常说"如今老且懒"、"老来百事懒"(见前),书牍文里两用老懒一词⑥。黄庭坚有诗《鄂州节推陈荣绪惠示沿檄崇阳道中六诗老懒不能追韵辄自居韵奉

---

① 《答毕仲举二首》其一,《苏轼文集》,中华书局1986年版,第1671页。

② 见苏辙《栾城集》卷四,卷五,卷十四。《苏辙集》,中华书局1990年版,第78、91、262页。

③ 《王令集》,上海古籍出版社2011年版,第220页。王令还有《暑中嬾出》《慵》诗,见《王令集》第177、204页。

④ 钱仲联:《韩昌黎诗系年集释》,上海古籍出版社1984年版,第820页。

⑤ 如陆龟蒙《村夜》:"只会鱼鸟情,讵知时俗性。浮虚多徇势,老懒徒历聘。"见何锡光《陆龟蒙全集校注》,凤凰出版社2015年版,第295页。

⑥ 《与陈朝请二首》其二:"示谕学琴,足以自娱,私亦欲尔。但老懒不能复劳心尔。"《与潮守王朝请涤二首》其一:"向蒙宠惠高文,钦味不已,但老懒废学,无以塞盛意,悚怍而已。"《苏轼文集》,第1709、1802页。

和之》六首，而在书牍中使用老懒约十次，数量空前。黄庭坚书牍文常将老懒、病懒两层意思合用，以表示自己不能作书撰文的歉意，如《答黔州谭司理三首》其一："衰疾**老懒**，别来书问不继。"《答黔州崔少府》："衰疾**老懒**，又不遇便人，故因循不作书。"《答洪甥驹父二首》其二："绍圣以后始知文章，但已**老病惰懒**，不能下笔也。"此后诗人常用老懒的表达，如张耒《寓陈杂诗十首》其六："开门无客来，永日不冠履。客知我**老懒**，投刺辄复去。"①王安中《送曹文叔》："政缘**老懒**故，早觉追随茶。"叶梦得《临江仙(卷地惊风吹雨去)》："元龙真**老懒**，无意卧高楼。"王之道《题智果寺》："老来**习懒放**，万事废不整。"黄庭坚还曾作颂称一老僧虽不识字，其暴背睡觉却似近道。《豆字颂(并序)》："尝有老僧暴背于后架，作此豆字示之，问会麽？云不会。因以为颂。斋余睡兀兀，占尽檐前日。不与一瓯茶，眼前黑如漆。"②这里"睡兀兀"的语句，不得不让人想起嬾残的"林间睡兀兀"来③，要知道，嬾残乐道歌是黄庭坚亲笔抄写过的。黄庭坚另有颂云："向上关捩子，未曾说似人。困来一觉睡，妙绝更通神。"④显然也受到嬾残"饥来即吃饭，睡来即卧瞑"的影响。

南宋陈田夫《南岳总胜集》卷中《大明禅寺》记嬾残之事，后云："黄庭坚尝自赞真云'自疑是南岳懒散师'，乃此老也。或称懒瓒，语讹也。"黄庭坚原文的"懒瓒"被陈田夫改作"懒散"，还说前者是"语讹"，其实五代《祖堂集》和《宗镜录》已有"懒瓒"之名，这大概是取其标志性的"懒"和法号明瓒的下字合成的新名，意指"懒惰的明瓒"。"懒散"一词则出现很晚，元丰七年(1084 年)苏轼的"君看东坡翁，**懒散**谁比数"(《徐大正闲轩》)，是较早使用该词的诗作。在此之前，韩维用过"散懒"："我今**散懒**世味薄，惟于静者心为降。"(《答贺中道灯夕见诒》)与苏轼大约同时期的陈彦默，自号懒散翁，郭祥正给他的赠诗有"懒散勿懒散，石渠金马须翁来"的句子(《赠陈懒散》)，不知时间是否更早。苏轼的堂妹夫柳子文也用过"**懒散**江湖客，秋深念涤场"(《秋日同文馆》其二)，可能是受苏轼影响。此后用该词的人就多起来，如邹浩"懒散元非我"(《智岸将往钱塘索妙乐庵诗勉此为句》)、许景衡"隐吏向来惭懒散"(《送李彦侯宰黄岩》其一)、释文珦"**懒散今成性**"(《溪寺书怀》)。范成大《谢江东漕杨廷秀秘监送江东集并索近诗二首》之二云："秃翁衰雪涕垂颐，仿佛三生**懒散师**。"⑤在这首给杨万里的诗的开头两句，范成大就写出自己的懒散形象，上联"涕垂颐"显然是借嬾残形象作比，下联则名言"懒散师"。这个"三生"的说法似来自黄庭坚"自疑是南岳懒瓒师"而更进一层，除前生、今生外，还加上对来生的预判。懒散师的字面意为懒散之僧人，陈田夫用以指嬾残，可以看作懒瓒的语讹，而范成大使用它则不必特指懒瓒，像是一种有意无意之中的混用。虽然陈田夫颠倒了嬾残名称的正误和源流，但他的记载倒颇能表明嬾残和懒散风度在时人心目中已经成为一个统一体。

---

① 《张耒集》，中华书局 1990 年版，第 108 页。

② 《黄庭坚全集》，第 551 页。按豆字，吉林出版集团有限公司影印《四库全书荟要》本《山谷集》(卷十五)作**豆**。

③ 兀兀指痴呆无知的样子。黄庭坚还写过《陶兀居士赞》："兀兀陶陶，借书借不得。陶陶兀兀，问字问不得。是醒是醉，佛也会不得。布衣簪绂，有人扶便得。"(《黄庭坚全集》，第 512 页)也是表达一种怡然无知、安然畅适的状态。白居易《劝酒寄元九》亦云："三杯即酩酊，或笑任狂歌。陶陶复兀兀，吾孰知其他。"

④ 黄庭坚：《赠嗣直弟颂十首》其九，《黄庭坚全集》，第 541 页。

⑤ 《范石湖集》卷三十二，上海古籍出版社 1981 年版，第 433 页。

在懒文化和孏残的"懒"意象(形象)的形成及流行上,苏轼、黄庭坚发挥了重要的甚至可以说是决定性的作用。在二人之外,还有一些宋诗人贡献了一些较为重要的懒书写用词。如由杜甫的"小来习性懒"凝练发明出的"习懒"一词,宋人大量使用,这也意味着懒作为一种生命中的习性和生活中的习惯得到普遍的认可。"习懒"似乎成为一种懒的呈现状态,有人将这视之为一种癖好,如郑克己"**习懒**今成癖"(《过李老隐居》)、徐经孙"去年**习懒**因成癖"(《病起二首》其一),周密也说"余习懒成癖"(《齐东野语》卷十八《昼寝》);有人视之为痼疾,如邹浩"习懒殆成痼"(《寄楼谦中》)、刘一止"习懒已成痼"(《赠别归安周县丞二首》其一);还有人为之欣喜,如刘才邵"正怜习懒成痴钝"(《次韵王民瞻》)、曹勋"所喜性习懒"(《山居杂诗九十首》其二十四)。徐集孙以《习懒》为题作诗,洪迈写《容斋随笔》时还谦虚地说"予老去习懒,读书不多"(小序),均可见宋人很乐意表达自己的"习懒"。限于篇幅,不再论述其他宋诗人的懒书写和用词,下面略谈宋词中的懒书写。

宋词中的懒书写和宋诗有所不同。晚唐到宋代中期的词中也多见"懒"字,但一般用以表现女子慵懒之形貌、体态和意绪,如"懒起画蛾眉,弄妆梳洗迟"(温庭筠《菩萨蛮》),"懒卸凤凰钗,羞入鸳鸯被"(韩偓《生查子》),"懒结芙蓉带,慵拖翡翠裙"(毛文锡《赞浦子》),"日高花榭懒梳头"(柳永《少年游》其九),"起来意懒含羞态"(欧阳修《系裙腰》)等。这和杜甫、白居易等人诗中的"懒"颇有不同。以懒字写女子慵懒之情状,梁代已开其端,如朱超《赋得荡子行未归》:"捉梳羞理鬓,挑朱懒向唇。"江总《妇病行》:"羞开翡翠帷,懒对蒲萄酒。"梁简文帝《娈童诗》:"懒眼时含笑,玉手乍攀花。"[①](对娈童的写法与女性近似)当时赋中也有这样的描写:"南阳渍粉不复看,京兆新眉遂懒约。"(庾信《鸳鸯赋》)晚唐韩偓的香奁体诗中也有对女子慵懒的描写,如《闺怨》:"时光潜去暗凄凉,懒对菱花晕晓妆。"《闺情》:"轻风滴砾动帘钩,宿酒犹酣懒卸头。"《无题》:"梦狂翻惜夜,妆懒厌凌晨。"此外,韩偓还写有《懒起》《懒卸头》(又名《生查子》)等,均是如此。晚唐香艳诗和晚唐五代词常以女子为对象和视角,写其慵懒的神态体貌,大致相同,而与杜甫、白居易以来的士大夫的懒书写性质相异,这是值得注意的。

宋词到苏黄之时,开始出现少量像宋诗那样的懒书写。如苏轼有"自觉功名懒更疏"(见前),黄庭坚有"渔翁醉着无人唤。疏懒意何长"(《菩萨蛮》)[②],还有两处"心情老懒"的说法[③]。周邦彦则有"耿无语,叹文园、近来多病情绪懒,尊酒易成间阻"(《法曲献仙音》)[④]。北宋词在女子之外的懒书写不多,要到南宋之后,从用法、含义以及出现频率等方面,词中的懒书写才与苏黄以来的诗走到了一起。其中最具代表性的是辛弃疾之作:

> 病是近来身,**嬾**是从前我。静扫瓢泉竹树阴,且恁随缘过。[《卜算子(欲行且起行)》]

① 逯钦立:《先秦汉魏晋南北朝诗》,中华书局1983年版,第2095、2571、1941页。

② 马兴荣、祝振玉:《山谷词校注》,上海古籍出版社2011年版,第223页。"疏懒意何长"是杜甫《西郊》的句子。

③ 见《蓦山溪(山围江暮)》《河传(心情老懒)》,《山谷词校注》,第35、96页。

④ 罗忼烈:《清真集笺注》,上海古籍出版社2008年版,第266页。按,文园指司马相如,此句源自杜甫《赠李八秘书别三十韵》:"文园多病后,中散旧交疏。"中散指嵇康。这实际上也是一种病懒的书写。

新剑戟，旧风波。天生予嬾奈予何。此身已觉浑无事，却教儿童莫恁么。[《鹧鸪天(抛却山中诗酒窠)》]

穷自乐，嬾方闲。人间路窄酒杯宽。看君不了痴儿事，又似风流靖长官。[《鹧鸪天(秋水长廊水石间)》①]

辛弃疾还发出了“自古高人最可嗟，只因疏懒取名多”的感慨②。在唐宋词人中辛弃疾写懒最多，含义最丰富，表达最全面③。按词史的一般认识，苏轼以诗为词，辛弃疾进一步发展和扩大了词体以及词的表现力，从懒书写上恰好也能看出这一点。从此以后，宋词和宋诗一样，“懒”成为男性士大夫作家对自己生存状态和修道状态的体认，疏懒成为一种乐于标榜的精神状态，或者说一种流行文化。

四、宋元的懒文化及其在明清的流变

懒文化，可以说是在中古的隐逸文化、唐宋的禅宗思想、宋代的士大夫文化三者融合与影响之下，经过苏黄等人的书写表达而诞生的。粗略地讲，宋代懒文化表现在以下三个方面：(一) 大量的懒书写；(二) 有不少人的室名别号包含有“懒”字，表明是一种社会风尚；(三) 出现了关于懒的思考或学说，甚至是思想和哲学。第一点上节已述，下面主要谈后两点。

周裕锴老师对宋代僧人的庵堂道号有过精彩的分析，他说：“当庵堂脱离建筑而成为纯粹的道号之时，便不仅是伴随禅僧移动的抽象空间符号，而且也是栖居‘妙圆密海’心性的人体小宇宙的符号。‘随身丛林’的庵堂道号，进一步将狭窄丈室的私人空间浓缩为随身携带的心灵空间。由此而来，‘方丈小世界，世界大方丈’就有了进一步演化为‘吾心即是宇宙，宇宙即是吾心’的倾向。”④儒家士人同样通过斋名、室名以及道号、别号来表现自己的心性与追求。宋代士人、僧人以“懒”命名的室名别号不少，下面列出一些。

姓名	别号、斋名	事略	备考
舒亶	懒堂	(1041—1103)字信道，慈溪人。治平二年(1065 年)进士，官御史中丞。今有《舒懒堂诗文存》三卷。	《东都事略》卷九八、《宋史》卷三二九有传。

① 三词分别见邓广铭《稼轩词编年笺注》，上海古籍出版社 1978 年版，第 213、267、359 页。

② 《鹧鸪天(自古高人最可嗟)》，见邓广铭《稼轩词编年笺注》，第 475 页。

③ 参见路成文《唐宋词释“懒”——兼谈稼轩之“懒”》，《南阳师范学院学报》2005 年第 2 期。顺便说，懒书写在宋词和宋诗中的这种时间差是文体差异性的一个表现，值得研究。

④ 周裕锴：《维摩方丈与随身丛林——宋僧庵堂道号的符号》，《新宋学》(第五辑)，复旦大学出版社 2016 年版。

续 表

姓名	别号、斋名	事略	备考
陈彦默	懒散	字子真。曾为峡州知州。(见《能改斋漫录》卷十四《东坡铭李伯时洗玉池》。黄裳《送陈子真》诗注:"子真昔号懒散,长巾宽袖,有不复仕之意。")	郭祥正有《赠陈懒散》《和懒散赠葫公》(《青山集》卷三)。晁说之有《送懒散先生东归》(《景迂生集》卷五)。黄裳有《次陈子真见别》《送陈子真》《寄懒散子三首》(《演山集》卷七、卷十一)
马永卿	嬾真子	字大年。大观三年(1109年)进士。师从刘安世。有《元城语录》《嬾真子》。	"嬾真子"之名来源于杜甫《漫成二首》之二"知予懒是真"。
	懒庵		刘子翚《诗寄懒庵兼简士特温其原仲致中昆季》:"懒翁疎散无与俦,结庵名懒山之幽。……尔来庭户已更创,尚榜翁名志陈迹。"(《屏山集》卷十一)刘子翚还有《寄懒庵》《题懒庵二首》,均见《屏山集》卷十。
米友仁	懒拙老人	(1069—1151)字元晖,米芾子。官至敷文阁直学士。	
侯寘	嬾窟	字彦周,南宋初词人。	《全宋词》收词九十余首①。
王纲	懒翁	字德维。王炎(1137—1218)从兄。	王炎《双溪类稿》卷二十五有《懒翁诗序》。印肃禅师(1115—1169)有《与王巡检》诗,注"号懒翁"[《全宋诗》第37册,第23166页],或为一人。
林外	嬾窠	字岂尘。晋江(今福建泉州)人。绍兴三十年(1160年)进士。	见《八闽通志》卷六十七《人物》,《宋诗纪事》卷五十一,《齐东野语》卷十三《林外》。
李鼐	室名懒窝或懒窠	字仲镇,宣城人。	范成大作《李仲镇懒窝》,韩元吉作《李仲镇懒窠》。韩元吉有《左朝请大夫致仕李公墓志铭》(《南涧甲乙稿》卷二十)。林宪有《李才翁懒窝》八首②。
曾撙	懒翁	字舜卿。南丰人。	《绝妙好词》卷三有"懒翁曾撙舜卿"《西江月》一首。张侃《张氏拙轩集》卷三《奉寄曾舜卿二首》有句"我与懒翁非浅交"(其一),"知君性懒存吾道"(其二)。
苏森	懒翁	苏辙玄孙,苏籀孙。开禧三年(1207年)权知筠州。	白玉蟾(1134—1229)有《初见懒翁二首》《赋诗二首呈懒翁》《六言六首呈懒翁》《暮抵懒翁斋醉吟》(《武夷集》卷四)、《懒翁斋赋》等。白玉蟾本人有"慵庵",作《慵庵铭》③。

① 参见常德荣《侯寘及其〈嬾窟词〉研究》,济南大学硕士学位论文,2008年。

② 《全宋诗》(第37册),北京大学出版社1998年版,第23102页。

③ 参见兰宗荣《白玉蟾与懒翁关系述考》,《武夷学院学报》2008年第4期。

续 表

姓名	别号、斋名	事略	备考
赵汝谠	孄庵	(? —1223)字蹈中。宋太宗八世孙。历江西、湖南提点刑狱。	陈元晋有《寿孄庵赵先生十首》(《渔墅类稿》卷七)。
钱积	孄窟	嘉兴人。	洪咨夔有《孄窟诗藁序》(《平斋文集》卷十)。
	懒庵		胡仲弓有《寄懒庵》(《苇航漫游稿》卷一),方岳有《懒庵》《挽懒庵处士》。
周	孏窠		胡仲弓有《次周孏窠韵》《次孏窠见寄韵》(《苇航漫游稿》卷二),《九月八日寄孏窠》(《苇航漫游稿》卷三)。
樊氏昆仲	室名孄窠	金人。李俊民诗称"嵩洛之间两居士"。	李俊民《庄靖集》卷一有《樊氏昆仲孄窠》。
南州仁公	庵名懒庵		惠洪《石门文字禅》卷二十《懒庵铭》。
鼎需禅师	庵名懒庵	福州西禅懒庵鼎需禅师(1092—1153),俗姓林,福州人。径山宗杲禅师法嗣。	见《五灯会元》卷二十。
道枢禅师	庵名懒庵	临安府灵隐懒庵道枢禅师(? —1176),俗姓徐,吴兴人。隆兴初诏居灵隐寺。道场居慧禅师法嗣。	见《五灯会元》卷十八。
	懒庵	福州东禅蒙庵思岳禅师法嗣。(大慧宗杲禅师再传)	张元幹《祭东禅蒙庵老文》:"谁其可继,懒庵聿来。"(《芦川归来集》卷十)
了然卓庵	懒窠		李光《秋日杂咏十首》其六有"沙路微行到懒窠"句,诗后注:"道人了然卓庵号懒窠。"(《庄简集》卷七)

范成大、韩元吉写过李鼒的"懒窝"(或作"懒窠"):

求名当着鞭,访道亦重趼。二边俱不住,**三昧不如懒**。向来**南岳师**,自谓极萧散。收涕且无绪,客至那可款。争如**懒窝**高,门外辙常满。殊不妨啸歌,秉烛苦夜短。天寒雪欲花,屋角黄云晚。径须烦二妙,对洗玻瓈盏。(范成大《李仲镇懒窝》[①])

我性天下**懒**,自谓世莫双。揭来官中都,**懒极济以惷**。有如千黑鱼,东西转桥矼。又如橐驼卧,厌逐群吠尨。鼻洟任纵横,胞转徒膀肛。……**好懒得真懒**,使我心益降。何时半作分,临流听琤淙。(韩元吉《李仲镇懒窠》[②])

① 《范石湖集》卷八,上海古籍出版社1981年版,第100页。

② 韩元吉:《南涧甲乙稿》卷一,文渊阁《四库全书》本。

两诗都提到嬾残,可见一说懒,就会想起嬾残这个"祖宗神",其形象和典故早已深入人心。值得指出的是,"三昧不如懒"的说法比白居易"嬾与道相近"更进了一层。范成大《晚集南楼》亦云:"**懒拙已成三昧解**,此生还证一圆通。"[①]可见"懒拙"已成为范成大的人生哲学,而这也是不少宋人的人生哲学。韩元吉诗前四句将自己的懒写到了无以复加的地步,在懒之外又加上了"惷"(同蠢),这和宋人喜称愚、拙的思想是一致的。

"懒"既与佛教思想以及高僧嬾残有着密切的关系,而僧人出家有避世之意,用懒命名居室也是很自然的。上表中即有五人以懒庵为庵堂名号。惠洪为南州仁公作的《懒庵铭并序》云:

> **放似狂,静似懒**,学者未得其真,而先得其似。山林云壑之人,狂放一致,静懒同川,然胸次泾渭,笑时真率,了然得丁眉睫之间。融懒亦能负米,瓒懒亦能拭涕,安懒亦能牧牛,未能真懒也者。南州仁公以勃窣为精进,以哆和为简静,以临高眺远未忘情之语为文字禅。然则结庵自藏,而名以懒,殆非苟然。甘露灭为作铭曰:惟融与安,品坐客瓒,于禅林中,是谓三懒。秀媚精进,辩慧担板。唯道人仁,俱透此患。水不洗水,眼不见眼。以之名庵,盖亦泡幻。鸟啼华笑,日用成办。睡起密传,露芽一盏。[②]

"放似狂,静似懒"一句,实是回应前引苏轼的话:"学佛老者本期于静而达。静似懒,达似放。"但惠洪认为"山林云壑之人,狂放一致,静懒同川",求佛修禅之人并没有苏轼说的这种问题。正如法融负米,懒瓒拭涕,大安牧牛,并非真正的懒。[③]

宋人给楼阁轩榭取名也喜欢用懒字,如吕南公以"老懒"名轩[④]。欧阳中以"拙懒"名斋,范浚为作《拙懒斋记》,谈到修建之事及命名之意:

> 欧阳使君,我丈人行也,守临江,廉以自持,宽不苛小,民便其政。以病丐闲,既得请,来寓吾里之萧寺,辟高轩,游居其间,而名之曰拙懒。浚观使君耆年嗜学,旦暮黄卷,手之不释,而又短章大篇,哦咏日富,此其勤且巧至矣,犹方自托于拙懒,将非审所谓学问之大而内不自足,且法古君子所以持盛德,欲以矫世道大好高之弊乎?昔嵇叔夜自谓**懒**不涉学,而博览淹该;杜子美自谓老大意**拙**,而诗穷天巧。崔沔名室以陋,柳子厚名堂以愚。今使君自谓拙懒,正嵇、杜类也,而以名轩,又崔、柳意也。[⑤]

文中谈到的懒、拙、陋、愚,分别追溯至嵇康、杜甫、崔沔、柳宗元四人,不为无见。这四种品

---

① 《范石湖集》卷六,上海古籍出版社 1981 年版,第 70 页。

② 《石门文字禅》卷二十,见周裕锴《石门文字禅校注》,第 3181 页。

③ 三懒的说法又见比惠洪此诗稍早成书的《祖庭事苑》,其书卷一"世事悠悠"条简单抄录南岳瓒和尚歌后云:"师讳明瓒,嵩山普寂之嗣子,北秀之的孙,世号嬾瓒。然禅门有三嬾:牛头嬾融,嗣四祖;沩山嬾安,嗣百丈。师预其一焉。"见《续藏经》(第 64 册),第 325 页中。

④ 吕南公:《老懒轩记》,《灌园集》卷九,文渊阁《四库全书》本。

⑤ 《范香溪先生文集》卷六,《四部丛刊》本。文中称欧阳使君守临江,据《江西通志》卷四十六,知临江军事姓欧阳者为欧阳中,任官约在绍兴初。又按,崔沔作《陋室铭》见《新唐书·崔沔传》。

性有着密切的关系，正如王之道所说“迂愚长与懒相兼”(《秋日野步和王觉民十六首》其六)，得到宋人普遍而主动的认可。同样地，从室名别号来看，杜敏求号拙翁，林之奇、卫泾、王大受、赵烨、高颐号拙斋，张侃号拙轩，德光禅师号拙庵[①]，(金)王寂号拙轩，赵元号愚轩，这些都与“懒”的命名相似。黄庭坚也写有《拙轩颂》[②]。就连一位名叫何师韫的普通女子都受此风气的影响，给自己的居室命名为“懒愚”，并作诗云：

> 君不见**南岳懒残师**，佯狂啖残食。鼻涕任垂颐，懒为俗人拭。又不见**愚溪子柳子**，堂堂古遗直。以**愚**名溪山，于今慕其德。二子真吾师，欲见不可得。唯有**懒愚**树，终日对颜色。齐威勤读书，轮扁巧斫轮。勤巧动心志，何如懒愚贞。衰年发已皤，行少坐时多。亦欲效勤巧，奈此**懒愚**何。[③]

懒出自嬾残，愚出自柳宗元。柳宗元《愚溪诗序》记自己“以愚触罪”，贬官永州，将当地的一条小溪冉溪命名为愚溪，并阐发道理，表达怨愤之情。云：“宁武子‘邦无道则愚’，智而为愚者也；颜子‘终日不违如愚’，睿而为愚者也。皆不得为真愚。今余遭有道而违于理，悖于事，故凡为愚者，莫我若也。”[④]何师韫以嬾残和柳宗元为“吾师”，欲效法懒愚之精神。

懒、愚、拙、迂常为宋人连称或对举，苏轼说自己有“懒拙病”(见前)，“乃是懒且愚”(《浰阳早发》)，“我诚愚且拙”(《和子由闻子瞻将如终南太平宫溪堂读书》)，“顾我迂愚分竹使”(《次韵李端叔送保倅翟安常赴阙兼寄子由》)，都影响到后来诗人的表达。如说懒拙，张耒《呈徐仲车》：“但我懒拙姿，终非服勤者。”[⑤]释文珦《地远》：“休嫌吾懒拙，懒拙乃吾真。”[⑥]懒和愚的对举或连用，如张耒《晨起二首》其二：“彼皆勤励智，我独懒求愚。”潘大临《春日书怀》：“老去嵇康懒，归来宁子愚。”王之道《秋日野步和王觉民十六首》其六：“**迂愚长与懒相兼**，岁晚空余白发添。”戴复古《阅世》其一：“**一懒一愚兼一痴**，从教智士巧能为。”刘克庄《君畴仲晦蒙仲再和余差须二诗警斋侍郎又继之趁韵走谢》其二：“晚觉陶翁嗔子懒，不如坡老愿儿愚。”刘克庄诗上句用陶潜诗典故，下句用苏轼诗《洗儿》：“人皆养子望聪明，我被聪明误一生。惟愿孩儿愚且鲁，无灾无难到公卿。”愚、拙、迂在宋代也成为一种处世哲学和社会思潮，它们与懒书写和懒文化的发生是同时的，司马光号迂叟，晁说之号景迂生，陆游写《迂拙》诗，范成大说自己“**拙是天资懒是真**”[⑦]，这些表达有着与懒文化相同的思想背景。

懒文化不是士大夫的专利，在释子诗僧的笔下也随处可见，前已引述惠洪的懒书写以

---

① 以上参见曾枣庄主编《中国文学家大辞典·宋代卷》，中华书局2004年版。

② 《黄庭坚全集》，第539页。

③ 洪迈《夷坚志》三志壬卷二，中华书局1981年版，第1479—1480页。《全宋诗》收录题名《自题懒愚堂》，见《全宋诗》(第71册)，北京大学出版社1998年版，第45075页。

④ 《柳河东集》卷二十四，上海人民出版社1974年版，第407页。

⑤ 《张耒集》，中华书局1990年版，126页。

⑥ 《全宋诗》(第63册)，第29578页。

⑦ 范成大《有会而作》，见《范石湖集》卷三十一，第422页。“懒是真”来自杜甫诗，宋人颇喜用，又如秦观《次韵夏侯太冲秀才》：“焉知懒是真，但觉贫非病。”陆游《或问余近况示以长句》：“天亦知予懒是真，莫年乞与自由身。”向子諲《卜算子(时菊碎榛丛)》：“若个知余懒是真，心已如灰冷。”

及众多僧人对嬾残的书写与用典。在宋代流行的船子和尚《拨棹歌》中也有一首写懒:"世知我懒一何嗔,宇宙船中不管身。烈香饮,落花茵,祖师元是个闲人。"[①]南宋绍昙则虚拟了谦翁、樵隐、愚翁、虚叟、懒翁等角色,分别作诗,其《懒翁》云:"口生白醭怕开言,几度抬身又困眠。佛法从教陈烂却,权衡不在老夫边。"[②]宋末道璨甚至写了一篇《懒翁说》,文云:"余平生懒惰,出于天性,嗜之如饮食,挟之如亲昵,安之如庐舍,周游天下,未尝不与之俱。旨哉懒乎!心知之而不可语人者也。恭上人自净慈来径山,以懒翁求说,方欲书以告之,煨芋老人紾吾臂而夺吾笔,曰:君处北海,寡人处南海,惟是风马牛不相及也。不虞君之涉吾地也,何故?"[③]文的前半段写自己懒惰,有人来请作"懒翁说",后半段假想嬾残(煨芋老人)突然来阻止作者,以免他写出懒的真谛,换句话说,"懒翁说"还没开始"说"就被终止了。这其实是在隐喻懒之"旨"是不能说的,只能"心知之而不可语人",也是一种禅意的表现。文章很短,也很巧妙。

上节和本节述及的懒书写,几乎都是苏黄及其后诗人所为,以懒为别号室名的人物也生活于苏黄的同时期或之后。可以说,苏黄以及他们周边的诗人(苏辙、苏门六君子、江西诗人等)大量的懒书写,标志着懒文化在北宋神宗、哲宗时期正式形成。宋徽宗时期任广编纂的尺牍书信用语类书《书叙指南》,便专门设立"旷废懒放"一门,列有"懒放曰散带衡门(晋何准)","懒放人曰游闲公子(马融《长笛赋》)","懒甚曰懒堕无匹(陶令)","闲放曰栖迟偃仰(《后·郎𫖮传》)","言懒曰懒慢相成(叔夜)","闲散曰幅巾衡门(陈沈炯表)"等表达[④]。这表明在当时一般的书牍中也出现了懒书写的需要,以至于任广要从古书中寻找这方面的材料和用语。宋代的懒文化流传至金元,绵延到明清,疏懒、懒拙、懒放、懒散等词汇,嵇康、嬾残等典故和形象也不时出现在此后的文学作品之中。

元代僧人释与恭号懒禅,释廷俊号懒庵,诗人姚琏号云山一懒翁或懒翁,画家钱选号习懒翁,董寿民号懒翁,倪云林取懒瓒之名而改名为倪瓒[⑤],书法家赵孟𫖯作《疏懒轩图咏》,这些别号斋名,显然是宋代懒文化在元代的延续和呈现。值得一提的是阿里西瑛,这个西域人经过中国文化的洗礼,将自己的居室命名为懒云窝,并作《殿前欢·懒云窝》咏之:

> 懒云窝,醒时诗酒醉时歌。瑶琴不理抛书卧,无梦南柯。得清闲尽快活,日月似撺梭过,富贵比花开落。青春去也,不乐如何?
>
> 懒云窝,醒时诗酒醉时歌。瑶琴不理抛书卧,尽自磨陀。想人生待则么?富贵比

① 船子和尚释德诚是唐代僧人,但其《拨棹歌》39首中的36首是北宋晚期人所写,这首(第13首)即是其中之一。参见伍晓蔓、周裕锴《唱道与乐情——宋代禅宗渔父词研究》,中国社会科学出版社2014年版,第119—124页。

② 《全宋诗》(第65册),北京大学出版社1998年版,第40807页。

③ 见《无文印》卷九,黄锦君《道璨全集校注》,巴蜀书社2014年版,第314页。此条资料承沈如泉兄指示。

④ 括弧中原为小字,标其出处。"叔夜"即嵇康。关于此书可参见罗宁、高浥烜《〈书叙指南〉作者及版本考述》,《西南交通大学学报》(社会科学版)2019年第1期。

⑤ 后人更将倪瓒称为懒瓒,如宋荦《寄查梅壑》:"更图狮子林,嬾瓒韵未泯。"弘历(乾隆)《题李唐山水》:"懒瓒真知音,谓之得三昧(原注:见图中倪瓒识语)。"钱大昕《假榻郡斋偶成四首柬石公太守》其一:"青松都学王蒙画,奇石疑经懒瓒堆。"

花开落，日月似撺梭过。呵呵笑我，我笑呵呵。

懒云窝，客至待如何？懒云窝里和衣卧，尽自婆娑。想人生待则么？贵比我高些箇，富比我憁些箇，呵呵笑我，我笑呵呵。①

同时期贯云石、乔梦符、卫立中、吴西逸皆有和曲。由阿里西瑛此曲与唱和之事，足见懒文化在元代的表现。

懒文化和懒书写在明清时期依然有所表现，这里举两篇僧人的作品：

嬾氏之族，其先世系出混沌氏，居中央之国。生二子，长曰嬾作，次曰敏行。习与性成，兄弟异趣，各不相下。尝争长于混沌氏之侧，混沌以敏为不肖，后起而轧长也，叱之。敏不自安，诉于诸父，曰倏曰忽，倏与忽袒而比之，力为之请，终不能夺混沌之爱。窃相与谋，共凿其窍，七日而混沌死。敏迁其族，就倏忽居焉。嬾自能守成，不改混沌之业，聚族于中央之国。……其徒散处震旦，不改嬾氏之业，四方学者，乐其便安，多从之游。敏氏之族，遂不复振。(释成鹫《嬾元帅传》)②

性定常自在，不在中内外。本自顿玄了，了然无挂碍。万事亦不贪，万物亦不爱。香也懒去烧，佛也懒去拜。前殿不打扫，后殿由它坏。人来不斟茶，客去无款待。说的由他说，怪的由他怪。是非离我门，抛向青天外。手中一明珠，价值三千界。还我合天价，无心懒去卖。有钱挂青霄，无钱安布袋。人问吃什么，麻麦并苦菜。有人来问禅，泥团并土块。达摩是初祖，懒赞第二代。若人学我懒，自在人(大?)自在。(佚名《懒赞文》③)

清初释成鹫的《嬾元帅传》是一篇"假传"，属于韩愈《毛颖传》的流裔，而将主角换作"懒"。《懒赞文》见于重庆市合川区石泉庵云集洞左侧的题刻，题"本山释子书"，大约是清代当地一个和尚书写的。这两篇有趣的作品一为古文，一为充满世俗气息的诗偈，可见懒文化已遍及俗世。值得注意的是《懒赞文》中"懒赞第二代"的说法，如果"懒赞"是懒瓒的讹误的话，那么这里就是明确地将嬾残视为"懒"的直接鼻祖了(达摩作为初祖只是沿袭禅宗的传统说法)。此文最后说，若学懒即能得佛家所说的"大自在"，如同白居易的"懒与道相近"、延寿的"嬾与真空合"、范成大的"三昧不如懒"，都将懒与修道相提并论。佛教对懒的态度，从最初的严厉批评到唐宋以来的认可，这种有趣的变化正是佛教中国化的一个脚注。白居易《自在》诗云："杲杲冬日光，明暖真可爱。移榻向阳坐，拥裘仍解带。小奴捶我足，小婢搔我背。自问我为谁，胡然独安泰。安泰良有以，与君论梗概。心了事未了，饥寒迫于外。事了心未了，念虑煎于内。我今实多幸，事与心和会。内外及中间，了然无一碍。所以日阳中，向君言自在。"前半写安泰近于懒，后半写对自在的体悟，和嬾残乐道歌颇有相通之处，

① 隋树森:《全元散曲》，中华书局1964年版，第338页。

② 释成鹫:《咸陟堂文集》卷六，道光二十五年(1845年)刻本。

③ 引自王励《禅海微澜——〈懒赞文〉赏析》，《黑龙江史志》2013年第15期。

而它们对《懒赞文》的影响也是明显的。

嬾残其人在明清时期没能像寒山、拾得那样化身为和合二仙而被民众崇祀，没能像济颠和尚那样以疯癫邋遢形象走入民间，也没能在民间树立起类似于陈抟睡仙形象那样的“懒仙形象”①，但嬾残在元明清文学和文化中仍占有一席之地。明清时期流传较广的《神僧传》《列仙全传》《三教搜神大全》等书中都有他的专传，明代瞿汝稷编禅宗人物事迹为《指月录》，卷二“应化圣贤”中有懒残，周圣楷编楚地人物名胜为《楚宝》，卷四十二“名释”收名僧也有懒瓒，蒙书《龙文鞭影》有“懒残煨芋”的条目，晚清刘鹗《老残游记》的老残原名铁英，也是用嬾残之名取为别号。这里再举几个文人用其典故的例子。余怀“衡岳闲游遇懒残，至今煨芋未曾餐”（《远游诗》三首之一）②，查慎行“邺侯自具神仙骨，烧芋差宜对嬾残”（《送李子受往武陵并简山学禅师》），又“何似雪龛风味好，平生不吃懒残残（原注：山人更吃懒残残，东坡逸诗句也。）”（《题吴宝崖雪龛煨芋图小照》），均用煨芋事。高启“日暮松间两屐过，懒残不出近如何”（《云岩访蟾公值雨留宿次周记室壁间韵》），彭孙贻“妙旨师摩诘，忘形事懒残”（《赠关中僧坐石公庵》），借懒残之名谓高僧。王士禛《闻紫柏山绝顶有峨眉老衲独坐丈室数十年蛇虎皆驯伏今九十有六矣惜不得其名字乃作颂古十绝句属凤令寄之丙子岁四月七日栈中留坝驿灯下成》以菩萨、高僧为题，作诗十首，其六《懒残》云：“煨火傍群牛，谪来几千岁。懒残亦俗人，谁能为拭涕。”③以写懒残的方式来颂赞峨眉老衲。杜甫说“近识峨眉老，知予懒是真”，王士禛是不是也想通过颂赞峨眉老衲来表现自己的懒呢？

明清时期的懒书写很多，自然不只是集中在嬾残及其典故之上，如查慎行《老懒吟》：“筋驽肉缓嵇叔夜，齿豁头童韩退之。自分我今兼二者，那将老嬾逐儿嬉。”即用嵇康的典故和老嬾一词。前文提到的疏懒、懒拙、懒病等也常见于诗中，如施闰章《濮朗元过访有赠》：“屏迹成疏嬾，荒园付草莱。”王慎中《闲居》：“懒拙从吾好，惟思守故园。”倪之煃《静观堂闲咏六首》其一：“病懒自知生计拙，心闲转觉世途宽。”吴伟业《家园次罢官吴兴有感》其四：“京洛虚名误，江湖懒病真。”就连勤政的雍正皇帝都不免在诗中写一点懒的生活，其《山居自怡》云：“生平耽静僻，每爱住深山。百卉从荣谢，双丸任往还。朝廷容懒慢，天地许清闲。睡起三竿日，仙踪似可攀。”在“朝乾夕惕”之余，皇帝也想寻找闲散懒慢的生活，作为一种精神上的寄托和弥补。不过要指出的是，明清的懒书写只是宋元的沿袭，在形式、诗旨、用典、词藻（词汇）等各方面都缺乏创新。大约一种文化在流行既久之后，文人被包裹其中而惯用其思想与表达（包括典故、词藻等），在文学书写上的创新性便无从谈起，如果其他艺术形式也未能展现出新的突破，那么这种文化的演进也就停滞了。明清时期的懒文化主要是向世俗社会的渗透普及，嬾残见于几种较为流行僧传和仙传，佚名僧人的《懒赞文》写得谐趣流畅，均可看作懒文化在世俗社会的一种呈现，而这时候的懒文化实际上已经成为俗文化的一个组成部分了。

---

① 从某种意义上说，嬾残的懒形象在民间被陈抟和济公取代了。陈抟睡功和睡仙的传说从宋代开始流行，并与诗歌传统中的“昼寝”书写发生关联，这与宋人对懒和嬾残的接受是同步的。目前尚未见到对陈抟睡仙形象、“睡文化”及其对后世影响的专论，曹逸梅《午枕的伦理：昼寝诗文化内涵的唐宋转型》中有所涉及。而济颠袈裟垢腻、鞋帽破烂的形象，显然也包含懒的元素在内。

② 《余怀全集》，上海古籍出版社2011年版，第174页。

③ 王士禛：《渔洋精华录集释》，上海古籍出版社1999年版，第1897页。

经纬人文:《文选》"诗"类的编排及其诗学观

杨晓斌　龙哲惟*

摘　要:《文选》"诗"类的编排是编纂者经纬人文的体现:首先按照入选诗歌的体式进行编排,依次分为"诗""歌""杂诗""杂拟"四种体式,以与《诗经》相关联的紧密程度从高到低依次编排。《文选》"诗"类在体式之下,再按照题材内容、诗歌主旨及各类型诗歌之间的逻辑关系进行编排。"军戎"作为两栖的类型,处于"诗""歌"之间,亦"诗"亦"歌",但又非"诗"非"歌"。"歌"体中作品的编排是由关乎国之大事的官方乐辞到有曲名的文人乐辞,最后到民间歌辞与杂类歌辞。以"杂"为名的诗歌类型("杂歌""杂诗""杂拟")都具有诗歌体式与诗歌题材内容的双重含义,或无法根据音乐进行归类,或因题材内容博杂难以归类,故总归为"杂"。《文选》"诗"类的编纂与编排,一"经"一"纬",双线交织,体现出编纂者的诗歌辨体意识及其诗学观念,既重视诗歌化成天下的实际教化功用,又兼顾情采与人文辞采。

关键词:《文选》"诗"类;编纂宗旨;编排方法;诗学观

梁萧统(501—531)在当太子期间,在"监国抚政"之余负责编纂了现存我国最早的诗文总集《文选》。作为一部在当时具有官方辑订性质的文学总集,《文选》在选文和编纂体例、编排顺序上应当与编者的社会身份、政教观和文学观有一定的关系,或者说其编排的内在思路应当体现出其编纂目的、政教观和文学观。

关于《文选》收录作品的编排顺序及其文学观,已有研究中代表性的观点有:《文选》的编纂继承了汉魏以来的"以类相从"的通例,曹丕所编《皇览》"随类相从",根据题材分类;挚虞《文章流别集》则按文体分类。《文选》并用以上两种方法,但在赋和诗中基本按题材分类。[①]《文选》收录作品排序标准一定体现了编撰者的文学思想和批评旨趣;排序标准也不是唯一的,可能多个标准同时并存。[②]萧统文学观以两种方式呈现:第一是编者对作家作品的评价,第二是通过选录的具体作品表现对某种类型作品的偏好。[③]具体对于《文选》"诗"类

* **作者简介**:杨晓斌,陕西师范大学文学院教授,主要研究方向为中国古代文学、古典文献学;龙哲惟,陕西师范大学文学院硕士研究生,主要研究方向为中国古代文学。本文系国家社会科学基金项目"胡风东渐与汉魏文学新变"(18BZW041)阶段性成果。

① 曹道衡、傅刚:《萧统评传》,南京大学出版社 2001 年版,第 250 页。

② 雷磊:《论选本的排序——以〈文选·诗〉为例》,《中国韵文学刊》2002 年第 2 期。

③ 傅刚:《〈昭明文选〉研究》,中国社会科学出版社 2000 年版,第 274—277 页。

的编排而言,其编排的内在逻辑思路是什么?体现了编纂者怎样的编纂目的、政教观和诗学观?这些问题还需要我们在前贤时修研究的基础上做更深入的探讨。

一、以体式为"经"的一级分类与编排

《文选》"诗"类共分为24个小类,依次为:补亡、述德、劝励、献诗、公讌、祖饯、咏史、百一、游仙、招隐、反招隐、游览、咏怀、临终、哀伤、赠答、行旅、军戎、郊庙、乐府、挽歌、杂歌、杂诗、杂拟。《萧统评传》一书中认为:"'乐府''挽歌''杂歌''杂拟',按我们现在的文体观点看,却不是题材,而应是诗歌的体裁。"[①]这正说明《文选》对"诗"类的分类编排不止于一个维度。除了要认识到这一点之外,现在分析《文选》"诗"类编排的逻辑和顺序,必须还原当时的历史情境,回归到当时的诗歌分类认识与辨体观念。因此,可以先按照诗歌体式划分,将《文选》"诗"类中的24个小类依次归于以下四种类型:

第一种类型,从"补亡"至"行旅"17类,为"诗"。此"诗"的概念,当为"诗""歌"分体后的狭义概念,或称"徒诗"。其中从"补亡""述德"依次往后直到"赠答""行旅",此中类目虽然都是从题材内容的角度进行的划分,但是它们都属于同一种诗歌体式。从收录具体作品来看,《文选》"诗"类中前18小类是以文人诗为代表的四言或五言作品。

第二种类型,"歌",即广义的"乐府"。丁福林先生认为:"在《文选》的诗歌类中……总计选诗434首,而乐府诗作为其中之一类,选诗40首。从这一角度看,《文选》中乐府诗的比例确实显得较少。但是如果我们作进一步的考察,就会发现《文选》中的乐府诗其实并不仅此。"[②]其实,《文选》中所谓"乐府"只是选取了一个狭义的概念,"诗"类中的"郊庙""挽歌""杂歌"作为能入乐的歌辞,都属于广义的"乐府"。《文选》"歌"类中除了"乐府"之外,自"郊庙"到"杂歌"都收入了南宋人郭茂倩编的《乐府诗集》[③],列表如下:

作者及作品题名	《文选》"诗"类中的归类	《乐府诗集》中的归类
颜延之《宋郊祀歌二首》	郊庙	郊庙歌辞
缪袭《挽歌诗》	挽歌	相和歌辞
陆机《挽歌诗三首》	挽歌	相和歌辞
陶渊明《挽歌诗》	挽歌	相和歌辞
荆轲《歌》	杂歌	琴曲歌辞
刘邦《歌》	杂歌	琴曲歌辞
刘琨《扶风歌》	杂歌	杂歌谣辞
陆厥《中山王孺子妾歌》	杂歌	杂歌谣辞

① 曹道衡、傅刚:《萧统评传》,南京大学出版社2001年版,第254页。

② 丁福林:《论〈文选〉乐府诗的选取和它的选诗标准》,《镇江师专学报》(社会科学版)2000年第4期。

③ 郭茂倩:《乐府诗集》,中华书局1998年版。

对比以上这些作品在《文选》与《乐府诗集》的归类可以看出,《文选》"诗"类中与音乐相关的诗歌,并非仅限于"乐府"。从"歌"体式之下各类目的名称来看,"郊庙""乐府"与音乐机构关系甚密;而"挽歌""杂歌"之中的作品,编者直接称之曰"歌""歌诗",与排在之前的17类的"诗"殊异。明显可见在当时编纂者的诗歌辨体观念中,"郊庙""乐府""挽歌""杂歌"与四言、五言之类的文人诗分属于不同的诗歌体式。

以上依次将"补亡"至"行旅"17个小类归于第一种类型"诗","郊庙"至"杂歌"四个小类归于第二种类型"歌"。如此归类,很明显未将位于二者之间的"军戎"归入其中任何一类,因此对于"军戎"的诗歌体式及归类问题需要进行单独讨论。

在《文选》"诗"类的编排中,"军戎"处于一个特殊的位置,游走在"诗"与"歌"的边缘。可见在当时的诗歌辨体观念中,"军戎"既可归入"诗",又可归入"歌";是"诗"与"歌"的过渡形态或两栖形态。

《文选》"诗"类中的"军戎"收录的是王粲《从军诗五首》。李善在《从军诗》诗题下特意注明这组《从军诗五首》是"五言诗":"五言,《魏志》曰:'建安二十年三月,公西征张鲁。鲁及五子降。十二月,至自南郑,是行也。侍中王粲作五言诗以美其事。'"①在南宋时编的《乐府诗集》中,《从军诗五首》被收入"相和歌辞"。② 可见王粲这组五言诗本身兼具文人五言诗和乐府诗的特征,《文选》"诗"类和《乐府诗集》分类的考量侧重点不同或诗歌辨体观念不同,才导致了不同的归类。有学者也认为王粲《从军诗》"保留了五言诗的艺术精华……王集的五言诗还深受乐府民歌自由、朴素的风格和反映现实的内容的影响,擅写历史真实和发抒个人实感"③。

《文选》"诗"类中"军旅"编排的特殊位置及其特定的处理方式,反映出编者当时已经有了关于"诗""歌"的辨体意识,但并未将二者完全割裂开来。

从《文选》编纂时代文学发展的实际情况来看,"诗""歌"二者本不可分,是既定的事实。追溯其源,《汉书·艺文志》中早已有言:"诵其言谓之诗,咏其声谓之歌。"④《文心雕龙·乐府》中说:"乐辞曰诗,诗声曰歌。"⑤黄侃认为:"盖诗与乐府者,自其本言之,竟无区别,凡诗无不可歌,则统谓之乐府可也。"⑥范文澜认为:"'诗为乐心,声为乐体',诗与歌本不可分,故三百篇皆歌也。"⑦梳理其演变,二者在发展中又多次出现交汇的现象。如建安时代出现了乐府歌诗与文人诗混相交杂的现象,《文心雕龙》说曹植和陆机的乐府作品:"咸有佳篇,并无诏伶人,故事谢丝管,俗称乖调,盖未思也。"⑧魏晋乐工,常常删减"古诗"入乐演奏,因而

---

① 萧统编,李善注:《文选》卷二七,影印清胡克家仿宋刻本,中华书局1977年版,第386页。

② 郭茂倩:《乐府诗集》卷三二,中华书局1998年版,第475页。

③ 樊楚宇、江玉祥:《王粲诗风转变的标志——〈从军诗〉》,《四川大学学报》(哲学社会科学版)1985年第3期。

④ 班固撰,颜师古注:《汉书》卷三〇《艺文志第十》,中华书局1962年版,第1708页。

⑤ 刘勰著,黄叔琳注,李详补注,杨明照校注:《增订文心雕龙校注》卷二《乐府第七》,中华书局2000年版,第83页。

⑥ 黄侃:《文心雕龙札记》,上海古籍出版社2000年版,第34页。

⑦ 刘勰著,范文澜注:《文心雕龙注》卷二《乐府第七》,人民文学出版社1962年版,第120—121页。

⑧ 刘勰著,黄叔琳注,李详补注,杨明照校注:《增订文心雕龙校注》卷二《乐府第七》,中华书局2000年版,第83页。

引起“古诗”与“古乐府”在南朝的混淆。本来,乐府与诗的主要区别在入乐与否,但自魏晋以后,许多文人拟乐府并不入乐,甚至一些古乐府也不入乐。[①]《文选》“诗”类中归入“军旅”的王粲《从军诗五首》,正是产生于这个历史阶段的作品。因此,它既保留了乐府诗的音乐性,又体现出文人五言诗的特征,很难将其定于一端。可见,自魏晋以下“诗”“歌”的发展实际状况,深刻地影响着当时人们对于诗歌辨体分类的实践。

从《文选》编纂时代的文论发展状况来看,虽然从汉代以来人们一直有把“诗”与“歌”二者区分开来的辨体观念,但到齐梁时代,“诗”与“歌”概念之间的分野和边界仍然比较模糊。《文选》对“诗”与“歌”关系的处理,诚如傅刚先生所言:“《文选》本应于‘诗’之外别立‘乐府’类,而不应归属于‘诗’。这当然不是萧统的无知,而是齐梁时期正徘徊于‘乐府’与‘诗’的辨析之间。”[②]在对这个问题的认识上,同一时期的《文心雕龙》也是如此。刘勰曾任太子舍人,在文学观念的很多方面与萧统较为接近或一致,《文心雕龙》与《文选》在诸多方面都可以对照互衬。《文心雕龙》虽分立《明诗》《乐府》,但作者仍然以为二者同体同源:第一,刘勰在《明诗》与《乐府》“释名以章义”的部分,分别征引了《尚书》的“诗言志,歌永言”和“声依永,律和声”,表明“诗”与“乐府”之间的特殊关系。在论文体起源的“原始以表末”中,《明诗》篇中说“葛天乐辞,《玄鸟》在曲”[③];《乐府》篇则谓“葛天八阕,爰及皇时”[④],也指明了“诗”和“乐府”的同源关系。第二,刘勰认为:“赋、颂、歌、赞,则《诗》立其本。”[⑤]在全书的“文体论”中,《明诗》谈“诗”,故列于首位,但《诠赋》《颂赞》却依次列于《乐府》之后。《汉书·艺文志》的“诗赋略”把“赋”放在“歌诗”之前;刘勰在《诠赋》中引班固的说法“赋者,古诗之流也”,明言“赋自《诗》出”。[⑥]显然刘勰是把“乐府”与“诗”都归于诗歌大类,否则就没有将《乐府》置于《诠赋》之前的理由。第三,刘勰在《乐府》篇中紧扣“诗”“声”二端来评价乐府,“诗为乐心,声为乐体。乐体在声,瞽师务调其器;乐心在诗,君子宜正其文”;“乐辞曰诗,诗声曰歌,声来被辞,辞繁难节”。[⑦]刘勰认为“诗”与“声”一内一外,既采用“音乐”的标准,又采用“文辞”的标准;既采用“礼”的标准,又采用“文”的标准。第四,《乐府》篇中谈到该篇的写作目的,“昔子政品文,诗与歌别,故略具乐篇,以标区界”[⑧]。努力将《乐府》独立出来,是从刘向到《汉书·艺文志》以来的传统。《文心雕龙》中的《明诗》《乐府》论述的是诗歌大类下的

---

① 傅刚:《〈昭明文选〉研究》,中国社会科学出版社 2000 年版,第 268 页。

② 傅刚:《〈昭明文选〉研究》,中国社会科学出版社 2000 年版,第 263 页。

③ 刘勰著,黄叔琳注,李详补注,杨明照校注:《增订文心雕龙校注》卷二《明诗第六》,中华书局 2000 年版,第 64 页。

④ 刘勰著,黄叔琳注,李详补注,杨明照校注:《增订文心雕龙校注》卷二《乐府第七》,中华书局 2000 年版,第 82 页。

⑤ 刘勰著,黄叔琳注,李详补注,杨明照校注:《增订文心雕龙校注》卷一《宗经第三》,中华书局 2000 年版,第 27 页。

⑥ 刘勰著,黄叔琳注,李详补注,杨明照校注:《增订文心雕龙校注》卷二《诠赋第八》,中华书局 2000 年版,第 97 页。

⑦ 刘勰著,黄叔琳注,李详补注,杨明照校注:《增订文心雕龙校注》卷二《乐府第七》,中华书局 2000 年版,第 83 页。

⑧ 刘勰著,黄叔琳注,李详补注,杨明照校注:《增订文心雕龙校注》卷二《乐府第七》,中华书局 2000 年版,第 83 页。

两个方面，既体现出努力将“诗”“歌”区分开来的做法，也体现出“诗”“歌”难分的普遍认识。因此，《文选》“诗”类中的“军旅”类作品，其性质在“诗”“歌”之间，很难将其强行归于某一类。因此，编者在编排的时候做了特殊的处理，将其置于“诗”与“歌”这两种体式的中间地带，这是《文选》编纂时代对“诗”“歌”尚无明确的体式区分而造成的。

第三种类型，“杂诗”，包容较广。为何将“杂诗”单独列为一类体式？从编排次序来看：“杂诗”列在“歌”之后，与“歌”分开，将“杂诗”视作另外一种相对独立的体式。从“杂诗”的入选作品看，《古诗十九首》《四愁诗》等作品与前面“歌”体的诗作既存在一定的区别，也具有一定的联系。“杂诗”内容多样，其中或有如托名李陵《与苏武诗》一般的“赠答”题材，或有如陶渊明《咏贫士》《读山海经》一般的“咏史”题材，这或许与编者所立“杂诗”概念的性质有关。“杂诗”是多种体式的集合，李善在解释“杂诗”时说：“杂者，不拘流例，遇物即言，故云杂也。”①前面提到的李陵、陶渊明诸诗，虽然分别展现出一定的“赠答”类、“咏史”类诗的特征，但是往往由于体现出来的特征不够突出，而归于“杂诗”。可以说，察其形式，是“不拘流例”；观其具体内容，又“遇物即言”。钱志熙先生指出，“杂诗”是纯粹而难以取题的抒情诗，是魏晋时期的一个独立诗歌种类，充分实现自觉的抒情，体现纯诗的精神。②“杂诗”在《文选》的编辑中被列于独立的一类，不仅是考虑到其文学特质，也兼顾其特有的社会文化意义。同时，由于声辞与乐的脱离，或者说声乐的失传，古诗与古乐府往往难以区分，汉魏六朝人往往把古诗视为乐府，直到清代仍然有这种观念，朱乾《乐府正义》中说：“《古诗十九首》皆乐府也。”③因此，《文选》“诗”类中将“杂诗”与“杂歌”分开但又紧承其后，并以《古诗十九首》为“杂诗”的开篇，显示出编纂者的辨体意识，既将“杂诗”看作与“杂歌”相区别的一种相对独立的体式，又考虑到或兼顾到“杂诗”与“歌”之间的联系。

第四种类型，“杂拟”。“杂拟”是魏晋南北朝重要的诗歌创作现象。“杂拟”别立，是因为它与前23类不同，它不在于显示作家的创作成就，而在于表示如何学习、如何指导和模仿写作。④至于“杂拟”体式居于末尾的原因，大概在于其中诸多作品，如陆机《拟古诗十二首》、张载《拟四愁诗》等，是后代人对前代经典作品的拟作；被模拟的作品，往往在《文选》中也有收录。编者在编排的时候，从体式源流和作品的时间先后顺序考虑，于是将“杂拟”编排在“诗”类的最末。

《文选》“诗”类中首先按照体式不同划分为四类，由“诗”到“歌”再到“杂诗”“杂拟”，依次编排。在“补亡”题下李善注：“补著其文，以缀旧制。”⑤可见《文选》重视自《诗经》以来的文学传统：《文选·序》中讲文体之源，即从《诗经》“六义”开始。在《文选》所录所有文中，因为“古诗之体，今则全取赋名”⑥，所以“赋”位列卷首。在“诗”这一大类之中，《文选》编者采用的也是同样的逻辑：在“诗”大类之下体式的排序上，以与《诗经》的相关联的紧密程度从高到低依次编排。离《诗经》最为接近的一类“诗”体式，是不入乐的四言、五言诗，因被视为

① 萧统编，李善注：《文选》卷二九，影印清胡克家仿宋刻本，中华书局1977年版，第415页。
② 钱志熙：《魏晋“杂诗”》，《文史知识》1996年第2期。
③ 朱乾：《乐府正义》，乾隆四十三年刻本。
④ 傅刚：《〈昭明文选〉研究》，中国社会科学出版社2000年版，第273页。
⑤ 萧统编，李善注：《文选》卷一九，影印清胡克家仿宋刻本，中华书局1977年版，第272页。
⑥ 萧统编，李善注：《文选·序》，影印清胡克家仿宋刻本，中华书局1977年版，第1页。

正体,列于首位。"歌"之"乐府""挽歌"之流,其余"杂诗""杂拟"之作,相较于以"补亡""述德"为代表的"诗",都属于后出的体式,因此排名趋末。由于当时对"诗""歌"体式的辨析还较为模糊,"歌"更近于"诗",故紧随其后。"杂拟"是对包括《诗经》及之后作家作品的模拟,所以编排在最后。因此就形成了《文选》"诗"类中"诗——歌——杂诗——杂拟"的编排顺序。这是按照诗歌体式进行的一级分类与编排,以体式为"经",标立了编排的纵向纲目。

二、以题材为"纬"的二级分类与编排

《文选》"诗"类中,在以体式纲目为主的一级分类之下,再根据题材内容分为 24 个小类。这 24 个小类具体如何编排? 编排的前后顺序有没有内在的逻辑?

在以体式为主的一级分类之下,"诗"类作品依据题材内容及其主旨可分为八组。

第一组,"补亡""述德""劝励"。这一类型的诗歌主旨在于宣扬前人功勋、树立德行模范,强调纲常秩序。"补亡"位于诗第一,大概有两个原因:第一,因为"补亡"是补《诗经》"笙诗",而《文选》不选"经"类,所以就选与"经"关系最近的诗作。第二,"补亡"涉及"孝"和"万物得道"两个主题,《南陔》是"孝子相戒以养也",《白华》是"孝子之洁白也",《华黍》是"时和岁丰,宜黍稷也",《由庚》是"万物得由其道也",《崇丘》是"万物得极其高大也",《由仪》是"万物之生各得其义也"。[①]这些主旨正是体现儒家的道德纲常。"述德"诗的主旨在于对祖先功德的赞颂,表现对祖先崇敬之情。"劝励"一类中"立体"之作是韦孟《讽谏》,讽谏楚元王后人荒淫不尊道;还有张华《励志》一首,自我劝勉励志修身。

萧统将以上三类编排在"诗"类开端,与他的太子身份、宗经观念相关,有为自己"代言"和"立言"的意蕴,既体现出对人情孝道和纲常秩序的重视,又展现出对先辈的崇敬和对自身修养的严格要求与期许。一方面是萧统对自身修养的劝勉、勉励,另一方面也能起到树立道德典范的作用。

第二组,"献诗""公讌""祖饯"。这一类型的诗歌主要是进献上级、应诏或饯行之作,与政治活动或重大社会活动相关。"献诗"是为了进献帝王而作,"立体"之作为曹植的《上责躬诗》。汉魏以来,帝王于各种场合诏群臣作诗已成风气,"献诗"中的三首诗都是应帝王要求而作。"公讌"题材由来已久,《诗经》中就有以《鹿鸣》为代表的"公讌"诗。曹植、王粲等人的《公讌诗》都是适应于宴会场合的应制之作。"公讌"作为一种应诏诗歌,其创作目的往往具有政治性,又适用于交友饮宴的社交场合,与接下来的"祖饯"诗歌相承接。"祖饯"即饯行,义同"祖道",祭路神后,在路上设宴为人送行,与现实政治联系紧密,不同于后代的一般意义上的送别诗。《后汉书》记载:"时京兆第五永为督军御史,使督幽州,百官大会,祖饯于长乐观。"[②]入选"祖饯"类的曹植《送应氏》、孙楚《征西官属送于陟阳候作》等,其描写的送别活动也往往被赋予了政治意味。

第三组,"咏史""百一"。这一类型收录歌咏历史人物、历史事件的诗作,"咏史"为评价历史,"百一"为寄寓现实。"咏史"类选录王粲《咏史》、曹植《三良诗》、左思《咏史》等作品,

① 萧统编,李善注:《文选》卷一九,影印清胡克家仿宋刻本,中华书局 1977 年版,第 272—273 页。
② 范晔撰,李贤等注:《后汉书》卷八〇《文苑列传》,中华书局 2000 年版,第 2650 页。

它们的主旨都是借咏史来咏怀,借历史来抒发个人怀抱。“百一”类收录应璩《百一诗》,其主要内容在于对时事的讥讽与个人经历的自嘲。钟嵘《诗品》中评“游仙”诗“乃是坎壈咏怀,非列仙之趣也”[①],也可以看出“咏史”“百一”与“游仙”的联系。“百一”上承“咏史”类借咏史来咏怀的做法,借以表达对现实的怀疑与不满,与之后的“游仙”有契合的地方,故编排在“咏史”与“游仙”二者之间。

第四组,“游仙”“招隐”“反招隐”。这一类型收录隐逸题材的作品。关于“游仙”,李善注:“凡游仙之篇,皆所以滓秽尘网,锱铢缨绂,餐霞倒景,饵玉玄都。”[②]可见游仙诗或言羡于成仙、或言人间坎坷,当中往往表现出诗人远离尘世的处世态度与对现实世界的不平之气。“招隐”,前代如淮南小山之作,是要把“山中”的隐士招回到朝堂之上来;魏晋以来的“招隐”却与此相反,左思《招隐诗》曰“非必丝与竹,山水有清音”[③],其主旨在于抒写隐逸之意。“反招隐”体现的是“小隐隐陵薮,大隐隐朝市”[④]的思想,与早期的“招隐”表面相似其实本质有别。这一类中“游仙”“招隐”“反招隐”的作品,虽然内容多有消极避世的意味,但究其内质,实质上是对政治的厌倦怀疑以及对现实社会生活的影射和感怀。

第五组,“游览”。这一类主要是书写个人游历活动的诗作。“游览”是以游历活动为中心的,与排在其后的“行旅”不同。“游览”类侧重于个人或私人活动,以描摹山水景物为主,一般不关涉政治活动或官府行为。此类首篇选录为曹丕《芙蓉池作》,开头以“乘辇夜行游,逍遥步西园”点明游览主题,结尾以“遨游快心意,保己终百年”收束。[⑤]其他如谢灵运《登池上楼》、鲍照《行药至城东桥》等,都紧扣游览活动本身来写:先写出游之事或行程,次写景,最后议论或抒情。如“游览”类诗中谢灵运《石壁精舍还湖中作》所说“寄言摄生客,试用此道推”,“游览”兼有乐游乐景与养生之趣,与前一类通过隐逸(或陵薮或朝市)来养生形成呼应。

第六组,“咏怀”“临终”“哀伤”,此三类诗歌的主旨都在于个人情感的抒发。“咏怀”类以阮籍《咏怀诗》作为“立体”开篇。阮籍是第一个以“咏怀”为诗题进行创作的诗人,而且是大型组诗,影响很大。后世争相模仿,以“咏怀”为题抒发情感。“临终”类有欧阳建《临终诗》,在尤刻本《文选》中归于“咏怀”,可见这两类诗作在主题与风格方面的相似性。“哀伤”的题材内容,如嵇康《幽愤诗》、曹植《七哀诗》、王粲《七哀诗》等,表达的是作者对社会人生(尤其是自身所遭遇)的感慨哀伤;潘岳《悼亡诗三首》抒发对亡妻的哀悼。就“咏怀”“临终”“哀伤”的本质,都是表达因个人或亲友的遭际所引起的情感涌动,为抒怀类诗歌。

第七组,“赠答”,以王粲《赠蔡子笃诗》“立体”开篇。赠答诗在王粲之前就有创作,如秦嘉、徐淑夫妇之间的赠答作品和蔡邕《答对元式诗》等,但《文选》独以王粲之作“立体”,可能有以下几个考虑:第一,王粲之作是为四言,语言古朴典雅,近于《诗经》。第二,《赠蔡子笃诗》中,“言戾旧邦”“中心孔悼”“嗟尔君子,如何勿思”[⑥]等句,多化用《诗经》语典。第三,《赠

---

① 钟嵘著,周振甫译注:《诗品译注》,中华书局1998年版,第62页。
② 萧统编,李善注:《文选》卷二一,影印清胡克家仿宋刻本,中华书局1977年版,第306页。
③ 萧统编,李善注:《文选》卷二二,影印清胡克家仿宋刻本,中华书局1977年版,第310页。
④ 萧统编,李善注:《文选》卷二二,影印清胡克家仿宋刻本,中华书局1977年版,第310页。
⑤ 萧统编,李善注:《文选》卷二二,影印清胡克家仿宋刻本,中华书局1977年版,第311页。
⑥ 萧统编,李善注:《文选》卷二三,影印清胡克家仿宋刻本,中华书局1977年版,第334页。

蔡子笃诗》本身体现出较高的艺术水准,其中“君子信誓,不迁于时”“及子同寮,生死固之”① 等句,书写二人的真挚友谊,可谓情感浓烈、立意高远。可见《文选》编纂者所持有的宗经的思想和“诗言志”的文学观念。《文选》“赠答”选诗数量较多,具体内容多样,故而又可细分。胡大雷先生将《文选》赠答诗的思想内容分为六类进行讨论,它们与《文选》“诗”类的诸多种类诗歌,既有相似的一面,又有自身鲜明的特色:“赠答以送行”与“祖饯”类相关,但其重在以诗送行;“赠答述所遇”与“行旅”相关,但前者重在以行旅所见作为赠答内容;“赠答以咏怀”与“咏怀”相关,但是赠答诗是向受赠方表达心际;“赠答以劝勉赞赏”与“劝勉”相关,但是作为赠答诗的着眼点在于受赠一方;“赠答以述相思述友情”“赠答为办某事”则与《文选》“诗”类中一些“咏怀”“杂诗”等作品有重合之处。②总之,“赠答”虽被单列为一类,但其中收录作品的题材比较广泛,与前面很多类型的诗歌都有相合或相似的地方,但与其他类型诗歌的体式又有所不同,因此“赠答”类诗歌编排在比较靠后的位置。

第八组,“行旅”,是个人行役活动的诗作,多叹行役之苦。在作品具体内容上,虽然“游览”和“行旅”都描写旅途的山水风景;但就活动性质而言,二者差别很大:“游览”往往是个人私人性质的出游,而“行旅”一般是因受派任的公务活动而出行,③二者理当区分开来。

“诗”“歌”之间:“军戎”。“军戎”与战争行役有关,主要写征伐行役及其感受。王粲《从军行五首》都为作者随军之作,第一首记西征张鲁,后四首记东征孙吴。上文已有讨论,“军戎”可归于“诗”“歌”任何一体,但又难以一定确切归于“诗”或“歌”。如将“军戎”归入“诗”体式,“军戎”与“行旅”一样都关乎行役活动。《说文解字·㫃部》:“旅,军之五百人为旅。”④《诗经》中的行旅诗也多是征战戍边诗。可见,行旅诗在开始便和军队行役相关,“军戎”与“行旅”在题材上具有一定的承接关系。如若将“军戎”归入“歌”体式,所谓“国之大事,在祀与戎”⑤,“军戎”“郊庙”二者依次编排在一起,或由于此。

同样,在以体式为主的一级分类之下,“歌”类作品依据题材内容及其主旨可分为四组。

第一组,“郊庙”,选录颜延之《宋郊祀歌二首》。沈约《宋书》曰:“郊庙乐章,每随世改,雅声旧典,咸有遗文。……今乐府铙歌,校汉、魏旧曲,曲名时同,文字永异,寻文求义,无一可了……今《志》自郊庙以下,凡诸乐章,非淫哇之辞,并皆详载。”⑥《乐府诗集》说:“其所以用于郊庙朝廷,以接人神之欢者,其金石之响,歌舞之容,亦各因其功业治乱之所起,而本其风俗之所由。”⑦可见郊庙首先是配合音乐、用于祭祀的诗歌,所以与前列诸“诗”相别。作为祭祀诗作,“郊庙”类具有相当的政治属性而地位尊崇,与一般的民间音乐不同。但它在24类中排序靠后,也正说明《文选》“诗”类的编排是先考虑体式,再在体式之下按题材主题划分。

第二组,“乐府”。《文选》中“军戎”“郊庙”二者作为朝廷正乐,是雅乐的代表;“乐府”多

① 萧统编,李善注:《文选》卷二三,影印清胡克家仿宋刻本,中华书局1977年版,第334页。
② 胡大雷:《〈文选〉诗研究》,世界图书出版西安有限公司2014年版,第243—252页。
③ 傅刚:《〈昭明文选〉研究》,中国社会科学出版社2000年版,第260页。
④ 许慎:《说文解字》第七上,中华书局2013年版,第137页。
⑤ 杨伯峻:《春秋左传注》“成公十三年”,中华书局1981年版,第861页。
⑥ 沈约:《宋书》卷一一《志第一·志序》,中华书局1974年版,第204页。
⑦ 郭茂倩:《乐府诗集》卷一,中华书局1998年版,第1页。

属于俗乐的范畴。从音乐制度看，雅乐与俗乐分别隶属于不同的音乐机关，雅乐属太乐掌管，俗乐则属于乐府掌管。《文选》所列“乐府”与“郊庙”，正类似于官署中的“乐府”与“太乐”。[①]可见“乐府”的政治地位也较“郊庙”要低。《文选》“乐府”以“古乐府”立体开篇，而非文人作品，这也体现出编纂者的“乐府”源出民间的认识。另外，李善注曰：“《汉书》曰：‘武帝定郊祀之礼而立乐府。’”[②]《文选》“乐府”类选录的作品中创作时间最早的《古辞》为五言诗，参照《文选·序》中认为李陵之作为五言诗的开端，可见《文选》编纂者是把“乐府”作为汉武帝时或以后的作品看待的。而“郊庙”题材的作品产生较早，《礼记·乐记》中说：“若夫礼乐之施于金石，越于声音，用于宗庙社稷，事乎山川鬼神。”[③]《诗经》中的“颂”诗属于这一类型。“郊庙”类不仅在政治属性上重于“乐府”，作品的起源时间也早于“乐府”。因此“乐府”与“郊庙”相连而排在之后是由于多方面的因素造成的。

第三组，“挽歌”。李善注引谯周《法训》：“挽歌者，高帝召田横，至尸乡自杀。从者不敢哭而不胜哀，故为挽歌以寄哀音。”[④]“挽歌”是写给逝者的作品，有其所承担的特定的社会功能，故别立一类。《文选》在作品的编排上，往往遵循“先生后死”的原则。[⑤]这种编排方式反映在“歌”体内部，则是将“挽歌”排在靠后的位置。另外，傅刚先生推测：“《文选》录缪袭、陆机、陶渊明诸人诗，名为《挽歌》，恐与乐府中的《薤露》《蒿里》也有区别。……似乎当时《挽歌》只是徒歌，不入乐府。抑此是《文选》别立‘挽歌’的原因？”[⑥]“挽歌”不入乐府，与音乐脱离，因此与“乐府”类分立。

第四组，“杂歌”。这一类型选录作品其乐已失传或不明、题材内容博杂。齐梁时期琴曲制度已趋失传，音乐制度既失，当然也难以入乐，故《文选》于乐府之外别立“杂歌”。[⑦]入选“郊庙”的《宋郊祀歌》是朝廷雅乐，官府存有乐谱，配合音乐演奏。入选“乐府”的作品都有曲目名称(篇名一般就是最初的曲目名称，如“饮马长城窟行”“东武吟”“美女篇”等)，即使乐谱不存，也可以凭借篇名进行归类。与上述“郊庙”“乐府”相比，“杂歌”虽然应当也是入乐的歌辞，但其情况较为特殊：荆轲、汉高祖之歌，后人也没有拟作，其乐谱很可能在《文选》编选的时代已经失传，不能用于音乐演奏，无法根据音乐进行归类。同时，归于“杂”的做法，是因为这些作品的题材内容博杂，所谓“总杂不类”[⑧]，难以归入前述“歌”体中某一具体类型的作品，故总归为“杂歌”。该做法与《汉书·艺文志》“诗赋略”中在“屈原赋之属”“陆贾赋之属”“孙卿赋之属”之外，再分出“杂赋之属”的归类做法类似。

《文选》“杂歌”以下“杂诗”“杂拟”各为一组，“杂诗”“杂拟”的分类编排的做法，也与“杂歌”相同，也再未按照题材或主旨再分类，其体式之区分与分别归类已见上文论述。以“杂”

---

① 傅刚：《〈昭明文选〉研究》，中国社会科学出版社 2000 年版，第 270 页。

② 萧统编，李善注：《文选》卷二七，影印清胡克家仿宋刻本，中华书局 1977 年版，第 389 页。

③ 郑玄注，孔颖达疏：《礼记正义》卷三七《乐记》，影印阮元校刻《十三经注疏》本，上海古籍出版社 1997 年版，第 1530 页。

④ 萧统编，李善注：《文选》卷二八，影印清胡克家仿宋刻本，中华书局 1977 年版，第 405 页。

⑤ 郭英德：《论“文选”类总集文体排序的规则与体例》，《北京师范大学学报》(社会科学版)2005 年第 3 期。

⑥ 傅刚：《〈昭明文选〉研究》，中国社会科学出版社 2000 年版，第 270 页。

⑦ 傅刚：《〈昭明文选〉研究》，中国社会科学出版社 2000 年版，第 271 页。

⑧ 颜延之：《庭诰》，见严可均《全上古三代秦汉三国六朝文》之《全宋文》卷三六，中华书局 1958 年版，第 2637 页。

为名的诗歌类型("杂歌""杂诗""杂拟"),都具有诗歌体式与诗歌题材内容的双重含义。①

综上所论,《文选》"诗"类中作品的编排遵循着一定的编纂逻辑和排序。前八组属于"诗"体的题材内容,从经典楷模与道德秩序的内容开始,到进献上级与政治活动的内容,再到书写个人思想、经历、情感、交际、公务活动的内容,题材内容的格局从大到小、从重到轻,展示出由前贤到自身、由集体到个人的编排顺序。"军戎"作为双栖的一类,处于"诗""歌"之间,亦"诗"亦"歌",但又非"诗"非"歌"。"歌"体中的四组作品的编排是由关乎国之大事的官方乐辞到有曲名的文人乐辞,最后到民间歌辞与杂类歌辞。《文选》"诗"类在体式之下,再按照题材内容、诗歌主旨及各类型诗歌之间的逻辑关系进行编排。

三、"经""纬"交织,雅正与情采兼顾

《文选》"诗"类的编纂和编排,一"经"一"纬"交织,体现出编纂者的诗歌辨体意识及其诗学观念。《文选·序》说:"诗者,盖志之所之也。情动于中而形于言:《关雎》《麟趾》,正始之道著;'桑间''濮上',亡国之音表。故风雅之道,粲然可观。"②可以看出萧统诗学观中最重要的两个方面:雅正与情采。

萧统重视雅正的诗作,除了选录作品本身的典雅可观之外,还可从未收录的作品来反证。如基本不收汉乐府民歌及南朝乐府民歌,不收流行于齐梁诗坛的咏物诗和艳情诗。齐梁以来的"新体诗",在《文选》中也没有得到明确的反映。③可见,在选录的对象上,萧统已经体现出雅正的取向。从编排逻辑和顺序来说,萧统更青睐"风雅"之作。如上文所论,在体式的编排上,将"歌""杂诗""杂拟"列在"诗"之后,可以看出萧统对《诗经》为代表的经典楷模的尊崇。在题材的编排上,"诗"体式中"补亡""述德"等与经典、祖先以及政治风化相关的诗歌在前,"赠答""行旅"等个人抒怀、交际相关的诗歌在后,也体现出萧统雅正与教化并重的诗学观念。

萧统雅正诗学观的形成,主要同他的身份地位、文化背景与美学认识有关。首先,《文选·序》中明确说,《文选》的编纂是在他做太子期间,"监抚余闲,居多暇日"时完成的④。作为太子,萧统的主要精力还是集中在政治事务的处理。萧统作为皇位继承人,所编选的总集不仅要符合自身的审美趣味,同时也要体现其政治理想和教化思想。《文选》首篇选录《两都赋》,在《两都赋序》中就说:"赋者古诗之流也","折以今之法度"⑤,应该是萧统的"代言法",借班固的话为自己编纂《文选》的编纂体例和编纂意志"代言"。该"代言"与《文选·序》相结合,一方面是对编纂体例"以赋居首"的阐释,另一方面更重要的是宣告其以文教化天下的意志。《文选》"诗"类的编纂中将"述德""劝勉"等类编排在"诗"体式靠前的位置,以"郊庙"为"歌"体式的开头,都可以看出萧统重视政教和教化的思想。其次,萧统接受教育

---

① 赵超:《汉魏六朝"杂诗"的诗史意义——以〈文选〉"杂诗"为例》,《中国韵文学刊》2008 年第 1 期。

② 萧统编,李善注:《文选·序》,影印清胡克家仿宋刻本,中华书局 1977 年版,第 1—2 页。

③ 傅刚:《〈昭明文选〉研究》,中国社会科学出版社 2000 年版,第 277 页。

④ 萧统编,李善注:《文选·序》,影印清胡克家仿宋刻本,中华书局 1977 年版,第 2 页。

⑤ 萧统编,李善注:《文选》卷一,影印清胡克家仿宋刻本,中华书局 1977 年版,第 22 页。

的主要内容的文化背景不容忽视。萧统自幼就通习儒家经典,《梁书》记载:"太子生而聪睿,三岁受《孝经》《论语》,五岁遍读'五经',悉能讽诵。"①萧统自小养成的儒家思想和好古宗经的倾向也鲜明地体现在《文选》的编纂之中。《文选·序》说:"若夫姬公之籍,孔父之书,与日月俱悬,鬼神争奥,孝敬之准式,人伦之师友,岂可重以芟夷,加之剪截?"②其中崇敬之情可见一斑。《文选》"诗"类的编排以"补亡"当先,可见其追慕之意。萧统在《答湘东王求文集及〈诗苑英华〉书》中也强调:"夫文典则累野,丽亦伤浮。能丽而不浮,典而不野,文质彬彬,有君子之致。"③萧统的美学认识,决定了他对雅正文学的钦慕。

除了"雅正"之作,萧统也很重视抒发作家个人真情实感而又文辞华丽的作品。所谓"情采"是内容、藻饰两个方面的结合,其内涵与《文选·序》中所言"事出于沉思,义归乎翰藻"④的选录标准相符。情志与文采往往是统一的。晋陆机首倡"诗缘情而绮靡",强调缘情和绮靡一体两面,李善注:"诗以言志,故曰缘情。"⑤重视情采的倾向体现在《文选》"诗"类作品的选录上,就收录作品的数量而言,抒发情志的诗作,如"游览""咏怀""赠答"等几类,都是《文选》"诗"类中选录的大宗,数量上占据很大比重。就收录的诗人而言,诗作收入《文选》较多的诗人如陆机、谢灵运、曹植等人,无一不是文采华美而言之有物的典范。

萧统对情采的重视,则有着深厚的时代背景。魏晋以来,诗风趋郑、重乎雕琢。这样一个重视文采的时代也对萧统的诗学观念造成了影响。在时代的文化大背景下,情采成为萧统诗学观中不可或缺的一部分,也是《文选》诗歌编选、排序的不可忽视的原则之一。

《文选》"诗"类体式和题材双线交织的编排思路,是萧统兼顾雅正和情采的诗学观念的体现。《文选·序》引《易》曰:"观乎天文,以察时变;关乎人文,以化成天下。"⑥萧统的诗学观体现在《文选》编纂的一"经"一"纬"交织中,既重视诗歌化成天下的实际教化功用,又兼顾情采与人文辞采。《文选》"诗"类的编排思路和"赋"类、"文"类的编排类似或有共通之处,《文选》"诗"类的编排思路和方法可以为认识"赋"类、"文"类的编排提供借鉴和启发,甚至可以用"诗"类的编排思路和方法来类推"赋"类、"文"类的编排。

---

① 姚思廉:《梁书》卷二《昭明太子传》,中华书局 1973 年版,第 165 页。

② 萧统编,李善注:《文选·序》,影印清胡克家仿宋刻本,中华书局 1977 年版,第 2 页。

③ 萧统:《答湘东王求文集及诗苑英华书》,见严可均《全上古三代秦汉三国六朝文》之《全梁文》卷二〇,中华书局 1958 年版,第 3064 页。

④ 萧统编,李善注:《文选·序》,影印清胡克家仿宋刻本,中华书局 1977 年版,第 2 页。

⑤ 萧统编,李善注:《文选》卷一七,影印清胡克家仿宋刻本,中华书局 1977 年版,第 241 页。

⑥ 萧统编,李善注:《文选·序》,影印清胡克家仿宋刻本,中华书局 1977 年版,第 1 页。

从诗文交往看北宋士僧文艺审美观念的互渗

崔　森*

摘　要：北宋是儒、释双方在物质、精神层面深入融合的时代，儒释融合已经成为北宋重要的文化思潮。这种双向融合既有儒家政治和伦理观念向僧人的渗透，又有佛教中道、悟入等思维对士大夫的输出。而北宋浓厚的文艺氛围，也使得儒释融合思潮通过丰富的文艺活动得以体现，并在以苏轼、王安石、释惠洪等为代表的名士、名僧群体中形成了相应的文艺审美观念。这些观念多与在士、僧群体中广泛流行的琴棋书画活动密切相关。举其要者，在古琴领域，赋予琴乐政治与哲学双重意涵；在书画领域，形成了创作、鉴赏过程中以"游戏三昧""妙观逸想"为代表的辩证真幻观，并以士僧为主体共同建构了在禅学影响下以平淡自然、遗貌取神、直觉感悟为特征的"士人画"观念。这些兼融儒释的文艺审美观念的形成，往往以士、僧之间的诗文唱和活动为媒介。

关键词：北宋；诗文唱和；古琴；书画；文艺审美观念；互渗

儒释融合是北宋重要的思想潮流之一，"从宋代开始，三教的平等融合，开始成为统治阶级、佛教僧侣和社会各阶层的共识。无论在儒家人士中还是在文化僧侣中，都出现了三教融合的新理论和新实践"①。在此背景下，伴随着北宋士大夫"游于艺"的心态②以及名僧的士大夫化，二者在日常生活中都开展了大量的文艺活动，弈棋、品茗、抚琴、焚香、挥毫，形成了士大夫化的审美趣味。在这一过程中，士僧往往就这些文艺活动诗文唱和，或描述文艺创作的过程，或抒发在文艺活动中的审美感受，或就某些作品进行鉴赏品题。这些交往诗文不仅是士僧文艺活动情境的生动记录，也是建构北宋儒释交融互渗的文艺审美观念的重要途径。学术界对这些观念已有所讨论③，但就这些观念形成的士僧交往背景和二者双向影响的角度而言，它们仍有进一步被阐释的空间。本文就士僧交往诗文中涉及的与古琴、书画相关的文艺审美观念择要进行论述。

---

*　**作者简介**：崔森，江苏第二师范学院文学院讲师，主要研究方向为唐宋文学与宗教。本文系江苏省高校哲学社会科学研究一般项目"北宋江南士僧文学交往研究"（2021SJA0586）阶段性成果。

①　魏道儒：《中华佛教史·宋元明清佛教史卷》，山西教育出版社2013年版，第5页。

②　张毅：《宋元文艺思想史》，中华书局2019年版，第19页。

③　如周裕锴：《宋代诗学通论》（上海古籍出版社2007年版）；皮朝纲：《墨海禅迹听新声：禅宗书学著述解读》（上海三联书店2013年版）；张毅：《宋元文艺思想史》等。

一、"声音之道与政通"与"无弦琴"

古琴作为一种起源于中国的古老乐器,历来被认为最符合文人士大夫的政治观念、哲学取向和审美趣味。因此,古琴不仅作为一种乐器而存在,而且被上升至"道"的高度,被称为"琴道"。在宋代,不仅士大夫热衷此道,而且出现了不少精通抚琴的"琴僧"。这些琴僧师徒相传,成为一个相对稳定的系统。据许健《琴史新编》等资料,宋太宗时的宫廷琴师朱文济传琴技于京师慧日大师夷中,夷中传知白、义海,海传则全、元志,全传钱塘僧人照旷,可见一时风气。

在士僧有关古琴的唱和诗中,很大一部分都提到了古琴的"正声"与"古意"。如释简长《怀卢叔微》"朱弦愁零落,古意空徘徊"[①],石扬休《谢文莹师携琴见访》"郑卫湮俗耳,正声追不回……古意为师复,清风寻我来",梅尧臣《赠琴僧知白》"上堂弄金徽,深得太古意",苏舜钦《怀月来求听琴诗因作六韵》"正声今遁矣,古道此焉存?",王洋《听琴赠远师》"世人倾耳听繁音,太音古淡难为听"等。这种对"正声"和"古意"的强调,源于士大夫阶层对于古琴音乐性质的认识。如果以最简要的语言来概括中国古代音乐的发展历程,当属沈括所云"以先王之乐为雅乐,前世新声为清乐,合胡部者为宴乐"[②]。大致来说,雅乐是周代宫廷流传下来或据此整理恢复的音乐;清乐是指汉魏六朝以来的清商乐;宴乐(或"燕乐")指唐代结合了少数民族音乐元素的音乐。[③]"礼乐"是华夏精神的核心内容,而每个朝代的终结都伴随着不同程度的礼崩乐坏,因此统治阶层和士大夫始终都有一种对恢复"雅乐"的执着追求。几乎在每个朝代成立的初期,都有一番"正乐"的工作,这实际上是建立政治秩序的一种途径,故《乐记》云:"声音之道与政通。"[④]而古琴即是承担此种功能的代表乐器。宋郭茂倩《乐府诗集·琴曲歌辞》云:"琴者,先王所以修身、理性、禁邪、防淫者也,是故君子无故不去其身。《唐书·乐志》曰:'琴,禁也。夏至之音,阴气初动,禁物之淫心也。'"[⑤]荷兰学者高罗佩在《琴道》中指出"对文人而言,雅乐(仪典音乐)是所有音乐中地位最高者,因而他们希望其他一切音乐的表现形式都能与雅乐的理想一致"[⑥],认为这是古琴思想体系建立和发展的社会(儒家)因素。而僧团、亲佛士大夫在通过古琴传承和恢复雅乐方面扮演了重要角色。张培锋先生在引用元稹、白居易《法曲》《华原磬》等诗作后指出:"元、白以古琴对抗'胡部新声',是一种必然的选择,由此也可以解释宋初以来古琴名家多为僧人的现象,这与中唐之后佛教维护华夏'正声'而排斥'胡部新声'有关。"[⑦]这就使音乐的雅俗之争带上了华夷之辨的色彩。正因为如此,"许多琴书透露出排斥佛教僧侣的立场,并痛斥外来音乐为夷狄之乐,这

---

① 本文引诗除标出者外,皆引自傅璇琮等主编:《全宋诗》,北京大学出版社1998年版。

② 沈括撰,胡道静校注:《新校正梦溪笔谈》,中华书局1957年版,第61页。

③ 对于雅乐、清商乐、燕乐的定义,学者间多有不同。参见吴相洲《谈谈雅乐来源及其与清乐、燕乐关系问题》(《中国音乐》2019年第2期)。

④ 阮元校刻:《十三经注疏》,中华书局1980年版,第2527页。

⑤ 郭茂倩:《乐府诗集》,中华书局1979年版,第821页。

⑥ 高罗佩:《琴道》,李美燕译,联经出版事业股份有限公司2015年版,第72页。

⑦ 张培锋:《佛教与传统吟唱的文化学考察》,天津教育出版社2016年版,第242页。

无疑可解释为'对世俗音乐大量采用印度和中亚元素的反抗'"[①]。但这些琴书作者没有意识到，由西域回传中国、保存于佛门的音乐恰恰包含了华夏"正声"的元素。[②]并且，在北宋"三教融合"以及佛教长期中国化的思想背景下，中国的僧侣们早已不把佛教视作"夷狄"之教，反而以积极的姿态融入华夏文明之中，他们通过古琴来保存雅乐正声正是这种融合的生动体现。[③]"中国大乘佛教接纳古琴也是其接纳全部华夏礼乐文化的一个具有重要象征意义的组成部分"[④]。但无奈的是，雅乐的音调平和单调，除了在庙堂仪式中演奏外，很难获得普通人的喜爱，更难与"俗乐"相抗衡。《乐记》记载战国魏文侯听古乐的感受："吾端冕而听古乐则唯恐卧，听郑卫之音则不知倦"[⑤]。而古琴的音调恰恰正是这样的古淡平和。刘长卿《听弹琴》："泠泠七弦上，静听松风寒。古调虽自爱，今人多不弹"[⑥]，正道出了这样的无奈。因此上述所引诗歌中，不论士僧，都表现出对古琴所蕴含的雅正之音的珍视，并以知音自居。

范仲淹作为著名政治家，对古琴的政治功用相当重视。其《听真上人琴歌》云："伏羲归天忽千古，我闻遗音泪如雨。嗟嗟不及郑卫儿，北里南邻竞歌舞……为予再奏《南风》诗，神人和畅舜无为。为予试弹《广陵散》，鬼物悲哀晋方乱。乃知圣人情虑深，将治四海先治琴。兴亡哀乐不我遁，坐中可见天下心。感公遗我正始音，何以报之千黄金。"[⑦]《乐府诗集》引《广雅》云："伏羲造琴，长七尺二寸，而有五弦。"[⑧]东汉应劭《风俗通义》云："《尚书》：'舜弹五弦之琴，歌《南风》之诗，而天下治。'"[⑨]《史记·乐书》曰："夫《南风》之诗者，生长之音也。舜乐好之，乐与天地同意，得万国之欢心，故天下治也。"[⑩]《南风歌》载于《孔子家语·辩乐解》："南风之熏兮，可以解吾民之愠兮。南风之时兮，可以阜吾民之财兮。"[⑪]当然这只是关于古琴起源的传说，但总之都与三皇五帝有关，成为士大夫向往的治世的象征。范诗突出了古琴正乐和郑卫俗乐的对比，强调琴乐化导人情、关乎治乱的重要作用，表明了对理想政治环境的期盼。"将治四海先治琴"，把琴乐抬到了至高无上的地位。范仲淹的这种"声音之道与政通"的观念在其《与唐处士书》中有更详细的论述：

盖闻圣人之作琴也，鼓天地之和而和天下。琴之道，大乎哉！秦作之后，礼乐失

---

① 高罗佩：《琴道》，联经出版事业股份有限公司2015年版，第72页。

② 张培锋先生认为，"胡部新声"指波斯新传入西域的富有伊斯兰民族特色与宗教精神的音乐。而自东汉以来，自西域回传汉地的音乐其主体反而是华夏雅乐。而僧团和亲佛士大夫在这一过程中发挥了重要作用。参见《佛教与传统吟唱的文化学考察》第三章第一节。

③ 不过，无论对于士大夫还是僧人而言，古琴能够在多大程度上保存或者恢复所谓的"雅乐"，是一个需要辨析的问题。参见张斌《宋代古琴文化考论》第二章第二节，南京大学出版社2014年版。

④ 张培锋：《佛教与传统吟唱的文化学考察》，天津教育出版社2016年版，第292页。

⑤ 阮元校刻：《十三经注疏》，中华书局1980年版，第1538页。

⑥ 彭定求编：《全唐诗》，中华书局2008年版，第1481页。

⑦ 李勇先、王蓉贵校点：《范仲淹全集》，四川大学出版社2007年版，第40页。

⑧ 郭茂倩：《乐府诗集》，中华书局1979年版，第821页。

⑨ 应劭撰，王利器校注：《风俗通义校注》，中华书局1981年版，第293页。

⑩ 司马迁：《史记》，中华书局2013年版，第1235页。

⑪ 王肃撰，廖名春、邹新明校点：《孔子家语》，辽宁教育出版社1997年版，第90页。

> 驭。于嗟乎，琴散久矣！后之传者，妙指美声，巧以相尚，丧其大，矜其细，人以艺观焉。皇宋文明之运，宜建大雅。东宫故谕德崔公其人也。得琴之道，志于斯，乐于斯，垂五十年，清净平和，性与琴会，著《琴笺》，而自然之义在矣……君将怜其意，授之一二，使得操尧舜之音，游羲黄之城，其赐也岂不大哉！又先王之琴传传而无穷，上圣之风存乎盛时，其旨也岂不远矣！诚不敢助《南薰》之诗，以为天下富寿，庶几宣三乐之情，以美生平而可乎！①

认为古琴作为政治观念的一种载体，需要体现的是“清净平和”的中和之道，人们不应只从“妙指美声”的角度将其看作一种“艺”。而范仲淹的政治盟友、“庆历四谏”之一欧阳修则有为著名琴僧知白所作的《听〈平戎操〉》：“西戎负固稽天诛，勇夫战死智士谟……尔知平戎竟何事，自古无不由吾儒。”从仁宗宝元二年（1039 年）起，北宋便一直处于与西夏的战事中，并接连败退，这当是“西戎负固稽天诛，勇夫战死智士谟”所指。欧阳修听释知白弹奏《平戎操》，引发了其对古时建功立业的儒生武将的称颂。同时又感慨：“我材不足置廊庙，力弱又不堪戈殳。遭时有事独无用，偷安饱食与汝俱……平生又欲慕贾谊，长缨直请系单于。当衢理检四面启，有策不献空踟蹰。惭君为我奏此曲，听之空使壮士吁。”从诗意看，诗当作于康定元年（1040 年）。该年四月，范仲淹被任命为陕西经略招讨安抚副使，举荐欧阳修任掌书记。但欧阳修认为自己在景祐三年（1036 年）为范仲淹被贬而进言并非为了“利己”，因此“同其退不同其进”。随后担任了馆阁校勘，编修《崇文总目》和礼书。②未能像范仲淹那样亲临前线，使欧阳修感慨报国有亏，此诗亦反映了琴乐在其心目中所具有的政治意涵。

但同时，在士僧交往的过程中，琴乐也被赋予了一定程度的宗教和哲学意趣。琴声可以使人的心性得到净化，在空灵澄澈中感受本体意义上的永恒与和谐，因此衲子羽客常借琴而悟道，高罗佩认为这是古琴思想体系中的宗教因素。这就使“琴道”兼具三教意涵。赵抃《次韵僧重喜闻琴歌》：“我昔所宝真雷琴③，弦丝轸玉徽黄金。昼横膝上夕抱寝，平生与我为知音。一朝如扇逢秋舍，而今只有无弦者。无情曲调无情闻，浩浩之中都奏雅。我默弹兮师寂听，清风之前明月下。子期有耳何处听，自笑家风太潇洒。”释守端《答李待制风入松曲》：“琴有《风入松》，真闻但逆理。飕飕满座间，在耳不在耳。”④这两首诗都涉及“无弦琴”的命题。赵抃珍藏的雷氏琴因为时间久远，已经失去琴弦。而就是面对这样一张无弦琴，赵抃可以弹，重喜可以听，显然已经超越了感官的范畴。所谓“无情曲调无情闻”，正是用清净自性去感受琴声之外的宇宙境界。这样一来，连善于欣赏琴声的钟子期都不免相形见绌了。

---

① 曾枣庄、刘琳主编：《全宋文》（第一八册），上海辞书出版社 2006 年版，第 299 页。

② 刘德清：《欧阳修年谱》，见吴洪泽、尹波主编《宋人年谱丛刊》（第二册），四川大学出版社 2003 年版，第 1058—1059 页。

③ 唐代蜀地雷氏所造之琴。苏轼《杂书琴事十首·家藏雷琴》：“余家有琴，其面皆作蛇蚹纹，其上池铭云：‘开元十年造，雅州灵关村。’其下池铭云：‘雷家记八日合。’不晓其‘八日合’为何等语也？其岳不容指，而弦不敂，此最琴之妙，而雷琴独然。求其法不可得，乃破其所藏雷琴求之。琴声出于两池间，其背微隆，若薤叶然，声欲出而隘，徘回不去，乃有余韵，此最不传之妙。”［曾枣庄、刘琳主编：《全宋文》（第九一册），第 46 页］

④ 汤华泉辑撰：《全宋诗辑补》（第二册），黄山书社 2016 年版，第 801 页。

这种超越感官的琴乐欣赏方式显然具有宗教上的悟道指向。佛教关于体悟真如佛性方式的描述，即如《金刚经》所云，不可以感官得之："若以色见我，以音声求我，是人行邪道，不能见如来。"①但亦不排斥感官的作用，《首楞严经》云："此方真教体，清净在音闻；欲取三摩提，实以闻中入。"这就是所谓的"耳根圆通法门"："初于闻中，入流亡所；所入既寂，动静二相了然不生。如是渐增，闻、所闻尽，尽闻不住；觉、所觉空，空觉极圆。空、所空灭，生灭既灭，寂灭现前。"②也就是要透过外界的声音反闻自性，从而达到能、所双亡的无分别境界。"无弦琴"从有声走向无声，正与佛教的悟道过程相契合，因此成为禅宗的常见话头。唐代庞蕴居士"问(马)祖曰：'不昧本来人，请师高著眼。'祖直下觑。士曰：'一等没弦琴，惟师弹得妙。'祖直上觑"③。赵抃诗中的"家风"一词是禅宗用语，指某一师门中的参学方式，所谓"师唱谁家曲，宗风嗣阿谁？"可见，作者是有意识地在佛教层面使用"无弦琴"这一概念的。而释守端用"在耳不在耳"这种看似"逆理"的感知方式来解释"真闻"，更完全是上引《首楞严》经义的翻版。文同《戏呈凤凰长老用师》亦云："七十头陀会语言，舌根流利口阑珊。罗浮居士最难奈，稳把无弦琴与弹。"曹洞宗下八世，芙蓉道楷法嗣丹霞子淳《寄随守向大夫三首》其三："无弦琴上有希声，此遇知音作证明。不犯指端弹一曲，碧琉璃界月三更。"《和张居士》："默讷虚明履趣深，蟾蜍推月照天心。松风未作寒林静，一弄无弦琴上音。"刘发《赠鼓琴文照大师》："宝琴何所得，所得甚幽微。聊借丝桐韵，还超智慧机。霜风悲玉轸，江月入珠徽。向此诸缘尽，人间孰是非？"也同样是借"弦外之音"感悟般若空性，超越是非差别。

但这种借古琴以悟道的观念并非仅源自佛教，在中国本土哲学中亦可找到踪迹。无弦琴的典故起于陶潜，据《晋书》，潜"性不解音，而畜素琴一张，弦徽不具，每朋酒之会，则抚而和之，曰：'但识琴中趣，何劳弦上声！'"④已涉及琴声背后的抽象意涵。道家对如何"体道"亦有类似观念，《老子》有"大音希声"之说，王弼注云："听之不闻名曰希，不可得闻之音也。有声则有分，有分则不宫而商矣。分则不能统众，故有声者非大音也。"⑤只要有声音，就必属于某一旋律，而不是完整的道了。正如《庄子·在宥》云："至道之精，窈窈冥冥；至道之极，昏昏默默。无视无听，抱神以静，形将自正。"⑥因此前引诸诗中士僧对琴乐哲理的阐释，既体现了佛教思维的影响，同时也体现了中国大乘佛教与中国本土文化的互动交融。

二、书画创作、鉴赏中的真与幻

如果说"声音之道与政通"，更多体现的是士大夫观念对僧人的输出，那么士僧之间品评书画的诗文，则常常出现浸润着佛教思维的"游戏三昧"与"妙观逸想"两个概念。三昧为

① 鸠摩罗什译：《金刚般若波罗蜜经》，见高楠顺次郎等编《大正新修大藏经》(第八册)，新文丰出版公司1983年版，第752页上。

② 般剌蜜帝译：《大佛顶如来密因修证了义诸菩萨万行首楞严经》，《大正藏》第十九册，第128页中。

③ 于頔编：《庞居士语录》，见前田慧云等编《卍续藏》(第69册)，新文丰出版公司1983年版，第131页上。

④ 房玄龄等撰：《晋书》列传第六十四，中华书局2012年版，第2463页。

⑤ 王弼注，楼宇烈校释：《老子道德经注》，中华书局2017年版，第116页。

⑥ 郭庆藩：《庄子集释》，中华书局1997年版，第381页。

佛家语，“译言定，正受，调直定，正心行处，息虑凝心”[①]。也就是说，能够使心境专一、妄念停歇，就获得了三昧。这种静虑的禅定境界，与作者创作书画作品时的心理状态非常类似，如林逋《赠中师草圣》即云：“行草得三昧，林间尝与语。”

但如何将这种空静之心与千变万化的艺术实践结合起来，士大夫们又进一步借鉴了佛教中“游戏三昧”的观念。所谓游戏三昧，即“以神通力现种种相，遍游法界，化诸有情”[②]，将对真如本体的体悟与现象层面的化导众生相结合，体、相、用圆融。苏轼赠书僧释了性的《六观堂赞》云：“垂慈老人，尝作是观。自一至六，六生千万。生故无穷，一故不乱。”[③]《金刚经》将世间现象比作梦、幻等六种短暂空幻之物，苏轼认为这些外境的背后是永恒的“一”，即真如本体；而真如又可以产生变化无穷的外境，故《赞》中又云：“我观众生，神通自在。于电光中，建立世界。”这种哲学层面的“真”“幻”辩证关系，即是“游戏”（幻）“三昧”（真）的本质。实际来源于天台宗受龙树“中道”说影响而形成的空（本体）、假（现象）、中圆融的“一心三观”说。[④]

士大夫后将此种真幻观迁移到书画品评中。苏轼对艺术创作，尤其是僧人艺术创作中的这一规律多有论述。如其有《六观堂老人草书》：

> 物生有象象乃滋，梦幻无根成斯须。方其梦时了非无，泡影一失俯仰殊。清露未晞电已徂，此灭灭尽乃真吾。云如死灰实不枯，逢场作戏三昧俱。化身为医忘其躯，草书非学聊自娱。落笔已唤周越奴，苍鼠奋髯饮松腴。剡藤玉版开雪肤，游龙天飞万人呼，莫作羞涩羊氏姝[⑤]。

诗有原注：“六观，取《金刚经》梦、幻等六物也。老人，僧了性，精于医而善草书，下笔有远韵，而人莫知贵，故作此诗。”[⑥]此诗即运用辩证真幻观生动描绘了了性的草书创作过程：万象如梦似幻，作为僧人，了性已然参破，“真吾”自性显露，也即“一故不乱”（真）；同时并不否认外境的存在，认为在“真吾”（三昧）的作用下，了性可以达到草书创作自由、随性的变化境界（逢场作戏），也即“生故无穷”（幻）。

韩愈在著名的《送高闲上人序》中提出，书法创作应来自外物的触动和内心的不平之气，而僧人内心淡泊平静，理应无法创作出丰富多彩的书法，因此将高闲法师精通书法归结为“浮屠人善幻，多技能”[⑦]。苏轼则在《送参寥师》中针对韩愈这一观点云：“退之论草书，万

① 丁福保编：《佛学大辞典》，上海书店出版社 2015 年版，第 312 页。

② 释闻达：《法华经句解》，见前田慧云等编《卍续藏》（第 30 册），第 612 页上。

③ 曾枣庄、刘琳主编：《全宋文》（第九一册），上海辞书出版社 2006 年版，第 332 页。

④ 智𫖮《摩诃止观》卷五：“若一法一切法，即是因缘所生法，是为假名假观也。若一切法即一法，我说即是空空观也。若非一非一切者，即是中道观。一空一切空，无假中而不空，总空观也。一假一切假，无空中而不假，总假观也。一中一切中，无空假而不中，总中观也。即《中论》所说不可思议一心三观。”[《大正藏》（第 46 册），第 55 页下。]

⑤ 张彦远《法书要录》载《袁昂古今书评》：“羊欣书，如大家婢为夫人，虽处其位，而举止羞涩，终不似真。”[卢辅圣主编：《中国书画全书》（第一册），上海书画出版社 1993 年版，第 46 页。]

⑥ 冯应榴：《苏轼诗集合注》，上海古籍出版社 2001 年版，第 1702 页。

⑦ 董诰等编：《全唐文》，中华书局 1983 年版，第 5622 页。

事未尝屏。忧愁不平气，一寓笔所骋。颇怪浮屠人，视身如丘井。颓然寄淡泊，谁与发豪猛。细思乃不然，真巧非幻影。”[①]指出正是因为韩愈没有理解艺术上“真巧”与“幻影”之间的辩证关系，将二者割裂，才会否定僧人的艺术创作。也就是说，韩愈所认为的书法创作应具备的“喜怒窘穷、忧悲愉佚、怨恨思慕、酣醉无聊”等豪猛不平之气，属于“幻影”；僧人自有淡泊空静的“真巧”之心，且并不妨碍文艺创作中情感的流动，故苏轼在同诗中说：“欲令诗语妙，无厌空且静。静故了群动，空故纳万境。”从佛教“心生万法”的角度考察，这颗“真心”反而是情感、笔墨等幻影产生的本源，因此“幻影”并非韩愈所认为的魔术性质的僧人幻技。

皮朝纲先生认为，“所谓‘游戏三昧’，即是艺术家深通艺术之道而以游戏出之，在艺术创造中，自在无碍，不失定意，摆脱了人生的种种烦恼、执着的束缚，而获得自由、解放的审美心胸，从而达于创造之化境。”[②]因此，艺术创作的过程，既是作者真心自然显现的过程，同时也是作者进一步反观内心，从而获得禅悦之乐的过程。如程俱《题隆师山水短轴二首六言》所云：“能画所画皆幻，是心是境无还。”“能画”的人与“所画”的画，皆是源于艺术“三昧”的幻相（境）；但作为外境的幻相中又蕴含着本体（心）的真实，因此不妨即幻而求真。画者、观者通过作为“幻”的画作，可以体会到艺术的本源和生命的本真。

苏轼的晚辈释惠洪在“游戏三昧”的基础上，又提出了“妙观逸想”之说。而这一概念正是在其评论苏轼画作的《东坡画应身弥勒赞》序中出现的：“东坡居士游戏翰墨，作大佛事，如春形容藻饰万像。又为无声之语，致此大士于幅纸之间，笔法奇古，遂妙天下。殆希世之珍，瑞图之宝。相传始作以寄少游，卿上人得于少游之家。二老流落万里，而妙观逸想寄寓如此，可以想见其为人。”[③]显然，这里的“游戏翰墨”即源于“游戏三昧”。因此，妙观逸想之说也充分渗入了佛教思维。即“妙观”是在真谛层面以“法眼”观察内外境界，以直觉去体会“道”，把握审美对象的审美意蕴。这种审美方式与前文提到的“无弦琴”的意涵非常近似；“逸想”则是在俗谛层面以真心为源，幻化出种种艺术境界，进行审美想象。正如惠洪在论诗时所云：“诗者，妙观逸想之所寓也，岂可限以绳墨哉！如王维作《画雪中芭蕉》诗，法眼观之，知其神情寄寓于物，俗论则讥以为不知寒暑。”[④]雪中芭蕉，是作者在“妙观”内心境界后的“逸想”，是作者“神情”的外化。因此，“逸想”不受客观现实和规律的束缚，而完全是主观意识的流露。读者也当以“法眼”观察作者所绘物象之精神而非外形，方能得作者之心，方能称之为“妙观”。这一审美观念与“游戏三昧”可以说是同一机杼，“妙观”即“三昧”，“逸想”即“游戏”。

三、僧人画与士人画

在北宋的画论中出现了士人画和院体画的观念。一般认为，院体画讲求法度、追求形

---

① 冯应榴：《苏轼诗集合注》，上海古籍出版社 2001 年版，第 863 页。

② 皮朝纲：《墨海禅迹听新声：禅宗书学著述解读》，上海三联书店 2013 年版，第 7 页。

③ 释惠洪撰，周裕锴校注：《石门文字禅校注》，上海古籍出版社 2021 年版，第 2986—2987 页。

④ 释惠洪撰，李保民校点：《冷斋夜话》，见上海古籍出版社编《宋元笔记小说大观》（二），上海古籍出版社 2001 年版，第 2189 页。

似、精于用彩;而士人画则一任天然、注重神似、多用淡墨。如苏轼云:“观士人画如阅天下马,取其意气所到。乃若画工,往往只取鞭策、皮毛、槽枥、刍秣,无一点俊发,看数尺许便倦。”(邓椿《画继》卷三)[①]明代董其昌以禅宗中的南北宗来比喻其中的区别:“禅家有南北二宗,唐时始分。画之南北二宗,亦唐时分也,但其人非南北耳。北宗则李思训父子着色山水,流传而为宋之赵斡、赵伯驹、伯骕,以至马、夏辈。南宗则王摩诘始用渲淡,一变钩斫之法,其传为张璪、荆、关、郭忠恕、董、巨、米家父子,以至元之四大家……要之,摩诘所谓云峰石迹,迥出天机,笔意纵横,参乎造化者。东坡赞吴道子、王维画壁亦云:‘吾于维也无间然。’”(董其昌《画禅室随笔》卷二)[②]邓椿云:“图画院四方召试者源源而来,多有不合而去者。盖一时所尚,专以形似,苟有自得,不免放逸,则谓不合法度,或无师承。故所作止众工之事,不能高也。”(《画继》卷十)[③]可见,在士大夫心目中,士人画的地位是远高于院体画的。

佛教在建构士人画观念的过程中起到了重要作用,这种建构有两种表现:一是不少士人画的作者是僧人,士人画成了“僧人画”;二是士僧留下了大量品题画作的文字。这里以士大夫对释惠崇画作的品题为例。释惠崇既是宋初晚唐体诗歌代表人物“九僧”之一,同时也是著名画家,其画作受到北宋士大夫的广泛喜爱。通过这些士人的品题之作,可以看出惠崇画作的“士气”[④]之所在。王安石《纯甫出释惠崇画要予作诗》:“画史纷纷何足数,惠崇晚出吾最许……金坡[⑤]巨然山数堵,粉墨空多真漫与。大梁崔白亦善画,曾见桃花净初吐。酒酣弄笔起春风,便恐漂零作红雨。流莺探枝婉欲语,蜜蜂掇蕊随翅股。一时二子皆绝艺,裘马穿羸久羁旅。华堂岂惜万黄金?苦道今人不如古。”以五代和北宋著名画家释巨然、崔白来映衬惠崇画艺。释巨然师董源,是董其昌所谓的“南宗画”也就是士人画的代表人物。这一类的画,“一为笔墨气韵均衡的一系”(指荆浩、董源、巨然——笔者注),“一为偏于用墨,偏于取韵的一系”(指二米父子——笔者注)[⑥],但总体上都呈现出萧散淡远的士大夫情趣。因此王安石说那些着色精工的院体画是“粉墨空多真漫与”。李壁注此句云:“据《画谱》言,巨然用笔甚草草,此可见其真趣,不应有‘粉墨空多’之讥。反覆诗意,本谓巨然画格最高,而拙工事彩绘者,乃为世俗所与也。”同诗注云:“崔白字子西,濠梁人,工画花竹翎毛,体制清赡,虽以败荷凫雁得名,然于鬼神人兽尤精。”崔白打破了五代黄荃父子那种勾勒填彩、富丽精工的花鸟画风,“遂革从来院体之风”[⑦]。王安石盛赞惠崇,正是因为在今不如古的当代画作中发现了其承袭士人画画风的作品。郑午昌云:“巨然少年多作矾头,老年则趋平淡。岚气清润,积墨幽深。得其法者,为释惠崇。”[⑧]

---

① 卢辅圣主编:《中国书画全书》(第二册),上海书画出版社1993年版,第708页。

② 卢辅圣主编:《中国书画全书》(第三册),上海书画出版社1993年版,第1016页。

③ 卢辅圣主编:《中国书画全书》(第二册),上海书画出版社1993年版,第724页。

④ 董其昌《画禅室随笔》卷二:“士人作画……绝去甜俗蹊径,乃为士气。”[卢辅圣主编:《中国书画全书》(第三册),第1013页。]

⑤ 李壁注:“按唐制,翰林院在右银台门内……德宗时,又移院于金銮坡上,今诗则云‘金坡’,本此。”(王安石撰,李壁注,李之亮补笺:《王荆公诗注补笺》,巴蜀书社2002年版,第7页。)

⑥ 徐复观:《中国艺术精神》,春风文艺出版社1987年版,第402页。

⑦ 郑午昌:《中国画学全史》,上海古籍出版社2019年版,第216页。

⑧ 郑午昌:《中国画学全史》,上海古籍出版社2019年版,第210页。

在北宋佛教盛行的背景下，士大夫也特别注意到佛教理论对士人画的影响。如上引王安石题惠崇画诗云“颇疑道人三昧力，异域山川能断取”，王安石另一首《惠崇画》也说：“道人三昧力，变化只和铅。”①王庭珪《题惠崇画秋江凫雁》：“老崇学画如学禅，中年悟入理或然……定自维摩三昧里，半幅生绢开万里。”曾几《题黄嗣深家所蓄惠崇秋晚画》：“禅扉掩昼夜，短纸开秋晚。欲问此间诗，半山呼不返。”一方面，禅②的空静是画家创作时需要具备的心境；另一方面，上文论及的带有佛教哲学色彩的“游戏三昧”，以及这里出现的“悟入”，又是一种带有普遍意义的文艺创作规律。如北宋就有不少学诗需像学禅那样去“悟”的论述，韩驹《赠赵伯鱼》云：“学诗当如初学禅，未悟且遍参诸方。一朝悟罢正法眼，信手拈出皆成章。”禅学对士人画的影响，也体现在苏轼对王维的推崇。如董其昌提到的苏轼《王维吴道子画》：“吴生虽妙绝，犹以画工论。摩诘得之于象外，有如仙翮谢笼樊。”③显然，深受禅宗思想影响的王维，其画作因摆脱了对事物外形的机械描摹，捕捉到了象外神韵，而被苏轼目为士人画的滥觞。惠崇画在苏轼及其后学中受到广泛标举④，正因其对王维一系士人画的禅学精神的继承。董其昌《画评》云：“五代诗僧惠崇与宋初僧巨然皆工画山水。巨然画，米元章称其平淡天真。惠崇以右丞为师，又以精巧胜，《江南春卷》为最佳。一似六度中禅，一似西来禅，皆画家之神品也。”⑤所谓“六度禅”，是印度佛教中获得解脱的六种方法中的一种——“禅定”，即“如来禅”。所谓西来禅，则是由达摩祖师所传之禅法，即“祖师禅”。两者的区别“集中表现在是否主张在日常行事中随时体现佛性与禅境，尤其是，是否标榜‘教外别传，不立文字，直指人心，见性成佛’的宗旨”⑥。显然，祖师禅的精神与士人画遗貌取神的特质更为契合。董其昌的类比虽然未必恰当，但其对惠崇画作中禅学因素的确认以及将其与王维相联系，无疑是受到苏、王诸人的影响。

要之，北宋的“僧人画”呈现出鲜明的“士人画”特质，主要有两点原因：一是按郑午昌先生的分类，由于与诗文的密切关系，宋代绘画已进入“文学化时期”⑦，苏轼就称“味摩诘之诗，诗中有画；观摩诘之画，画中有诗”（《书摩诘蓝田烟雨图》）⑧，“诗画本一律，天工与清新”（《书鄢陵王主簿所画折枝二首》）⑨。而北宋僧人文化修养的普遍提高，甚而本身即是诗人文士，为其画作体现诗文意趣提供了条件。二是士大夫创作、欣赏绘画，“是亦与道释人物同受禅理之影响”⑩，“僧人画”本身就成为“士人画”的学习范本。可以说，士、僧作为画家、

---

① 王安石撰，李壁注，李之亮补笺：《王荆公诗注补笺》，巴蜀书社 2002 年版，第 753 页。

② 这里的“禅”泛指佛教的空静思维，并非专指禅宗。宋初九僧皆天台宗僧人。参见张艮《宋初九僧宗派考》［《暨南学报》（哲学社会科学版）2014 年第 3 期］。

③ 冯应榴：《苏轼诗集合注》，上海古籍出版社 2001 年版，第 153 页。

④ 苏轼有《惠崇春江晚景》，黄庭坚有《题惠崇画扇》，晁补之有《题惠崇画四首》，李之仪有《惠崇扇面小景二绝》等。

⑤ 孙岳颁：《御定佩文斋书画谱》，见永瑢、纪昀等编《文渊阁四库全书》（第 819 册），台湾商务印书馆 1986 年版，第 544 页。

⑥ 方立天：《如来禅与祖师禅》，《中国社会科学》2005 年第 5 期。

⑦ 郑午昌：《中国画学全史》，上海古籍出版社 2019 年版，第 205 页。

⑧ 曾枣庄、刘琳主编：《全宋文》（第八九册），上海辞书出版社 2006 年版，第 406 页。

⑨ 冯应榴：《苏轼诗集合注》，上海古籍出版社 2001 年版，第 1437 页。

⑩ 郑午昌：《中国画学全史》，上海古籍出版社 2019 年版，第 216 页。

观众，共同建构了北宋的“士人画”观念。

四、结语

上述论及的这些文艺审美观念，从深层次看，是在北宋儒释融合思潮中产生的，因此也具有了更多的文化内涵。首先，士大夫群体并不是被动接受佛教思想，而是将其与儒家思想进行有机融合，在某些时候，还向僧人群体输出儒家的政治和伦理观念。其次，像写过《本论》、通常给人以排佛印象的欧阳修，却在私人生活中并不拒绝与僧人往来，甚至还与之围绕文艺活动诗文唱和，但这些诗文却又依然表现了其儒家立场，这就使我们认识到北宋士大夫与佛教的复杂关系。最后，可以发现所谓的士大夫式的审美观念和生活情趣，实际上是由士大夫和僧人群体共同建构的。因此北宋的很多名士和名僧，都很难称为纯粹的士大夫或僧人，几乎可以视为拥有共同思想、信仰、审美的一类人群。而包括文艺交往在内的士僧各个层面的交往，也为宋型文化的形成提供了动力。

论陈诚笔下西域形象的文学呈现及其典范意义

顾　宇　柳　宏*

摘　要：明代陈诚出使西域，其笔下的西域形象丰富多元，其文学呈现手法多种多样。陈诚对行旅空间的观察、对异域的审视与感知，经由多种文体之书写交会，展示了明初西域、中亚各国鲜明的区域特征和壮观瑰丽的生活画卷。其以不同的记载与呈现方式，交叉型的语体风格，塑造出不同类型的域外形象典范。

关键词：陈诚；西域形象；文学呈现

明代域外之游最为灿烂夺目的事件莫过于陈诚五次陆行通西域和郑和七次航海下西洋，他们的行旅均处于明代初期。反观"欧洲中心论"者，其主张欧洲是世界历史的主动创造者，只有他们才具备发起跨文化接触的能力，而陈诚和郑和的行旅正是近代中国之前主动发起的与世界跨文化相遇的典范明证，然在学术界并未引起重视。相对于郑和下西洋而言，陈诚的研究更加不足。

陈诚(1365—1458)，字子鲁，号竹山，江西吉水人，著有《陈竹山文集》四卷。陈诚所处的时代正是"锐意通四夷"的明成祖朱棣统治时期，推行了积极开放的外交政策，在陆路交通方面，重新开通丝绸之路，派遣陈诚三次出使西域与帖木儿帝国建立联系。陈诚出使的单次行程达一万多里，在中外交流史上取得了显著的功绩。

本文以永乐十三年陈诚回京复命进呈的行旅日记《西域番国志》《西域行程记》，以及文集中总题为《进呈御览奉使西域往回纪行诗》，作为言说域外的观照中心，透过陈诚构建异国形象的记书笔法，探讨形态各异的记游文本所呈现出的文化意象，进而揭示陈诚异域形象的书写所激发出的明代士大夫群体对西域的社会集体想象。

一、《西域番国志》《西域行程记》——异国风土人情的多样刻画

《西域番国志》经由陈诚的视角与闻见，真实清晰地书写他所看见的异国现实，其简约化、概括化的文本结构和语言表述，重现异国山川风物现时性的、可为想见的形象，迎合了

*　**作者简介**：顾宇，扬州科技学院副教授，主要研究方向为明清旅游文学；柳宏，扬州大学教授，主要研究方向为学术史、《论语》诠释学。

本土文化意识主体与权力机制核心的期待和兴趣。陈诚将此记列为进呈御览首位，表达了凭借异国形象的集中投射，诠释异域的特殊性书写形态。具体特点如下：

首先，塑造形象，详略迥殊。

《西域番国志》选取了西域诸国18个城邦的山川风物、风土人情等予以集中叙述，如哈烈、撒马儿罕、俺都淮、八剌黑等，这些城邦位于今中国新疆、哈萨克斯坦、阿富汗。

这些以城邦命名的考察实录，看似各自独立，自成一体，实则存有内在的结构体系。《西域番国志》虽然清晰地构建了两种不同的异国总体形象，但并非平均用力、等量齐观，陈诚用文本的篇幅集中体现出书写的主次与详略，帖木儿帝国与别失八里所辖城邦在《西域番国志》中的记述所占比例为8∶2，以显见的形态结构出具有详略等级关系的形象对比层面。

陈诚对游记文本详略迥殊的书写原因也需检视探讨，因为背景性成分会对文本形象的塑造产生重要影响。永乐癸巳(1413年)"西域大姓酋长沙哈鲁氏不远数万里遣使来朝"①，明朝以护送西域使臣归国"行报施之礼"的名义，派出使团以加强联系、了解情况。可见，政治使命对书写重点和形象呈现有决定性影响，因而，陈诚在文本的排列顺序上亦重心突出、重新建构，他并未按时间先后依次排列沿途所经西域诸国，而是以出使的终点哈烈为形象书写之首篇，倒置排列18个城邦，与《西域行程记》呈逆向排列，以最直接的表达方式传达帖木儿帝国的整体形象。

虽然陈诚的游记文本勾勒了异国的众多形象，但不容忽视的是，他通过重点城邦的多面书写，形成具有典范意义的形象符号。这些拥有形象学象征意义的城邦，既体现自身形象，又汇合包容其他形象，成为能够代表异国形象的独特文化想象物。如帖木儿帝国的《哈烈》不仅置于诸城邦书写的首篇，而且其文字篇幅占《西域番国志》的53%，成为西域诸国最引人注目之处，亦是帖木儿帝国的形象典范。

游记文本所呈现的异域，经由详略、主次、风貌等差异化书写建构，势必对形象的呈现产生重要的影响。《西域番国志》对西域形象的塑造和描述，不能简单将其看成异国空间与文化现实的客观对应文本。其文本书写的详略选择与结构体系彰显了明代的思维意识与时代诉求，陈诚对异国形象的制作有承继，亦显创新，构建出西域诸国形象的新聚合体，凝聚了明朝对西域看法的总和。

其次，范式描述，具诸集中。

王继光先生将《西域番国志》所记内容归纳为"该地方位、山川形势、种族人口、隶属、历史沿革、得名之由、疆域变迁、古迹、建筑、气候历法、资源物产、社会经济、行政司法、宗教、语言文字、文化教育、军事形态、民俗风情"②共18类，并在每一类后详细附上各国相关文字记载。这些异国资料的分类书写以"范式描述"的形式构建了异国的形象学文本，也存储了明代这一特定时期、特定本土文化所释放出来的具象信号。

作为对"他者"定义的载体，"范式描述"概括性地陈述着对异国的印象，也以暗含的方式定义和分配了所欲传达的信息。以每一城邦描述中皆有的"该地方位""山川形势""种族

---

① 王继光校注：《陈诚西域资料校注》，新疆人民出版社2012年版，第20页。

② 王继光：《陈诚及其西使记研究》，中华书局2014年版，第207—215页。

人口”“社会经济”的描述择要为例，帖木儿帝国除迭里迷、塞蓝、达失干周回二三里，其余都是十数里之广的城邦，城市的广大与人口的多少、经济的兴盛、贸易的活跃是一脉相承的，因而“人烟稠密”“居民安堵”“民物富庶”“食物丰饶”“国俗多侈”等套话表述，取得了有效的、一致性的正面意义，建立起凝固性的异国形象——“富庶”。

与帖木儿帝国经由共时性的诸邦整体构建“富庶”形象的方式不同，陈诚在《别失八里》直陈其印象，“其封域之内，惟鲁陈、火州、土尔番、哈石哈、阿力马力数处，略有城邑民居，田园巷陌。其它处所，虽有荒城故址，败壁颓垣，悉皆荒秽”①，勾勒了贫穷、稀疏、零落的整体形象。

行旅会产生一种特殊的历史语境，在“现在时”表述中，“范式描述”暗含了帖木儿帝国的“富庶”与别失八里“零落”的形象对比；而在各自的今昔对比中，又以象征化的方式，使形象意义渐趋固定，如崖儿城用“旧多寺宇”、火州用“昔日人烟虽多，僧堂佛寺过半”②等“过去时”的繁华符号，与“现在时”形成了鲜明的对照，在陈述的同时表现了它本欲证明的萧条形象；反观《渴石》，因故国主帖木儿建园林于此而得以书写，“规模弘博”之状的整体描述，以及“墙壁饰以金碧，窗牖缀以琉璃，惜皆颓塌”③的“现在时”书写，都对“过去时”的繁华壮观有着惊人的省略和无限的想象预期。

综上，异域书写中的“范式描述”类似地理志而又有变化不同，“它是以它陈述的惟一事实来对立，甚至在陈述的同时它就证实了这一点”④。《西域番国志》通过“对他者描述”的分类书写，对立呈现了西域诸国新的形象聚合体，并在潜意识中将“相异性”呈现与士大夫群体原有的西域“社会集体想象物”相互映照，进而再度构建了明人对异域的集体认同与想象。所不同的是，对别失八里诸邦，陈诚以向集体认知提供最佳知见为目的，有效陈述了昔之繁华到今之零落形象的陌生感，使“它”的“过去”和“现在”区别开来；面对帖木儿诸城邦，其书写除了构建“富庶”的整体异国形象，还试图秉承真实、客观的目的揭示帖木儿帝国具有“相异性”的世界，向集体认知呈现“现在时”的陌生感。

再者，笔法多样，书写相异。

《西域番国志》有效地规避了行旅者的行踪，专意对以18个城邦所集中代表的国家形象进行详尽的介绍，然而，“我”的自觉隐身，并非意味着书写主体所代表的文化视野的消失，如《别失八里》流淌着强烈的国家意识和深刻的历史记忆，“马哈木盖胡元之余裔，前世锡封于此”“犹能知长其所长而无变态者，岂不由其前人积德乎？”⑤在既是描述又是认识过程的文本中，混合了陈诚本土文化群体的思想情感和意识形态元素。

不过，相比别失八里的直陈“己见”，陈诚在帖木儿帝国的书写中，尤其是占《西域番国志》53%篇幅的哈烈，刻意秉承客观的态度，淡化“我”的评价和判断，以多样化的书写笔法意图阐明异国多面的感性特征，形成纯粹的“镜像”来言说“他者”形象。如宗教仪式、生活

① 王继光校注：《陈诚西域资料校注》，新疆人民出版社2012年版，第10页。
② 王继光校注：《陈诚西域资料校注》，新疆人民出版社2012年版，第11页。
③ 王继光校注：《陈诚西域资料校注》，新疆人民出版社2012年版，第9页。
④ 孟华：《比较文学形象学》，北京大学出版社2001年版，第161页。
⑤ 王继光校注：《陈诚西域资料校注》，新疆人民出版社2012年版，第10页。

的场景、社会众生等。

陈诚对哈烈的观察视角多元且细腻隐微，深入社会生活的方方面面，通过日常生活的细节描摹，映现了异国鲜活生动的社会文化风貌。以体式而论，他以纪传体笔法具象描述了哈烈特殊的风土现象，如“随处礼拜”等群体性行为，是独特地域中作为主体性的人自觉存在的表现，“既定性”的特征呈现了具有风土性的群体形象；他还善于发现多姿多彩的社会众生相，以行录体笔法记写了哈烈之特质人物的形象及行为特征，并对此所隐含着的价值观取向，有着主动认识、解释的探问心理。进而，哈烈以自塑形象的方式，将“本真”形态的异国风貌活现为舞台上的场景与画面，在陈诚等注视者群体眼前塑造出一个在场的“他者”形象。

“形象即为对两种类型文学现实间的差距所做的文学或非文学的，且能说明符指关系的表述。”①作为“符号功能”的形象浓缩了注视者对被注视者文化差异的有效陈述，如“国主居城之东北隅，垒砖石以为屋……不用栋梁、陶瓦……不置椅凳，每席地加趺而坐”，“服色尚白，与国人同”，“凡上下相呼，皆直叱其名，虽国主亦然”。②综述体笔法的运用在对国主居城位置、服饰、称谓等描述中，蕴含了一组组的对立物来表达与明王朝的相异性，两种文化的等级关系也随之得到了强有力的表现。如对饮食习惯的差异，《哈烈》篇是这样描述的：“饮食不设匙筋，肉饭以手取食，羹汤则以小木瓢汲饮，多嗜甜酸油腻之味，虽常用饭食，亦和以脂油。”③形象描绘标示出观察者与被观察者的客观距离。

总之，形式灵活、不拘一格的记述笔法，呈现了鲜活的异国场景，以对照的角度言说其人文观察的“他者”形象，试图为“社会集体想象”的缺失营造一个具有在场性的异国形象；同时，让哈烈自述形象，“我”则刻意隐藏自身的文化属性，但哈烈诸多极具“陌生性”形象的自我揭示，“都无可避免的表现为对他者的否定，对‘我’及其空间的补充和延长”④，进而蕴含着“我”与“他者”相异性的异国形象得到了更为强烈的凸显。

此外，《西域行程记》也有着细微翔实的行迹记录。

永乐十三年十月陈诚回京复命，将《行程记》列第三位进呈御览。该书从永乐十二年正月十三日出陕西行都司肃州卫为记录之首日，至当年闰九月十四日到达哈烈止，逐日记载了 267 天的行程道里。此行记特色鲜明，记载真实细致，详尽准确。

《西域行程记》的日记体书写模式：农历日期＋天气＋起床出发时间＋行走方向＋沿途地名＋里程＋安营扎寨的地点，如：“初十日，晴。早起，向南度山，约行一百里，地名白阿儿把，山上安营。”

作为《西域番国志》的姊妹篇，《西域行程记》以行经地理方位为先后顺序，详尽记录了使团的路线和沿途的地理情况。明国史馆王直《西域行程记序》曰：“盖一举目之间，可以明见万里之外。”⑤正是由于陈诚对行程道里足履目验、详核可据的书写态度，其所记录的沿途

① 孟华：《比较文学形象学》，北京大学出版社 2001 年版，第 118 页。

② 王继光校注：《陈诚西域资料校注》，新疆人民出版社 2012 年版，第 2 页。

③ 王继光校注：《陈诚西域资料校注》，新疆人民出版社 2012 年版，第 2 页。

④ 孟华：《比较文学形象学》，北京大学出版社 2001 年版，第 157 页。

⑤ 王继光校注：《陈诚西域资料校注》，新疆人民出版社 2012 年版，第 143 页。

地名、方位、人居情况、环境等成为研究15世纪初西域和丝绸之路珍贵的原始资料，其史料价值不亚于《西域番国志》。

二、《进呈御览奉使西域往回纪行诗》——异域旅途的真实感悟

陈诚在奉使的漫长行旅途中，还创作了颇具规模的纪行诗，书写行旅中的真切见闻与生命感悟，呈现了辽阔而壮美的异域空间，也交织了执着与艰辛的生命感悟。如果将《西域行程记》《西域番国志》视为使命历程与异国形象的分类记写，总题为《进呈御览奉使西域往回纪行诗》（以下简称《纪行诗》）则是异域之眼的洞见与抒情向度，摹写异域风情，宣播王化使命，映射出积极主动的明代与世界跨文化相遇的时代精神。

其一，以诗纪行，异域造像。

《纪行诗》的题名构筑了以诗纪行的书写形貌，有三种方式：一是以行旅中所历节日为主题，有《端午》《阿木河中秋》《九日》《除夕》《乙未新年》《元宵》，既体现出时间变易感，亦契合"节里思亲倍感伤"[①]之情进行隐晦的表功；二是以独特景物为题，有《阴山雪》《途中见红花》《夏日遇雪》《尝杏子》《狮子》《花兽》《风磨》《射葫芦》《葡萄酒》，深化"胡地迥与中华殊"[②]的新鲜感知；三是占《纪行诗》大多数的以地名或城邦名命名的方式，如《流沙河》《塞蓝城》等，其中多有结合"出""宿""望""早行""至""过""复过""渡""经""登""诣"等动词命名，如《望哈烈城》《至哈烈城》《诣哈烈国主沙哈鲁第宅》等，既建构出行旅之内在关联，也呈现多向视角，着重个人情感之抒发。

而且，《纪行诗》以点题说明的方式书写了"孤独"与"执着"的行旅心灵。诗作有11首在地名的诗题后加以自注，如《过卜隆古河》（即华言浑河是也）、《亦息渴儿》（华言热海）、《哈密城》（古伊州之地）、《崖儿城》（古车师之地，后为交河县）。诗题对地名或作音译补充或加以今昔异同的说明，诗歌则以艺术情景具象化《西域行程记》。

以纪行而言，《纪行诗》相较《西域行程记》《西域番国志》更为完整，首篇《出京别亲友》至《望李陵台》的11首诗，历经京师—涿州—华山—长安—咸阳—平凉—固原—肃州，是陈诚在明朝境内的行旅书写；从《过铁门关》至《入塞》14首，是陈诚"西游绝域还"的回程书写，而《西域行程记》和《西域番国志》未有对应之撰述。如此，《纪行诗》以行经地名为纽带完整呈现了历时两年多的艰辛行旅与情感体验。

陈诚以纪实之笔一一记写了行走古丝绸之路上，别失八里"城郭萧条市肆稀"[③]的明代景象："寂无鸡犬声，空有泉源绕"[④]的赤斤蒙古；热闹的古丝路要冲布隆吉尔如今"远塞深春无过雁，古台落日有栖鸦"[⑤]；丝路上的明珠高昌故城，唐玄奘西天求法途经之地，佛教曾盛行于此，而今也式微了，"梵宫零落留金像，神道荒凉卧石碑"；西域36国之一的"车师前国"

---

① 王继光校注：《陈诚西域资料校注》，新疆人民出版社2012年版，第36页。
② 王继光校注：《陈诚西域资料校注》，新疆人民出版社2012年版，第29页。
③ 王继光校注：《陈诚西域资料校注》，新疆人民出版社2012年版，第32页。
④ 王继光校注：《陈诚西域资料校注》，新疆人民出版社2012年版，第28页。
⑤ 王继光校注：《陈诚西域资料校注》，新疆人民出版社2012年版，第28页。

的都崖儿城，地势险峻，易守难攻，正所谓“天设危城水上头”[①]，由于连年战火，毁损严重，逐渐荒废，“断壁悬崖多险要，荒台废址几春秋”。在今昔对比中呈现出历史感的书写基调，透过诗作意象之凝结，邀引观者走进现场，点染凝望中的历史兴怀与由衷惋惜。

与别失八里域内荒城野烟的形象不同，帖木儿国诸邦却是一幅幅“眼前风物近江南”的田园生活画面：《塞蓝城》“绕堤杨柳绿毵毵”“园瓜树果村村熟”；《达失干城》“桑麻禾黍连阡陌，鸡犬牛羊混几家”[②]；出使的目的地哈烈城更“又是遐方一境天”[③]，繁荣富庶，这里有城郭楼台青草大树，道路四通八达，街头巷尾人头攒动，一幅繁华都市的景象。“酒进一行陈彩币，人喧四座撒金钱”[④]，既有欢迎宴席上用来渲染气氛，以示豪奢的“撒喜钱”习俗；也有张弛有力，别有一番情趣的娱乐活动射葫芦：“当场跃马流星过，翻身一箭葫芦破”[⑤]。这些定格的历史造像成为明初对于西域各国社会风貌鲜活生动的记写。

在明初这一特定的历史时期，《纪行诗》以诗存史，立体明晰地构建出对外交往的历史造像，保存了本国对异国文化的总体认识，极具史料价值。

其二，风土人物，细腻呈现。

《纪行诗》完整地记录了陈诚历时两年多的行旅见闻与真切感悟，既有史学价值，更具独特的文学价值。《西域行程记》详道里行程，《西域番国志》重异国形象，《纪行诗》于书写内容兼而有之，但书写形貌更加细腻生动，强化了行旅于险恶莫状的异乡，直面西域人文、地理风貌的空间感知。《西域番国志・渴石》以纪实之笔视觉呈现了帖木儿故居的空间意象：“中有楼殿数十间，规模弘博，门庑轩豁，堂上四隅有白玉石柱，高不数尺，犹璧玉然。墙壁饰以金碧，窗牖缀以琉璃，惜皆颓塌。”[⑥]纪行诗《游渴石城》（帖木儿驸马故居）则从身体的感发着眼，凸显游观所点染的知觉体验：“玲珑窗户深，杂缳檐楹簇。金饰尤鲜明，铃甃半倾覆。阴屋魑火微，白昼穷猿哭。幽泉注芳沼，浅碧浸寒玉。废兴今古多，低头较荣辱。吾皇治优化，四海同一毂。”[⑦]诗生动形象，更具有画面感和立体感，相比《西域番国志》文笔简练的形象写实，诗进一步由景展情，通过昔日金碧辉煌，今之“阴屋”的地景，彰显奉行和平外交政策的重要性，突出对明朝皇帝的赞美。

《纪行诗》借由地景之联结，点出了与异国风土人物交接的细腻感知，散发出生动瑰丽、色彩缤纷的形象光韵，增强了诗作的审美价值，也在特殊的场域中形成了具有主体意识嬗变的时代感悟和诗体特征。

其三，客心游思，历史感像。

《纪行诗》与直接显露并自由宣泄个体情感的诗作不同，使臣的身份决定了陈诚借助“私语真情”的诗歌书写进行了有目的的考量和安排，对明王朝行以溢美式的笔调，感通历

① 王继光校注：《陈诚西域资料校注》，新疆人民出版社 2012 年版，第 32—33 页。
② 王继光校注：《陈诚西域资料校注》，新疆人民出版社 2012 年版，第 39 页。
③ 王继光校注：《陈诚西域资料校注》，新疆人民出版社 2012 年版，第 47 页。
④ 王继光校注：《陈诚西域资料校注》，新疆人民出版社 2012 年版，第 48 页。
⑤ 王继光校注：《陈诚西域资料校注》，新疆人民出版社 2012 年版，第 50 页。
⑥ 王继光校注：《陈诚西域资料校注》，新疆人民出版社 2012 年版，第 9 页。
⑦ 王继光校注：《陈诚西域资料校注》，新疆人民出版社 2012 年版，第 41 页。

史人物的出使形象曲传心意，在比较的视野中书写面对异国文化现实的态度，亦透显出其潜藏的文化心理。

陈诚域外书写的表述是在与明王朝这一潜在对话者的语境中完成的，亦受制于潜在对话者的要求。纪行诗是使臣游记的常用语体，但据《奉使西域复命疏》所述进呈的四种文本，纪行诗不在其列，而诗组题名又清晰地表明“进呈御览”的书写意图，表明陈诚在进呈何种域外书写时是经过斟酌的：《西域行程记》和《西域番国志》皆力求实录，向潜在对话者客观呈现异国的道里与形象；《狮子赋》及《与安南辨明地界往复书札》彰显陈诚外交实绩；流溢个人情绪抒发的《纪行诗》与这四者相较，重要性显然不可同日而语，因而不在最终进呈之列。

《纪行诗》作为陈诚自由心灵的投射，经由对“汉使”形象的感知与描述，透显出个人心绪的激荡和承载集体意识形态的反响。

首篇《出京别亲友》“丹心素有苏卿节，行橐终无陆贾装”[①]出现了两个“汉使”的形象：苏卿即苏武，出使匈奴被扣，19年持节不屈；陆贾，能言善辩，两使南越，说赵佗臣服。同是汉代使臣的身份，却有着不同的出使结局。结合当时与帖木儿国的关系，洪武二十八年（1395年），傅安、郭骥率领的1500人的明朝使团被帖木儿“竟留不遣”13年，归国时仅仅13人；洪武三十年陈德文使团被帖木儿羁留10年，两国交往现状势必在陈诚心中激起波澜。因而表达重关塞断、归年无期的诸多诗句，不是装腔作势的情绪点缀，恰恰客观真实地透显出陈诚的复杂心绪。他将苏武引为自己的知己，投射了自己的影像，亦旨在向朝廷这一对话者明志：“谁怜汉苏武，白发鬓边多”[②]，“苏武边庭十九年，烨烨芳名重万古”[③]，并以丧失民族气节的李陵自诫，《望李陵台》“回头思汉主，洒泪别苏卿。可惜终夷虏，千秋秽令名”[④]，自我激励的背后隐含着前途未卜的忐忑不安。

陈诚出使西域到达的第一个城邦是哈密，受到了热烈欢迎，他把自己比作灵风（教化）、景星（德星）的化身：“灵风景星争快睹，壶浆箪食笑相迎”[⑤]。首访哈密增强了他的自信，诗歌亦反映了心境的这种微妙变化。其后在火州城“居民争睹汉官仪”[⑥]，在异邦好奇的注视中，陈诚隐约在历史的回顾中找到了“汉使”的感觉。

“张骞”形象的明确标举是在进入帖木儿帝国后。《达失干城》曰：“当时博望知何处，空想银河八月槎”[⑦]，以行旅地点勾连人文图像；其后，曾经引为知己的苏武，在诗中与张骞对举呈现，《八剌黑城》：“征轺不惮远，万里来西域。**博望**早封侯，**苏卿**老归国。男儿志四方，少壮宜努力。但祈功业成，勤苦奚足惜。愿言播芳声，千古垂竹帛。”[⑧]羁留之忧已除，成就

① 王继光校注：《陈诚西域资料校注》，新疆人民出版社2012年版，第23页。
② 王继光校注：《陈诚西域资料校注》，新疆人民出版社2012年版，第26页。
③ 王继光校注：《陈诚西域资料校注》，新疆人民出版社2012年版，第30页。
④ 王继光校注：《陈诚西域资料校注》，新疆人民出版社2012年版，第27页。
⑤ 王继光校注：《陈诚西域资料校注》，新疆人民出版社2012年版，第30页。
⑥ 王继光校注：《陈诚西域资料校注》，新疆人民出版社2012年版，第32页。
⑦ 王继光校注：《陈诚西域资料校注》，新疆人民出版社2012年版，第39页。
⑧ 王继光校注：《陈诚西域资料校注》，新疆人民出版社2012年版，第43页。

功业名垂青史,像博望一样"早封侯"才是着重点;临近哈烈城,陈诚曰:"异俗殊风多历览,襟怀不下汉张骞"①,已然将自己与丝绸之路的开拓者博望侯张骞并驾齐驱,透显出本土文化的自豪和荣誉感。

到达出使目的地所作《至哈烈城》,陈诚书写出映照集体想象的"汉使"形象:"白首青衫一腐儒,鸣驺拥旆入西胡。曾因文墨通明主,要纪江山载地图。中使传宣持玉节,远人置酒满金壶。书生不解侏离语,重译殷勤问汝吾。"②书生面目的使节,意气风发的形貌,威德遐被、四方宾服的气象,尽显明代"张骞"之意象。

"形象创造的过程是由'自我'固定的文化态度去想象、虚构,被动地按照'自我'文化观念的模型去塑造的"③,陈诚对"汉使"多种形象的回顾与预告,构筑了自我对话的幽微情思,融入了强大的历史感,凸显了异域体验之渐变,承袭了文化观念逐渐固定的思维模式,最终让自己成为定型化的"张骞"形象,并以之为视角来传达异域体认,宣播王化使命。

三、陈诚通西域其他应用文体——异域形象的进呈与检视

(一)西域印象之"前视野"

形象的构建涉及"我"与"他者"两种不同类型的文化,陈诚是明代西域的执笔书写者与形象创造者,但不可忽略的是,他的背后有着众多的注视者,他们作为一种社会文化的整体透过陈诚注视着西域,他们对西域的社会集体想象无疑对陈诚的聚焦对象与书写方式起到了制约作用。

永乐十一年(1413年)秋,胡广向皇帝举荐自己的同乡陈诚辅佐李达出使,始为陈诚人生的分水岭,《竹山文集》外篇卷一篇首,即列胡广所作《送陈员外使西域序》,拔犀擢象感激之情自不待言。然而此序名为送别,实则是以时任当朝内阁首辅身份胡广所代表的本土文化,对西域由古及今的审视和想象,是时人基于本土文化与西域构建交往关系的社会集体想象物。此序内容丰富,意蕴颇多:

一是与历史对话,回溯、解读本土文化对西域政策的时代特征和因应策略。从汉开西域"大抵挟威凌势",至元代"征西域诸国……分地以王诸子而还"④,本土文化要么羁縻之,要么征服之,皆造成了与西域往来关系的时断时续态势。胡广在对本土文化审视中贯穿着反省思维,为明朝的对外关系确立了"要皆德化之所感通,非威驱势迫而使之来也"⑤的总体原则,构建了面对异域"他者",明王朝"以德绥万方"的文化外交形象。

二是形塑陈诚出使所应代表与呈现的明王朝的形象。胡广向序文书写的实际"对话者"——陈诚,告知他向皇帝举荐的原因考量,众人"才可当之"的推荐是基于对陈诚过往处

① 王继光校注:《陈诚西域资料校注》,新疆人民出版社2012年版,第47页。
② 王继光校注:《陈诚西域资料校注》,新疆人民出版社2012年版,第47页。
③ 孟华:《比较文学形象学》,北京大学出版社2001年版,第24页。
④ 王继光校注:《陈诚西域资料校注》,新疆人民出版社2012年版,第85页。
⑤ 王继光校注:《陈诚西域资料校注》,新疆人民出版社2012年版,第85页。

理外交事务能力的肯定，然而，更为重要的不是“用乎果勇智术”，而是陈诚的形象具有易于被异国文化所接纳的正面性，“故独取忠厚笃实之士而使之”，能以形象传递友善，示之以诚信，“必能使远人益化于观感之间”①，同时也表达了对“他者”文化的尊重与承认。

三是对异国“考之于史”的方位感知与地域想象，提出陈诚此行异国的书写面向，以及填补历史空白意义的独特价值。胡广对帖木儿帝国进行了认真的考证与研究，认为自宋朝受西夏阻隔，“西域诸国泯其旧名不复可考矣”，造成明朝对西域诸国方位感知的断档，以至“踰瀚海、龙堆之外……盖藐然无故名可征”。胡广曰：“予尝问经西域者，过别失八里，至塞蓝城，又十余程始至撒马尔罕”②，他据史书所载与他人听闻展开了地域想象，认为塞蓝城可能是大月氏的蓝氏城③，撒马儿罕可能是萨末鞬即康居国④，将这些存有不确定问题交由陈诚的实地考察来解决，由此确定了陈诚详尽记录使团路线和沿途地理情况的《西域行程记》之书写面向。《西域番国志》则是基于胡广对异国文化现实的另一地域想象而作：“子鲁宜考其山川，著其风俗，察其好尚，详其居处，观其服食，归日征诸史传，求有合焉者，则予言为不妄也。”⑤

总之，序文的书写者胡广作为对异域“集体知识的陈述者”，带有“注视者群体”鲜明的文化身份背景，也构建了明代对西域诸国的“社会集体想象”。陈诚的行旅书写无疑会受到“说话者”所蕴含的本土文化主体意识的潜在制约与影响，进而，陈诚的出使以及最终呈现的西域形象，凝聚着群体的阅读期待，面对着特定的社会文化阶层，他对异国形象及特点的描述，“是按照注视者文化中的模式、程序而重组、重写的，这些模式和程式均先存于形象”⑥。因此，对异国形象的解读，需检视注视主体本身的文化身份背景，研究这一历史时期明代的士大夫群体对西域的社会集体想象，“才能证实作者是(自觉或不自觉地)复制了这个整体的描述，还是彻底背离了集体想象的框架以进行创作活动，即对现实进行批判”⑦。

(二) 西域形象多元书写之进呈

永乐十三年(1415 年)十月，陈诚回到北京进呈《奉使西域复命疏》，整体勾勒了三种不同类型的形象：异域的形象、我的形象、我所代表的明王朝的形象。

首先，复命疏以“套话”的形式构建了两种形象：一是陈诚自我的形象：他向皇帝表达对自己“拔擢之荣”的感激，自己对奉使西域“重廑华夷一统之虑”使命的认知，以及“藐藐一

---

① 王继光校注：《陈诚西域资料校注》，新疆人民出版社 2012 年版，第 86 页。

② 王继光校注：《陈诚西域资料校注》，新疆人民出版社 2012 年版，第 86 页。

③ 《史记·大宛列传》“大夏民多，可百馀万。其都曰蓝市城。”《汉书·西域传》“大月氏国，治监氏城，去长安万一千六百里。”《后汉书·西域传》“大月氏国，居蓝氏城，西接安息。”《北史·西域传》“大月氏国，都賸盐氏城，在弗敌沙西，去代一万四千五百里。”塞蓝城在今哈萨克斯坦的西姆肯特，蓝氏城在今阿富汗斯坦巴尔赫附近，二者并非一地。

④ 《新唐书》卷二百二十一下：“康者，一曰萨末鞬，亦曰飒秣建，元魏所谓悉斤者。”萨末鞬即康国，都城在今乌兹别克斯坦萨马尔罕北七里。

⑤ 王继光校注：《陈诚西域资料校注》，新疆人民出版社 2012 年版，第 86 页。

⑥ 孟华：《比较文学形象学》，北京大学出版社 2001 年版，第 157 页。

⑦ 孟华：《比较文学形象学》，北京大学出版社 2001 年版，第 28 页。

身”深入不毛之地，凭借“一片赤心，三寸强舌，驱驰往回，三阅寒暑，逾越险阻，凡数万程”[①]的行旅形象。二是沿途诸国“咸知敬礼”的整体形象：面对“柔远之仁”的明朝使者，异国“咨谕所及，罔不率俾疆界立正慕义无穷”[②]，无不遵从圣命。

“异国形象属于对一种文化或一个社会的想象”[③]，在对他者整体行为的描述之中，陈诚这一行旅者扮演了文化认证的双重角色：一方面是以注视者的身份着眼于被注视的主体，经由西域对明王朝的外在行为的集体阐释，书写出异国统治阶层所投射出的对大明王朝仰慕性质的社会集体想象；另一方面“我‘看’他者，但他者的形象也传递了我自己的某个形象”[④]，西域诸国“各遣信使，随臣入朝，毕献方物，仰谢圣恩”[⑤]之举，既用实绩提升了陈诚的外交形象，也在“我”与“他者”互动性的关系中，经由西域具有“认同性”行为的集体阐释链接了注视者所代表的文化群体，不仅满足了注视者预先设定的对异域的社会集体想象，也正面增值了本土文化的优越想象。

其次，复命疏陈诉了陈诚“谨撰《西域记》一册、《狮子赋》一册、《行程记》一册，并所与安南辨明地界往复书札”[⑥]，汇呈御览。前三册是陈诚出使哈烈对异国形象亲历亲见的直接形象感知，而“与安南辨明地界往复书札”则是陈诚在洪武年间担任行人职务期间，与安南国王于领土往复交涉的7封书信，与本次出使经历无关。

从敬呈御览的文本类型来看，记、赋、书三种具有相异性的书写文体，向皇帝分条陈述了过往及本次出使的经历见闻。置于首位的《西域记》是陈诚以“我”之文化身份对沿途18个异国城邦复制式描写和看法的总和，以书写相异性为主；第三位的《行程记》详尽地记录了使团的路线和沿途的地理情况，呈现的既是“我”行游的空间转移，也是“我”在“他者”地域活动中劳顿艰辛形象的补充呈现；两者构建了明代具有参考系意义的西域整体意象。

汇呈御览末位的“与安南辨明地界往复书札”虽与出使西域无关，但于陈诚的自我意识中，呈现的是与“不同的他者”相比的“我”，一个与西域相比的此在的意识。与西域诸国“咸知敬礼”“慕义无穷”的形象不同，他着力呈现的是与异域处于领土纷争情势下同样能晓以利害、不辱使命的外交经验和阅历，进一步向君王展示了他领会“用图王会之盛，允协万邦之和”[⑦]精神，灵活处理复杂异域关系的能力。

《奉使西域复命疏》所进呈的不单单是外国形象的清单，而是经由陈诚的视角与闻见，总述他所看到的现实，构建了异域的整体形象；四种进呈文本的独特“形象”也集中体现了形象塑造者和被塑造者之间的不同文化等级，通过他者的形象直接地表现自我，在对“他者”形象的描摹与塑造中“以自身为中心的价值与权利秩序并认同自身，而塑造的一个自身对立并低于自身的文化影响”[⑧]。

---

① 王继光校注：《陈诚西域资料校注》，新疆人民出版社2012年版，第1页。
② 王继光校注：《陈诚西域资料校注》，新疆人民出版社2012年版，第1页。
③ 孟华：《比较文学形象学》，北京大学出版社2001年版，第17页。
④ 孟华：《比较文学形象学》，北京大学出版社2001年版，第123页。
⑤ 王继光校注：《陈诚西域资料校注》，新疆人民出版社2012年版，第1页。
⑥ 王继光校注：《陈诚西域资料校注》，新疆人民出版社2012年版，第1页。
⑦ 王继光校注：《陈诚西域资料校注》，新疆人民出版社2012年版，第1页。
⑧ 萨义德：《东方学》，王宇根译，生活·读书·新知三联书店1999年版，第35页。

（三）新的西域认知与文化想象

陈诚异域书写所创造的异国形象，以再现的方式被他人在阅读中所感知，构建了时人对异域新的视域与想象。

首先，西域诸国“咸知敬礼”“慕义无穷”的形象，经由陈诚的直接感知，传递给本土文化群体，在检视中进一步确认了“国家以声教讫四海，遐荒穷徼咸共瞻仰”[①]的优势地位。

其次，拓展了明人的地域认知，国史总裁泰和王直作序曰：“盖自肃州卫嘉峪山关西行九千余里，至撒马儿罕。又二千八百余里，乃至哈烈。”[②]翰林侍讲邹缉作序曰：“撒马儿罕国在西域为绝远，昔太祖皇帝时，常使来通贡。而哈列国又在其西南三千里。”[③]地域空间位置的清晰认知正得益于《西域行程记》的详尽书写。

再次，改变了明人对西域国家的形象认知。王直曰：“西域之国，哈烈差强，其次则撒马儿罕……所经城郭诸国，凡十五六。其人物生聚有可观者盖无几。惟此二国物产之饶，风俗之豪侈，远近宾旅之所辐辏，大略相似。”[④]陈诚《哈烈》篇之重点书写让明人了解了帖木儿国家经济繁荣的盛况，体认了世界多元文化共生并存之态，跨文化关系始终就是力量的关系，而非简单的交往或对话。以永乐八年对比永乐十五年陈诚第二次至帖木儿朝所携国书为视，“前诏于沙哈鲁，直呼为‘尔汝’，盖视为远方未归为之一酋长，此诏则称为‘王’（锁鲁檀）且皆加抬写，盖以藩王之礼待之，故沙哈鲁之地位，自明廷观之，此时已大提高。”[⑤]不可否认，陈诚书写的异域形象起到了相当大的作用。

最后，衍生并激发出明人新的文化想象。邹缉《送陈郎中重使西域序》曰：“吾知蕃夷诸国之在哈烈之外者，且将向风慕义，骈踵而奉朝贡矣”[⑥]，以哈烈之出使为典范，和平交往的外交政策令明朝声名远扬，陆地丝绸之路再次畅通，中国和西亚之间呈现出了站释相通、道路无壅的新气象。

总而言之，作为明代唯一亲历西域体验的形象感知与情感实录，陈诚记游文本之书写脉络清晰：《西域番国志》叙山川风物，《西域行程记》记道里行程，《纪行诗》书见闻感悟，三者各具特色、形象鲜明，又相互依存、互为表里，既而以自身的亲历亲见为中心坐标，铭刻了行旅中的生命姿态，共筑了别具时间感的域外文化交流图景；公文性质的《奉使西域复命疏》，用书文呈递皇帝御览不同类型的行旅见闻，复述王化使命宣播历程，凸显明朝文化优势形象，其中《狮子赋》歌舞升平，略有装饰。进而，陈诚对行旅空间的观察、对异域的审视与感知，经由多种文体之书写交会，展示了明初西域、中亚各国鲜明的区域特征和壮观瑰丽的生活画卷，其交叉型的语体风格，又以不同的记载与呈现方式，塑造出不同类型的域外形象典范。

---

① 王继光校注：《陈诚西域资料校注》，新疆人民出版社 2012 年版，第 144 页。

② 王继光校注：《陈诚西域资料校注》，新疆人民出版社 2012 年版，第 143 页。

③ 王继光校注：《陈诚西域资料校注》，新疆人民出版社 2012 年版，第 88 页。

④ 王继光校注：《陈诚西域资料校注》，新疆人民出版社 2012 年版，第 143 页。

⑤ 李克珍：《邵循正历史论文集》，北京大学出版社 1985 年版，第 97 页。

⑥ 王继光校注：《陈诚西域资料校注》，新疆人民出版社 2012 年版，第 89 页。

身份定位、书写策略与史料真伪：沈周传记演变考索

汤志波*

摘　要：文徵明《沈先生行状》塑造了沈周诗书画兼通的文坛盟主形象，张时彻《沈孝廉传》更强调其隐士的身份与品行，后者多为史传沿袭，最终定格在《明史·隐逸传》中。随着沈周隐士身份的确立，史传中"德行"叙事逐渐取代了"政事"描写，以契合预设的身份，也显示出作者的材料取舍与写作策略。沈周传记中所载事迹真伪混杂，尤其是笔记中的"片传"呈现世代累积之趋势，通过拼凑、附会、改写，严重影响了史料的真实性。沈周画壁的故事真伪参半，因其能以艺人身份凸显隐士风范，兼容画家与隐士的双重身份，所以成为沈周传记中流传最广的故事。

关键词：沈周传记；《沈孝廉传》；身份定位；书写策略；画壁传说

沈周(1427—1509)，字启南，号石田，明代苏州府长洲县相城里人，与文徵明、唐寅、仇英并称"明四家"，吴门画派创始人。明清时关于沈周的传记有二十余篇，本文以文徵明《沈先生行状》、张时彻《沈孝廉传》及《明史》本传分别作为碑传、散传、史传之代表，探讨其传记的演变过程。沈周终身未仕而又以绘艺盛名一时，身兼隐士与画家双重身份，不同传记对其身份定位不同，材料取舍也有明显差异，由此涉及传记史料的真伪问题，本文试为之一一探讨。

一、从盟主到隐士：沈周传记的身份定位

文徵明在沈周卒后三年作《沈先生行状》，努力将其塑造为诗书画兼通的东南文坛盟主形象。开篇略写家世后，随即重点描摹沈周少年早慧：

> (沈周)生而娟秀玉立，聪朗绝人。少学于陈孟贤先生，孟贤，故检讨嗣初先生子也。诸陈皆以文学高自标致，不轻许可人，而先生所作辄出其上，孟贤遂逊去。年十五，贷其父为赋长，听宣南京。时地官侍郎崔公雅尚文学，先生为百韵诗上之。崔得诗

*　**作者简介**：汤志波，华东师范大学中文系副教授，主要研究方向为明代文学与文献。本文系国家社科基金青年项目"沈周与吴中文坛研究"(15CZW036)阶段性成果。

> 惊异,疑非己出,面试《凤凰台歌》。先生援笔立就,词采烂发。崔乃大加激赏,曰:“王子安才也。”即日檄下有司,蠲其役。[①]

文徵明所举二事颇有传奇色彩。沈周伯父沈贞、父亲沈恒曾跟随陈继(字嗣初)学,沈周又追随陈继之子陈宽(字孟贤),是两世从游。少年沈周所作“辄出其上”或有可能,但陈宽由此逃避逊去,似有夸大嫌疑。陈宽70岁寿辰时沈周还曾为其创作了著名的《庐山高》图并诗,终生以师侍之。至于沈周志学之年即兴赋《凤凰台歌》更是轰动一时,但也真伪难辨,详见其后论述。《沈先生行状》中不惜笔墨详细描绘了沈周的文艺成就:

> 先生既长,益务学。自群经而下,若诸史、子、集,若释、老,若稗官小说,莫不贯总淹浃,其所得悉以资于诗。其诗初学唐人,雅意白傅,既而师眉山为长句,已又为放翁近律,所拟莫不合作。然其缘情随物,因物赋形,开阖变化,纵横百出,初不拘拘乎一体之长。稍辍其余,以游绘事,亦皆妙诣,追踪古人。所至宾客墙进,先生对客挥洒不休。所作多自题其上,顷刻数百言,莫不妙丽可诵。下至舆皂贱夫,有求辄应。长缣断素,流布充斥。内自京师,远而闽、浙、川、广,莫不知有沈周先生也。

文徵明并未详言沈周在绘事上的具体成就,反而着重写其诗学宗尚与诗歌风格,并认为沈周诗歌之余溢而为画,诗歌成就当在绘画之上。即使是侧面写众人求画之盛况,无论“宾客墙进”,还是“长缣断素,流布充斥”,都与沈周“自题其上”的诗画合璧有关。对于沈周的隐逸不仕,行状中也略有提及,但仅用不足50字述其筮《易》隐遁,重点则写沈周的日常生活:

> 先生去所居里馀为别业,曰“有竹居”,耕读其间。佳时胜日,必具酒肴,合近局,从容谈笑。出所蓄古图书器物,相与抚玩品题以为乐。晚岁名益盛,客至亦益多,户屦常满。先生既老,而聪明不衰,酬对终日,不少厌怠。风流文物,照映一时。百年来东南文物之盛,盖莫有过之者。

不难看出,文徵明表面写沈周隐居,实际是展示其作为东南文坛盟主的林下风雅。沈周所蓄图书古玩甚多,众人常年聚于其隐居的“有竹居”品鉴题咏,习以为常。沈周以84岁高龄去世,晚年宾客弟子满座,求画索诗者络绎不绝,亦是苏州文坛一大盛事。尤其要注意最后一句“百年来东南文物之盛,盖莫有过之者”,意图将沈周确立为明代首位崛起的东南文坛盟主——上一次吴中文化如此繁盛,还是元代顾瑛的玉山雅集——自明初至今恰好百余年。即使写沈周修谨宽厚的性格,也特意拈出其提携晚生:“喜奖掖后进,寸才片善,苟有以当其意,必为延誉于人,不藏也。”弘治、正德间的吴中文人,诗画或多或少都受过沈周的指导,文徵明作为入室弟子,更是自不待言。可见文氏的《沈先生行状》是在有意无意间建构沈周文坛盟主的地位与形象。

① 文徵明著,周道振辑校:《文徵明集》卷二五《沈先生行状》,上海古籍出版社2014年版,第583页。本文所引《沈先生行状》均出于此,以下不再注明。

沈周的墓志铭由吴宽撰写较为合适，惜吴宽先沈周数年而卒，因此交由王鏊。王鏊《石田先生墓志铭》据文徵明行状而来，从材料选择到叙事策略均因袭文氏，可以视为《沈先生行状》的延伸。王鏊亦重点写沈周诗书画方面的成就：

> 书过目即能默识。凡经传子史百家、山经地志、医方卜筮、稗官传奇，下至浮屠、老子，亦皆涉其要，掇其英华；发为诗，雄深辨博，开阖变化，神怪叠出，读者倾耳骇目。……书法涪翁，遒劲奇倔。间作绘事，峰峦烟云波涛、花卉鸟兽虫鱼，莫不各极其态。或草草点缀，而意已足成，辄自题其上，时称“二绝”。[①]

对照行状可见基本一致，王鏊不仅夸誉沈周诗歌，也特意拈出其诗画合璧之能，“二绝”的结果是“一时名人皆折节内交，自部使者、郡县大夫皆见宾礼。搢绅东西行过吴，及后学好事者，日造其庐而请焉”。至于在乡间的隐居生活，王鏊也有细致描写：

> 相城居长洲之东偏，其别业名“有竹居”。每黎明，门未辟，舟已塞乎其港矣。先生固喜客，至则相与宴笑咏歌，出古图书器物，摸抚品题，酬对终日不厌。间以事入城，必择地之僻隩者潜焉。好事者已物色之，比至，则屦满乎其户外矣。先生高致绝人，而和易近物。贩夫牧竖持纸来索，不见难色。或为赝作求题以售，亦乐然应之。数年来，近自京师，远至闽、浙、川、广，无不购求其迹，以为珍玩。风流文翰，照映一时，其亦盛矣。

虽然隐居的地域相对偏僻，但并不影响沈周宾客满门。王鏊笔下的有竹居不像隐者安静的世外桃源，更似苏州的文化中心，每天迎来送往，显得十分热闹。诗画酬唱之外，还有古玩鉴赏等风雅活动。与行状一样，墓志铭中也特意指出沈周的画作不仅在吴中流行，京师乃至福建、浙江、四川、两广等地士人均来求购，也是其主盟东南文坛风雅的见证。

继《沈先生行状》与《石田先生墓志铭》之后，影响较大的传记当属张时彻的《沈孝廉传》。该文较行状与墓志铭篇幅更长，且被《国朝献征录》收录其中，传播甚广。《沈孝廉传》与行状恰恰相反，基本不论及沈周在文艺方面的创作与成就，而是重在强调其不仕的身份与孝义的品行。早年沈周占《易》而遁，或是出于家族的隐逸传统；中年后不再出仕，更多是因为要赡养母亲，《沈孝廉传》云：“(沈周)捐弃儒生家业，绝意干禄。有风劝之者，辄曰：‘若不知母氏以周为命乎？独奈何侥尺寸之荣，去离膝下也。’”[②]沈周76岁高龄时，应天巡抚彭礼仍欲召置幕下，张时彻载：

> 壮且老矣，遁声匿影，惟恐不深。巡抚三原王公恕强宾之行台，诹咨治道，然非其好也。后巡抚彭公礼见其《咏石磨》诗，词旨渊蓄，乃又高其行谊，固请相见，则固谢不

---

① 王鏊著，吴建华点校：《王鏊集》卷二九《石田先生墓志铭》，上海古籍出版社2013年版，第410页。本文所引《石田先生墓志铭》均出于此，以下不再注明。

② 张时彻：《芝园定集》卷三七《沈孝廉传》，《四库全书存目丛书》集部82册，齐鲁书社1997年版，第235—236页。本文所引《沈孝廉传》均出于此，以下不再注明。

往。敕守令礼致之,坐语竟日,欢喜过望,若欲款之幕下者。先生测其旨,顿首曰:"小人无状,不足以备牛马使,且老母困惫,非儿无以起居,望垂哀怜,释之返舍,以全母子之命,即公赐渥矣。"公益叹异焉。

沈母去世时沈周已 80 岁,故终身未仕。《沈孝廉传》被收入《国朝献征录》中,成为清初朝廷纂修史书的重要史料来源,乾隆间官修《明史》,即在王鸿绪《明史稿》的基础上略作删改而成,王鸿绪《明史稿》又是沿袭万斯同《明史》而来,而万斯同《明史》中的沈周传,则据《国朝献征录》中的《沈孝廉传》改写。[①]《明史》中虽也提及其"早慧"之事,如:"邑人陈孟贤者,陈五经继之子也。周少从之游,得其指授。年十一,游南都,作百韵诗,上巡抚侍郎崔恭。面试《凤凰台赋》,援笔立就,恭大嗟异。"[②]对比行状可明显看出,《明史》删除了"先生所作,辄出其上,孟贤遂逊去"及崔恭"大加激赏"、"蠲其役"等涉嫌夸大的内容,更多的篇幅是写其隐遁不仕,与《沈孝廉传》一脉相承。从《沈先生行状》到《沈孝廉传》再到《明史》本传,传主的身份也由盟主演变为隐士,并在官修史书中固定下来,沈周也由此成为明代隐士的代表。

沈周传记中身份的演变,与作者创作动机、写作心态相关,亦受诗坛、画坛势力消长的影响。文徵明与沈周有世谊,祖父文洪、父文林、叔父文森均与沈周交好,两家往来密切,沈周曾为文徵明之子取名,而沈周长子沈云鸿早逝,也是请文徵明为之撰墓志铭。文徵明不到 20 岁就跟随沈周学画,一生追随,故文徵明自称"及门曾是通家客",[③]称沈周时会说"我家沈先生",据何良俊记载:"余至姑苏,在衡山(文徵明)斋中坐,清谈尽日。见衡山常称'我家吴先生','我家李先生','我家沈先生'。盖即匏庵、范庵、石田,其平生所师事者,此三人也。"[④]作为弟子兼知己的文徵明,在自己科场蹉跎困顿的情况下——时已五试应天府不第——为恩师撰写的行状,将沈周推为吴中文坛盟主,并不断追忆当年风雅繁华,这其中既有作者浓厚的师生情谊,亦有强烈的吴中地域立场,甚或还有个人的理想寄托,但绝非"谀墓"可同日而语。

沈周作为吴门画派创始人、"明四家"之首,其绘艺在当时就已得到肯定,在后世又被继续宣扬。吴门画派取代浙派之后,逐渐成为画坛主流,沈周去世后吴门画派进入了文徵明时代,文氏直接继承了沈周衣钵,其子文彭、文嘉,侄文伯仁,孙文肇祉、文元发等均有艺名,丹青世家,绵延不绝;而文徵明嫡传弟子如陈淳、陆师道、王谷祥、陆治、钱谷、周天球等人亦显赫一时,继续维持吴门画派的辉煌,所以作为画派创始人的沈周之声望与地位也越来越高,直至王稚登在《丹青志》中评沈周"绘事为当代第一",其"山水、人物、花竹、禽鱼悉入神品",而且是"神品"中唯一一人,[⑤]显示出不可撼动的画坛盟主地位。与"吴门画派"命运不同,吴中诗坛虽然也迥异于当时的台阁体与复古派,但从未成为诗坛主流,以沈周为代表的吴中文人学习白居易与宋诗,不仅不为后世所欣赏,更是遭到文坛盟主的诸多批评,如王世

① 参见南炳文《沈周首次游南京十一岁、十五岁两说皆误辨》,《文史》2015 年第 4 期。

② 张廷玉等:《明史》卷二九八,中华书局 1974 年版,第 7630 页。

③ 文徵明著,周道振辑校:《文徵明集》卷九《哭石田先生二首》,上海古籍出版社 2014 年版,第 204 页。

④ 何良俊:《四友斋丛说》卷二六,中华书局 2007 年版,第 236 页。

⑤ 王稚登:《丹青志》,陈其弟点校《吴中小志丛刊》,广陵书社 2004 年版,第 61 页。

贞曰:“沈启南如老农老圃,无非实际,但多俚辞。”[①]钱谦益对沈周俚俗白话诗也甚为不满:“其或沿袭宋元,沉浸理学,典而近腐,质而近俚,则断烂朝报与村夫子《兔园册》,亦时所不免。”[②]故沈周在后世史传中的身份,一直是隐士与画家两条线并行,但从未进入过“文苑传”中。如尤侗《明史拟稿》、万斯同《明史》、王鸿绪《明史稿》、张廷玉《明史》等将其列入“隐逸”传,查继佐《罪惟录》、傅维鳞《明书》、张岱《石匮书》等则置于“艺术”传,由于《罪惟录》《石匮书》等书在清代被禁毁,而官修正史中不设“艺术”类,所以沈周在史传中以“隐士”的身份固定了下来。沈周诗书画在当时是否真能领袖东南文坛,或许有文徵明虚美与想象成分,但经过吴门画派后继者的努力,沈周画坛盟主的地位已无可争议,诗歌则并未如此幸运。故明末文徵明曾孙文震孟为沈周所作传记中指出:“大要得声翰墨间,其丹青之学超圣入神,虽北苑、巨然、徐熙父子复出,弗能过也。书类山谷老人,诗则白香山,兼情事,杂雅俗,当所意到,亹亹不休。博学无所不通,多著书,而皆非先生之至者。”[③]认为其突出贡献是绘画,以绘事而知名天下,诗歌并非沈周最擅长之代表。此说更为公允。

二、从政事到德行:沈周传记的书写策略

古代品评士人,多以德行、言语、政事、文学——所谓孔门四科——作为评判标准,这在盖棺定论的行状或墓志中也多有体现。文徵明的《沈先生行状》不仅想把沈周塑造成诗书画兼通的文坛盟主形象,还努力体现其在“政事”上的作为:

> 然一时监司以下,皆接以殊礼,尤为太保三原王公所知。公按吴,必求与语,语连日夜不休。一日论谏,先生曰:“封章伏谏,非鄙野人所知。然窃闻之:礼,上讽谏而下直谏,岂亦贵沃君心,而忌触讳耶?”公遽曰:“当今之时,将为直谏乎?抑亦讽乎?”先生曰:“今主圣臣贤,如明公又遭时倚赖,讽谏直谏,盖无施不可。”公徐出一章示之曰:“此吾所以事君者,试阅之。”先生读毕,曰:“指事切而不泛,演言婉而不激,于讽谏直谏,两得其义矣。”公以为知言。

面对王恕“直谏”还是“讽谏”的问题,沈周回答“讽谏直谏,无施不可”;而王恕以具体奏章为例进一步询问,沈周则曰“讽谏直谏,两得其义”,均模棱两可。文徵明详引二人对话想说明沈周虽然不仕却从未忘记朝政,但所选事例并不典型,甚至堪称败笔。这一段话在《石田先生墓志铭》中被压缩成一句:“王端毅公巡抚南畿,尤重之,延问得失,而先生终不及时政,曰:‘吾野人也,于时事何知焉?’”似乎更为恰当。

与《沈先生行状》类似,何乔远《名山藏》中沈周传记也有关于“政事”的记载:

> 至其(沈周)直气倔强,又复无如弘治中科道官庞泮等以言武岗知州刘逊事。有旨

① 王世贞:《艺苑卮言》,《历代诗话续编》本,中华书局1983年版,第1033页。
② 沈周著,汤志波点校:《沈周集》,浙江人民美术出版社2013年版,第1697页。
③ 文震孟:《姑苏名贤小纪》卷上《白石翁先生》,陈其弟点校《吴中小志续编》,广陵书社2013年版,第27页。

下锦衣狱者六十余人，台部封事无人收纳，吏部尚书屠滽请以他官代之。既得旨，詹事杨守阯致札于滽，言："科道下狱，公即当抗疏请贷，如何但请他官代收章奏？"周读之而作诗云："古谏无专职，士庶获胥通。今者置有位，非位默而恭。卿相曷其然，出纳代天工。官詹此札子，责善太宰公。辞严气则直，读之声沨沨。韩论及欧书，异代而合纵……"尝作《题松卷》诗："老夫平生负直气，欲一发泄百不遂。隐居只作木强人，设仕亦为强项吏。白头突兀尚不平，托之水墨见一二……"读其诗，其人可见也。[①]

此事涉及朝中一桩公案。弘治九年(1496 年)四月，六科给事庞泮、御史刘绅等人因劝谏惹怒天颜，被明孝宗下锦衣卫狱，六十多位科道官同被收押，朝中奏章无人受理，监察工作停摆。时为吏部尚书的屠滽上奏请他官暂时代理监察御史之职，翰林院杨守阯对此有不同意见，写信公开辩难。沈周作《读杨宫詹与屠太宰论事札》诗长达百言，为屠滽辩护。何乔远不惮烦琐，全部录入。此诗较文徵明所举之例，更能体现出沈周关心朝廷时政。值得注意的是，《名山藏》不设"隐逸"类，沈周被收到"高道"中，其选录标准是"偶于道而不入于邪袤"、"能使当世之士跂向而从之"者，[②]"高道"与"隐逸"不同，所收既有王冕、沈周、孙一元等隐士，亦有杨循吉、都穆、许相卿等进士，故何乔远在沈周传记中强调"政事"亦可理解。

随着沈周传记中"隐士"的身份越来越明确，"政事"的叙事则相应越来越少直至完全消失——虽然隐士与政事并不完全冲突，但确实影响传主的身份特征。这在《沈孝廉传》中体现尤为明显。这里的"孝廉"不是举人的别称，而是指沈周的品性孝悌与廉正，比如写沈周之"纯孝"：

盖色养无方，母寝斯寝，母膳斯膳，扇枕席，涤厕牏，以为常。母欲有所如往，辄翼舆刺舟，挈甘旨以从，年近百龄而没，盖孺慕者终其身。母与一邻妪故相欢也，而邻妪灾于郁攸，无以为家，母念不置。先生跽而言曰："大人无苦，请得延之母室，旦夕共饭。是邻妪无家而有家也。"母曰："儿如是可矣。"

此事在文徵明的《沈先生行状》中仅一笔带过，"母张夫人年几百龄，卒时先生八十年矣，犹孺慕不已"，而张时彻不仅加入多处细节描写，还新增了沈周赡养"邻妪"之逸事及与母亲对话，更能体现出沈周的孝道。再如罗列沈周之"尚义"：

家无羡积，而慕义无穷。孳孳好赴人之急，病与药，死与棺，琐尾流离，不问谁何，辄捐囊中钱佐之。天寒雨雪，望里中突不烟者，则呼苍头课其囷廪而致焉，曰："余固不能独饱也。"途中尝拾遗金，而中著失者姓名，遍访其人还之。其人分金为谢，固却不受，曰："是何足为？乃公德乎？"其于宗苦姻难，则为之拯济，贷则不责其偿。诸家子弟有所师授，或乏束脩之馈，往往出力资助，翼之有成。

① 何乔远著，张德信等点校：《名山藏》卷九七，福建人民出版社 2010 年版，第 2778—2779 页。

② 何乔远著，张德信等点校：《名山藏》卷九七，福建人民出版社 2010 年版，第 2771 页。

上述事例在行状中仍仅一句“尤不忍人疾苦，缓急有求，无不应者。里党戚属，咸仰成焉”，而无具体事例或细节，可见二人叙述重点之不同。《沈孝廉传》还写沈周之仁厚：

> 邻人有失物者，而误认先生家物，辄推而与之，曰：“是公物耶？”其人既得物而来还，辄笑而纳之，曰：“非公物耶？”尝以重直购古书一部，陈之斋阁。一日客至，见而谛视之，问书所从得。先生曰：“客何问也？”客曰：“公幸无诧。书，吾书也，失之久矣。不意乃今见之。倘得其所从，我将质焉。”先生曰：“有验乎？”曰：“某卷某叶，某尝书记某事，或者犹存乎？”先生发而视之，其信，即全而归之，终不言售者姓名，亦不嗛呵售者。

这两个有趣的故事，在沈周后世传记中多辗转引用，但《沈先生行状》与《石田先生墓志铭》中均不见踪影，或许文徵明觉得这些日常生活琐屑之事不足以展示沈周的文坛盟主身份？最能体现沈周品行的是府院画壁之事，全引如下：

> 后有曹太守者，新构察院成，欲藻绘其楹壁也，而罗致诸画史。有侮先生者，阴入其姓名，出片纸摄之。先生谓摄者曰：“无恐老母，第留某所，当画者旦夕赴事，不敢后于他人。”或曰：“此贱役也，谒贵游可以免。”先生曰：“义当往役，非辱也。而求免于贵游，不已辱乎？”遂潜往，讫工，卒先他人，终亦不见曹而还。无何，而曹乃入觐，铨曹问曰：“亦知沈先生无恙否？”则漫应曰：“无恙。”已而见相国西涯李公，复问曰：“君来，沈先生有书乎？”则错愕对曰：“有而未至，当附诸从事来耳。”时吴少宰方在詹府，曹仓皇走谒，问：“谁谓沈先生者？其人能作何状？”吴乃具语之故，曰：“此其人名重朝端，五侯七贵，不足齿也。”曹曰：“然则奈何？”吴曰：“仆多其画，可代之缄而致之，第言沈先生适病，不能为书耳。”曹乃遍谪过吏卒，敕之曰：“归也必无至郡斋，而先诣沈先生。”比其诣也，则从容出肃，曰：“闾阎渺小，何至辱枉尊重乎？”曹乃折节为礼，索田家餐饭之而去。先生则至郡阙一投谒为谢，卒亦不蒲伏庭阶也。余闻之黄井氏云。

沈周虽然已经名重京师，但遇到画壁的“贱役”并不逃避，争先完成任务而不拜见长官。当太守在京城受到教训，回来拜谒沈周时，沈周从容对答，礼数周全。通过一则波折起伏的故事，展示了沈周谦逊知礼的品德。

由于沈周的身份设定从文坛盟主转变为隐士，所以传记的叙事策略也相应调整，作者对材料进行取舍，表现为“政事”的消退与“德行”的凸显。其实何乔远、文徵明所言政事均为事实，沈周《读杨宫詹与屠太宰论事札》诗在其别集《石田稿》《石田诗选》《石田先生诗钞》中皆有收录，其心系朝政之诗也在诗集中屡见不鲜。但此时“真实性”并不是作者首先要关心的问题，选取何种事例以展示传主形象，才是写作策略的关键。政事越多，越不利于刻画隐士的形象，而传统隐士的孝义谦逊品德一般比较乏味，如何兼具“传奇性”或“趣味性”以吸引读者也是作者要考虑的——尽管它们的“真实性”可能并不强。

“沈周画壁”的故事自《沈孝廉传》之后传播颇广，在沈周传记中出现频率最高，几乎所有的沈周传记都会引用此事，只是细节会略有不同。其被广为征引的原因，首先是此事不仅能凸显沈周谦逊知礼的品德，还能兼容沈周隐士与画家的双重身份，无论是隐逸传还是艺术传，都能与之契合。其次，画壁故事具有一定的传奇性和开放性，既能满足读者的猎奇心理，又能给予作者发挥的空间。不同版本结尾会增加多种细节，如《罪惟录》载："太守抵吴，未至郡斋，先谒周，一见似曾识面。周曰：'某曾陪诸工丹青贵署矣。'太守惭谢。"①《石匮书》云："太守送东阳所返，遍谪吏卒，吏卒曰：'沈周也，公故使图院。'太守叱咤曰：'我不知沈先生则已矣，汝辈不为我一言乎？'"②或太守致歉，或吏卒受罚，颇有大快人心之感。在传统儒家价值评判体系中，书画技艺作为旁门小道并不受重视，艺人的地位远不如隐士，书画家多与"闺门"或"方外"同列，大部分正史甚至不收艺术传。张时彻撰《沈孝廉传》，也是因为感慨"海内士称其艺而不称其德"，故专为沈周德行立传。而府院画壁故事能以艺人身份凸显隐士风范，自然流行了起来，成为沈周传记中的首选材料。

三、从佚闻到虚构：沈周传记的史料真伪

传记有"不虚美，不隐恶"的"实录"传统，强调材料的翔实可靠，既要"博采旧文"，更需"务加详核"，以期接近事实的真相。"真实"是传记区别于其他文体的主要特征，也是传记自身的生命力所在。已有学者注意到沈周传记中有诸多"不实"之处，对沈周少年凤凰台赋诗与晚年府院画壁之事进行考辨。其实无论是早期的碑传还是晚出的史传，都存在史料真伪参半的情况，而笔记中沈周的"片传"真伪情况更为复杂。

《沈先生行状》言沈周 15 岁代父听宣南京，因赋《凤凰台诗》而被地方官崔恭赏识，免除了其粮长的徭役。此事版本甚多，或言是沈周 11 岁时，或言所作为《凤凰台赋》。有学者根据当时粮长制度及崔恭仕宦经历，认为无论是 11 岁还是 15 岁，沈周都不可能听宣南京，此事或发生在沈周 34 岁之时，文徵明属于误记。③文徵明是否误记已不得而知，若沈周壮年作《凤凰台歌》，"援笔立就，词采烂发"亦属正常，不值得夸耀，仅从传记角度来看，放在少年更为合适。此事也成为沈周早有诗名之象征，很快被人附会到笔记中，《蓬窗日录》载："沈石田一日将游金陵，其友人送以诗云：'丈人安得守茅茨，独上金陵看绝奇。为语凤凰台上客，有人来和谪仙诗。'"④或许就是凤凰台赋诗之余响。

比凤凰台赋诗流传更广的是府院画壁的故事，前文中已据《沈孝廉传》详引，不再赘述。有学者考证，此故事是由两段沈周轶事拼接而成，前一段以青年沈周曾被征为画工的故事为蓝本，后一段则是苏州知府不识晚年沈周为何人的笑谈：

> 吴匏庵为吏部侍郎时，苏州有一太守到京朝觐，往见匏庵。匏庵首问太守曰："沈石田先生近来何如？"此太守元不知苏州有个沈石田，茫无所对。匏庵大不悦，曰："太守一郡之主，郡中有贤者尚不能知，余何足问。"⑤

---

① 查继佐著，倪志云、刘天路点校：《明书（罪惟录）》列传卷二七，齐鲁书社 2014 年版，第 2742 页。

② 张岱：《石匮书》卷二〇九，上海古籍出版社 2007 年版，第 1365 页。

③ 参见南炳文：《沈周首次游南京十一岁、十五岁两说皆误辨》，《文史》2015 年第 4 期。

④ 陈全之：《蓬窗日录》卷七，上海书店出版社 2009 年版，第 370 页。

⑤ 何良俊：《四友斋丛说》卷一〇，中华书局 2007 年版，第 86 页。考证之内容参见陈正宏、汪自强《沈周画壁传说考》，《新美术》2000 年第 2 期。

这两段轶事单独来看真实性都比较高，虽然拼合在一起趣味性更强，但整个故事的真实性也就发生了彻底改变。拼凑也并未到此结束，笔记中多次"累积"后又产生了新的情节，如《古今谭概》云："沈周名重一时，苏州守求善画者，左右以沈对，便出硃票拘之。沈至，命立庑下献技，沈乃为《焚琴煮鹤图》以进。守不解，曰：'亦平平耳。'其明年入觐，见守溪王公，首问：'石田先生无恙乎？'守茫然无以应。归以质之从者，则硃票所拘之人也。守大惭恨，踵门谢过焉。"[①]此事后半部分情节与府院画壁同，但起因并非为官府公务劳作，而是官员蛮横索画，沈周绘《焚琴煮鹤图》讽刺其不知风雅，而官员竟未察觉。沈周以画家身份被编排的故事还有很多，巧合的是反面人物多是苏州太守，比如《尧山堂外纪》载："沈石田送苏守《五马行春图》，守怒曰：'我岂无一人跟者耶？'沈知，写随从者送入，守方喜，沈因戏之曰：'奈绢短，少画前面三对头沓耳。'守曰：也罢，也罢！"[②]上举二例已纯属虚构，或因沈周府院画壁故事流传甚广，所以有人编排出这样的笑话来嘲讽苏州太守。

笔记中故事情节的累积与演变，还可以再举沈周绝笔诗为例，《四友斋丛说》载：

> 王文恪鏊自内阁归，时石田先生已病亟，文恪即遣人问之。石田书一绝为谢，诗曰："勇退归来说宰公，此机超出万人中。门前车马多如许，那有心情问病翁。"字墨惨淡，遂为绝笔，后二日而卒。[③]

此事《花当阁丛谈》亦有记载，且在沈周诗后补充云："文恪见诗，即趋至与诀。公语曰：'泉下修文郎，林间大学士，可作他年一故事。'一笑而瞑。"[④]增加了人物互动，丰富了故事情节。但王鏊遣使问候之事，至《西山日记》中随即改成了王鏊亲自问候："沈启南周易箦时，王文恪公适罢相，归即命驾往候。"[⑤]诗歌内容也有所变化，文震孟《白石翁先生》载："先生索笔，题'黄鹤白云'四字，家人泣曰：'愦矣。'既而曰：'黄鹤白云瞻宰公，此机超出万人中。归来车马忙如海，先有闲怀问病翁。'遂掷笔而逝。"[⑥]诗歌首句前四字略作改动，故事情节就丰富了许多，而中间的停顿更显得颇有波折，"后二日而卒"最终也变成了"掷笔而逝"，使整个故事更有传奇性。沈周去世前王鏊遣使慰问、沈周有绝笔诗或是事实，但通过多次累积和细节的演变，真实性就大打折扣。

如果说上述事迹尚有据可循、以真实发生的事件作为依托，还有更多的笔记中明显是虚构，如《尧山堂外纪》载：

> 又武昌登黄鹤楼，适有数客饮其上，石田题云："昔闻崔颢题诗处，今日始登黄鹤

① 冯梦龙编，栾保群点校：《古今谭概》卷八《沈周》，中华书局2018年版，第125页。

② 蒋一葵著，吕景琳点校：《尧山堂外纪》卷九一，中华书局2019年版，第1408页。按，此条亦见于《皇明世说新语》卷八。

③ 何良俊：《四友斋丛说》卷一五，中华书局2007年版，第125页。

④ 徐复祚：《花当阁丛谈》卷三《沈布衣》，《续修四库全书》（第1175册），上海古籍出版社2002年版，第51页。

⑤ 丁元荐：《西山日记》卷下《友义》，《续修四库全书》（第1172册），上海古籍出版社2002年版，第336页。

⑥ 文震孟：《姑苏名贤小纪》卷上，陈其弟点校《吴中小志续编》，广陵书社2013年版，第28页。

> 楼。黄鹤已随人去远，楚江依旧水东流。照人惟有古今月，极目深悲天地秋。借问回仙旧时笛，不知吹破几番愁。"诗成，大书于壁而去。客见其诗，惊谓众曰："此必仙也，何不凡如此？"寻物色之，乃知为石田云。[①]

沈周一生足不出吴越，从未去过武昌黄鹤楼，[②]事与诗均不可靠。再如《古今谭概》载沈周与友人夜饮行令：

> 沈石田、文衡山、陈白阳、王雅宜游饮虎丘千人石上，时中秋，月色大佳，石田行令云："取上一字下拆两字，字义相协。"倡云："山上有明光，不知是日光？月光？"文云："堂上挂珠帘，不知是王家的？朱家的？"陈云："有客到館驿，不知是舍人？官人？"王云："半夜生孩儿，不知是子时？亥时？"各赏大觥。[③]

陈白阳即陈淳，生于成化二十年（1484年）；王雅宜为王宠，生于弘治七年（1494年）。沈周去世时两人分别是26岁、16岁，生前并无交游，不可能夜饮虎丘玩文字游戏。因陈淳、王宠均系文徵明弟子，故后世笔记中虚构出吴门画派三代同堂的趣事，亦与晚明的酒令流行有关。

明清笔记中这些短篇故事，可以视为微型传记或传记片段，有学者称之为"片传"。[④]片传以其篇幅短小、趣味性强而传播迅速，通过不断的拼凑、改写演变成新的故事，颇有"世代累积"之特色，往往也会被吸收到后来的传记中。明中叶吴中文坛繁荣，不仅诗书画辉映一时，还盛行杂谈与笔记创作，但笔记中的内容真伪驳杂，"事穷或凑合而成，故失之诬者颇多"[⑤]，引用时尤其需要注意。笔记中的沈周形象以画家和诗人居多，在史传中最常见的隐士形象却极少出现，或许是因为隐士的身份不易被附会上奇闻逸事，难以满足读者的猎奇心理。

笔记的创作较传记而言，对"真实"的要求没有那么强烈和自觉，在历史与文学、真实与虚构之间摇摆。通过比勘笔记中所引沈周诗歌与传世诗集之异同，也能窥探片传演变的特色。如《尧山堂外纪》载："沈石田尝寓杭之天竺寺，人无知之者，因题一绝于《竹》云：'买书卖画出春城，着破青衫白发生。四海固无知我者，空教啼杀树头莺。'"[⑥]此诗见于沈周《石田稿》《石田诗选》《石田先生集》中，均作《题莺》："卖诗买酒醉春城，破尽青衫白发生。四海固无知我者，错教啼杀树头莺。"[⑦]并无笔记中的异文。《尧山堂外纪》将原诗"醉春城"改作"出春城"，暗示其寓居杭州；将"卖诗买酒"变为"买书卖画"，显示其画家身份，这样一首普通的题画诗就变成了沈周在杭州因无人赏识而发牢骚的逸闻。当然还有更多笔记中的诗歌不见于沈周传世诗集，如同样是《尧山堂外纪》所载："沈石田初未知名，尝与诸诗人集一贵官

---

① 蒋一葵：《尧山堂外纪》卷九一，中华书局2019年版，第1408页。按，此条亦见于《坚瓠集》补集卷三。

② 按，有学者据沈周《天台山图》考证沈周曾去过湖北天台山，但此说并未被学界承认，一般认为是浙江天台山。参见阮荣春《沈周》，吉林美术出版社1997年版，第69页。

③ 冯梦龙编，栾保群点校：《古今谭概》卷二九《沈石田令》，中华书局2018年版，第446页。

④ 参见克雷格·豪斯《见微知著：片传与传记环境》，《现代传记研究》2020年第1期。

⑤ 吴宽：《匏翁家藏集》卷五四《跋陆翁所藏石田画后》，四部丛刊景明正德本，第3页上。

⑥ 蒋一葵：《尧山堂外纪》卷九一，中华书局2019年版，第1408页。

⑦ 沈周著，汤志波点校：《沈周集》，浙江人民美术出版社2013年版，第220页。

宅,其人出《秃妪牧牛图》索诸公诗,并不惬意。石田题云:'贵妃血溅马嵬坡,出塞昭君怨恨多。争似阿婆牛背稳,笛中吹出太平歌。'诸公愧服,由是其名遂著。"[①]诗歌平平无奇,未知何以服众。且此诗作者,在《诗女史》是新淦范氏,《坚瓠集》中是李东阳,《江西诗徵》又题为周维翰所作,[②]均非沈周。陆楫《蒹葭堂稿》中亦引用了沈周三首"佚诗",其中绝命诗云:"了却平生事已休,又承仙诏赴瀛洲。清风明月人三个,野草闲花土一丘。梦短梦长终是梦,愁多愁少总成愁。于今大寐茫茫去,不管人间春复秋。"[③]《蒹葭堂稿》此卷内容系摘抄杂著,当是源自某种笔记,《尧山堂外纪》《徐襄阳西园杂记》等又将此诗归为宁王朱宸濠所作。此诗自带情节,已具备了片传的基本特征,且很快进入其他笔记中,如稍晚的《花当阁丛谈》就将其与沈周致王鏊诗并列为绝笔诗。[④]此类逸闻佚诗可靠性不高,但多被后起的传记所采用,甚至进而作为"佚诗"被编入别集中,世代累积下佚闻变成了虚构,循环论证中虚构又成为事实,此类不加辨别的片传,严重影响了沈周传记的真实性。

四、结语

沈周传记中身份的转变,既受文体的客观限制,也有作者的主观动因。行状的作用是供后世史官采辑,文徵明撰写时并不知道沈周会进入何种史传,故略写德行而强调政事。与文徵明撰写《沈先生行状》有着强烈的私人感情不同,张时彻与沈周并无交集,其撰《沈孝廉传》纯粹是出于感慨当时沈周的传记多叙其艺能而忽其德行,故不惜篇幅来写沈周的孝义仁厚、谦逊知礼,也并非仅仅将沈周当作隐士来塑造。但震于吴门画派领袖的大名,焦竑编《国朝献征录》时仍将其收入"艺苑"——而非"隐佚"或"义人"中,有违张时彻撰写之初衷。而万斯同、王鸿绪先后改写《沈孝廉传》入《明史稿》,沈周传记的书写也由私人空间进入公共领域,既需调整材料以适应"隐逸"主题,又要遵从史书体例考量篇幅,乃至需要考虑引导价值取向实现教化功能,最后不仅导致了史传中"政事"的消失,也削弱了"艺事"的描写。

克罗齐说"一切历史都是当代史",构成历史的主要材料传记也不例外,可以说"一切传记都是当代传记",有明显的时代痕迹。不同时代的传主地位不同,直接影响了传主的身份定位,并随之而来需要调整叙事策略。不同作者也会站在自己的立场,曲解材料或遮蔽事实,如有学者关注到茶陵派对沈周评价中的有意曲解现象,[⑤]这些评价都逐步进入沈周传记中,与传记一起建构了沈周接受史。传记中的史料并非都真实可靠,传奇轶事更容易进入传记中,甚至演变成传主最重要的事迹,沈周府院画壁的故事就是例证。撰写当代的沈周传记,需要尽量秉持客观,既要跳出时代的价值判断束缚,又能不被虚构史料所遮蔽,去伪存真,尽量还原一个真实的沈周。

---

① 蒋一葵:《尧山堂外纪》卷九一,中华书局 2019 年版,第 1408 页。

② 参见田艺蘅:《诗女史》卷一四《范氏》,《四库全书存目丛书》集部 321 册,齐鲁书社 1997 年版,第 791 页;褚人获辑撰,李梦生校点:《坚瓠集》卷二《李西涯》,上海古籍出版社 2012 年版,第 32 页;曾燠:《江西诗徵》卷四二《周维翰》,《续修四库全书》第 1689 册,上海古籍出版社 2002 年版,第 14 页。

③ 陆楫:《蒹葭堂稿》卷六,《明别集丛刊》第三辑第 1 册,黄山书社 2016 年版,第 495 页。

④ 参见徐复祚:《花当阁丛谈》卷三《沈布衣》,《续修四库全书》第 1175 册,上海古籍出版社 2002 年版,第 51 页。

⑤ 参见徐楠:《认同与曲解——论茶陵派对沈周的评价及相关问题》,《文艺研究》2010 年第 5 期。

论顾贞观对《弹指词》的改定：从《沁园春》一词谈起

王先勇*

摘　要：顾贞观《沁园春》一词从选本《今词初集》到单刻本《弹指词》的异文，明显呈现出作者前后修改的样貌。而以《今词初集》《百名家词钞》《梁溪词选》等为代表的康熙时期词选，所选顾贞观词与后来的单刻本《弹指词》相较也存在大量异文，这些异文很大可能保留了顾贞观自己对原作多次修改的痕迹，这不仅对于探讨顾贞观词在声韵格律和词意表达方面提供了材料，而且通过异文也可以考察顾贞观改定过程中心境所发生的变化。

关键词：顾贞观；弹指词；改定；沁园春

文本的异文情况在很早之前就已经产生了，从经至集，遍及四部，这也是今人整理古籍时注意的常见问题。钱钟书在《管锥编》中就曾对唐代以降的文本改易现象有详细的举例论述[①]。叶晔以《明词综》为中心，分类考察了清代词选中擅改原作的现象，并分析了选家擅改背后的动机和目的以及对后世词学研究造成的影响。[②]莫砺锋在《论后人对唐诗名篇的删改》中认为删改行为不仅"从一个侧面体现了后人对唐诗艺术规范的批评和修正，也体现了后人对新的诗歌艺术规范的追求"，而且后人在删改唐诗名篇时也体现出"各个不同时代的文学观念和诗学风尚"。[③]浅见洋二也以宋代别集的编纂为中心对作者"焚弃"和"改定"自己的文本加以论述，分析其背后的作者态度、文学观念、文学鉴赏力的进步、变化等因素。[④]这些研究成果对于探讨古代作品中的删改现象提供了借鉴。综合来看这些关于文本删改的研究，大致可以分为两种情况：一是后人对原作者作品的删改，二是作者自己的改定。

清初词人顾贞观的词作，在其生前就被多部词选收录，对照这些词选中的作品，可以发现存在大量的异文，这些异文产生的原因为何，是选家删改的结果，还是保留了顾氏词作的原貌，若是保留了顾氏词作的原貌，那么其后单行本《弹指词》对词作内容的哪些方面作了

*　**作者简介**：王先勇，江苏省社会科学院文学研究所助理研究员，主要研究方向为明清文学。本文系江苏省社科基金文脉专项一般项目"顾贞观词学研究"(21WMB039)阶段性成果。

①　钱钟书：《管锥编》(第三册)，生活·读书·新知三联书店2008年版，第1685—1694页。

②　叶晔：《清代词选集中的擅改原作现象——以〈明词综〉为中心的考察》，《中国文化研究》2006年春之卷。

③　莫砺锋：《论后人对唐诗名篇的删改》，《文学遗产》2007年第2期。

④　浅见洋二：《"焚弃"与"改定"——论宋代别集的编纂或定本的制定》，朱刚译，《中国韵文学刊》2007年第3期。

改定，反映的顾贞观心态变化如何，这对于研究顾贞观词学均有一定价值。兹不揣谫陋，由顾贞观《沁园春》（粉堞乌啼）一词的改定为引展开论述，加以考察并就正于方家。

一、顾贞观《沁园春》（粉堞乌啼）一词的改定

顾贞观《沁园春》（粉堞乌啼），又题名《洞庭春色》，该词在《弹指词》刻本出现之前，已被选入多个选本当中，不仅存在异文，而且存在改变词体的情况，到了《弹指词》刻本中，又演变成文字相近但异文较多的两首词。为了更清楚地呈献文字的差异，现将各不同文本录出如下：

今词初集①	百名家词钞②	草堂嗣响③	古今词选④	弹指词⑤（二卷本）	弹指词⑥（三卷本）
粉堞乌啼，红桥雁齿，昔日亭台。记坠钗声里，频呼小玉，钩帘影畔，手摘青梅。感绝多情双燕语，问芳讯、天涯归未归。心期在，休教结子，辜负重来。欢娱总随流水，尚依然位置，没点尘埃。只凄凉禅榻，茶烟轻飏，飘零酒社，蜡泪成堆。一种幽寻春草句，怕清梦、池塘有劫灰。空陪着，旧雕阑玉砌，花落秋槐。	粉堞乌啼，红桥雁齿，昔日亭台。记堕钗声里，频呼小玉，钩帘影畔，手摘青梅。感绝多情双燕语，道三岁、栖香人未回。心期在，怕寻春较晚，着意相催。无端绿阴尽也，都不待杜牧重来。只凄凉绣榻，茶烟空飏，模糊镜槛，蜡泪成堆。一种幽情春草句，看梦觉、池塘有劫灰。难忘处，向西南枝下，手系斑骓。	粉蝶乌啼，红桥雁齿，昔日亭台。记堕钗声里，频呼小玉，钩帘影畔，手摘青梅。感绝多情双燕语，道三岁、栖香人未回。心期在，休教结子，辜负重来。欢娱总随流水，尚依然位置，没点尘埃。只凄凉禅榻，茶烟空飏，漂零酒社，蜡泪成堆。一种幽寻春草句，怕清梦、池塘有劫灰。长陪着，旧雕阑玉砌，花落宫槐。	粉堞乌啼，红桥雁齿，昔日亭台。记坠钗声里，频呼小玉，钩帘影畔，手摘青梅。感绝多情双燕语，道三岁、栖香人未回。心期在，怕寻春较晚，着意相催。无端绿阴尽也，都不待杜牧重来。只凄凉绣榻，茶烟空飏，模糊镜槛，蜡泪成堆。一种幽情春草句，看梦觉、池塘有劫灰。难忘处，向西南枝下，手系斑骓。	粉堞乌啼，红桥雁齿，昔日亭台。记堕钗声里，频呼小玉，钩帘影畔，替摘青梅。感绝多情双燕语，道三岁、栖香人未回。心期在，且休教结子，辜负重来。欢娱总随流水，尚依然位置，没点尘埃。只凄凉禅榻，茶烟空飏，飘零酒社，蜡泪成堆。一种幽情春草句，怕清梦、池塘有劫灰。长陪着，旧雕阑玉砌，花月宫槐。	楼锁葳蕤，桥通宛转，昔日亭台。记坠钗声里，频呼小玉，钩帘影畔，替摘青梅。感绝多情双燕语，道三岁、看花人未回。心期在，且休教结子，辜负重来。无端绿阴遍也，那复向旧处徘徊。只凄凉禅榻，茶烟空飏，模糊镜槛，蜡泪成堆。一种幽寻春草句，怕清梦、池塘有劫灰。长陪着，旧雕阑玉砌，零落宫槐。

从具体文字来看，《今词初集》与《草堂嗣响》虽有文字差异，但最为接近，就连“心期在，休教结子，辜负重来”，这一不合词律的文字也完全一样，可见《草堂嗣响》与《今词初集》存

① 顾贞观、纳兰性德：《今词初集》，《续修四库全书》（第1729册），上海古籍出版社2002年版，第536页。

② 聂先、曾王孙辑：《百名家词钞》，《续修四库全书》（第1721册），上海古籍出版社2002年版，第294页。

③ 顾彩辑：《草堂嗣响》卷四，清康熙辟疆园刊本。

④ 沈时栋：《古今词选》卷九，清康熙五十五年沈氏瘦吟楼刻本。

⑤ 顾贞观：《弹指词》卷下，清乾隆十八年顾氏刻本。

⑥ 顾贞观：《弹指词》卷中，清乾隆晓霞楼刊本。

在渊源关系。然而《今词初集》中的"问芳讯、天涯归未归"在《草堂嗣响》中却被改为"道三岁、栖香人未回"，与《百名家词钞》本文字相同，显然《草堂嗣响》又吸收了《百名家词钞》本对文字的更改。至于《百名家词钞》与《古今词选》，除了"堕钗"和"坠钗"的差别外，其他文字完全相同，也显示出二者的渊源关系。四个选本两两之间的不同，最终呈现出《弹指词》刻本的两个不同文本。

《今词初集》是顾贞观与纳兰性德共同编纂，看作顾氏原作应该没有问题，原作中的词"欢娱总随流水，尚依然位置，没点尘埃"到了《百名家词钞》《古今词选》本中却变成了"无端绿阴尽也，都不待杜牧重来"，在《弹指词》三卷本中，这两句的"尽"字又改为"遍"字。按词谱，《沁园春》这一处三句变两句，就变成了同词牌的另一体。这种对词体的改变，是出于作者本人之手，还是出于编纂者之手，需要考察。《弹指词》三卷本乃是由顾贞观弟子杜诏刊刻，顾贞观生前曾将所选诗《纻塘集》交给杜诏刊刻，他改定的词相信应该也交到了杜诏手里，才有了后来的杜诏刻本，可以说这处改变词体的文字出于顾贞观本人之手的可能性较大。这处文字在三卷本中作"无端绿阴遍也，那复向旧处徘徊"，虽有文字差异，但显示出与《百名家词钞》本的渊源关系。除这一句外，《百名家词钞》本中的"模糊镜槛"与《今词初集》中"只凄凉禅榻""一种幽寻春草句，怕清梦"以及改动后合律的《今词初集》中的"心期在，休教结子，辜负重来"一句同时出现在《弹指词》三卷本中，又可以看出三卷本对《今词初集》《百名家词钞》两者的继承与改动。特别是再结合三卷本中开篇"楼锁葳蕤，桥通宛转"这一完全与其他选本不同的文字。若非作者本人的修改，很难想象作为弟子的杜诏会这样大幅度修改其师顾贞观的词作。

顾贞观后人在刊刻《弹指词》二卷本时，收录与三卷本相同的《沁园春》一首时，同时收录了异文较多的一首。这首词与《今词初集》相较，除"坠"改为"堕"、"手"改为"替"、"问芳讯、天涯归未归"改为"道三岁、栖香人未回"、"花落秋槐"改为"花月宫槐"外，其他文字相同。三卷本未收而二卷本收录，推断其中的原因可能是：杜诏刊刻的三卷本是顾贞观修订后的文本，顾氏后人在刊刻二卷本时，广泛蒐集顾贞观词作，故而将曾是顾贞观修改稿的这一首词作收入其中。

总之，顾贞观《弹指词》单刻本中出现的《沁园春》一词，在其之前的不同选本中呈现出诸多文字差异的这一现象，极有可能是顾贞观的词在创作之后，经历了多次文本修改后被采入选本的结果。反过来或者也可以证明顾贞观对词作修改的这一过程的存在，因此才呈现出从《今词初集》到《百名家词钞》《草堂嗣响》《古今词选》，再到《弹指词》的不同版本的文本差异。那么出现在《弹指词》刻本之前的《百名家词钞》等选本中的多首顾贞观词作是否都保留了顾贞观对词作改定的面貌，是否可以就此用来考察顾贞观对词的改定？以下对这种可能性作进一步的考察。

二、顾贞观对词作的改定：以《今词初集》《百名家词钞》《梁溪词选》为中心的考察

顾贞观的《弹指词》在康熙时期就先后被收录在《今词初集》《东白堂词选》《百名家词钞》《草堂嗣响》《古今词选》《梁溪词选》等选本中，这些词选与之后的《弹指词》单刻本（三卷

本和二卷本）相较多有异文存在。特别是《百名家词钞》，收录了顾贞观《弹指词》一卷52首，是这些选本中收录顾贞观词最多的选集。

聂先、曾王孙约从康熙二十年（1681年）就开始编纂、刊刻的《百名家词钞》，因得到一集便随时刊刻，所以一直持续到康熙二十八年（1689年），实际收录了108家110种词集[①]。因此收录其中的《弹指词》最晚也是在康熙二十八年（1689年）付梓。吴兆骞在《戊午二月十一日寄顾舍人书》中有："顷初二日，复从驿使得四月望日札及《弹指集》。"[②]也就是康熙十六年（1677年）顾贞观在寄给好友吴兆骞的信中，曾寄去自己的《弹指词》，可见早在《百名家词钞》之前，顾贞观的词集就在朋友间流传了，可惜现在不存。从现存文献来看，《百名家词钞》本《弹指词》一卷是现存顾贞观最早的词集，而且是在《弹指词》刻本之前，其文献应来源于顾贞观本人，因此就显得尤其珍贵。其中的异文对于考察顾贞观词作的重要价值也就不言而喻了。

《百名家词钞》本《弹指词》呈现出与后来的《弹指词》单刻本不同的原因有两种可能。一是聂先、曾王孙在征集到词家的作品后作了修改，聂先在《百名家词钞·例言》中谓："声调之失，日久相沿，一时难于厘剔。每遇绝妙好词，偶或一音未协，一字未妥，窃为更定，以辨鲁鱼之误，非敢漫为窜易也。"[③]可见他们从词的格律出发曾对所选之词稍微作过改动。二是《百名家词钞》本中顾贞观词呈现的是原作面貌，后来的文本是经过顾贞观自己删改的。

若是第一种情况，则通过《百名家词钞》中词作异文的考察也就不能研究顾贞观的删改原作问题。若是第二种情况，《百名家词钞》保存了顾贞观词的面貌，《弹指词》单刻本与之相较所呈现出的异文是在《百名家词钞》本后经过修改造成的，就值得探讨一番。然而对于《弹指词》单刻本文字由何人改定又有两种可能：一是顾贞观自己修改的，二是由刊刻《弹指词》的顾贞观弟子杜诏修改的。

通过对何人改定的两种可能性进行考察推断，发现《弹指词》单刻本中呈现的文字经过顾贞观本人修改的可能性最大，原因有三：一是顾贞观直到康熙五十三年（1714年）才去世，距《百名家词钞》问世已经过去二十多年，他有时间来修改自己的作品。二是顾贞观的词风前后有一些不同，其外曾孙杨兆槐在乾隆十年（1745年）为《纻塘集》所作跋语中言："先生少壮时，才名惊爆海内，所传长短句，词坛奉为赤帜久矣，然闻先生后颇悔之，而敛其惊香藻思，归于简朴古淡。"[④]他因为风格的差异在晚年改定少作，也是有可能的。三是以《纻塘集》的编纂为旁证，沈德潜《清诗别裁集》就记载："梁汾临没时，自选诗一卷，授门人杜云川太史，云川付梓人以传。不满四十篇，皆味在酸咸外者。"[⑤]顾贞观将诗集选好后交给弟子杜诏刊刻，那么他对于自己非常自信，认为"不落宋人圈禨，可信必传"[⑥]的《弹指词》应该更是关注，那么在刊刻之前会用心修订自然也在情理之中。

---

① 闵丰：《清初清词选本考论》，上海古籍出版社2008年版，第99—106页。

② 吴兆骞：《秋笳集》，上海古籍出版社2009年版，第264页。

③ 聂先、曾王孙辑：《百名家词钞》，《续修四库全书》（第1721册），上海古籍出版社2002年版，第142页。

④ 顾贞观著，张秉戍笺注：《弹指集笺注》，北京出版社2000年版，第552页。

⑤ 沈德潜：《清诗别裁集》，上海古籍出版社2013年版，第393页。

⑥ 顾贞观著，张秉戍笺注：《弹指集笺注》，北京出版社2000年版，第546页。

关于顾贞观词原貌的情况,首先可资参照的就是《今词初集》。该词选是顾贞观与纳兰性德共同编纂于康熙十六年(1677 年),其中收录顾贞观词 24 首,在没有顾贞观词更早版本的情况下,这些词看作顾贞观的原作当离事实不远。将《百名家词钞》本《弹指词》与《今词初集》中所收顾贞观词比勘,在共同收录的 13 首词中,其中就有 9 首的异文情况几乎完全相同,分别是《清平乐》(短衣孤剑)、《朝中措》(蘅芜梦冷惜分襟)、《百字令》(几行归雁)、《木兰花慢》(数呜珂旧曲)、《沁园春》(残月幽辉)、《金缕曲》(马齿加长矣)、《金缕曲》(我亦飘零久)、《蓦山溪》(多情长愿)、《金缕曲》(季子平安否)。剩下的 4 首《青玉案》(天然一帧荆关画)、《金缕曲》(此恨君知否)、《沁园春》(粉堞乌啼)、《浣溪沙》(不是图中是梦中)存在异文:或只是在个别字上的异文,如《浣溪沙》(不是图中是梦中),"冥濛"与"朦胧"的区别;或者存在从作者原作到《百名家词钞》本再到单刻本的明显的删改过程,如《青玉案》:

今词初集①	百名家词钞②	梁溪词选③	弹指词④
天然一**幅**荆关画。谁打稿,斜阳下。**只向愁人愁处挂**。乱鸦千点,落鸿孤咽,中有渔樵话。　**重来且莫登临罢,对剩水残山泪盈把。有情翻逐无情化**,青娥塚上,东风野火,烧出鸳鸯瓦。	天然一**幅**荆关画。谁打稿,斜阳下。**历历水残山剩也**。乱鸦千点,落鸿孤咽,中有渔樵话。　**登临我亦悲秋者,向蔓草平原泪盈把。自古有情终不化**,青娥塚上,东风野火,烧出鸳鸯瓦。	天然一**幅**荆关画。谁打稿,斜阳下。**历历水残山剩也**。乱鸦千点,落鸿孤咽,中有渔樵话。　**登临我亦悲秋者,向蔓草平原泪盈把。自古有情终不化**,青娥塚上,东风野火,烧出鸳鸯瓦。	天然一**帧**荆关画。谁打稿,斜阳下。**历历水残山剩也**。乱鸦千点,落鸿孤咽,中有渔樵话。　**登临我亦悲秋者,向蔓草平原泪盈把。自古有情终不化**,青娥冢上,东风野火,烧出鸳鸯瓦。

《青玉案》和前文中的《沁园春》(粉堞乌啼)一样呈现出较多异文。若以《今词初集》作为顾贞观原作,整体上看《百名家词钞》本改动较大,但前文已证明《沁园春》一词出于顾贞观本人改定的可能,那么《百名家词钞》本中的《青玉案》异文也是出于顾贞观所改定,还是编选者修改的,还要考察。

这里可以作为旁证的是侯晰编纂的《梁溪词选》,收录顾贞观词 34 首,这些词与《今词初集》《百名家词钞》一样存在异文。在这些异文当中,单与《今词初集》相同的有 5 首,单与《百名家词钞》本相同的有 9 首,与《今词初集》《百名家词钞》均相同的有 4 首。侯晰辑《梁溪词选》是在康熙三十一年(1692 年),此时顾贞观长期隐居故里。侯晰与顾贞观有姻亲关系且是顾贞观的晚辈,他编纂词选的文献应该是直接来自归隐无锡故里的顾贞观,擅改顾贞观原作的可能性较小。这样来看,文献同样来源于顾贞观本人的《梁溪词选》,《青玉案》一词却与《百名家词钞》以及后来的《弹指词》文字相同,与《今词初集》文字不同,是何原因。合理的解释是:顾贞观在《今词初集》刊刻之后,曾对词作文字修改过,修改过的文字被选入《百名家词钞》和《梁溪词选》中,因此这两个选本文字相同,而与《今词初集》本文字存在差异。

---

① 顾贞观、纳兰性德:《今词初集》,《续修四库全书》(第 1729 册),上海古籍出版社 2002 年版,第 535 页。

② 聂先、曾王孙辑:《百名家词钞》,《续修四库全书》(第 1721 册),上海古籍出版社 2002 年版,第 291 页。

③ 侯晰:《梁溪词选》,《无锡文库》(第四辑),凤凰出版社 2012 年版,第 515 页。

④ 顾贞观著,张秉戍笺注:《弹指词笺注》,北京出版社 2000 年版,第 10 页。

为了更清楚了解《今词初集》《百名家词钞》《梁溪词选》的异文存在情况，今将三个选本两两收录或者共同收录的23首词作情况列表如下：

词牌	今词初集	百名家词钞	梁溪词选	词牌	今词初集	百名家词钞	梁溪词选
青玉案(天然)	√×	√√	√√	金缕曲(此恨)	√○	√√	√√
沁园春(粉堞)	√×	√×		南乡子(嘹唳)		√√	√√
采桑子(分明)		√√	√√	清平乐(烟光)		√√	√√
鹧鸪天(往事)	√√		√√	昭君怨(真个)	√√		√√
浣溪沙(不是)	√○	√√	√√	清平乐(短衣)	√○	√○	√○
朝中措(蘅芜)	√√	√√		百字令(几行)	√√	√√	√√
木兰花慢(数鸣珂)	√√	√√		水龙吟(凭高)	√√		√√
沁园春(残月)	√√	√○	√√	金缕曲(马齿)	√√	√√	√√
泸江月(记寒宵)	√√		√√	摸鱼儿(几多情)		√√	√√
金缕曲(我亦飘零久)	√√	√√		风流子(十年)		√√	√√
台城路(卷帘)		√○	√○	蓦山溪(多情)	√○	√○	
金缕曲(季子)	√○	√○	√○				

上表中的"√√"表示《今词初集》《百名家词钞》《梁溪词选》中收录该词并且文字相同，"√○"表示个别文字差异，"√×"表示文本差异较大。将三部词选所收顾贞观词作综合起来比对，可以发现三者之间或者两两之间异文存在巨大差异的词作非常少，除去如《沁园春》(粉堞乌啼)一首存在较大差异外，其他的差异均是在个别文字的改动上。而在最接近顾贞观原作的《今词初集》之后的《百名家词钞》《梁溪词选》，其文献来源又来自顾贞观本人。可见顾贞观对于自信"不落宋人圈禶"①的词作应该经过了多次修改，这应该就是造成三个选本的词作内容存在略微差别的原因。

概而论之，顾贞观在《今词初集》刊刻之后，曾对词作文字修改过，修改过的文字被选入《百名家词钞》，之后又对词作文字修改，然后被选入《梁溪词选》中，因此三个选本文字存在三者相同、两两相同、两两差异或三者差异等多种情况。《今词初集》《百名家词钞》《梁溪词选》很大程度上保留了顾贞观词作本人修改的面貌，而后来的《弹指词》单刻本与之存在的文字差异，也是经过顾贞观晚年修订的结果。

三、顾贞观改定词作的原因

《今词初集》《百名家词钞》《梁溪词选》三个选本中《弹指词》表现出与后来单刻本的明显差异，对于理解顾氏的具体创作有重要的意义。对比不同的文本差异，依据这些改动文字的不同，可以发现顾氏改动的原因主要包括两个方面：符合词律与否，追求自然的词意表

① 顾贞观著，张秉戍笺注：《弹指词笺注》，北京出版社2000年版，第546页。

达。在词律的考察中,为了有所参照,本文将以顾贞观同时的万树所编纂的《词律》作为依据。

第一,出于声律问题的改动。清初词坛沿袭明代余绪,多有不合词律的作品存在,因而随着清初词坛对词体探索的深入和词学的复兴,对词律的重视成了较为普遍的一种观念。[①]顾贞观在寄吴兆骞的信札中曾说:"塞外未必有词谱,望我汉槎□□之暇,按调为之,便中寄我。"[②]强调按调为词,可见他对词律的重视。而吴兆骞在收到顾贞观《弹指词》的回信中曾言:"弟出塞时,未携词谱,今得此集,便当按调为之。"[③]可见他的词被朋友当作填词的规范。

顾贞观词在创作上重视格律,当时就有人注意到了,聂先在《百名家词钞》中选顾氏《弹指词》一卷并评论道:"今读其《弹指词》,则其考声选调,吐华振响,浸浸乎薄辛、苏而驾周、秦矣。"[④]聂先认为顾贞观的词超过了苏、辛和周、秦,虽然夸大了他的词作水平,但认为顾贞观的词"考声选调",注重词律,却是正确的。顾贞观在《古今词选序》中论曰:

> 夫词调有长短,音有宫商,节有迟促,字有阴阳,此词家尺度不可紊也。今雄奇磊落、激昂慷慨者,任其才之所至,气之所行,而长短、宫商、迟促、阴阳诸律,置焉不问,则是狐其裘而羔其袖也。……合正变二体之长而汰其放纵不入律者。[⑤]

顾氏认为作词时的音调、节拍以及字的平仄阴阳都是必须遵守而不能紊乱的法度。因此从词律的角度出发,他才批评"雄奇磊落、激昂慷慨"的作词者全凭才气而不顾词律法度的毛病。

此外,还可注意的一点是,顾贞观与《词律》的编纂者万树也有交往,其《续断令·断虹兼雨梦》序曰"万红友出所制药名藏头词视余,辄戏为之"[⑥],记载了这次交游。

因此,顾贞观的词学观念不仅非常重视词律,他在实际创作中也表现出使词更符合词律的努力。如《虞美人》:

> 频伽琢处怜香透,鸟爪寒愈瘦。(《百名家词钞》本)

> 七行宝树奇香透,鸟爪寒来瘦。(《弹指词》本)

按词律,"愈"字处当为平声字,这里却是上声,改为"来"字正合词律。

然而,在比较《百名家词钞》本和《弹指词》单刻本的多首词作之后却发现,虽然顾贞观有重视词律的观念,但他在实际创作中难以避免有不合律的作品存在。如《台城路·卷帘依旧西山雨》中"凭高暗伤何事"改为"凭高暗添愁思",《百名家词钞》和《梁溪词选》中"何

---

① 对于词选中改词的问题,闵丰在专著《清初清词选本考论》附论四有较详细的考察,可以参看。

② 李兴盛主编:《吴兆骞杨瑄研究资料汇编》,黑龙江大学出版社 2014 年版,第 131 页。

③ 吴兆骞:《秋笳集》,上海古籍出版社 2009 年版,第 266 页。

④ 聂先、曾王孙辑:《百名家词钞》,《续修四库全书》(第 1721 册),上海古籍出版社 2002 年版,第 295 页。

⑤ 沈时栋:《古今词选》卷首,清康熙刻本。

⑥ 顾贞观著,张秉戌笺注:《弹指词笺注》,北京出版社 2000 年版,第 300 页。

事”比改过后的“愁思”更合词谱。同时，词作也存在改动前后均不合词律的情况，如《殢人娇·帐掩梅花》“宛转薄衾香不了”[①]，按词谱有五体，此句均为上三下四句式，而顾氏此词在《百名家词钞》与《弹指词》中均为七字句。再如《沁园春》（粉堞乌啼）“心期在，且休教结子”[②]，按词律，“心期在”之“期”当为仄声字，选本中也均为平声，与律不合。更有甚者，所填之词与词谱不合，如《虞美人影》（消得几行清泪雨），该词牌一名《桃源忆故人》，顾贞观《弹指词》中有《桃源忆故人》（千金一刻三春夜）与词谱相合，然《虞美人影》上下两阕最后一句本应是五字句，顾贞观却均作七字句。

可见，顾贞观虽然主张重视词律，也有意依律填词，但他受清初残存明代词风的影响，在实际写作时，难免有不合律处。而聂先、曾王孙编纂《百名家词钞》时却都没有对这些不合词律的地方修改，或许说明编纂者对于修改作者的文字态度比较审慎。当然也可能说明编纂者对顾贞观重视词律的观念熟稔，自认为顾氏之作符合词律而忽略掉了。

第二，追求词意的自然表达。杨兆槐在《纻塘集》跋语中已经说到顾贞观词作风格的变化，以“敛其惊香藻思，归于简朴古淡”[③]概括之。诸洛所作《弹指词序》中提到顾贞观曾以谢灵运诗句来说明自己的词境，“吾词独不落宋人圈禟，可信必传。尝见谢康乐春草池塘梦中句曰：‘吾于词曾至此境’”[④]。这里提到的谢灵运诗即是“池塘生春草，园柳变鸣禽”[⑤]句，叶梦得在《石林诗话》卷中云：“‘池塘生春草，园柳变鸣禽’，世多不解此语为工，盖欲以奇求之耳。此语之工，正在无所用意，猝然与景相遇，借以成章，不假绳削，故非常情之所能到。诗家妙处，当须以此为根本，而思苦言难者，往往不悟。”[⑥]强调其“不假绳削”的自然之情。王楙《野客丛书》引《石林诗话》之语并引申之曰：“盖古人之诗非如今人牵强辏合，要得之自然，如思不到则不肯成章，故此语因梦得之自然，所以为贵。”[⑦]也是强调其中的自然之美。顾贞观评李渔的诗《阿倩沈因伯四十初度，时伴予客苕川，是日初至》认为其“无一字作纸墨痕，何况斧凿”[⑧]，也是在肯定自然之妙，不能因逞才而多刻镂斧凿之印迹。顾贞观在词中主张抒写性灵，也表现出不满于刻镂精工的人工之力的态度，追求词意的自然表达。这在词作的前后异文中也有所体现。

如《金缕曲·此恨君知否》一词，《今词初集》“石城桃叶，三分门户”[⑨]，在《百名家词钞》《梁溪词选》中改作“宝钗桃叶，旧销魂路”[⑩]，《弹指词》中又改为“乌衣朱雀，旧时门户”[⑪]。“宝钗桃叶”是化用辛弃疾《祝英台近》“宝钗分，桃叶渡”。“宝钗”指金钗分开，比喻男女离别；“桃叶”则指南京桃叶渡，又有男女送别之意。“乌衣朱雀，旧时门户”是化用刘禹锡《乌

① 顾贞观著，张秉戍笺注：《弹指词笺注》，北京出版社2000年版，第170页。
② 顾贞观著，张秉戍笺注：《弹指词笺注》，北京出版社2000年版，第524页。
③ 顾贞观著，张秉戍笺注：《弹指词笺注》，北京出版社2000年版，第552页。
④ 顾贞观著，张秉戍笺注：《弹指词笺注》，北京出版社2000年版，第546页。
⑤ 刘心明导读：《谢灵运鲍照集》，凤凰出版社2020年版，第26页。
⑥ 叶梦得撰，逯铭昕校注：《石林诗话校注》，人民文学出版社2011年版，第137页。
⑦ 王楙撰，王文锦点校：《野客丛书》，中华书局1987年版，第214页。
⑧ 李渔：《李渔全集》（第二卷），浙江古籍出版社1992年版，第34页。
⑨ 顾贞观、纳兰性德：《今词初集》，《续修四库全书》（第1729册），上海古籍出版社2002年版，第537页。
⑩ 聂先、曾王孙辑：《百名家词钞》，《续修四库全书》（第1721册），上海古籍出版社2002年版，第294页。
⑪ 顾贞观著，张秉戍笺注：《弹指词笺注》，北京出版社2000年版，第315页。

衣巷》"朱雀桥边野草花，乌衣巷口夕阳斜，旧来王谢堂前燕，飞入寻常百姓家"[①]。旧时王谢贵族的府第早已变成了寻常百姓的居所，饱含吊古伤今之情。这首《金缕曲》自序曰"秋暮登雨花台"[②]，结合词的内容，明显是感叹历史兴亡之意。两处用典对比，显然改作之后的用典更与词意相贴合。

又如顾贞观《万年欢·人日用史梅溪韵》一词《百名家词钞》本作"小缀珠幡，玉搔头触帘，散点轻雪。静夜兰丛，几箭凌寒催发。俊燕娇莺未觉，梅影瘦、房栊清绝"[③]。在后来的单刻本中被改为"小缀珠幡，玉搔头触帘，散点晴雪。几箭红兰，恰共水仙俱发。为约檀心磬口，和瘦影、伴成三绝"[④]。前者言兰、梅之清绝，虽然用"俊燕娇莺未觉"说明还没有点染上色彩，但这"俊燕娇莺"四个字包含的色彩却有打破清绝之感；后者的改作，则将兰、水仙、梅三者写出，"伴成三绝"，更是自然将清绝之景展现在目前。

再如《风流子》，《百名家词钞》和《梁溪词选》作"龙头近，帐前分玉靶""端为浮云一赋，薄福都消"[⑤]，单刻本中作"天颜近，帐前分玉弝""身逐宫沟片叶，已怯波涛"[⑥]。虽然"龙头""天颜"均是代指康熙皇帝，然"天颜"较"龙头"更雅致。顾贞观在康熙十年（1671 年）作《风流子》这首词时，正因为魏裔介被罢免职而受到牵连，词中回忆之前被康熙皇帝赏识，感叹而今的失落。从这样的背景来看，则"身逐宫沟片叶，已怯波涛"比"端为浮云一赋，薄福都消"更好地表现出顾氏当时对宦海沉浮的担心与官场复杂斗争中的失落之情。

《今词初集》和《百名家词钞》中的《百字令》（几行归雁）"又是薄醉残更，蓬窗闷掩，转凄迷乡思"和"慈母山高，望夫矶冷"[⑦]改为"又是急鼓频催，低篷欲掩，转凄迷乡思"与"慈姥滩寒，望夫矶暝"[⑧]。"慈母山"改为"慈姥滩"，与"望夫矶"之"矶"结构上更相对。"薄醉残更"与上阕的"当垆一笑"相连，字面看上去也并无不当。然整首词是在诉说"凄迷乡思"，"急鼓频催"本就与征戍者相联系，与上阕"野戍"的描写也相映衬，由征戍而思乡，这是古人在文学作品中常用的方式，表达也更自然。

四、顾贞观词作内容的改定与其前后心境的变化

顾贞观从康熙元年（1662 年）开始，为宦京城十年，看清了官场的倾轧与结党营私，幸运的是还有吴兆骞、纳兰性德两位挚友的慰藉。然而随着吴兆骞和纳兰性德在不到两年的时间里先后谢世，这对他的打击可想而知。康熙二十四年（1685 年），纳兰性德去世后，顾贞观还乡无锡，便少有外出。面对人事的变化，顾贞观的心态也就随之发生了变化，而这种变化在他对同一首词改动所造成的异文中也有体现，主要有以下三点：

---

① 刘禹锡：《刘禹锡集》，中华书局 1990 年版，第 310 页。

② 顾贞观著，张秉戍笺注：《弹指词笺注》，北京出版社 2000 年版，第 315 页。

③ 聂先、曾王孙辑：《百名家词钞》，《续修四库全书》（第 1721 册），上海古籍出版社 2002 年版，第 293 页。

④ 顾贞观著，张秉戍笺注：《弹指词笺注》，北京出版社 2000 年版，第 84 页。

⑤ 聂先、曾王孙辑：《百名家词钞》，《续修四库全书》（第 1721 册），上海古籍出版社 2002 年版，第 293 页。

⑥ 顾贞观著，张秉戍笺注：《弹指词笺注》，北京出版社 2000 年版，第 217 页。

⑦ 聂先、曾王孙辑：《百名家词钞》，《续修四库全书》（第 1721 册），上海古籍出版社 2002 年版，第 293 页。

⑧ 顾贞观著，张秉戍笺注：《弹指词笺注》，北京出版社 2000 年版，第 318 页。

一是由当时游走仕途的积极心态转为晚年的平淡回忆。《烛影摇红》"十年眼冷花丛里"[①]，从顾贞观入京到他因魏裔介事受牵连正好十年，这首词应该作于康熙十年(1671年)前后。《百名家词钞》本的"再入金堂燕子，应问我，客游何似"在单刻本中改为"再入茅堂燕子，应问我，别来何似"。康熙十年顾贞观虽然受到牵连，但他却没有立刻返回无锡，而是在京畿附近游历。因为他还在为营救吴兆骞努力奔走，所以有"客游"之语，而且"金堂"二字说明他还游走在公卿之门。到了单刻本中"金堂"不仅改为"茅堂"，也没有了"客游"。虽不能确定改定的时间，但由"茅堂"二字和顾氏晚年生平可以推测顾贞观这时应该在故乡无锡，他早就无意官场，更没有了客游之感，剩下的只有回忆过往，感叹"树犹如此"，年华流逝。

二是凭吊故明之情的逐渐淡化。《百名家词钞》和《梁溪词选》中《台城路》"凭高暗伤何事。一寸山河，十分佳丽，几叶蕉园剩史"，顾贞观所作词序曰"梳妆台怀古"[②]，借登临梳妆台咏怀古迹来咏史。"蕉园"，指的是藏书之所，钱谦益《和州鲁氏先茔神道碑铭》曰："蕉园之藏，竹简之籍，州次部居，爰有端绪。"[③]用在这里，表示对历史事件的感叹。而且"伤何事"，伤的是"山河""佳丽"，包含了伤感朝代兴亡之意。联系顾贞观出身遗民世家，这里明显地带有对前明的怀念，对明亡的伤感之情。到了后来的单刻本中，"凭高"四句改为"凭高暗添愁思。马上吟成，帐中弦歇，遗恨尚留彤史"，"断楣"改成"绣楣"，"妆成夸第一，毕竟谁是"改成"素娥须记得，天宝遗事"。[④]"彤史"指的是宫闱之史，而且天宝之事，三阁、六宫之典都是在写宫廷，与梳妆台这处古迹之本事相同，怀古咏史的含义更深。但其中的凭吊山河、朝代盛衰之意却被减弱了。顾贞观因出身遗民家族，族人中多有抗清殉明的前辈，他在早期的作品中表现的内心之纠结、故国之哀思是较为强烈的，而随着时间的流逝，他与其他遗民并没有什么不同，故国之情也减弱了。

三是朋友之谊的由亲密到疏离。《摸鱼儿・芍药简荪友》(几多情)一词是写给严绳孙的，赠以芍药寄托惜别思念之情。《百名家词钞》和《梁溪词选》中的上阕"愁无寐""慵整古钗脚"在后来的单刻本中改为"愁相对""传语问青雀"，均是在表达相思之情，然前者因思念朋友而"无寐""慵整"较后者情感要深。下阕大部分文字都改作了。如"琼肌削，较比花枝更弱，欢期催问灵雀"改成"琼肌削，似比柔枝更弱，半开仍锁银钥"，前者借花枝削损柔弱来代指自己因思念之情更深，并急切盼望与友相见，改作之后却都是在描写芍药花的形态。再如"莫讶软绡承露重，泪里当年灼灼"改成"绛绡曾挹经年泪，和露封来灼灼"，虽然都在写芍药带露，含书简带泪之意，但前者"重"字增强了这种情感。下阕中顾贞观表达愿与严绳孙共赴空山之约，接下来的"绿蓑青箬，待艳粉轻潮，幽香别渚，此意尽商略"在单刻本中改为"从教零落，待粉蕊全删，宝华同证，此意尽商略"，虽然都包含商量隐居之事，但前者"绿蓑青箬"却包含了隐居情节的想象，较后者更胜。再从整体看这首词，"护一点檀心，不受东风虐"在改作中未变，虽都是借爱护芍药表达对严绳孙的同情关心，但两个选本中这种朋友

① 顾贞观著，张秉戍笺注：《弹指词笺注》，北京出版社2000年版，第82页。

② 聂先、曾王孙辑：《百名家词钞》，《续修四库全书》(第1721册)，上海古籍出版社2002年版，第293页。

③ 钱谦益：《牧斋有学集》，《钱牧斋全集》(第六册)，上海古籍出版社2003年版，第1226页。

④ 顾贞观著，张秉戍笺注：《弹指词笺注》，北京出版社2000年版，第425页。

之情明显比单刻本中的改作之后更深挚。二人之间的情谊为何发生变化，只是因为顾贞观晚年追求古淡风格，还是另有原因，并没有留下什么证据。现在能考知的是，顾贞观虽然与严绳孙、秦松龄早年交好，且在晚年并尊为无锡三老，但在他们的晚年作品中，并没有发现相互交往的证据，这应该就是改定的一个原因吧。

顾贞观的改作中，反映他前后心境变化的还有很多，比如《金缕曲·丙午生日自寿》（马齿加长矣）一词的结尾，《今词初集》《百名家词钞》和《梁溪词选》均作"千载下，有生气"，之后的单刻本改作"槐影落，酒醒未"。顾贞观这首词作于康熙五年（1666年），这一年，他不仅中顺天府乡试第二名，而且被任命为内国史院典籍。虽然这时的顾贞观已当而立之年，任的是七品之官，但却受到魏裔介、龚鼎孳的赏识，并得到康熙皇帝的信任（次年扈驾东巡）。可以说顾贞观正如词中所言"惊伏枥，壮心起"，有一种意气风发之气，因而在下阕描绘功成身退的景象，所以"千载下，有生气"更符合顾氏当时的心境。改作之后的"槐影落，酒醒未"更像是酒醒、梦醒一般，原来下阕所有的只是想象，有一种回到现实后的不遇之慨叹。

总之，正如浅见洋二在论文中所说"谁也不会试图保存不符合自己的文学理念或是自己不满意的作品吧"①，联系顾氏对诗集《纻塘集》的编纂，这种改定反映出顾贞观对自己作品的"可信必传"的重视。晚年的顾贞观"敛其惊香藻思，归于简朴古淡"②，追求自然之妙，改定是他在词律、词作内容方面对自己词作水平的自然要求，同时以今日之心态改旧日之文字，当年游走公卿之门、心念故明以及朋友之情的抒写随着时间流逝、心态的变化而转变，从一定程度上也可以说是他"舒写性灵"观念于心态变化后在原来词作中的自然流露。

顾贞观词的改定，虽然除了词本身呈现出的异文外，并没有多少文献直接提到这种改定行为，只是根据有限的文辞和选本之间的逻辑关系推定顾贞观改定的可能，从而发现其改定了哪些内容以及改动的初衷，进而探寻出词作背后作者心态变化的蛛丝马迹。若没有选本中存在的这些异文，对顾贞观改定文本的情况进行考察也就难以进行了，这也显示出选本研究的重要。然而清初选本中异文出现的情况非常复杂，是作者所修改，还是出于编纂者的篡改，在每一次利用选本时还都需要细心分辨。

① 浅见洋二：《"焚弃"与"改定"——论宋代别集的编纂或定本的制定》，朱刚译，《中国韵文学刊》2007年第3期。

② 顾贞观著，张秉戍笺注：《弹指词笺注》，北京出版社2000年版，第552页。

通过避讳看《延芬室集》中无编年诗的抄写者和抄写时间

徐军华*

摘　要：乾隆朝著名宗室诗人爱新觉罗·永忠著有《延芬室集》，以编年为序，且有好友批注，其中原编第三十二册无编年亦无批注，这部分无编年诗歌的作者为永忠祖父，即康熙十四子允禵。利用避讳的方式判断书籍的抄写年代是行之有效的方法，通过梳理《延芬室集》和编年诗中"明""祯""玄""真"等字的避讳情况，我们有理由认为这一百余首编入《延芬室集》第三十二册的无编年诗，作者是允禵，抄写者亦是允禵本人，抄写时间当为康熙末年。

关键词：《延芬室集》；无编年诗；避讳；允禵；永忠

《延芬室集》是清代中期宗室[①]诗人爱新觉罗·永忠的诗文别集，永忠生于雍正十三年(1735年)，逝于乾隆五十八年(1793年)，永忠精书法，擅绘画，诗学唐人，昭梿在《啸亭杂录》卷二中称"臞仙将军永忠为恂勤郡王嫡孙，诗体秀逸，书法遒劲，颇有晋人风味。常不衫不履，散步市衢。遇奇书异籍，必买之归，虽典衣绝食所不顾也"[②]。永忠的祖父是康熙第十四子允禵(本名胤禵，雍正即位后，为避讳，更名为允禵)，资料记载永忠"多罗恂勤郡王孙，多罗恭勤贝勒弘明子，乾隆丙子封授辅国将军"[③]。允禵曾以贝子身份超授王爵，并被封为"抚远大将军"，代父西征厄鲁特蒙古叛乱，在西北军事行动中屡建奇功，但在夺嫡斗争中失利，被雍正监禁十年，直到乾隆即位才获赦免。

关于《延芬室集》，目前仅见北京图书馆收藏的稿本残卷和史树青竹影书屋藏残本，另在嘉庆年间编刊的《熙朝雅颂集》中存有50首永忠诗作，上海古籍出版社于1990年将以上三种影印出版。《延芬室集》分为"文集"和"诗集"两部分，以编年为序，自乾隆十二年(1747年，时永忠13岁)起，至乾隆五十七年(1792年)止。其中永忠17岁以前的诗编为《志学草外存稿》，18岁至21岁诗编为《觉尘堂志学草》，22岁以后的诗抄存成册，永忠《延芬室集》有

---

*　**作者简介**：徐军华，新疆师范大学中国语言文学学院副教授，主要研究方向为中国古代文学、古典文献学。本文系新疆维吾尔自治区博士研究生科研创新项目(XJ2021G242)及新疆师范大学博士科研创新项目(XJ107622010)阶段性成果。

①　宗室即皇族，按照清朝制度规定，只有塔克世(努尔哈赤之父)的直系子孙才能称为宗室。

②　昭梿：《啸亭杂录 续录》，上海古籍出版社2012年版，第25页。

③　侯堮：《馆藏延芬室集稿本跋尾》，原载1931年5月31日《燕京大学图书馆报》第九期，转引自《延芬室集·附录》。

小部分缺佚。《延芬室文集》目录中以侧批形式注明"今将各诗卷中自题自序诸篇录出别为上卷，其杂文为下卷，各以年月编次"[①]，永忠定期会将其创作的诗文进行编排，故《延芬室集》全集基本以编年为序，脉络清晰，同时有大量永忠同时代如弘旿、书諴、永𤅷、和邦额、剩山和尚等人的批语。而北京图书馆藏本第三十二册，共有诗歌115首，与永忠其他编年诗歌具有明显差异，这些诗歌系一次抄成且字迹工整，无编年且少序注，暂且可将其称之为无编年诗。目前已有学者撰文论证这部分无编年诗的作者并非永忠，而是永忠的祖父允禵[②]。学界一般会根据永忠《恭挽王祖诗七章》中"忍泪订遗诗"一句认为这一百余首无编年诗是永忠在其祖父允禵去世后，整理抄录放入《延芬室集》中。本文从避讳角度对《延芬室集》中此部分无编年诗进行进一步考证，认为无编年诗的整理抄写者就是允禵本人，抄写时间应在康熙末年。

一、《延芬室集》无编年诗的抄写者是允禵本人

陈垣在《史讳举例》序言中说"避讳为中国特有之风俗，其俗起于周，成于秦，盛于唐宋，其历史垂二千年矣"[③]。避讳方式一般有三种：皇帝御名为国讳，父母尊长的名字为家讳，周公孔孟等人的名字为圣讳。家讳也称私讳，相对于官讳或者国讳而言，是在家庭中避讳自己祖、父的名字。通过比对《延芬室集》永忠诗文和无编年诗中的"明""祯"二字的避讳情况，可知《延芬室集》中无编年诗不避讳以上二字，据此可以推测无编年诗的抄写者并非永忠，而是允禵本人。

1. 关于"明"字的避讳

永忠的父亲为爱新觉罗·弘明，乾隆元年(1736年)诏封贝勒，乾隆三十二年(1767年)去世，谥恭勤，弘明热衷于佛道，他去世前将手制道人所用之棕衣帽和拂尘送给诸子，永忠遂自号"栟榈道人"。"弘"亦是国讳，此处暂不讨论，只讨论弘明的"明"字。"明"字是常用字，《延芬室集》中该字出现频率极高，据不完全统计，永忠诗文中共出现82次，无一例外都避讳[④]，避讳的形式有两种：一种是将"明"字偏旁"日"写为"目"，即写为"明"字；一种是将"明"字偏旁"日"写为"冏"，即写为"朙"字。"明""明""朙"为一组正俗字，"明"为本字，"明""朙"为俗字，永忠在《延芬室集》中为避其父名讳，用"眀""朙"代替"明"字以避讳，如原编第三册《赋得月明如水浸楼台》"晴空云散月华明，一望盈盈澹夕清"[⑤]，原编第四册《清明》"曲

① 爱新觉罗·永忠：《延芬室集》，上海古籍出版社1990年版，第3页。

② 齐心苑发表于《红楼梦学刊》2015年第一辑《允禵诗作新发现——永忠〈延芬室集〉无编年诗实为其祖父允禵作品》一文进行了细致论述，得出结论，认为此部分无编年诗歌的作者是允禵。

③ 陈垣：《史讳举例》，中华书局2004年版，第1页。

④ 关于避讳之法，陈垣先生在《史讳举例》中总结为改字、空字、缺笔、改音等4种；陈北郊先生在《汉语语讳学》中总结为代词、代字、缺字、残字、作"某"、标"讳"等6种；王彦坤先生在《古代敬讳的方法》一文中考论文献避讳之法共有18种，即作"某"、作"某甲"、标"讳"、省阙、代字、改称、更读、缺笔、变体、草书、拆字、连字、曲说、析言、倒言、填讳、覆黄、覆绛。

⑤ 爱新觉罗·永忠：《延芬室集》，上海古籍出版社1990年版，第189页。

径桃初拆，青春照眼明”[①]，原编第一四册《中秋夜四首·其二》“长笛吹月明，天香盈玉宇”[②]，《延芬室文集》中《剩山和尚小传》“释剩山和尚，讳明贤，字无方，号剩山”[③]，等等。关于《延芬室集》“明”字避讳的第二种形式，即将“明”字写为“朙”字，诗文集中仅出现三处：一处是《题顾于观法海山居杂咏册子》诗前小序：“清明日偶过憨公方丈借归此册，不禁神往，情动乎中，发而为言，乃以拙笔书五言以代跋。”[④]另两处是乾隆十九年甲戌稿永忠自题和乾隆二十年《觉尘堂志学草》前小序：“丙子春正月应试得捷，蒙圣恩封授辅国将军。自顾菲才备位公卿之列，然侧聆大雅或有进也。则向之所谓鼓吹休明者，今其时矣。”[⑤]这一段序言在《延芬室集》中先后被抄录了三次，其中两次写为“鼓吹休明”，一次写为“鼓吹升平”。以上三处“明”字均采用第二种避讳形式。

检索《延芬室集》第三十二册允禵所作的无编年诗，“明”字共出现21次，均不避讳，如《冬日乾清宫应制》“律吹灰动一阳生，宫殿崔巍映日明”[⑥]，《冬夜口占》“明月当空照画堂，珠帘如水浸缣缃”[⑦]，《赋得绿杨高映画秋千》“香气氤氲萦舞蝶，烟光明媚起惊鸿”[⑧]，《秋原射兔》“弓开明月满，箭发野云披”[⑨]等诗句。

通过梳理《延芬室集》中永忠诗和无编年诗中“明”字的避讳，可知，永忠避其父名中“明”字，诗文中出现“明”字均多一笔，将“明”写为“明”字，偶尔写为“朙”字；而无编年诗中“明”字均不避讳。这说明《延芬室集》中无编年诗的抄写者不是永忠或者弘明的其他儿子。

2. 关于“祯”字的避讳

关于《延芬室集》中永忠诗文避讳“明”字，而无编年诗不避讳此字，排除了无编年诗的抄写者是永忠的可能，但是尚有另一种可能，即这部分诗的抄写者是允禵诸子，甚至就是弘明本人，故也不用避讳“明”字。通过翻检此部分无编年诗，其中未出现“允”“禵”等字，无法通过以上两字判断是否存在避家讳的情形，但是笔者整理过程中发现无编年诗中有一首诗出现了“祯”字。允禵《冬日乾清宫应制》一诗中有“民心爱戴同文轨，天意谆扶见瑞祯”[⑩]一句，此句中“祯”字并不避讳，这说明这部分无编年诗的抄写者不会是允禵诸子。允禵在康熙时曾名胤祯[⑪]，雍正即位后为避免与自己名字同音，令其恢复旧名胤禵，后来避雍正御名，又改名为允禵。如果这部分无编年诗的抄写者是允禵诸子，那么整理抄写时应该避讳允禵曾用名“祯”字。

① 爱新觉罗·永忠：《延芬室集》，上海古籍出版社1990年版，第262页。

② 爱新觉罗·永忠：《延芬室集》，上海古籍出版社1990年版，第744页。

③ 爱新觉罗·永忠：《延芬室集》，上海古籍出版社1990年版，第82页。

④ 爱新觉罗·永忠：《延芬室集》，上海古籍出版社1990年版，第473页。

⑤ 爱新觉罗·永忠：《延芬室集》，上海古籍出版社1990年版，第558页。

⑥ 爱新觉罗·永忠：《延芬室集》，上海古籍出版社1990年版，第1120页。

⑦ 爱新觉罗·永忠：《延芬室集》，上海古籍出版社1990年版，第1127页。

⑧ 爱新觉罗·永忠：《延芬室集》，上海古籍出版社1990年版，第1130页。

⑨ 爱新觉罗·永忠：《延芬室集》，上海古籍出版社1990年版，第1170页。

⑩ 爱新觉罗·永忠：《延芬室集》，上海古籍出版社1990年版，第1120页。

⑪ 爱新觉罗·弘旺在其所著《皇清通志纲要》中说允禵“讳允祯，改讳禵”。冯尔康在其《康熙十四子胤禵改名考释》一文中，根据清朝《宗室玉牒》等文献记载，证明清圣祖康熙皇帝十四子本来名为胤禵，后改名胤祯，后来清世宗雍正皇帝又令他复用旧名。

排除了无编年诗的抄写者不是永忠，也不可能是允禵诸子，那么在恂勤郡王府允禵家中，不用避讳弘明的"明"字，也不用避讳允禵曾用名胤祯的"祯"字的抄写者只可能是允禵本人。故从"明""祯"二字的避讳情况，我们有理由相信《延芬室集》中这部分无编年诗不仅作者是允禵，抄写者亦是允禵本人。

二、《延芬室集》无编年诗的抄写时间是康熙末年

陈垣先生在《史讳举例》中称："雍乾之世，避讳至严，当时文字狱中，至以诗文笔记之对于庙讳御名，有无敬避，为顺逆凭证。"[①]《大清律辑注》卷三"上书奏事犯讳"中亦言"凡上书，若奏事误犯御名及庙讳者，杖八十；余文书误犯者，笞四十；若为名字触犯者杖一百。其所犯御名及庙讳，声音相似字样各别及有二字止犯一字者，皆不坐罪"[②]。

允禵曾经深受康熙信赖，康熙末年以贝子身份超授王爵，成为主持西征军务的抚远大将军，率领清军彻底平叛了西藏策妄阿拉布坦的叛乱，立下赫赫战功，一度成为康熙朝皇储之位的强劲竞争者。允禵在雍正即位后失去人身自由，直到乾隆即位才恢复自由并加官进爵。被封为恂勤郡王的允禵经历了跌宕起伏的政治磨难后性情变得安于现状、谨言慎行，如乾隆在诏谕中曾说"（允禵）家居十数年来，安静循分，并未生事，则是自知悔悟，能改前非矣"[③]。可以看出允禵重获自由恢复身份后安分守己、淡泊无争的性格。由于允禵特殊的政治经历及其特殊身份，他在避国讳问题上自然更加慎重。通过比对《延芬室集》中永忠诗文和无编年诗中关于康雍乾三世的国讳避讳情况，发现永忠诗文和无编年诗均避讳"玄"字，包括"眩""弦""絃""舷"等字[④]，这是避讳康熙御名；二人诗中均未出现"胤""禛"字，但是永忠诗文中避嫌名"真"字，同时如"镇""滇"等字均避讳，无编年诗均不避；永忠诗文避"弘""泓""曆"等字，无编年诗由于诗歌数量过少，未出现"弘""泓""曆"等字。从以上避国讳梳理情况可以看出，永忠诗文和无编年诗均避讳康熙御名，永忠诗文同时避讳雍正、乾隆御名，但是无编年诗并不避雍正御名，再结合无编年诗中有关西宁战事的描写，我们推测，这部分无编年诗的抄写时间应该在康熙末年，雍正即位之前。

1. 关于康熙御名的避讳

陈垣先生《史讳举例》中说"清之避讳，自康熙帝的汉名玄烨始，康熙以前不避也"[⑤]，关于嫌名，陈垣先生亦作了解释："然讳嫌名之俗，实起于三国。《晋书・羊祜传》：'祜卒，荆州人为祜讳名，居室皆以门为称，改户曹为辞曹。'嫌名之讳，遂浸成风俗。其后晋简文帝名昱，改育阳县为云阳。桓温父名彝，改平夷郡曰平蛮，夫夷县为扶县，夷道县曰西道。后魏道武帝名珪，改上邽县为上封。皆避嫌名实例也。"[⑥]康乾时期，避皇帝御名讳的情况越来越

① 陈垣：《史讳举例》，中华书局 2004 年版，第 135 页。

② 沈之奇：《大清律辑注》卷三，法律出版社 2000 年版。

③ 王先谦：《东华序录》，上海古籍出版社 2007 年版，乾隆二十五，癸未。

④ 避讳中尚有避嫌名一说，避嫌名指不仅要避相同的字，还要避音同、音近、字义相近、字形相同的字。虽然并不强制遵循，但可以看到清朝避国讳同时均避嫌名。

⑤ 陈垣：《史讳举例》，中华书局 2004 年版，第 135 页。

⑥ 陈垣：《史讳举例》，中华书局 2004 年版，第 60 页。

严格，不仅要避御名，即使连御名同音字、带有御名的字都要避讳。康熙御名为玄烨，凡写字刻书遇此二字，玄改为元，烨改为煜，如玄武门改为神武门，《千字文》中“天地玄黄”改为“天地元黄”等。

《延芬室集》永忠诗文和无编年诗均以缺笔形式避“玄”字及“眩”“絃”“舷”等字。永忠诗文关于“玄”“眩”“絃”等字的避讳，有时采用敬缺末笔的避讳形式，但永忠诗文中更习惯以“元”字代替“玄”字，如原编第四册《伏日》“汤饼权从俗，元冰莫问方”[①]，原编第四册《苦热行》“乌鹊塌翼投深莽，元蝉无停啼月夕”[②]，原编第二十九册《读东坡集感成》“说鬼与谈元，妄言妄听之”[③]，原编第五册《秋夜》“凄凄吹木叶，黯黯驶元云”[④]，原编第七册《谢和菴惠墨》“元玉庚庚二八陈，陶泓殊喜得龙宾”[⑤]等诗句，以上诗文避讳康熙御名时均将“玄”字改为“元”字，如元冰、元蝉、谈元、元云、元玉等。第三十二册的无编年诗中未出现“玄”字，但是诗句中出现的“舷”“絃”等字均敬缺末笔以避康熙御名讳，如《赋得梦破篷窗雨》“淅沥摇窗闻细雨，奔腾叠浪扣轻舷”[⑥]，《喜雨宴庆》“庆筵不必劝宾主，志喜何须动管弦”[⑦]等。

由以上举例我们可以看到，《延芬室集》中永忠诗文和无编年诗均避康熙御名“玄”字，避讳方式为敬缺末笔，包括与“玄”字音近或形近的字，如“絃”“弦”“舷”等字，永忠诗文中尚有将“玄”字改为“元”字的避讳习惯，如元玉、元蝉、元冰等。

2. 关于雍正御名的避讳

雍正御名胤禛，即位后，其兄弟名中的“胤”字改为“允”字，如胤禩改名允禩、胤祥改名允祥。雍正对避讳的态度并不严厉，《清稗类钞》云：“庙讳御名，前代悬为厉禁，列圣谕旨，亦只令敬避下一字。世宗见臣工有避嫌名者，辄怒曰：‘朕安得有许多名字？非朕名而避，是不敬也。’”[⑧]但是即使如此，雍正御名不仅避讳本字，发音相同的字也要避讳，如崇祯改为崇正，真定府改为正定府，后金将领佟养真改名佟养正。“敬遵皇考从前钦定典制，嗣后凡内外各部院文武大小衙门、一切章奏文移，遇圣讳上一字则书允字，圣讳下一字则书正字。着总理事务王大臣、交部敬谨遵行。”[⑨]此外根据“甘省所辖之真宁、镇原两县，印文清篆竟与世宗宪皇帝圣讳同字。其镇番县印，系属新颁，已经改正。又查陕省之镇安、河南之镇平、山西之天镇、江南之镇江、浙江之镇海、广东之镇平、广西之镇安、云南之镇沅、贵州之镇远等府县，各印信均应一律改铸颁换。以昭诚敬”[⑩]。此条文献材料，可知避讳中虽然避嫌名即避讳音近或音同字，并不强制遵循，但雍正时既要避讳雍正御名，同时强制避嫌名，包括“真”“镇”“贞”等字。通过翻检《延芬室集》，发现永忠诗文和无编年诗中均未出现“胤”“禛”

---

① 爱新觉罗·永忠：《延芬室集》，上海古籍出版社1990年版，第289页。
② 爱新觉罗·永忠：《延芬室集》，上海古籍出版社1990年版，第298页。
③ 爱新觉罗·永忠：《延芬室集》，上海古籍出版社1990年版，第409页。
④ 爱新觉罗·永忠：《延芬室集》，上海古籍出版社1990年版，第535页。
⑤ 爱新觉罗·永忠：《延芬室集》，上海古籍出版社1990年版，第609页。
⑥ 爱新觉罗·永忠：《延芬室集》，上海古籍出版社1990年版，第1151页。
⑦ 爱新觉罗·永忠：《延芬室集》，上海古籍出版社1990年版，第1162页。
⑧ 徐珂：《清稗类钞》(第五册)，中华书局1984年版，第2151页。
⑨ 《高宗纯皇帝实录》卷二，中华书局1985年版，第162页。
⑩ 《高宗纯皇帝实录》卷二六五，中华书局1985年版，第445页。

二字，但是从嫌名"真"字的避讳亦可豹窥一斑。永忠诗文中共出现"真"字170余处，除早期《志学草外存稿》《觉尘堂志学草》中个别几处未避讳之外，其余诗文中均避讳"真"字，形式为缺笔，三横只写二横，试举几例如下：原编第三册《莲》"泥途特挺真清也，雨露新承亦湛兮"[①]，原编第八册《悼亡诗》"寻思往事真成梦，一错谁能铸六州"[②]，原编第九册《齐宿府衙，与五峰嵩山两宗兄夜话》"造语自然超相外，论心果许任天真"[③]，原编第二十三册《暮春步长河堤至万寿寺》"草木有真香，夜值霏微雨"[④]，原编第二十五册《戏题十二钗画障（幛）为伴月赋》"若为唤得真真下，一曲霓裳卧里听"[⑤]等。

因《延芬室集》中第三十二册无编年诗仅有115首，通过查阅发现仅在《冬夜口占》"乾坤俯仰真堪乐，一曲清琴解世忙"[⑥]和《春日畅春园赐宴应制》"自是伦常真乐事，太和元气日光华"[⑦]两句诗中出现了"真"字，"真"字均不避讳。另外，笔者在《延芬室集》无编年诗中找到了两个"镇"字，分别在《日月山碑》"可怜帝主天涯客，镇海关西别故人"[⑧]诗句和《提镇甘棠》[⑨]诗名中，两处出现的"镇"字亦均不避讳。

通过梳理"真""镇"二字的避讳情况，可以说明《延芬室集》中永忠诗文严格遵循避讳要求避雍正嫌名，而无编年诗并不避讳雍正嫌名，那么这部分无编年诗的抄写时间应当是在雍正即位之前，故不用避雍正嫌名。

3. 关于乾隆御名的避讳

按照常理来说，如果不避讳雍正御名，即已能够说明《延芬室集》中无编年诗的抄写时间应该在雍正即位之前，而不需要再进行乾隆御名的避讳探析，但为了进一步说明，笔者依然对《延芬室集》中乾隆御名避讳情况进行了翻检。乾隆御名弘历，即位后即告知天下"嗣后凡遇朕御名之处，不必讳。若臣工名字有同朕，心自不安者，上一字着少写一点，下一字将中间禾字书为木字，即可以存回避之意矣"[⑩]。"朕御极之初，大学士等奏请避朕御名，朕以避名之典虽历代相沿，实乃文字末节，无关大义。特降谕旨，遇朕御名，上一字少写一点，下一字将中间禾字书为木字，以存其义。至臣工命名有相同者，概不令改易。"[⑪]通过翻检《延芬室集》永忠诗文，发现其中"弘"字及"泓"等字避讳为缺笔形式，即常见的"敬缺末点"，诗文中未见"曆"字。无编年诗由于仅有115首诗，诗歌数量过少，通过翻检未见"弘""泓""曆"等字。

---

① 爱新觉罗·永忠：《延芬室集》，上海古籍出版社1990年版，第187页。
② 爱新觉罗·永忠：《延芬室集》，上海古籍出版社1990年版，第369页。
③ 爱新觉罗·永忠：《延芬室集》，上海古籍出版社1990年版，第634页。
④ 爱新觉罗·永忠：《延芬室集》，上海古籍出版社1990年版，第922页。
⑤ 爱新觉罗·永忠：《延芬室集》，上海古籍出版社1990年版，第1001页。
⑥ 爱新觉罗·永忠：《延芬室集》，上海古籍出版社1990年版，第1127页。
⑦ 爱新觉罗·永忠：《延芬室集》，上海古籍出版社1990年版，第1152页。
⑧ 爱新觉罗·永忠：《延芬室集》，上海古籍出版社1990年版，第1168页。
⑨ 爱新觉罗·永忠：《延芬室集》，上海古籍出版社1990年版，第1171页。
⑩ 《高宗纯皇帝实录》卷二，中华书局1985年版，第182页。
⑪ 《高宗纯皇帝实录》卷一〇二〇，中华书局1985年版，第682页。

三、结语

通过比较以上“明”“祯”“玄”“真”等字在永忠诗文和无编年诗中的写法，从避讳角度而言，完全可以得出两个结论：一是从避家讳来看，《延芬室集》第三十二册的无编年诗歌不避讳“明”“祯”二字，可证这部分无编年诗歌的抄写者是允禵本人，而非永忠整理抄写；二是从避皇帝御名讳来看，无编年诗不避雍正皇帝御名讳，说明这些诗歌至少是雍正即位前抄写，即抄写时间在康熙末年。

《延芬室集》这部分无编年诗主要为应制诗和边塞诗，记录了允禵帝京生活、随父巡幸塞外、镇守西宁的生活点滴，根据齐心苑《允禵诗作新发现——永忠〈延芬室集〉无编年诗实为其祖父允禵作品》一文中对允禵诗创作时间的细致梳理，该文认为这115首诗基本创作时间为康熙四十一年到雍正三年，最后一首《日月合璧五星贯珠》该文认为创作于雍正三年，因为康雍乾三朝，仅有雍正三年有五星贯珠的记载。根据《清史稿》记载：

> 恂勤郡王允禵，圣祖第十四子。康熙四十八年，封贝子。五十年，从上幸塞外。……五十七年，命为抚远大将军，讨策妄阿喇布坦。十二月，师行，上御太和殿授印，命用正黄旗纛。五十八年四月……上命驻西宁。五十九年正月，允禵移军穆鲁斯乌苏，遣平逆将军延信率师入西藏，令宗查布防西宁，讷尔素防古木。[①]

我们可知，允禵在康熙五十七年(1718年)被任命为抚远大将军，康熙五十八年(1719年)命驻西宁，再结合《延芬室集》无编年诗如《万寿节西宁即事》《西宁喜雨》《夏日望天山积雪》等诗歌，可知这部分诗歌创作于康熙五十八年或之后。《延芬室集》中这115首无编年诗明显系一次抄成，故我们可知抄写时间至少应当在康熙五十八年后，再结合无编年诗只避讳康熙御名而不避讳雍正御名，我们可以得出结论，这些诗的创作时间和整理誊抄下限应当就在康熙末年。

康熙帝极为重视对诸皇子的教育，其中包括骑射武功、满汉文化、道德品质等多方面，《康熙帝起居注》中记载：“朕谨识祖宗家训，文武要务并行，讲肄骑射不敢少废，故令皇太子、皇子等既课以诗书，兼令娴习骑射。”[②]康熙挑选如张英、熊赐履、汤斌、李光地、顾八代等德才兼备的名儒教习皇子，在如此精心教育下培养出来的诸位皇子都具备较高的满汉文化素养，通诗文兼善骑射武艺。允禵是康熙帝十四子，文武全才，12岁开始就伴驾巡幸塞外，恭谒黄陵，康熙四十八年被封为固山贝子，康熙五十七年代父西征平乱，足见康熙对允禵的喜爱。在康熙诸皇子中，十四皇子允禵文采并不出众，但其深得康熙宠爱，并在康熙末年代父出征平定西北战乱，在武功上表现出出众的才华。由于卷入皇位之争，失利后被圈禁13年，曾经镇守西宁的抚远大将军重获自由后，每日沉迷佛道，与世无争，甚至在其孙降生后

① 赵尔巽：《清史稿·诸王传》卷二二〇，中华书局，1976年版。

② 《康熙帝起居注》(第二册)，中华书局1984年版，第1639页。

为其取名"永忠"[①]以示对朝廷忠贞之意，从而保全自我，这位历史风云人物由此染上了一层悲剧色彩。

永忠与祖父允禵关系极为亲密，永忠《恭挽王祖诗七章》中说："少小蒙恩眷，愚衷独受知。每期行必正，深喜古为师。无复承欢日，犹思梦见时。啣哀凭素几，忍泪订遗诗。"[②]我们可以推测允禵逝后，因其诗文不多，难以成集，永忠便将其诗单独编为一册，即今看到的《延芬室集》北京图书馆藏本的第三十二册。关于永忠《延芬室集》研究并不多，故根据永忠"忍泪订遗诗"的说法，大家很容易认为允禵的诗歌是由永忠整理誊抄的。陈垣先生在《史讳举例》中言："其流弊足以淆乱古文书，然反而利用之，则可以解释古文书之凝滞，辨别古文书之真伪及时代，识者便焉。"[③]清代的古籍中，避讳字比较常见，特别是永忠作为宗室诗人，加之其家族特殊的政治经历，在其诗文集中对避讳更是极为谨慎，所以通过《延芬室集》避讳情况的梳理，我们应该可以认定《延芬室集》中的无编年诗不仅作者是允禵，抄写者也当是允禵本人，抄写时间当是在康熙末年，其作于雍乾二朝的诗歌不知何故并未流传于世。

---

① 永忠《恭祝贝勒父千秋诗》小注中写道："今上皇帝特恩封多罗贝勒，是时永忠始生六阅月矣。家君三十一岁始生永忠，矢报圣恩，祖父命名'忠'云。"

② 爱新觉罗·永忠：《延芬室集》，上海古籍出版社 1990 年版，第 602 页。

③ 陈垣：《史讳举例》，中华书局 2004 年版，第 1 页。

黎简对李商隐诗歌的接受

万　静*

摘　要：在李商隐诗歌接受史的研究当中，清代大诗人黎简一直是被遗漏的一位诗人，但细读其诗，发现他对李商隐有着非常全面而深刻的接受，这不仅仅体现在他对李商隐的热情赞美、同题仿写、诗句化用上，还体现在他"取艳于玉溪"，其艳经历了一个由明艳到香艳到凄艳再到秾艳的变化过程。同时由于二人婚姻爱情经历的相似使黎简对李商隐有了更深层次的接受，使他的诗在人生的特定时期带有与李商隐相似的感伤情调。在写作手法上他学习李商隐的创意与构思、章法与句法、意象和词汇，并由此创作出了不少艺术价值很高的作品。故在李商隐诗歌接受史上黎简是不应被忽略和遗忘的重要诗人。

关键词：黎简；李商隐；诗歌；接受史

李商隐诗歌历经晚唐、五代、宋、元、明，一直褒贬不一，并未广泛地被人接受。然而，到了诗歌以及诗歌理论、批评集大成时期的清代，对李商隐的接受呈现出强劲的态势。①目前学术界已经研究了众多清代诗人对李商隐的接受情况②，但令人遗憾的是，黎简被完美地遗漏了③。黎简是清代突出地学习李商隐的诗人，从他留下的两千多首诗中，可以看出他对李商隐有着全面、深层的师法和效仿。前人明确指出黎简对李商隐接受的资料并不多。《顺德县志·黎简传》中说："（二樵）论诗心服二李，手评义山集，具有见地。"④孙尔准《题黎二樵

*　**作者简介**：万静，广东财经大学人文与传播学院讲师，主要研究方向为中国诗学。本文系2020年广东省普通高校创新团队项目"清代文学与大湾区文化底蕴发掘及研究"（2020WCXTD005）和广州市哲学社科规划2021年度课题"黎简诗笺注"（2021GZGJ243）阶段性成果。

①　参看刘学锴：《李商隐诗歌接受史》，安徽大学出版社2004年版；米彦青：《清代李商隐诗歌接受史稿》，中华书局2007年版；刘学锴等编：《李商隐资料汇编》，中华书局2001年版。

②　米彦青《清代李商隐诗歌接受史稿》中研究的接受李商隐的清代诗人有钱谦益、二冯、朱鹤龄、吴乔、靳荣藩、吴梅村、黄任、黄仲则、屈复、程梦星、姜炳璋、冯浩、纪昀、曾国藩、曾纪泽等。

③　刘学锴等编《李商隐资料汇编》可以说是目前最完备的关于李商隐在后世被接受的资料汇编了，可是其中亦未有关于黎简的资料。

④　参看郭汝城修，冯奉初纂：《顺德县志》卷二十六，清咸丰六年（1856年）刊本。然此说法很轻易地被人怀疑否定掉了。苏文擢《黎简先生年谱》"乾隆四十八年癸卯（一七八三），三十七岁"条下曰："据《县志·本传》谓：'二樵论诗心服二李，手评义山集，具有见地。'予颇疑所云手评义山集实为手评昌谷集之误传。"参看苏文擢《黎简先生年谱》，香港中文大学出版社1973年版，第52页。梁守中校辑《五百四峰堂诗钞》附录二在收录《顺德县志·黎简传》中的"手评义山集"后用括号加按语曰："应为昌谷集"。参看梁守中校辑《五百四峰堂诗钞》，中山大学出版

诗集》曰："蝉韵桐阴十八篇，玉溪拟罢更樊川。"[①]清末陈融《读岭南人诗绝句》中引胡汉民语曰："（黎简）亦跬步二李而上追杜、韩……有义山之腴炼。"[②]另在黎简批点《李长吉集》中有两则资料：一是总论中评论贺诗"每首工于发端，百炼千磨，开门即见。至其骨力劲险，则温李两家，俱当敛手"[③]。二是批点《恼公》："句法字法无不秀艳绝伦……此等丰肌艳骨，玉溪飞卿所不能及也。……凡太丰艳，便有难解处，温李亦然。"[④]由这两则资料可以看出，黎简对李商隐、温庭筠诗歌是有深细研读的。他认为二人的诗歌具有骨力劲险、丰肌艳骨的特点。还有数则资料提到"（黎简）取艳于玉溪"[⑤]。除这些以外，就没有发现更多的材料了。

那么黎简对李商隐的接受情况到底是怎样呢？还需要我们进入文本爬罗剔抉，找到答案。

一

在黎简的诗集中，有些诗从题目即可发现是对李商隐的仿效，比如有《赠玉溪生绝句》《白石莲花效义山寄鼎湖退院致公》《射鱼曲效李义山题画》《玉溪咏柳八韵》等。其中《赠玉溪生绝句》："晚天花上碧云明，云碧天深春水平。有此人间二三月，才情双绝玉溪生。"[⑥]热情地赞美玉溪生的才情就如春天二三月的傍晚一样美好。《白石莲花效义山寄鼎湖退院致公》："白石莲花古佛灯，水明莲瓣紫棱层。竹风花影移昏眼，软语斜行慰病僧。饥饿生涯寻破寺，山川残梦入枯藤。三年忆话禅扉月，齿冷龙湫百丈冰。"模仿李商隐《题白石莲花寄楚公》："白石莲花谁所共？六时长捧佛前灯。空庭苔藓饶霜露，时梦西山老病僧。大海龙宫无限地，诸天雁塔几多层。漫夸鹙子真罗汉，不会牛车是上乘。"[⑦]两首诗的写作背景很相似，黎诗写于乾隆五十二年（1787 年）在佛山秋官坊坐馆期间，李商隐诗写于大中年间在东川做幕僚期间。两人都是失去爱妻之后，陷入极度痛苦，又都离开家乡外出谋生，怀念故乡，归思难收，加上体衰多病，情绪低落，内心愁苦，笃信佛家禅理。但是二诗相较，黎诗的语言"莲瓣""紫棱""花影""软语"更加美艳，"破寺""枯藤""禅扉""龙湫"更加绵密，整首诗艺术美感更强一些，黎简拟诗的特点就是要在原诗风格的基础上更加翻进一层，达到更强

社 2000 年版，第 463 页。目前并没有人找到明确的证据证明黎简到底有没有手评过义山集，这种轻易否定县志记录的做法是非常武断不严谨的。故本文不取。

① 参看孙尔准：《泰云堂集·诗集》卷十六，转引自黎简著，闫兴潘、叶子卿整理《黎简集》，浙江人民美术出版社 2017 年版，第 854 页。

② 转引自黎简撰、梁守中校辑：《五百四峰堂诗钞》，中山大学出版社 2000 年版，第 518 页。

③ 李贺著，黄淳耀评，黎简批点：《李长吉集》卷一，上海古籍出版社 2015 年版，第一叶。

④ 李贺著，黄淳耀评，黎简批点：《李长吉集》卷二，上海古籍出版社 2015 年版，第十至十一叶。

⑤ 参看佚名：《清史列传·文苑传·黎简》，李元度：《国朝先正事略·文苑·黎二樵先生事略》，转引自《黎简集》第 839、843 页。张维屏：《国朝诗人征略》卷四十六，何耀光：《跋黎简自书诗册》，朱则杰：《清诗史》第十四章，转引自梁守中校辑：《五百四峰堂诗钞》，第 488、529、548 页。

⑥ 黎简著，闫兴潘、叶子卿整理：《黎简集》，浙江人民美术出版社 2017 年版，第 486 页。以下所引黎简诗皆据此版本，不再一一出注。

⑦ 刘学锴、余恕诚：《李商隐诗歌集解》，中华书局 2004 年版，第 1419 页。以下所引李商隐诗皆据此版本，不再一一出注。

的艺术效果。[①]《玉溪咏柳八韵》模拟李商隐的咏柳诗。李商隐喜欢咏柳，共有咏柳诗14首[②]。其中有10首都是表现送别和相思的[③]。黎简的《玉溪咏柳八韵》："映江无限柳，柳外映斜曛。畹晚春迷目，烟中又水濆。远途从此别，南浦送夫君。浪足船偎岸，风情露渍裙。楼高尖稍出，帆暮入难分。寒重如能雨，青多为借云。山容相视笑，天色带愁醺。莫自骄才思，题诗触绪纷。"主题亦是送别与相思，而且在模拟的时候使用李商隐惯用的写作方式和意象。比如"映江无限柳，柳外映斜曛"一句与李商隐的诗句"已遭江映柳"（《江亭散席循柳路吟》）、"巴江可惜柳，柳色绿侵江"（《巴江柳》）、"柳映江潭底有情"（《柳》）太神似了。"畹晚"亦是李商隐爱用的词汇，比如他的"远路应悲春畹晚"（《春雨》）、"含情春畹晚"（《无题四首》其三）等。而结尾一句"莫自骄才思"以"莫"字开头表达告诫或寄语亦是李商隐喜用的表达方式，比如"莫叹佳期晚"（《向晚》）、"莫近弹棋局"（《无题》）、"莫为无人欺一物"（《明神》）、"莫遣碧江通箭道"（《失猿》）等。在李商隐集中有20首诗都使用了这种句式。另外《射鱼曲效李义山题画》模拟李商隐的《射鱼曲》，不再具体分析。

黎简还在一些诗中直接提到或直接赞美李商隐。比如：《玉蝶梅》："东阁二分歌市月，西昆一斗玉溪才。"玉蝶梅乃梅中极品，花色白。此处赞美玉蝶梅之洁白美好如玉溪之才。《十二月十六日省垣作》"堪笑诗翁李玉溪，今年初作衮师诗"中把自己比作李商隐，李商隐曾于唐宣宗大中三年（849年）春为自己四岁的儿子李衮师写《骄儿诗》，这一年诗人37岁，而黎简的诗写于乾隆五十七年（1792年），他是在前一年冬天才有了自己的儿子佛莲，写诗时儿子才一岁。这样一比，黎简得儿子就太晚了，所以用"堪笑"和"今年初作"表达自嘲。

黎简还常常化用李商隐的诗句。比如《复作忆梅绝句六首》其五"推烟唾月抛千里，流水空山住此心"直接引用李商隐《无愁果有愁曲北齐歌》"推烟唾月抛千里，十番红桐一行死"中的原句。《鱼塘海棹歌词》其二"小姑三两尚无郎"化用李商隐《无题二首》其二"小姑居处本无郎"。《腹痛》"日九回肠悔作诗"化用李商隐《和张秀才落花有感》"回肠九回后，犹有剩回肠"。《夜酌》"怨禽齐作警"和《秋风》"夜警鹤虚闻"化用李商隐《夜思》"鹤应闻露警"。《题苏其詹教子图小影》"桐老春在孙，凤老声在雏"化用李商隐《韩冬郎……因成二绝寄酬兼呈畏之员外》其一"桐花万里丹山路，雏凤清于老凤声"。《穷愁》"天意存微贱"化用李商隐《晚晴》"天意怜幽草"。《丸药》"流莺选树眠"化用李商隐《流莺》"流莺漂荡复参差"。《辛亥除夕园公送丽春入瓶正月廿日种之今已花》"井泥雨露古依仁"化用李商隐《井泥四十韵》"上承雨露滋"。《怀周石农新兴县十六韵》"尔且红莲幕"化用李商隐《寄成都高苗二从事》"红莲幕下紫梨新"。《从仙湖移居双门楼下听鼓漏作》"古今一铜龙"化用李商隐《深宫》"玉壶传点咽铜龙"。《舟中与谢剑持》"日射澄江彻底深"化用李商隐《日射》"日射纱窗风撼扉"。《不出》"粉蛾帖死在屏风"化用李商隐《日高》"粉蛾帖死屏风上"。《家事》"性喜读爷书"化用李商隐《娇儿诗》"爷昔好读书"。《风劲拗我墙头竹》"本以孤难立"化用李商隐《蝉》

---

① 参见拙作《黎简诗歌对李贺的接受》，《中国诗学》（第31辑），人民文学出版社2021年版，第171—181页。

② 这14首分别是《江亭散席循柳路吟》《柳·动春何限叶》《巴江柳》《赠柳》《谑柳》《柳·柳映江潭底有情》《柳下暗记》《垂柳·娉婷小苑中》《柳·曾逐东风拂舞筵》《离亭赋得折杨柳二首》《柳·为有桥边拂面香》《关门柳》《柳·江南江北雪初消》《垂柳·垂柳碧鬅茸》。

③ 这10首分别是《柳·动春何限叶》《赠柳》《谑柳》《柳·柳映江潭底有情》《柳下暗记》《柳·曾逐东风拂舞筵》《离亭赋得折杨柳二首》《柳·为有桥边拂面香》《柳·江南江北雪初消》《垂柳·垂柳碧鬅茸》。

“本以高难饱”。《听雨》“碧篆藓痕生”化用李商隐《重过圣女祠》“白石岩扉碧藓滋”。例子很多,不胜枚举。

二

上文已指出,前人曾提到黎简取艳于玉溪,但未具体阐述。艳既指李商隐多写艳情,即男女爱情悲欢离合;又指李商隐诗歌具有绮丽香艳、精致华美的特点。纵观黎简诗集,不仅仅是“取艳于玉溪”这么简单,而且其艳还经历了一个由明艳到香艳到凄艳再到秾艳的变化过程。

黎简早年来往于两广明丽的自然山水之中,其诗自有一种明艳之风。比如26岁时所写《歌节》描写广西人文、自然景观:“春衣白袷骑青骢,浅浅平芜淡淡风。蜡髻蛮姬斗歌处,四山纯碧木棉红。”写景清丽明艳。黎简28岁回到家乡顺德所写《桃花》:“青山照碧水,忽见桃花红。媚以东南日,韵之明庶风。佳人倚修竹,翠鸟啄金虫。幽艳神仙窟,吾乡东海中。”《春郊》:“桃花藉芳草,白马出花嘶。初鸟声犹涩,春人年并齐。含思各深浅,同里异东西。相见不相问,青山畏日低。”这些诗均婉媚明艳、风情旖旎,与李商隐早年所写《闲游》《清河》《荷花》等诗相比,其艳有过之而无不及。慢慢地,到了30多岁,黎简的诗越来越香艳。比如《春思》:“村风拂香路,芳意与云浓。柳弱春人带,花填绣屧踪。回光媚波浅,深笑画帘重。可费东南日,罗敷暖照胸。”把妻子比作“罗敷”。“香路”、“芳意”、“绣屧”、“媚波”、“画帘”、“胸”等意象均散发着香艳的气息。在这些诗中,黎简常用“软”、“香”、“暖”等字,更增添了软媚香艳之感。比如:“几湾春浪软”(《示内人归宁》)、“香雨软蒙丝”(《内人归省还》)、“春风手暖剪红纸”(《石榴花叹》)等。然而人到中年,黎简的诗又带上了凄艳的色彩。比如《甲辰八月十五夜与潘秀才席上作》其二:“孤月当头万瓦澌,一辞不发百虫喧。银云玉露今何夕,冻蝶疎花秋故园。瘦约青衿怜对影,吟星元鬓坐招魂。君知破月无多睡,梦泄真声哭未吞。”这首诗写于妻子亡故那年的中秋之夜。诗人与朋友席上对坐,仰望星空,孤月当头。两人一言不发,只听到百虫喧闹,更觉冷冷清清。面对着银云玉露,竟不知今夕何夕;眼看着冻蝶疎花,心念的却是往日家园。两位瘦弱书生对影自怜,不知不觉唱起了招魂曲。元鬓就是玄鬓,指黑头发。没想到自己还满头乌发竟会遭遇丧妻。破月指残月,出自李贺《南园十三首》其十三:“古刹疎钟度,遥岚破月悬。”[①]可是中秋的月亮怎么可能是残月呢?这里的残月借指的是诗人一颗残破的心。一颗残破的心如何能睡得踏实呢?这不,诗人刚睡下不久就在梦中哭醒,发出欲吐还吞的哭声。诗歌表达妻亡后诗人背井离乡的凄凉和想念妻子却无处言说的痛苦。“孤月”、“银云”、“玉露”、“冻蝶”、“疎花”、“破月”等意象营造出幽艳凄寒、残破孤独的意境和心境。妻死第二年黎简续娶了庞孺人,43岁时拔为贡生,返乡购屋移居,生活条件得到改善,45岁时有了自己的儿子,再加上佛道思想的影响,心境变得越来越平和,这时黎简的诗摆脱凄艳,而变得秾艳丰腴。比如《中园晴玩有作》:

---

① 参看李贺著,吴企明笺注《李长吉歌诗编年笺注》,中华书局2012年版,第526页。

残冬曰归早春雨，十日始晴春有芳。
海棠日映玉肌紫，丛桂月垂金粟黄。
碧桃欲轻绯桃重，荷叶稍圆蕉叶方。
柚树多花幔霜白，蜜蜂成阵涌云香。

《白茶花》：

剪雪层层腻叶盘，月光无色但增寒。
朝来小玉开屏立，浴罢昭仪隔帐看。
解语授经应般若，非珠明夜定琅玕。
仙家品格无柔骨，合咏华山女道冠。

这些诗酷似温、李的丰肌艳骨。诗人在乾隆六十年（1795 年）49 岁时所写的《玉蝶梅》中说："老奴处士清寒格，也要凝脂入镜台。"尽管是"老奴"，是"处士"，尽管内里品格清寒，但文辞上也要腴腻丰盈、秾丽香艳。这体现出黎简明确的诗歌追求。

三

黎、李二人在婚姻上有很多相似之处：首先是都与妻子感情深厚。其次是都与妻子常有别离。李商隐仕途不顺，常赴外地做幕僚；黎简家贫，常往广州坐馆。再次是两人都很不幸，中年丧妻。李商隐的妻子王氏卒于大中五年（851 年），当时李商隐 39 岁；黎简的妻子梁氏卒于乾隆四十九年（1784 年），当时黎简 38 岁。太多的相似之处使黎简对李商隐的诗有了更深层次的接受。特别是妻子生病以后，黎简的诗带有了和李商隐诗类似的感伤情调。其《杜鹃》与李商隐的《流莺》非常相似。先来看李商隐的《流莺》：

流莺漂荡复参差，渡陌临流不自持。
巧啭岂能无本意？良辰未必有佳期。
风朝露夜阴晴里，万户千门开闭时。
曾苦伤春不忍听，凤城何处有花枝。

《流莺》是李商隐的代表作之一，清代陆昆曾认为是客居东川岭表时所作[①]，张采田认为可能是大中三年（849 年）困于京华所作[②]，但不管怎样都是流寓在外，借无所依托之流莺自伤漂泊，冯浩说"通体凄惋，点点杜鹃血泪矣"[③]。黎简的《杜鹃》亦带有浓重的感伤：

① 转引自刘学锴、余恕诚：《李商隐诗歌集解》，中华书局 2004 年版，第 980 页。
② 转引自刘学锴、余恕诚：《李商隐诗歌集解》，中华书局 2004 年版，第 981 页。
③ 转引自刘学锴、余恕诚：《李商隐诗歌集解》，中华书局 2004 年版，第 981 页。

杜鹃何汝不自惜，在处悲鸣何处归。
风吹花片弱魂断，月照纸钱低雪飞。
天存微命哀以短，人到残春眠亦稀。
不如百鸟漫心性，向尔前头毛羽肥。

此诗写于乾隆四十七年(1782年)，此时诗人36岁，离妻亡只有两年。妻子善病，非常消瘦，“瘦影十余年”(《病》)、“瘦泪剩残滴”(《入门》)，其生命力微弱。吕坚《黎二樵梁氏墓志铭》中记载：“(梁氏)一日自擎其像曰：‘个侬不欲过四十。’问其故，黯然而已。”[①]妻子“命濒数死在”(《题内子禅病图小影》)，衰弱得好像随时都会死去。然而即便如此，她仍然坚持带病织布，贴补家用，这让家贫的黎简非常自责，他在诗中多次写道：“病妻犹上机”(《归里》)，“我贫汝习苦，使汝助缫织”(《雨晴》)，“病妇机丝晓犹织，青毡心力愧卿贫”(《残灯》)，妻子的贤德辛劳使诗人对她更加怜惜。《杜鹃》就是借魂弱命微的杜鹃来隐喻孱弱悲苦的妻子：杜鹃鸟你为何不怜惜自己呢？你现在如此悲哀地鸣叫，不久后要归向何处呢？你的灵魂脆弱得就好像随时可以被风吹断的花片，低空中飞舞的雪花在月光的照耀下就好像撒在空中的纸钱，在祭奠随时可能离去的灵魂。你为自己命悬一线短暂的生命哀号，在这百花残败的春天里难以入眠，还不如学习其他那些鸟儿漫随心性，反而毛羽丰满，飞在前面。这首诗的情调比李商隐的《流莺》更加哀婉。《流莺》是仕途不顺飘蓬之感，可这首是生命不永无法承受之痛。写作手法上模仿的痕迹也很重，都是在颔联最为入神，甚至连韵脚都用的是四支五微可以通压的邻韵，读起来音韵非常相似。

黎简对李商隐的接受从乾隆四十九年(1784年)之后就越来越深入了。他常常模仿李诗的创意。比如李商隐诗集中有两首诗很有特色：《百果嘲樱桃》与《樱桃答》。两诗一问一答，在李商隐集中独树一帜。这种一问一答的诗歌形式应该是始于白居易。白居易曾作《问鹤》和《代鹤答》[②]，是人与鹤之间的问答。又作《池鹤八绝句》[③]，分别是《鸡赠鹤》《鹤答鸡》《乌赠鹤》《鹤答乌》《鸢赠鹤》《鹤答鸢》《鹅赠鹤》《鹤答鹅》，是禽类之间的问答，而到了李商隐变为植物之间的问答。黎简模仿作《戏嘲含笑》和《含笑答》，又变植物间的问答为人与植物间的问答，此乃这种诗体的发展变化过程。黎简《戏嘲含笑》：“愁待花含笑，翻成笑不成。如何始开口，知有几多情。”《含笑答》：“不悭开露脸，为是答横波。未惯愁人对，况兼风雨多。”含笑花，别名醉香含笑、香蕉花，产自两广，盛开时，整个花朵并不会完全张开，将开未开之时，恰如美人约略浅笑，故而得名“含笑”。这两首诗作于乾隆四十九年(1784)春天二三月间，离妻死仅一月余。想到久病的妻子时日不多，诗人心中非常愁苦，怎么可能会有笑容呢？面对着含笑花，期待它的笑容能治愈心灵，然而含笑花并未张开，于是诗人指责道：“你怎么不开口笑呢？”含笑花回答道：“不是我吝啬不肯笑，而是我的笑只为报答美目横波，而面对着你这样一张愁苦的脸，再加上这即将到来的凄风苦雨，我如何笑得出呢？”诗歌

---

① 参见吕坚撰《黎二樵妇梁氏墓志铭》(见《迓删集》附文)，见陈建华主编《广州大典》总第447册，广州出版社2015年版，第421—422页。

② 白居易著，谢思炜校注：《白居易诗集校注》，中华书局2017年版，第2428页。

③ 白居易著，谢思炜校注：《白居易诗集校注》，中华书局2017年版，第2777—2780页。

用拟人加问答的形式自嘲，表现了家庭巨变将要来临之前凄苦而又无能为力的心境。李商隐还作有《嘲桃》《嘲樱桃》。黎简仿作有《二桃树各始开一朵嘲之》《嘲紫薇花》，都是学习李商隐的创意。

李商隐是一个创新性很强的诗人，他的诗集中还有一首更特别的诗《蝇蝶鸡麝鸾凤等成篇》：

韩蝶翻罗幕，曹蝇拂绮窗。
斗鸡回玉勒，融麝暖金釭。
玳瑁明书阁，琉璃冰酒缸。
画楼多有主，鸾凤各双双。

此乃一篇文字游戏，盖写狭邪之游，先成诗后再从每句中挑选一个字凑成题目。清代姚培谦曰："聊备一体。不但蝇蝶等字，即罗幕绮窗等皆用一色字样成篇。"[①]黎简模仿此创意，写成《柳蘼芜桂桃榆桐兰蕙相思成篇》：

杨柳楼心新燕飞，蘼芜山下故人非。
生寻桂魄迷灵窟，剩嘱桃根得嫁衣。
榆树晓星窥独宿，桐花么凤诉朝饥。
尽芟蕙亩锄兰畹，泪雨相思种豆归。

此诗作于乾隆五十年(1785 年)，妻死第二年，题目亦是从各句中抽出一个字聚合而成。与李商隐的原诗写狭邪之游，字面华丽而内容空虚不同，诗歌形式上虽继承了李商隐诗绵密华丽的外表，但内里表达的是对亡妻深情绵邈的思念。诗歌用典频繁。第一句中"杨柳楼心"典出晏几道《鹧鸪天·彩袖殷勤捧玉钟》中的"舞低杨柳楼心月"[②]，取晏词的浓情蜜意；"新燕飞"典出《诗经·邶风·燕燕》"燕燕于飞，差池其羽。之子于归，远送于野。瞻望弗及，泣涕如雨"[③]，取其送远不舍之意。第二句"蘼芜山下故人非"典出汉乐府《上山采蘼芜》[④]，表达物是人非之感。第三句中"桂魄"指月，传说月中有桂树，故称月为"桂魄"。李商隐曾在《对雪二首》其二中用过"桂魄"，除此之外，还用过"桂宫"、"月轮"、"月魄"、"玉轮"等来指代月亮。此句把亡妻比作月宫中的嫦娥[⑤]。"灵窟"亦称月窟，即月亮。此句暗示自己在月宫中寻找到妻子的魂魄。第四句中"桃根"原指王献之爱妾桃叶之妹，典出《乐府诗集·清商曲辞二·桃叶歌》[⑥]。李商隐《燕台诗·冬》中有"桃叶桃根双姊妹"。在黎简诗中

① 转引自刘学锴、余恕诚《李商隐诗歌集解》，中华书局 2004 年版，第 2009 页。

② 晏殊、晏几道著，张草纫笺注：《二晏词笺注》，上海古籍出版社 2008 年版，第 310 页。

③ 王秀梅译著：《诗经》，中华书局 2016 年版，第 31 页。

④ 徐陵编，吴兆宜注：《玉台新咏》，上海古籍出版社 2013 年版，第 1 页。

⑤ 黎简曾在《复题亡妇禅病图》"生为幻女无身相，梦入禅天接笑啼。……寒光桂窟私灵药，题寄人间下月梯"中就把亡妻比作偷了灵药升入月宫的嫦娥。

⑥ 参见郭茂倩《乐府诗集》，中华书局 1979 年版，第 664 页。

指亡妻留下来的两个女儿。长女名琼，次女名芸，皆梁氏所出。[①]妻子临终前留下遗言："两女遗累君，是郎之骨血。女笑妾则笑，女瘦妾露骨。妾死女有母，女嫁妾则毕。"(《述哀一百韵》)嘱咐丈夫好好抚育两女直到嫁人她才放心。此句强化了妻子的慈母形象。第五句中"榆树"又称星榆、白榆，星名，榆荚形似钱，色白成串，因以"星榆"形容繁星，也指天上的玉衡星，是北斗七星中最亮的那颗星。"晓星"指晨星或谓指启明星，清晨时出现在东方。此句表明斗转星移，天色欲晓，独宿的诗人仍沉浸在痛苦之中未曾入眠。同时着一"窥"字，似乎那天上的星星都是妻子深情的眼睛在远远地凝望。第六句中"桐花么凤"乃鸟名，以暮春时栖集于桐花而得名。此句典出李德裕《画桐花凤扇赋序》："成都夹岷江矶岸，多植紫桐，每至暮春，有灵禽五色，小于玄鸟，来集桐花，以饮朝露。及华落则烟飞雨散，不知所往。"[②]意思是一夜未眠的诗人到了天晓只听见桐花么凤叽叽喳喳，倾诉着饥饿。它们似乎也是妻子幻化而成，表达了妻子即便死了，诗人仍牵肠挂肚于她的饥饱的深情厚谊。第七句典出屈原《楚辞》："既滋兰之九畹兮，又树蕙之百亩。"[③]第八句典出王维《相思》："红豆生南国，秋来发故枝。愿君多采撷，此物最相思。"[④]蕙和兰都是香草，是君子和文人雅士的钟爱之物，可是现在在诗人眼中却不及那代表着相思的红豆，所以大清早诗人就起身把曾经钟爱的兰和蕙全部铲除，含泪种上红豆，以寄托对亡妻永久的思念。全诗感情凄婉，意境迷离，用典繁密且多出商隐，属对工切，语词绵丽，是不可多得的学习李商隐结撰出的精品。

四

除了学习李商隐的创意，黎简还学习李商隐的章法，比如他的《述哀一百韵》，学习李商隐《行次西郊作一百韵》的结构和章法，用千字长篇以史诗气魄写悼亡，亦是前无古人后无来者，具有独创性的地位。关于这一点，笔者已另作文论述，此处不赘。[⑤]

黎简还学习李商隐的句法。李商隐作为晚唐律诗的集大成者，诗律精细，属对工切，不仅仅中间两联完美对仗，而且常常首联亦对，还常常使用当句对，意即句中词语自对。钱钟书说："此体创于少陵，而名定于义山。少陵闻官军收两河云：'即从巴峡穿巫峡，便下襄阳向洛阳'；《曲江对酒》云：'桃花细逐杨花落，黄鸟时兼白鸟飞'；《白帝》云：'戎马不如归马逸，千家今有百家存。'义山《杜工部蜀中离席》云：'座中醉客延醒客，江上晴云杂雨云'；《春日寄怀》云：'纵使有花兼有月，可堪无酒又无人'；又七律一首题曰《当句有对》……"[⑥]如果说这种句式在杜诗中还是偶尔为之，数量并不多的话，那么到了李商隐，就开始刻意地模仿，不仅数量大增(据我统计，有 80 句之多)，而且还创作了一首《当句有对》，给这种句式起了一个恰当的名字。诗云："密迩平阳接上兰，秦楼鸳瓦汉宫盘。池光不定花光乱，日气初涵露气干。但觉游蜂饶舞蝶，岂知孤凤忆离鸾。三星自转三山远，紫府程遥碧落宽。"其中

① 参见苏文擢《黎简先生年谱》，香港中文大学出版社 1973 年版，第 1 页。

② 参见董浩等编《全唐文》卷六九六，上海古籍出版社 1990 年版，第 3165 页。

③ 林家骊译著：《楚辞》，中华书局 2015 年版，第 8 页。

④ 参见《全唐诗》，上海古籍出版社 1986 年版，第 299 页。

⑤ 参看拙作《黎简对悼亡诗的新突破》，《中国诗学》(第 33 辑)，人民文学出版社 2022 年版，第 139—146 页。

⑥ 钱钟书：《谈艺录》，生活·读书·新知三联书店 2019 年版，第 16—17 页。

句句皆为当句对。黎简的诗歌中，这种句式的数量更为庞大。据我统计，他的两千多首诗中共有此种句式512句之多。比如：

1. 病甚仙郎忆旧师，山人芳杜对华芝。（《前尘》）
2. 碧鸡关减鬼门关。（《杜鹃六首》其三）
3. 碧桃欲轻绯桃重，荷叶稍圆蕉叶方。（《中园晴玩有作》）
4. 斜雨带斜曛，乱山疑乱云。（《廿余岁予于粤西……因复题二首》其一）
5. 吟肩孤鹤对孤芳。（《对菊》）
6. 纤纤约素亭亭立（《细竹》）
7. 地籁谁知待天籁，昭明须信误前明。（《与徐小山论诗作》）
8. 骑曹骑马欲乘船。（《巨雨时东河先生住城北忧之有述》）
9. 细雨深花细艇来。（《松栽》）
10. 无病无聊如小病。（《小病》）
11. 自寿自歌狂自舞。（《遥次韵范石湖诗今年五十矣》）
12. 非农非士亦非仙。（《续题劝农图》）
13. 好山好水如好药。（《题雨后江云图赠文长》）
14. 白絮白鸥影白袷，青峰青髻斗青螺。（《春江棹歌四首》其一）
15. 三月三日三日晴。（《杂诗绝句十首》其五）

其中从第一句到第七句的句式在李商隐诗中都出现过，而从第八句到第十五句均为句内三组词的对仗，这是李商隐没有用过的，如第八句“骑曹”与“骑马”对，“骑马”又与“乘船”对；第九句“细雨”不仅与“深花”对，又与“细艇”对；第十句“无病”不仅与“无聊”对，又与“小病”对。这种句式可以说是在当句对的基础上的一种发展，最早应出于杜牧《送赵十二赴举》“一叫一回肠一断，三春三月忆三巴”，但他的诗集中也仅此一句，而黎简诗中较多出现此句式可以看出是在刻意创新，营造一种句式流动回环的奇特美感。

李商隐诗的句法还有一个非常重要的特点，那就是复辞重言。陈望道《修辞学发凡》“复叠”一节说：“复叠是把同一的字接二连三地用在一起的辞格，共有两种：一是隔离的，或紧相连接而意义不相等的，名叫复辞；一是紧相连接而意义也相等的，名叫叠字。”[①]黄世中《往复回环 潜气内转——李商隐诗复辞重言研究》一文对商隐诗使用复辞重言的情况做了详细的数量统计和模式分析。他指出李商隐运用重言复辞共66首律绝，分为六种模式：第一种是同句单步往复；第二种是同句双步往复；第三种是联内前后句单复；第四种是联内前后句蝉联继踵，即顶真；第五种是同联前后句首尾衔顾；第六种是同联前后句多程连复。[②]

黎简的诗句中亦有大量的重言复辞，基本上这六种模式都运用到了。比如“自言自听皆吾妄”（《度曲》）、“盎风盎雨春仍醉，流水流年昔胜今”（《和答笑山人感去年梦禊之作》）属

① 转引自黄世中《往复回环 潜气内转——李商隐诗复辞重言研究》，《温州师院学报》1987年第1期。
② 参见自黄世中《往复回环 潜气内转——李商隐诗复辞重言研究》，《温州师院学报》1987年第1期。

于第一种模式；“出门无日无春酒，独往还成独醒归”（《漫成示友人》）、“少壮心非少壮时”（《和友人寒食》）属于第二种模式；“暮山空翠寒，塔势寒于山”（《和刘芗谷去年秋羚羊峡见怀》）、“万里亭边水，归来万里人”（《万里亭赠石騳》）属于第三种模式；“云姿澹葱昽，葱昽澹亭午”（《雨字韵二首》其二）属于第四种模式；“久别抱病久”（《石帆客贵县……作诗寄怀石帆》）、“花柳于春风，似我于花柳”（《古风》）属于第五种模式；“君住海东吾海西，海中山青青欲飞”（《仇汇洲相过作歌》）、“知君南梦临北关，关外日暄关内寒”（《离居行寄许周生》）属于第六种模式。

但黎简使用复辞重言绝不仅仅限于上述六种模式。他常常在使用第四种模式，即顶真的时候，连着三句蝉联而下。比如：

清暑午梦深，深深雨鸣竹。竹气感我琴，弦动紧哀玉。（《七月八日雨怀乡里诸君》）

凉风影袷衫，秋色映茅屋。屋脊芙蓉花，花间灯火读。（《七月八日雨怀乡里诸君》）

壶峤碧城头，城头镇海楼。楼前九万里，鹏背清泠秋。（《补和平叔九日镇海楼》）

这样的句式有一种以气贯注的气势，而“气”本身就是黎简明确的诗歌追求。他在《与升父论诗》中说：“人方蹋而哭，我已游八极。究其所归理，静破万物的。要于其发端，真气贯虹霓。”关于黎简的“气”，梁九图、吴炳南合编《岭表诗传》（国朝）卷五评黎简诗曰“运盛气于离奇中”[①]。陈融《读岭南人诗绝句》帙之七评黎简诗曰：“宁踽踽而行，必戛戛而独造。要其学足以资之，气足以振之。”[②]

另外读黎简的诗句：“云边楼阁楼边树”（《四日诗寄谢莡臣》）、“山里小城城里山”（《偶出县城不及见黄虚舟归舟有作却寄三首》其三）、“山头城影城头树，水底天光天上船”（《寄潘景最三绝》其一）、“晓来语君君语我”（《归梦行赠平叔》）等，可以明显感受到受李商隐《楚吟》“山上离宫宫上楼，楼前宫畔暮江流”的影响是很大的，这种句内顶真的诗句使气韵在句内回环，具有李商隐潜气内转的特点。

除了学习李商隐的创意、章法、句法外，李商隐诗歌的意象和词汇也常常出现在黎简诗中。在李商隐的《春雨》“怅卧新春白袷衣，白门寥落意多违。红楼隔雨相望冷，珠箔飘灯独自归。远路应悲春晼晚，残宵犹得梦依稀。玉珰缄札何由达，万里云罗一雁飞”中有一个穿着白袷衣的惆怅少年，尽管“白袷”二字很多诗人都用过，但没有哪一个比这首诗中的“白袷”留给人的印象更深刻。黎简似乎对“白袷”特别钟爱，其诗中共出现24次之多，大部分指自己，偶尔也用来指妻子。“晼晚”也出现五次。在李商隐的《重过圣女祠》“白石岩扉碧藓滋，上清沦谪得归迟。一春梦雨常飘瓦，尽日灵风不满旗。萼绿华来无定所，杜兰香去未移时。玉郎会此通仙籍，忆向天阶问紫芝”中，那如梦似幻的春雨营造出迷离徜恍的意境，“梦雨”二字遂成为很有李商隐辨识度的词汇，在黎简诗中“梦雨”出现四次。在李商隐的《杜司

---

① 转引自黎简撰，梁守中校辑：《五百四峰堂诗钞》，中山大学出版社2000年版，第502页。

② 转引自黎简撰，梁守中校辑：《五百四峰堂诗钞》，中山大学出版社2000年版，第518页。

勋》“高楼风雨感斯文，短翼差池不及群。刻意伤春复伤别，人间惟有杜司勋”中，“伤春复伤别”以重言复辞的方式给人留下深刻印象，黎简亦大量使用，其中使用“伤春”10 次、“伤别”19 次、“伤春”“伤别”连用 5 次。另外使用李商隐《天涯》“春日在天涯，天涯日又斜。莺啼如有泪，为湿最高花”中的“高花”6 次，使用《嫦娥》“云母屏风烛影深，长河渐落晓星沉。嫦娥应悔偷灵药，碧海青天夜夜心”中的“碧海”13 次。从这些地方都可看出李商隐对黎简的影响。

综上所述，黎简对李商隐的接受不仅仅体现在他对李商隐的热情赞美、同题仿写、诗句化用上，还体现在他“取艳于玉溪”，其艳经历了一个由明艳到香艳到凄艳再到秾艳的变化过程。同时由于二人婚姻爱情经历的相似使黎简对李商隐有了更深层次的接受，使他的诗在人生的特定时期带有与李商隐相似的感伤情调。在写作手法上他学习李商隐的创意与构思、章法与句法、意象和词汇，并由此创作出不少艺术价值很高的作品。故在李商隐诗歌接受史上黎简是不应被忽略和遗忘的重要诗人。

独特形态与多元面貌：和刻本《杜骗新书》考论

刘　璇*

摘　要：明代通俗小说《杜骗新书》在刊行后不久便传至日本，在江户时代前中期的读者以藩主、儒官及与寺庙僧侣等群体为主。到江户时代后期，出现了两种以训点选辑本形式翻刻刊行的《杜骗新书》。和刻本《杜骗新书》为吸引普通读者，在故事选取和顺序编排上都呈现出了独特形态。和刻本《杜骗新书》刊行后即成为当时畅销书，一直到明治时代仍有影响，形成了相当罕见且独特的多元传播面貌。以此为线索，对了解中国通俗小说在日本的流播细节颇有助益，是一个相当独特且重要的案例。

关键词：《杜骗新书》；和刻本；传播；日本

《杜骗新书》是一部成书于明代万历年间的短篇小说集，以叙述晚明社会中的各类骗术为内容。该书情节生动曲折，且故事发生的背景、人物及具体情节多有现实依据，因此一直被视作一部兼具文学价值与史料价值的通俗小说①。

《杜骗新书》刊行后不久便东传至日本，受到各阶层读者的喜爱，更出现和刻本、译解本等多种形式，呈现出相当丰富的传播面貌。然而，目前国内学术界尚无关于《杜骗新书》在日本流传情况的专题研究，而日本学者虽注意到和刻本《杜骗新书》的存在，但更多是从此书的版本面貌及其对本国叙事文学产生的影响为出发点进行研究，对《杜骗新书》为何会以和刻本形式在日本流传、此本的传播意义等问题则鲜有涉及②。实际上，以和刻本《杜骗新书》为线索，既可以了解日本不同时代的读者阅读中国通俗小说的渠道及具体接受状况，更可补足中国通俗小说东传日本的许多细节问题，有着相当重要的范式意义。

---

*　**作者简介**：刘璇，暨南大学文学院中文系讲师，主要研究方向为明清及近代小说。本文系国家社会科学基金青年项目“汉译日文小说与中国近代文学建构研究(1894—1919)”(21CZW036)阶段性成果。

①　按《杜骗新书》一书以浅近文言写就，且此书的主要阅读群体应为当时普通民众，从这一角度来看，将其归类于通俗小说应更为妥当。

②　关于和刻本《杜骗新书》，国内学术界仅对其进行过简单著录，如沈津《海内竟有“骗子书”——〈鼎刻江湖历览杜骗新书〉》中提及曾有两种和刻本《杜骗新书》(《书丛老蠹鱼》，中华书局2011年版，第69—74页)，黄霖《中州古籍出版社排印本〈杜骗新书〉前言》中也提及有日本明和庚寅(1770年)选刻本《杜骗新书》(《微澜集——黄霖序跋书评选》)(凤凰出版社2011年版，第323页)等。而日本学者对和刻本《杜骗新书》的研究，可参见鹤見尚弘《杜騙新書とその和刻本》(《歴史論集：生江義男先生還暦記念》，生江義男先生還暦記念歴史論集刊行委員会1978年版，第11—29页)的相关论述。

一、和刻本"前史":《杜骗新书》明刊本在日本的递藏

虽然关于《杜骗新书》的版本研究已有不少成果[①],但似乎少有学者从递藏角度对《杜骗新书》明代刊本在日本的流传状况进行详细梳理,关于这一问题还有可讨论的空间。

目前可见最早能反映出《杜骗新书》原刊本面貌的版本,当为现藏于日本内阁文库的江户时代初期抄本。此抄本书末有朱笔题写的"罗山氏考之"字样,可知是江户时代早期儒学家林罗山旧藏[②]。且此抄本目录末有"居仁堂余献可梓"字样,且卷首附有作于明万历四十五年(1617 年)熊振骥《叙江湖奇闻杜骗新书》,可知乃据刊行于万历四十五年左右的余献可居仁堂本抄写而成。林罗山除了是当时重要的儒学家外,还以藏书知名,他除了通过商船舶载购买中国典籍外,还常请人全文抄录,由此形成新的版本。其所收藏的明代文言小说《狐媚丛谈》《剪灯新话句解》,通俗笑话集《李卓吾先生批点四书笑》,公案小说《廉明奇判公案》等都是在这种状况下产生的。可以推测,居仁堂本《杜骗新书》在当时的日本相当罕见,林罗山应在幕府藏书中见到《杜骗新书》,出于对中国通俗小说的阅读、收藏兴趣,便命人抄录下来。而现在居仁堂本《杜骗新书》已经不存,林罗山所藏的这一抄本便意外成为反映原刊本面貌的重要版本。

此外,以林罗山为中心,似乎还形成了阅读、收藏《杜骗新书》的小团体。林罗山之子林读耕斋也藏有一种《杜骗新书》[③],此本现藏于日本尊经阁文库,卷首有藏书印"读耕斋之家藏"。而林读耕斋的老师,与林罗山同在藤原惺窝门下学习的儒学家堀杏庵也藏有一种《杜骗新书》[④]。此本现藏于日本京都大学图书馆,仅存前二卷,目录首叶有其藏书印"平安堀氏时习斋藏",可知为堀杏庵旧藏。堀杏庵似乎对中国通俗小说颇感兴趣,除《杜骗新书》外,还曾藏有《皇明中兴圣烈传》。而在林罗山的藏书中也有不少中国通俗小说。林罗山与堀杏庵既为同门,在阅读兴趣方面很可能互有影响,林读耕斋受到父亲、老师的双重影响,对《杜骗新书》格外留意也在情理之中。根据三人的生活时间,可知《杜骗新书》至迟在宽永十九年(1642 年)传入日本,距离居仁堂本刊行不过二十余年。

到江户时代中期,流传至日本的《杜骗新书》明刊本更多,不过仍以儒学家、藩主、寺庙僧人为主要收藏群体。前文提到的林读耕斋藏本《杜骗新书》,在其去世后,被加贺藩藩主

---

① 关于《杜骗新书》的版本情况,可参看牛建强《晚明短篇世情小说集〈杜骗新书〉版本考》(《文献》2000 年第 3 期),氏冈真士、阎小妹《杜騙新書の明刊本について》(《信州大学综合人间科学研究》2017 年第 3 期)的相关研究。

② 林罗山(1583—1657):生于京都,名信胜,字子信,号罗山、浮山、罗洞等,出家后法号道春。文禄四年(1595 年)进入京都建仁寺学习佛教,庆长九年(1604 年)跟随藤原惺窝学习儒学,庆长十二年(1607 年)林罗山成为德川家康侍讲,并为之后德川家四代将军讲学。林罗山是日本江户时代早期研究朱子学的代表学者,同时是江户幕府儒官林家的始祖,著有《大学抄》《论语解》《罗山文集》《罗山诗集》等书。

③ 林读耕斋(1625—1661):林罗山第四子,名靖,字彦复,读耕斋为其号。幼年曾跟随其兄林鹅峰、其父友人堀杏庵读书,以博闻强记闻名,正保三年(1646 年)起担任幕府儒官,著有《读耕斋全集》《本朝遯史》等书。

④ 堀杏庵(1585—1642):生于近江国(今滋贺县),名正意,字敬夫,别号杏隐,曾跟随藤原惺窝学习儒学,与林罗山、松永尺五、那波活所并称为"惺窝门下四天王",著有《新定武家系图传纂》《太阁朝鲜征伐记》《东行日录》等书。

前田纲纪所得[①]，而后构成了尊经阁文库藏书的一部分。佐伯藩第八代藩主毛利高标也曾藏有《杜骗新书》[②]，此本现藏于内阁文库，书中即有其藏书印"佐伯侯毛利高标字培松藏书画之印"。此外，国会图书馆所藏抄本《杜骗新书》，经学者研究认为是儒学家朝川善庵所藏[③]。筑波大学图书馆还藏有一种《杜骗新书》残本，此本仅存第二卷，书中亦有藏书印，印文分别为"西嶋氏记""缘山慧照院常住物"，可知曾被西岛兰溪及净土宗寺院增上寺所收藏。

根据以上梳理可知，《杜骗新书》在刊行后不久即传入日本，随即便受到儒学家、藩主等贵族阶层的喜爱，他们也成为收藏《杜骗新书》明刊本的主要群体。与其他汉籍传入日本的基本规律一致，中国通俗小说在舶载到达日本后，会优先被财力雄厚的藩主、儒官及寺庙僧侣购得，普通读者自然难以得见。但到了江户时代中后期，在长崎唐通事、黄檗宗僧人、儒学家的共同推动下，中国通俗小说逐渐成为学习白话的教材得到广泛传播，并凭借曲折动人的情节故事、鲜活生动的人物形象，吸引到大量普通读者。然而舶载而来的中国通俗小说毕竟较少，日本当地书坊便发现商机，大量刊行译本中国通俗小说。在这样的背景下，和刻本《杜骗新书》便应运而生。

二、和刻本《杜骗新书》概貌及其刊行经过

江户时代后期出现了由日本书坊刊行的《杜骗新书》。目前所能见到的和刻本《杜骗新书》有两种，一种是文政元年（1818 年）皇都书林五车楼菱屋孙兵卫刊本，另一种是弘化三年（1846 年）同书坊刊行的翻刻本。

文政元年刊本《杜骗新书》在日本东京大学图书馆、庆应义塾大学图书馆、立命馆大学图书馆、京都大学附属图书馆、九州大学图书馆等处均有收藏，可知此书应为当时的畅销书。笔者所见为庆应义塾大学图书馆藏本。此本共一册，不分卷，正文半叶八行，行二十字。封面顶端题"江湖历览"，左侧题"皇都书林 五车楼梓"，右侧题"杜骗新书"，"作者浙江夔衷张应俞"，中间为以日文写就的识语（见图 1）。

此本封底有"文政元年戊戌初冬求版 皇都书林菱屋孙兵卫"字样，可知为京都五车楼书坊主菱屋孙兵卫所刊。菱屋孙兵卫是活跃于江户时代中后期的京都书坊主，其书坊五车楼刊刻有不少汉籍与日本儒学家著作，如其曾于安永八年（1779 年）刊行建部绫足的《汉画指要》，宽政四年（1792 年）刊行宇野明霞、宇野士郎的《左传考》，宽政十年（1798 年）翻刻谢肇淛的《尘余》等。此本封面识语内容大赞《杜骗新书》，认为读者既可通过此书了解中国俗语，也可从生动曲折的故事中获得阅读兴味，与中国通俗小说中所附识语性质、内容都十分

① 前田纲纪（1643—1724）：加贺藩第五代藩主，幼名犬千代，因喜好学问，故在藩内设立书物奉行，招揽江户时代著名学者为其编写百科辞典《桑华学苑》，更致力于搜集图书，其藏书被称为"尊经阁藏书"，后称为尊经阁文库的主要构成部分。

② 毛利高标（1755—1801）：幼名彦三郎，字培松，号霞山、堂号红粟斋，宝历十年（1760 年）袭佐伯藩（今大分县）主位。性好藏书，在天明元年（1781 年）开设佐伯文库，收藏各类汉籍、史籍、医书等共八万余册。

③ 参见氏冈真士、阎小妹《杜騙新書の国立国会図書館蔵抄本について》（《信州大学総合人間科学研究》2021 年第 15 辑）。按朝川善庵（1781—1849），名鼎，字五鼎，儒学家片善兼山之子，曾跟随汉诗人山本北山学习，以博学多才而闻名，著有《周易愚说》《左传诸注补考》《善庵文钞》《乐我室遗稿》等。

相似，可知菱屋孙兵卫刊刻《杜骗新书》时的预期读者群体应为对中国通俗小说感兴趣的日本普通民众。

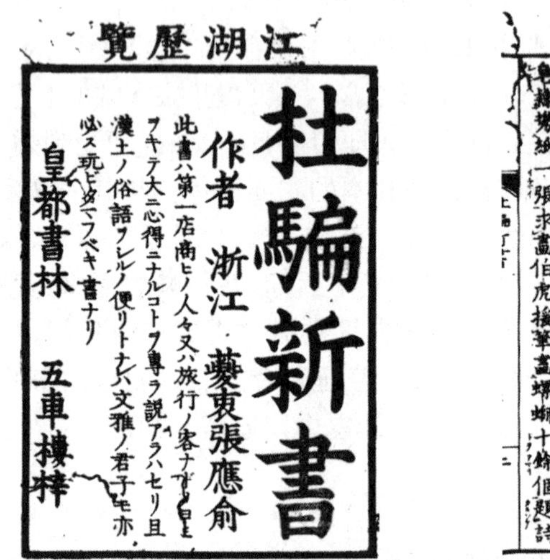
江湖歴覧
杜騙新書
作者 浙江 夔衷張應俞
此書ハ第一店商ヒノ人々又ハ旅行ノ客ナド
フキテ大ニ心得ニナルコトヲ專ラ說アラハセリ且
漢土ノ俗語ヲシルノ便リトナレバ文雅ノ君子モ亦
必ス玩ビタマフベキ書ナリ
皇都書林 五車樓梓

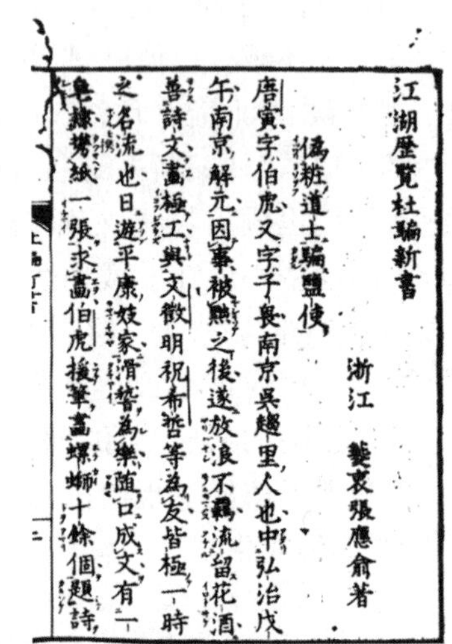
江湖歴覧杜騙新書
浙江 夔衷張應俞著
偽粧道士騙鹽使
唐寅字伯虎又字子畏南京呉趨里人也中弘治戊午南京解元因事被黜之後遂放浪不羈流留花酒善詩文畫極工與文徵明祝希哲等為友皆極一時之名流也日遊平康妓家滑稽為樂隨口成文有一皂隸攜紙一張求畫伯虎援筆畫螺螄十餘個題詩

图 1 文政元年刊本《杜骗新书》封面及卷首书影

此外，文政元年刊本《杜骗新书》卷首、卷末还附有序、跋，均以汉文写就。卷首序文题为《杜骗新书序》，全文如下：

> 余弱冠赴东武，至信之诹访，有一士，年廿四五，遮舆跪曰："仆西土之士，离以三年，流离琐尾，橐装已尽，归亦不得，往亦不得。幸得从子至东武，不啻存活仆，存活仆父母也。"言未毕，泪簌簌下。余心悯其言，且谓士曰："穷也达也，无时无之，今日人望而投我，庸讵知不我他日投人乎。"下与之言曰："子之穷一至于此乎？余从子适东武也。"命奴供食，引将入舍。偶会人马杂至，失彼士，令奴求之不得，问诸主人，主人曰："彼盗，非士也。以公之厚待，惺痦其术，故逃去已。"余于是始知为彼见卖也。凡世之称知者多矣，必辨给捷敏，略于行而详于言，以面露外而心伏内，善饰其情以应人也。佞之似贤，诈之如信，口蜜腹剑，犹一士乎？故云知穷则伪之所由，盖有所致者也。是徧也，供一场谈柄，令人不觉受其欺者耳，虽于名教无补，抑亦有所警发于人乎。己丑之春，余复东徙，屈指二十余年矣。尝遇一士而受其欺，亦为后之戒，况笔之书，令人思之乎。林氏此刻，不亦善乎。若籍是反猥诈机，足为素人之资者，即一士之类也，非此书之罪也。
>
> 明和庚寅春三月初吉书于东武萱洲积翠楼，南宫岳乔卿父撰。

按明和庚寅即明和七年（1770年），南宫岳即当时儒学家南宫大湫①。南宫大湫在此序中回

① 南宫大湫（1728—1778）：生于美浓（今岐阜县），本姓井上，后改为南宫氏，名岳，字乔卿，号大湫，别号积翠楼、烟波钓叟等，曾跟随中西淡渊学习儒学。在伊势、江户讲学时，门人渐多，名声大增，著有《春秋三传比考》《论语师说述考》《学庸旨考》等书。

忆了自己青年时期的一次受骗经历，认为即使是智者也难保不会被小人欺骗，因此《杜骗新书》这类讲述各种“反猥诈机”之书的存在有着警发人心的积极作用。南宫大湫序文主旨与熊振骥所撰《叙江湖奇闻杜骗新书》较为相似，都以阐发此书的教化功能为主要内容，亦是通俗小说序跋中的常见观点。

卷末跋文题为《题杜骗新书后》，全文如下：

> 友人岩垣亮卿尝得浙江张应俞所著《杜骗新书》，藏诸其家，顷之书肆林氏造请上木。余适于二三友人集于其宅，便相俱谋之出。客多难者曰：“此书也，使径生见之，讥其不可以为教也。使骚人读之，亦笑其非所取材也。公等何为而冠枣梨乎？”余曰：“不然。彼其欺以道者，立为君子之防，至于诒以利者，固非正人知士之所受诈也。然商客旅人，实足以为戒矣。安可一概排摈耶？”客不能复难焉。于是讲余兴之外，以大阪木世肃藏本校之，原本旧有数十事，今节其最佳者十七，录集一册，旁施国字训释，以授林氏云。
>
> 明和庚寅仲秋，膳藩儒学五濑鼍贞泰一甫书于平安游马社。

按五濑鼍贞即儒学家石川金谷[①]，为南宫大湫之徒。根据此篇跋文可了解到文政元年刊本《杜骗新书》的具体刊行经过：和刻本《杜骗新书》的底本为岩垣龙溪所藏[②]，五车楼书坊主菱屋孙兵卫得知这一消息，想要出版此书。在石川金谷等友人的劝说下，岩垣龙溪同意拿出其所收藏的刊本作为底本，石川金谷从中选取了17则故事，加以训点，以大阪富商木村孔恭所藏的明刊本作为对校本[③]，对全书进行了校勘。校勘完成后，又邀请自己的老师南宫大湫作序，最后交由菱屋孙兵卫出版。

文政元年菱屋孙兵卫本《杜骗新书》刊行后，应颇受读者欢迎，因此菱屋孙兵卫又在弘化三年再版了《杜骗新书》。此本在日本东京大学图书馆、早稻田大学图书馆、关西大学图书馆、宫城县图书馆等处均有收藏，同样也应该是当时的畅销书。笔者所见为早稻田大学图书馆藏本，根据书末“弘化三年丙午初夏 皇都书林菱屋孙兵卫”之句可知此书刊刻时间及书坊信息。此本无封面识语，不分卷，正文题《江湖历览杜骗新书》，半叶八行，行二十字，卷首仍附南宫大湫作于明和七年《刻杜骗新书序》。与文政元年本不同的是，弘化三年本将原来置于书末的石川金谷跋移置卷首，附于南宫大湫序之后，其余内容则与文政元年刊本相同，很可能是同一套书版的不同印本。

---

① 石川金谷（1737—1778）：生于伊势（今三重县），名贞，字大乙，别号赖母等。受业于南宫大湫，以博学多闻见称，曾为膳所藩学教授、延冈藩学记事，著有《诗经正文唐音附》《论语正文唐音附》《六经小言》等书。

② 岩垣龙溪（1741—1808）：生于京都，本姓为三善，后改为岩垣，名彦明，字亮卿，龙溪为其号。曾跟随宫崎筠圃、伏原宣条、皆川淇园学习，后开设遵古堂授徒，著有《论语集解标记》《松萝馆诗抄》等书。

③ 木村孔恭（1736—1802），生于大阪，字世肃，号巽斋，别号蒹葭堂。江户时代中期文人、画家、藏书家，同时也是当时知名富商，拥有酒家坪井屋吉右卫门。其交游广泛，并热心出版事业，刊有《大同类聚方》《日本山海名物图会》等书。

三、作为训点选辑本的和刻本《杜骗新书》

前文已经提及，两种和刻本《杜骗新书》的性质为训点选辑本，即从原书中的 88 则故事中选取 17 则故事，并加以训点、编订而成。

和刻本《杜骗新书》之所以会以训点选辑本的形式刊行出版，应与此书的性质及其目标读者有关。首先，训点是一种日本特有的翻译中国古代典籍的方法，先在汉字之上标记日语发音，再使用各种颠倒语序的记号进行标记，使句子符合日语语法，便可以直接阅读。"日本的汉文训读法，介于原文阅读与翻译之间，可视为一种自动式翻译法。"[①]因此，和刻本中国典籍中常附有训点，以辅助读者阅读。不过，训点法是针对文言汉籍发明的翻译方法，在主要以白话写就的通俗小说中却无法适用，因此中国通俗小说在日本更多以翻译形式流传，极少出现和刻本[②]。如目前所能见到最早的和刻本白话小说——享保十三年（1728 年）京都林九兵卫刊行的《李卓吾先生批点忠义水浒传》中，就曾附上当时最著名的唐通事（汉语翻译）之一冈岛冠山的训点。有学者分析了此本中的训点，认为"《水浒传》即便经过冈岛冠山的训点，对很多读者来说仍难以理解。这不是冈岛冠山白话知识的欠缺，而是以文言为对象的训点扩展到白话时不得不面对的困境"[③]。正因为训点无法与白话相配合，因此中国通俗小说在日本更多以译本形式流传。而《杜骗新书》恰巧以浅近文言写成，仅需施加训点，就能使读者顺畅阅读，这一性质使得《杜骗新书》东传至日本后，意外获得了得天独厚的传播条件。

其次，江户时代中后期商业的发展，使得从事手工业的町人群体迅速崛起。随着经济水平的提升、基础教育的普及，町人群体也产生了休闲阅读的需求。因此，中国通俗小说也成为颇受町人群体欢迎的读物，出现大量翻译本与翻案创作。在流传至日本的众多中国通俗小说中，以"三言"为代表的拟话本小说是最受欢迎的一类[④]，原因在于此类小说多以现实生活为题材，抒写平凡人物的悲欢离合，最能反映出普通庶民的精神面貌。此外，相较于章回小说，拟话本小说篇幅较短，阅读起来更为便利。前文已经提及，《杜骗新书》以日常生活中的各类骗术为题材，兼有世情小说与公案小说元素，因此其既能满足日本普通读者的阅读兴趣，又可以在训点的辅助下直接阅读。以上特质，都使得和刻本《杜骗新书》成为当时少有的以训点选辑的翻刻形式出版且畅销不衰的中国通俗小说。

至于和刻本《杜骗新书》所选故事与明代各版本中所收故事的对应情况，见表 1。

---

① 金文京：《东亚汉文训读起源与佛经汉译之关系——兼谈其相关语言观及世界观》，《日语学习与研究》2012 年第 2 期。

② 根据石崎又造《近世日本に於ける支那俗語文学史》一书中的《近世俗語俗文学書目年表》著录，江户时代所能见到的和刻本中国通俗小说仅有《水浒传》《肉蒲团》《小说精言》《小说奇言》《小说粹言》《照世杯》《杜骗新书》《王阳明出身靖乱录》八种（弘文堂书房 1940 年版，第 414—443 页）。

③ 周健强：《中国古典小说在日本江户时期的流播》，中国社会科学出版社 2021 年版，第 239 页。

④ 目前所能见到的最早"三言"版本均藏于日本，且在江户时代还出现了根据"三言"选辑翻刻而成的《小说精言》（宽保三年/1743 京都风月庄左卫门刊本）、《小说奇言》（宝历三年/1753 京都风月堂庄左卫门刊本）、《小说萃言》（宝历八年/1758 京都风月庄左卫门刊本），可见拟话本小说在日本的受欢迎程度。

表 1　和刻本《杜骗新书》与明代各版本卷次顺序对应情况表

和刻本《杜骗新书》目次	对应明代各版本《杜骗新书》目次
第一则《伪妆道士骗盐使》	第二卷十三类诗词骗第一则
第二则《陈全遗计嫖名妓》	第二卷十三类诗词骗第二则
第三则《膏药贴眼抢元宝》	第二卷十一类强抢骗第二则
第四则《道士船中换转金》	第一卷三类换银骗第二则
第五则《诈无常烧牒捕人》	第一卷四类诈哄骗第二则
第六则《诈称偷鹅脱青布》	第一卷一类脱剥骗第六则
第七则《先寄银而后拐逃》	第一卷一类脱剥骗第二则
第八则《假马脱緞》	第一卷一类脱剥骗第一则
第九则《明骗贩猪》	第一卷一类脱剥骗第三则
第十则《诈匠修换钱见厨》	第一卷一类脱剥骗第八则
第十一则《诈学道书报好梦》	第一卷四类诈哄骗第一则
第十二则《诈以帤柄要篙夫》	第一卷四类诈哄骗第三则
第十三则《装公子套妓脱赌》	第一卷七类引赌骗第二则
第十四则《盗商夥财反丧财》	第二卷九类谋财骗第一则
第十五则《公子租屋劫寡妇》	第二卷十类盗劫骗第一则
第十六则《带镜船中引谋害》	第二卷十二类在船骗第四则
第十七则《脚夫挑走起船货》	第二卷十二类在船骗第六则

明代各版本《杜骗新书》目录均相同,全书分 24 类,共收录 88 则故事,而和刻本仅从其中 9 类中选辑出 17 则故事。其中第一类“脱剥骗”共 8 则故事,和刻本选取了其中 5 则;第四类“诈哄骗”共 4 则故事,和刻本选取了其中 3 则;第十二类“在船骗”共 6 则故事,和刻本选取了其中 2 则;第十三类“诗词骗”共 2 则故事,和刻本全部选取。此外,和刻本还在原书第三类“换银骗”、第七类“引赌骗”、第九类“谋财骗”、第十类“盗劫骗”、第十一类“强抢骗”中分别选取一则故事。此外,在各篇顺序上,和刻本《杜骗新书》也没有按照原书的原始顺序进行排列,而是重新进行了排列组合,似乎体现出了独特的编排逻辑和题材偏好。

此外,根据此书的出版形态及序跋中的相关提示,或可了解和刻本《杜骗新书》选取故事的标准与目录排列的原则。根据和刻本序文中“供一场谈柄,令人不觉受其欺者耳,虽于名教无补,抑亦有所警发于人乎”“然商客旅人,实足以为戒矣”等句可知,和刻本有着较实际的出版目的,是希望可以使客商、旅人引以为戒,起到警发人心、杜绝骗局的作用。因此和刻本所选故事的主人公多为商贩、旅人等,多选择因骗子狡猾诡计或自身麻痹大意而受骗的故事。如《道士船中换转金》一则,讲述贲监生在回老家前在某店用银子换得一块成色极好的金子,行船时忍不住向同船旅客炫耀,谁知却被同船道士调包。贲监生到家后发现被骗,才明白道士应该是此前换金店家的同伙。作者还在文末进行总结,认为“设若贲生韬藏不露,则老棍虽有诸葛神机,庄周妙智,安能得其金而窥之,何以脱为? 故责在贲生矜夸炫耀，是自招其脱也”[1]，即是希望能够使出门在外的旅客提高警惕。相对应的，原书卷一、卷二中脱剥骗、诈哄骗、在船骗中所收多为此类故事，更符合和刻本的刊刻宗旨，因此这几类中有多则故事被选辑进入和刻本之中。相对应的，卷三、卷四中的衙役骗、婚娶骗、僧道骗、炼丹骗等类别，则与商旅的关系较小，因此其中的故事没有被选入和刻本之中。

此外，和刻本《杜骗新书》是日本书坊针对本国市场出版，在选择故事及排列顺序方面，也有试图吸引本国读者方面的考量。例如和刻本开头收录的两则故事，为原本第十三类诗词骗的《伪妆道士骗盐使》与《陈全遗计嫖名妓》，分别以唐寅与陈全为主人公，讲述唐寅、祝希哲假扮女道士骗取盐使钱财，以及陈全假扮巨富戏弄杭州名妓之事。按唐寅与陈全在历史上实有其人，也都留下了风流狂放的相关记载。其中唐寅名声极大，被誉为吴中四才子，冯梦龙《警世通言》中还有以其为主人公的《唐解元一笑因缘》，在民间有许多关于其风流韵事的传说。不仅如此，唐寅诗画作品有不少也传至日本，更与日本海商彦九郎有过赠答往来[2]，在日本也颇有影响。而明清笔记中提及陈全时，皆言其为人风流，善于谐谑。如明冯梦龙在《广笑府》卷十二《疟疾》条中记陈全，曰：“金陵陈全，患疟疾，制《叨叨令》云：‘冷来时，冷的在冰凌上卧；热来时，热的在蒸笼里坐。疼时节，疼的天灵破；颤时节，颤得牙关挫。只被你害杀人也么歌，只被你害杀人也么歌，真个是寒来暑往人难过。’”[3]清褚人获《坚瓠集》乙卷有“陈全”条，也说道：“明金陵陈全，负俊才，性好烟花。持数千金游燕，皆费于平康市。”[4]冯梦龙与褚人获在书中记录的陈全，与《杜骗新书》中“为人风流潇洒，尤善滑稽，凡见一物，能速成口号”的陈全完全一致。和刻本《杜骗新书》用两位行事作风狂放不羁文人的韵事作为开篇故事，颇能契合江户时代末期狂风盛行、喜好谐谑的审美风气，当然也更容易吸引本地读者的注意。又如和刻本《杜骗新书》中多收录与行船相关的故事，如《道士船中换转金》《带镜船中引谋害》《脚夫挑走起船货》等，也是因为江户时代商业贸易也多依靠水路运载，民众也常有乘船旅行的经历，这类发生在船上的骗局故事更容易引起日本读者的阅读兴趣。因此，和刻本《杜骗新书》呈现出的选辑本性质，及其具体面貌、编选逻辑等，都与日本当时的社会、文化面貌息息相关。

四、和刻本《杜骗新书》的后续影响及其多面意义

和刻本《杜骗新书》刊行后，不仅迅速成为当时的畅销书，且对日本本土的叙事文学也产生了不小影响，如式亭三马创作的净琉璃剧本《云龙九郎偷盗传》，书名前即有“引書はかたい杜騙新書”（引用《杜骗新书》）字样[5]；又如曲亭马琴在创作《南总里间八犬传》等读本小

① 张应俞：《杜骗新书》，文政元年（1818 年）五车楼刊本，第十一叶下。

② 有关唐寅与日本海商彦九郎的交往情况，可参看陈小法《流存东瀛的唐寅诗书〈送彦九郎〉》（《文献》2009 年第 1 期）的相关论述。

③ 冯梦龙：《广笑府》，荆楚书社 1987 年版，第 133 页。

④ 褚人获：《坚瓠集》，上海古籍出版社 2012 年版，第 85 页。

⑤ 关于《杜骗新书》对式亭三马创作产生的影响，可参见井上啓治《馬琴への対抗と黙阿弥への影響——続々式亭三馬と白話小説、〈坂東太郎〉〈杜騙新書〉〈弁天小僧〉》（《近世文藝》1987 年第 46 号），《式亭三馬と〈杜騙新書〉再論——〈雲龍九郎偸盗伝〉と長編合巻化」》（《江戸小説と漢文学》，汲古书院 1993 年版，第 193—216 页）等文的相关论述。

说时,也活用了《杜骗小说》中的相关情节[①]。而到了明治时代,在和刻本《杜骗新书》基础上还出现了两种注释翻译本,一为明治十二年(1879年)东京二书房刊行的《杜骗新书译解》,一为明治三十一年(1898年)东京东海艺塾刊行的《杜骗新书译解》。

其中明治十二年(1879年)刊行的《杜骗新书译解》,全书共两册,封面题有"大清浙江张应俞著,日本河原应吉译介"。可知译者为河原应吉[②],是活跃于明治时代的记者和作家。卷首有汉文题辞,曰:"前车之覆,后车之戒,是盖刻此书者之深意也。读者请莫作其它小说一样看也。己卯菊月题于乐善堂中,吟香生。"按此处的"己卯"即明治十二年,"吟香"则是被誉为"日本新闻广告界的先驱"的岸田吟香[③]。此书目录与和刻本《杜骗新书》完全一致,在和刻本基础上增加了译文,每则故事先列出一句原文,后以日文双行小字进行翻译。而明治三十一年刊行的《杜骗新书译解》则收录于东海义塾刊行的《支那小说译解》之中,全书共一册,为铅印本,在装帧上已呈现出典型近代书籍的面貌。按《支那小说译解》题为马场让得编订,共收录《游仙窟》《水浒传》《西游记》《照世杯》《海外奇谈》《西厢记》《三国志演义》《杜骗新书》《小说精言》《李娃传》,其中《杜骗新书》部分由东吐山翻译[④]。此书卷首有东吐山所作序文,全文如下:

> 《杜骗新书》为清人张应俞所著。书中收入十七种短篇小说,每篇所记,诡诈骗欺,滑稽谐谑,多解人颐。虽非君子精读之书,但可为童蒙笑谈之好材料。且其中诡计诈谋与邦俗大异,或可窥见彼土风俗之一斑。
>
> 明治三十一年四月东吐山识[⑤]。

与明治十二年刊行的翻译本不同,此本《杜骗新书译解》重在对文中词句进行解释。结合此书的刊行单位"东海义塾",与卷首序文中"窥见彼土风俗之一斑"之句可知,其应为当时汉学学校的教科书。相较于此前诸本,更增加了实际用途。

不难发现,明治时代的读者对于汉文已经相当生疏,因此必须在翻译与注释的辅助下才能顺利阅读中国典籍。这一时期参与《杜骗新书译解》出版的大多为活跃于明治时代的新闻记者、汉学教师,与江户时代也有了很大不同,更体现出由时代变迁而带来的社会结构、阅读观念变化。

---

① 关于《杜骗新书》对曲亭马琴创作产生的影响,可参见德田武《馬琴と〈杜騙新書〉——騙術の系譜を論じて逍遥に及ぶ》(上、下)(《文学》1981年第4号、第5号)中的相关论述。

② 河原应吉(?—1890):生于府中,笔名河丈纪、冈丈纪、风来山人等,曾为工部省铁道寮技手,后投身新闻及出版业,曾任《改进新闻》执笔,创作编辑《唐宋二十一大家像传》《江湖机关西洋∅》《西洋奇说大日本发见录》等书。

③ 岸田吟香(1833—1905):生于冈山县,本名银次,少年时曾在津山、江户学习汉学,因患眼疾前往横滨接受传教士治疗,后留在横滨协助编辑日本最早的日英词典《和汉语林集成》,明治维新后投身新闻界,创办《海外新闻》《横滨新报》等,同时还从事药品销售等商业活动,与中国往来相当密切。

④ 按除《游仙窟》《杜骗新书》《李娃传》外,其他小说均为节选。马场让得:姓东海,名马场,号让得,生卒年不详,其应为东海义塾的创办者。东吐山:名东达,字土山,生卒年不详,根据其参与了《支那小说译介》中不少翻译工作,推测其应为东海义塾的汉学教师。

⑤ 按此序为日文,为笔者所译。

不仅如此，以和刻本《杜骗新书》为中心，更可解决中国通俗小说在日本传播的一些具体问题。前文已经提及，和刻本《杜骗新书》是当时较为少见的翻刻本中国通俗小说，如果以此为线索进一步分析可发现，江户时代后期的几种和刻本通俗小说的出现，实际有着共同的文化背景。首先，与和刻本《杜骗新书》相关的儒学家多喜爱阅读小说，由此形成了更加紧密的中国通俗小说阅读、收藏同好群体，而其中的中心人物便是皆川淇园。如他在为好友本城维芳的《三遂平妖传》日文译本作序时说道：

> 余与弟章，幼时尝闻家大人说《水浒传》第一回"魔君出、将生世"之事，而心愿续闻其后事，而家大人无暇及之。余兄弟因请其书，枕籍以读之。……友人清君锦亦酷好之，每会互举其文奇者，以为谈资。后又遂与君锦竞共读他演义小说，如西游、西洋、金瓶、封神、女仙、禅真等诸书，无不遍读。……后予友人本城生亦酷好演奇小说，手写《平妖传》后又译之。[①]

序文中提到的"弟章"即语言学者富士谷成章(1738—1779)，友人"清君锦"即儒学家清田儋叟(1719—1785)，友人"本城生"即《通俗平妖传》的译者本城维芳。不难发现，与此前林罗山诸人相比，以皆川淇园为中心的阅读群体目的性更强，他们会特意搜集中国通俗小说阅读并互相讨论，更会主动翻译通俗小说以促进其在本国的流传。

更值得注意的是，这些儒学家在与书坊合作时，似乎也有着共同的出版原则，即更倾向于以翻刻形式刊行中国通俗小说。如作为皆川淇园、岩垣龙溪友人的清田儋叟[②]，除了与皆川淇园共读各种小说、为《水浒传》撰写评语及序文外[③]，还曾为京都书坊风月堂翻刻的拟话本小说《照世杯》施加过训点。而清田儋叟与当时知名小说译者冈白驹(1692—1767)也颇为熟识，宝历元年(1751年)清田儋叟曾为冈白驹的汉文笑话集《译准开口新语》作序，冈白驹正是风月堂选辑、翻刻的拟话本小说集《小说奇言》《小说精言》的训点者。更加巧合的是，皆川淇园、岩垣龙溪师徒，南宫大湫、石川金谷师徒，以及冈白驹，均同属日本儒学研究中的古注学派，因相同的治学方法而彼此熟识[④]。也就是说，几乎所有在江户时代后期翻刻的和刻本中国通俗小说——《小说精言》《小说奇言》《小说粹言》《照世杯》《杜骗新书》，都是在古注派学者们的推动下诞生的[⑤]。

至于这些学者为何会选择以训点翻刻的方法刊行中国通俗小说，原因大抵有二：其一，古注派学者们的汉文水平普遍较高，他们在从事儒学研究时，希望借助汉、唐古注了解儒家

---

① 皆川淇园：《通俗平妖传序》，《通俗平妖传》，《近世白話小説翻訳集》(第5卷)，汲古書院1985年版，第7—9页。

② 按清田儋叟《孔雀楼文集》中有《岩垣亮卿席上赋》《岩垣亮卿邀宴鸭水客楼》等赠答诗歌，可知二人应也相当熟识。

③ 清田儋叟对《水浒传》的评点，后由其门人整理成册，题为《清君锦先生水浒传批评解》。而其为《水浒传》所作序文为《题水浒传图》，收入《孔雀楼文集》之中。

④ 按古注派为日本儒学的研究流派之一，主张以汉、唐古注为依据，对儒家经典进行解释，关于古注学派的师承关系，可参见张文朝《江户时代经学者传略及其著作》(万卷楼2013年版，第179—180、187—189页)。

⑤ 按《小说粹言》为冈白驹的弟子，风月堂书坊主泽田一斋训点完成。

经典原本含义,这一治学思路投射到阅读中国通俗小说之中,大概也会更倾向于阅读原文而非翻译,因此训点便成为他们的共同选择。为了方便施加训点,这些学者选择的小说基本上都是篇幅较短的拟话本小说或短篇小说集,语言或为浅显文言,或为较少方言俗语的整饬白话,《杜骗新书》就是其中的典型代表。其二,这些古注派学者因对中国通俗小说有着浓厚的阅读兴趣,且与书坊主都有密切固定的合作,彼此间可能会互相影响。这几种和刻本通俗小说中,最早诞生的是刊行于宽保三年(1743 年)冈白驹训点的《小说奇言》,此本封面上还有"《小说选言》《小说奇言》《小说恒言》《小说英言》嗣出"字样,说明风月堂书坊在当时是有刊行一系列小说选本的计划。此后宝历三年(1753 年)刊行的《小说奇言》、宝历八年(1758 年)刊行的《小说粹言》、明和二年(1765 年)刊行的《照世杯》,应该都是风月堂系列刊刻计划中的一部分。清田儋叟也应该是在冈白驹的介绍下,才与风月堂展开合作训点《照世杯》的。而五车楼作为同时期京都以刊行汉籍为主要业务的书坊,看到风月堂的成功尝试,很可能会受到启发,从而主动向藏有《杜骗新书》的岩垣龙溪约稿。和刻本《杜骗新书》中的序、跋,均作于明和七年(1770 年),距离风月堂本《照世杯》的刊行仅有五年,便是相当明确的证据。

《杜骗新书》是少有的在域外传播面貌相当多元的中国通俗小说,既有较为清晰的递藏线索,又持续出现翻刻本、翻译本、注释本,为我们了解中国通俗小说在日本的流播状况提供了丰富而具体的材料。从《杜骗新书》的刊本在江户时代的递藏,再到文政元年、弘化三年《杜骗新书》的刊行过程不难发现,中国通俗小说在日本的传播模式是自上而下的影响与扩散,先得到藩主、儒学家等群体的青睐,继而逐渐影响至庶民群体,这与通俗小说在中国本土的传播顺序有着明显不同。更重要的是,日本的儒学家一方面推动了中国通俗小说在日本民间的传播,另一方面在刊行过程中起到了主导作用,直接影响到了小说的内容选取、刊行面貌等方面。而到了明治时代,在"全盘西化"政策推行十余年后,日本的国粹主义思潮复兴,汉学作为与"西洋学"对应的"东洋学"构成部分,重新得到重视,两种译解本《杜骗新书》也在此背景下应运而生。综上所述,《杜骗新书》在江户时代、明治时代持续不断流传、翻刻与翻译出版的过程,是一个相当独特且重要的案例。通过梳理《杜骗新书》在日本不同时期的流传、刊行状况,对了解中国通俗小说在日本的流播细节颇有助益。

传统再造与新诗突围:重释鲁迅《我的失恋》

李　婷*

摘　要:20世纪20年代,古诗今译和与之相关的讨论大为繁荣,这是以往解读《我的失恋》所相对忽略的时代背景。鲁迅亲历其中,他通过今译性的戏仿,在内容上立诚,反对虚伪,传达现代爱情观,寄寓改造国民性的启蒙思想;在形式上吸取和改造传统,实现了外在结构和情感结构的统一。这首诗并不是"开开玩笑"的随意之作,相反有着鲜明的实验色彩,收录进《野草》也并非偶然。在新诗沉寂的艰难阶段,鲁迅作此诗并不仅仅为了讽刺和抒发个人情感,还为新诗助阵,有着深层的文化建设目的。新诗要打破困境不能完全摒弃传统,要对传统进行再造,以实现自身发展。

关键词:今译;《我的失恋》;传统;新诗

《我的失恋》是鲁迅较为特殊的作品。首先,它是《野草》中风格迥异的一篇,笔墨"游戏"化,与其他篇章相比显得非常随意,副标题"拟古的新打油诗"也揭示了打油的性质。其次,此诗的发表过程很曲折,曾被《晨报副刊》抽稿,孙伏园因此辞职,创办了《语丝》,并特意把此诗发表在《语丝》1924年12月8日第4期,《京报副刊》《莽原》也随之创刊。可以说这段风波进一步影响了文坛的走向。正因为如此,此诗历来充满争议,是鲁迅较为难解的作品之一。

鲁迅本人表示作诗的目的是"因为讽刺当时盛行的失恋诗"(《〈野草〉英文本序》),在《我和〈语丝〉的始终》里也说:"是看见'阿呀阿唷,我要死了'之类的失恋诗盛行,故意做一首用'由她去罢'收场的东西,开开玩笑的。"[①]从鲁迅的自述来看,他作《我的失恋》是不满当时诗歌普遍存在的抒情泛滥的问题,嘲讽失恋诗的盛行。鲁迅在《集外集·序言》里说:"我其实是不喜欢新诗的——但也不喜欢做古诗——只因为那时诗坛寂寞,所以打打边鼓,凑些热闹,待到称为诗人的一出现,就洗手不作了。"[②]由此可见,鲁迅本人对自己的诗歌创作似乎并不看重,只是为了"凑热闹"。迄今,《我的失恋》也仍被大多数研究者当作《野草》中

*　**作者简介**:李婷,安徽师范大学文学院讲师,主要研究方向为中国现当代文学。本文系2021年度安徽高校人文社会科学研究项目重点项目"20世纪上半叶方言译古与新文化建设"(SK2021A0099)阶段性成果。

① 鲁迅:《我和〈语丝〉的始终——"我所遇见的六个文学团体"之五》,《萌芽月刊》1930年第1卷第2期。

② 鲁迅著,杨霁云编:《集外集·序言》,群众图书公司1935年版,第3页。

的“另类”，对其地位不太重视，觉得价值不高，[①]似乎没有额外阐释的意义，还对其收录进《野草》提出质疑，认为是“混入”[②]其中。

那么，《我的失恋》究竟是不是玩笑之作呢？将此诗收录到《野草》纯属偶然吗？玩笑式的表达无疑削弱了讽刺效果，鲁迅向来以辛辣的讽刺、尖锐的批评著称，对于一个勇于揭露现实、直陈时弊的作家而言，他为什么要借张衡的《四愁诗》来婉约陈其意？原诗与鲁迅的戏仿有什么深层关系？

显然，将《我的失恋》简单理解为开玩笑的讽刺并不完全可信，至少它的用意可能不止这一层，此诗被收录到《野草》也并非像孙玉石所说的是“混入”。第一，此诗与其他篇章在文体风格上有显著不同，不可能轻易相混。孙玉石也承认：“它在《野草》优美的形式中给人一种不太协调之感。只是由于某种原因，在《野草》的总题下发表在《语丝》杂志上，后来也就一并编入《野草》里面来了。”[③]他所说的某种原因是指撤稿的人事风波，当然，这也是原因之一，但可能并不是本质所在。第二，《我的失恋》只是文体风格相异，思想精神与其他篇章异曲同工（这点下文将详细展开），收录进《野草》有着内在合理性。第三，鲁迅对《野草》非常看重，曾明白告诉过章衣萍“他的哲学都包括在他的《野草》里面”[④]，还在《题辞》中说“我自爱我的野草”[⑤]，并且在编印成书时，鲁迅对《语丝》上的很多篇章都进行了仔细修改。鲁迅的挚友许寿裳也说“至于《野草》，可说是鲁迅的哲学”[⑥]。《野草》对于鲁迅有着重要意义，在收录《我的失恋》时绝对不是疏忽，而是有着自己的谨慎考虑。第四，除了这首诗被收录到了《野草》，1935 年《集外集》之前鲁迅的新、旧诗都没有被收录过。第五，此诗在《语丝》上发表时鲁迅还郑重地添加了一段，并且刊发时署名“鲁迅”，而之前投稿《晨报副刊》时署名“某生者”。第六，鲁迅还曾将《我的失恋》中的第四节书写成字幅赠与友人，他赠友人的字画多是旧体诗和古诗文，将新诗写成字幅赠人，只有《我的失恋》。[⑦]由此可见，这首诗在鲁迅看来有着非同寻常的意义，写作和收录动机绝不是表面的幽默、游戏。

历来关于此诗的解读主要建立在鲁迅的自述上，围绕讽刺当时流行的失恋诗，[⑧]进而批评革命潮流中青年人沉迷于恋爱小天地等方面，如孙玉石就认为“讽刺的是当时呈现的一种文艺现象，实际上也就鞭挞了在这种文艺现象下掩盖的青年空虚的思想灵魂”[⑨]。也有很

① 如郜元宝就说：“《我的失恋》是模仿东汉张衡《四愁诗》写的‘新打油诗’，讽刺当时年轻人中盛行的浅薄麻木的失恋诗，虽系‘打油’，却满含作者善意而冷峻的嘲讽。这是《野草》唯一的‘白话诗’。大才如鲁迅，也只能写此等‘白话诗’，白话不利于诗，亦可断言乎？”［郜元宝：《鲁迅六讲（增订本）》，北京大学出版社 2007 年版，第 85 页。］

② 孙玉石：《现实的与哲学的：鲁迅〈野草〉重释》，上海书店出版社 2001 年版，第 52 页。

③ 孙玉石：《〈野草〉研究》，中国社会科学出版社 1982 年版，第 106 页。

④ 章衣萍：《古庙杂谈（五）》，《京报副刊》1925 年 3 月 31 日。

⑤ 鲁迅：《题辞》，《语丝》1927 年 7 月 2 日第 138 期。

⑥ 许寿裳：《我所认识的鲁迅》，人民文学出版社 1978 年版，第 76 页。

⑦ 参见王世家《读〈我的失恋〉（四首之四）诗稿札记》，《鲁迅研究月刊》2014 年第 1 期。

⑧ 如丸尾常喜就认为《我的失恋》“从戏拟风格来说，关于一篇诗分三段这一最初的形式尚有些疑问，但可以明确的是作者的创作意图在于讽刺当时流行的失恋诗。”（丸尾常喜：《耻辱与恢复——〈呐喊〉与〈野草〉》，秦弓、孙丽华编译，北京大学出版社 2009 年版，第 166 页。）

⑨ 孙玉石：《〈野草〉研究》，中国社会科学出版社 1982 年版，第 110 页。

多学者针对具体的讽刺对象展开讨论,认为是在影射他人,如孙席珍就认为讽刺的是徐志摩,[①]倪墨炎则提出了反驳意见。[②]也有将鲁迅个人情感生活联系起来分析,[③]认为鲁迅是在抒发个人的无奈与苦闷。这些都侧重于从内容出发,分析体现出的思想情感,相对忽略了这首源于古诗的新诗所蕴含的文体意义以及所折射出的文学观念。目前,也有很多研究者将此诗与新诗联系起来,如钱伟就从现代汉语诗歌的角度来分析,认为鲁迅是看到了新诗有倒退到传统的危险,因而借此表达"现代诗虽然用的是白话,但并没有跳出传统诗的窠臼"[④]的隐忧。在张洁宇看来,鲁迅作此诗"是一种对于诗歌——包括了新诗和旧诗——的一次曲折的发言"[⑤]。雷淑叶从白话新诗探索与外国译作大量介入的时代背景对《我的失恋》进行解读,认为"不失为一种新诗的尝试"[⑥]。将此诗置于新诗发展历史、与传统的关系、外国诗歌翻译等时代语境下,丰富了以往的研究,但仍然有继续开拓的空间,那就是当时新诗孤立无援的处境,以及在这种处境下古诗今译所尝试的新诗突围。《我的失恋》创造性地翻译了张衡的《四愁诗》,是带有今译性质的戏仿,与20世纪20年代古诗今译的实验一致。此诗暗含了鲁迅对新诗发展道路的探索,看似玩笑的背后承载着严肃的文化使命。

一、"今译"的时代背景与鲁迅的翻译观

《我的失恋》创作于1924年10月3日,这一时段新诗面临巨大的困境。出版的新诗集锐减,《诗》《诗学月刊》等相继停刊,对新诗的批评之声甚嚣尘上,由成仿吾《诗之防御战》发难,张友鸾《新诗坛上的一颗炸弹》、周灵均《删诗》等对新诗进行了尖锐的批评。1922年朱自清在给俞平伯《冬夜》的序言里就说:"诗炉久已灰冷了,诗坛已沉寂了!"[⑦]很多诗人都丧失了创作的热情,郭沫若就表示"自从《女神》以后我已经不再是'诗人'了。"[⑧]新诗要站稳脚跟,不得不探索出路。传统已不可能是新诗的直接资源,必须要转换形式,如果仍沿袭旧形式就不成其为新诗了,这也是晚清诗界革命不彻底的缘故。如何转变传统形式呢?翻译就是理想途径。

在"五四"时代最早使用"古诗今译"这个词语的是周作人,他第一篇白话文就叫《古诗今译 Apologia》[⑨],并且"这篇译诗与题记都经过鲁迅的修改"[⑩]。虽然周作人所谓的"古诗今译"指的是他对古希腊诗人谛阿克列多思(Theocritus)牧歌的现代白话翻译,实际上是两种语言的跨语际翻译,与当时流行的同一语际(汉语内部)的古今翻译有所区别,但不无可能

---

① 参见孙席珍《鲁迅诗歌杂谈——读读鲁迅先生几首诗的一些感想和体会》,《文史哲》1978年第2期。

② 参见倪墨炎《鲁迅〈我的失恋〉"新解"质疑》,《文史哲》1979年第4期。

③ 如张永辉《鲁迅作品中的两性关系》,《鲁迅研究月刊》2010年第2期。

④ 参见钱伟《鲁迅与现代汉语诗歌——以〈我的失恋〉为中心》,《学术论坛》2006年第7期。

⑤ 张洁宇:《一个严肃而深刻的"玩笑"——重读〈我的失恋〉兼论鲁迅的新诗观》,《鲁迅究月刊》2012年第11期。

⑥ 雷淑叶:《试析鲁迅〈我的失恋〉创造的两个世界》,《鲁迅研究月刊》2019年第7期。

⑦ 朱自清:《序》,《冬夜》,亚东图书馆1922年版,第1页。

⑧ 郭沫若:《序我的诗》,《沸羹集》,大孚出版公司1950年版,第143页。

⑨ 载《新青年》1918年第4卷第2期。

⑩ 周作人著,止庵校订:《知堂回想录》(下),北京十月文艺出版社2013年版,第425页。

启迪了鲁迅等人面向本土传统的古诗今译。20世纪20年代,今译热兴起,其文化宗旨远超文白转换的知识普及,而是指向新文化建设。《新青年》1920年11月1日第8卷第3号发表了胡适《〈尝试集〉集外诗五篇》,其中一篇就是《译张籍的〈节妇吟〉有跋》。1923年8月,郭沫若选译《诗经·国风》40首,辑为《卷耳集》由上海泰东图书局作为"创造社辛夷小丛书第二种"出版。1923年9月5日至26日,《中华新报·创造日》几乎每日都发表郭沫若今译自《诗经》的诗。20世纪20年代初《晨报》等刊物也发表了不少古诗今译。今译繁荣,与之相关的讨论也很激烈。郭沫若的《卷耳集》出版后就引发了轩然大波,《晨报副镌》《时事新报·文学》《时事新报·学灯》《民国日报·觉悟》《泰东月刊》《创造周报》《中华新报·创造日》等报刊纷纷发表讨论文章,当时的讨论还由古诗今译扩展延伸到整个古书今译。作为文坛的重要参与者,鲁迅不太可能没有关注到这一显著的文化现象。《我的失恋》正是一首带有今译性质的戏仿,这首诗单独放在鲁迅的作品中或许显得突兀,但却十分契合当时的语境。鲁迅亲历了今译的文化潮流,这是以往解读《我的失恋》所相对忽略的时代背景。

虽然鲁迅的今译与原文相距甚远,仍不失为一种翻译。在以创造新价值为宗旨的古诗今译中,灵活变通的文学性翻译是普遍现象,创作与翻译的界限往往很模糊。最为典型的是郭沫若,他反对直译,在《卷耳集》中就采用一种非常自由的翻译方法来今译《诗经》。[①]从当今翻译研究从内部转为外部的文化转向来看,"忠实"并不是评判翻译的唯一、重要准则。实际上文化转型时期的翻译都很自由灵活,译者为了达到一定目的常常改动原文,在特殊的时代大家也认可这样的翻译方法,譬如清末民初的翻译。谈到翻译的这种变通性,吴俊从新媒体的角度出发认为"翻译起到的就是相类于新媒体语境中的媒介作用——颠覆、新创;极端地说,翻译的使命并非原著的准确传达。原著只是一种有限的素材文本,只是可能增值的生产资料,一个可供再生产的技术支持平台"[②]。不仅语际翻译如此,语内翻译亦然。当古典文本旅行到现代语境之中时,支撑原文的外部环境已经发生了巨大变化,语言背后的思想观念、文化符码并不能直接移植,要经过现代观念的碰撞,译文能否成为经典也是由译文所在的价值系统决定的。

《我的失恋》不是直译,鲁迅后来也委婉表达过古诗今译不能采取直译的观点。在《门外文谈》中,他说:

> 就是周朝的什么"关关雎鸠,在河之洲,窈窕淑女,君子好逑"罢,它是《诗经》里的头一篇,所以吓得我们只好磕头佩服,假如先前未曾有过这样的一篇诗,现在的新诗人用这意思做一首白话诗,到无论什么副刊上去投稿试试罢,我看十分之九是要被编辑者塞进字纸篓去的。"漂亮的好小姐呀,是少爷的好一对儿!"什么话呢?[③]

---

① 郭沫若在《我对于〈卷耳〉一诗的解释》(《民国日报·觉悟》1923年11月1日)、《讨论注译运动及其他》(《创造季刊》1923年第2卷第1期)、《整理国故的评价》(《创造周报》1924年第36号)、《古书今译的问题》(《创造周报》1924年第37号)等文章中都谈到了诗歌不能直译的观点。

② 吴俊:《再论"越是民族的,就越是世界的"——从鲁迅的信说到跨文化传播》,《文艺争鸣》2020年第6期。

③ 鲁迅:《门外文谈》,《且介亭杂文》,上海三闲书屋1937年版,第114页。

鲁迅在此的主要用意是去《诗经》神圣化，将其还原为文学作品，认为把《关雎》按照原意翻译成白话也不过如此，后人不应被前人的解释所震慑。鲁迅并不是说古诗今译没有价值，他不是反对今译，而是反对照搬原意的直译。张小青(即张慧)曾用生动活泼的民歌体翻译《诗经》，还把译稿(即 1934 年 4 月 5 日鲁迅致张慧信中所说的《国风》新译)寄给鲁迅指导，鲁迅回信说："《国风》新译尤明白生动，人皆能解，有出版之价值。"[①]张小青的翻译颇具文学美感，并不是仅仅传达原意的直译，因而得到了鲁迅的鼓励和认可，后来译稿由上海群众杂志公司 1937 年出版，书名为《野有死麕》，署"张小青译"。可见，鲁迅对古诗今译持有宽容态度，并不把"信"当作唯一的重要标准。

鲁迅的今译密切结合了现代价值理念，《我的失恋》就鲜明体现了这一点。鲁迅在《唐朝的钉梢》[②]一文中还曾将唐朝诗人张泌《浣溪沙·晚逐香车入凤城》翻译为白话，采用现代的新名词如"洋车"、"印度绸衫子"，都市俚语如"扳谈"、"钉梢"、"杀千刀"，虽然今译的是古诗词，刻画的却是现代上海摩登男女的生活场景。另外，鲁迅的短篇小说集《故事新编》中很多文字就是古文的翻译改编，整体是对传统题材进行颠覆重构，也不失为极具"创造性转化"的"今译"。

谈到鲁迅的翻译观，不得不谈"硬译"，"按板规逐句，甚而至于逐字译的"[③]。1931 年末，鲁迅在给瞿秋白的信中阐述了他翻译的宗旨："我是至今主张'宁信而不顺'的。……这里就来了一个问题：为什么不完全中国化，给读者省些力气呢？这样费解，怎么还可以称为翻译呢？我的答案是：这也是译本。这样的译本，不但在输入新的内容，也在输入新的表现法。"他认为"中国的文或话，法子实在太不精密了"，因此要"装进异样的句法"。[④]鲁迅采用硬译一个重要的原因是他要为中国的文学输入一种新样式，提供异质内容，从而实现新语言和表达手法的创造。鲁迅的"硬译"观主要是针对跨语际的中外翻译，在古诗今译中不仅没有体现而且还与之相差甚远，那么，鲁迅的翻译观在中外和古今这两个维度上是完全矛盾的吗？有没有内在的关联？

事实上，二者虽然在翻译方法上有别，但却有着一致的翻译目的，那就是为了革新。《我的失恋》虽然不是硬译，但同样暗含着输入新质素的文化目的。当时的新诗坛面临四面夹击的困境，很难再从新诗内部按常规实现突破，只得引入新的异样的表达，翻译就是一个重要的突破口。外诗中译已太多，古诗今译无疑更容易领异标新。《我的失恋》试图通过"翻译"古诗从内容到形式上为新诗贡献新观点、新视角，以实现突围，下面将从这两个层面来展开细读。

二、内容转化：反对虚伪的爱情

《我的失恋》将原诗古典、雅致的"香草美人"式抒情完全解构，彰显了个性主义、自由解

---

① 鲁迅：《致张慧》，《鲁迅全集》(第 13 卷)，人民文学出版社 2005 年版，第 62 页。

② 载《北斗》1931 年 10 月 20 日第 1 卷第 2 期，署名长庚，后收入到《二心集》。

③ 鲁迅：《"硬译"与"文学的阶级性"》，《萌芽月刊》1930 年第 1 卷第 3 期。

④ 鲁迅：《论翻译——答 J.K.论翻译》，《文学月报》1932 年第 1 卷第 1 期。

放的精神，表达的是现代爱情观，寄寓了鲁迅改造国民性的启蒙思想。将原诗和译诗两相对照，就可看出二者在价值观念上的巨大差异。

首先是赠物方面。《四愁诗》里，美人赠“我”的是：金错刀、琴琅玕、貂襜褕、锦绣段，“我”回赠的是：英琼瑶、双玉盘、明月珠、青玉案，这些器物精致高雅，礼尚往来，相得益彰。《我的失恋》里，爱人赠“我”的是浪漫美好的百蝶巾、双燕图、金表索、玫瑰花，而“我”回赠的却是怪异，甚至不详，一般人难以接受的猫头鹰、冰糖壶卢、发汗药、赤练蛇。爱人三番五次地给“我”机会，而“我”却并不领情，显得很不识抬举，然而“我”不是故意如此，“我”也显得颇为不解：“不知何故兮使我心惊”、“使我糊涂”、“使我神经衰弱”，最后只得“由她去罢”。作为抽稿风波的当事人，孙伏园在《京副一周年》说鲁迅所爱好的东西“未必是人人所能了解”、“因为他实在喜欢这四样东西”[①]。许寿裳也在《鲁迅的游戏文章》里指出“阅读者多以为信口胡诌，觉得有趣而已，殊不知猫头鹰本是他自己所钟爱的，冰糖壶卢是爱吃的，发汗药是常用的，赤练蛇也是爱看的。还是一本正经，没有什么做作。”[②]虽然一般人难以接受，但他确实喜欢，鲁迅曾说“世上爱牡丹的或者是最多，但也有喜欢曼陀罗花或无名小草的”[③]，人各有喜好是正常不过的事，理应宽容视之。可是，“我”的真心付出不但没有得到回报，反而引起了对方的不满，被当作戏弄，正如“以真话为笑话”、“以笑话为真话”[④]。而“我”虽然一次次地品尝了失恋的痛苦，仍然不愿委屈、放弃自己的喜好，有坚定的立场。这彰显了鲜明的个性主义，体现了“掊物质而张灵明，任个人而排众数”(《文化偏至论》)的思想。“我”一切从自我出发、以自我为中心，不看重物质的世俗价值，执着地用自己以为好的东西回赠爱人，而不是为了达到目的而投其所好。

其次是原因方面。《四愁诗》从字面直接意思来看，之所以“愁”完全是客观因素导致：欲往从之“梁父艰”、“湘水深”、“陇阪长”、“雪雰雰”，路远莫致“倚逍遥”、“倚惆怅”、“倚踟蹰”、“倚增叹”，皆因为路途艰辛、坎坷、遥远，甚至回报的礼物都难以送达。古时交通不便、通讯闭塞，加上安土重迁的思想观念，客居的伤感、相思的痛苦都很深重。现代社会的生产方式、社会经济制度发生了根本改变，交通和通讯的改善，人与人之间变得不再遥不可及。《我的失恋》大幅缩减了空间距离的难度，虽然想去寻她“山太高”、“人拥挤”、“河水深”、“没有汽车”，但这并不是导致失恋的主要因素，鲁迅甚至将原诗每节最后一句“路远莫致……”直接替换译成“从此翻脸不理我……”，将原诗反复吟唱的相见之难直接改头换面。失恋的重要原因是回赠的礼物不得体，本质是二人价值观的巨大差距，无法在精神上实现沟通与理解。“我”本可以投桃报李，甚至投木报琼，以讨得爱人芳心。即便是第一次回赠“猫头鹰”惹对方生气后，仍然可以改变行为，进行补救，但“我”依然固执己见。“我”所希冀的恋人是精神上的契合，有共同的情趣，在爱情里必须是真实、坦诚的存在，而不是貌合神离的“表演”。

此诗对传统意义上表面完整但内里破碎不堪的爱情进行了深刻揭露，他摒弃虚伪的爱

① 伏园：《京副一周年》，《京报副刊》1925 年 12 月 5 日。

② 许寿裳：《鲁迅的游戏文章》，《文艺复兴》1947 年第 4 卷第 2 期。

③ 鲁迅：《厦门通信》，《华盖集续编》，北新书局 1927 年版，第 223 页。

④ 鲁迅：《说胡须》，《语丝》1924 年 12 月 15 日第 5 期。

情，宁愿做个恋爱的失败者。此诗发表不久，鲁迅就在《语丝》上发表《论睁了眼看》，猛烈攻击"瞒和骗"的国民劣根性："中国人向来因为不敢正视人生，只好瞒和骗，由此也生出瞒和骗的文艺来，由这文艺，更令中国人更深地陷入瞒和骗的大泽中，甚而至于已经自己不觉得。世界日日改变，我们的作家取下假面，真诚地，深入地，大胆地看取人生并且写出他的血和肉来的时候早到了；早就应该有一片崭新的文场，早就应该有几个凶猛的闯将！"[①]《我的失恋》无疑就是这样的作品，鲁迅勇于正视人生，毫不留情地揭开了传统爱情的假面，传达的是现代爱情观念。在求爱的过程中仍然坚守个人独立，追求个性的解放而不是压抑，始终不放弃真实的自我，体现了难能可贵的现代爱情理想。相比那些在求爱过程中虚伪演戏，成功后就撕下面具露出真面目的做法，[②]《我的失恋》无疑更加真诚。虽然屡屡失败，但一旦获得了美人芳心，缔结的爱情将会珍贵、长久，因为是建立在真实的情投意合的基础之上，彼此有着一致的价值观念。

《我的失恋》所体现出的思想与鲁迅整个婚恋观是一致的。1918 年创作的新诗《爱之神》就反映了爱的觉醒，揭示了国人不明白爱的真谛。《随感录四十》就赞叹在无爱婚姻中醒来的年轻人："诗的好歹，意思的深浅，姑且勿论；但我说，这是血的蒸气，醒过来的人的真声音。"[③]鲁迅也饱尝无爱婚姻的痛苦，他同许寿裳谈到和朱安的婚姻时说："这是母亲给我的一件礼物，我只能好好地供养它，爱情是我所不知道的。"[④]鲁迅的很多小说也都刻画了冷漠、麻木、缺乏理解和同情的婚恋模式，如《阿 Q 正传》《祝福》《风波》《离婚》等等。现代婚恋题材的小说如《伤逝》追求的就是自由、独立、平等的爱情。当然，《我的失恋》所展示的行为有些偏激、似乎不太近人之常情，鲁迅剑走偏锋为的是改造国民性，正如他在《无声的中国》里提出的"开窗户"理论一样，只有激烈的主张才能希冀有所改观。

从新诗的发展来说，此诗打破了传统的抒情范式，也与当时流行的歌颂恋爱至上的作品有着鲜明的差别。鲁迅写作此诗时新诗正面临着严峻的困境，其中一个很大的原因就在于新诗普遍失真、假，抒情陷入模式化、浅薄化。1924 年 7 月，周阆风在《我们现在所需要的文学作品》中说："但新诗到了现在，却渐渐有些毛病了；在近几年来，这种毛病却愈是显著。这毛病是什么？就是失真。试看近年来的新诗界，我们所触目的，无非是些爱呀，月呀，花呀，草呀；一味的滥调，一味的仿造。"[⑤]类似的嘲讽之声比比皆是，如："尤其是描写恋爱的未成熟底作品，充满在文坛上，'什么花呀！月呀！爱人呀！接吻呀！拥抱呀！好甜蜜的梦呀！你的心就是我的心呀！……'。靡靡之音，一唱百和，哈哈，这是新诗吗？"[⑥]张耀翔在《新诗人之情绪》中对《尝试集》《草儿》等新诗集进行统计，发现使用最多的语气词是"了"、

① 鲁迅：《论睁了眼看》，《语丝》1925 年 8 月 3 日第 38 期。

② 这种模式在中国古代很常见，这也是怨妇诗、闺怨诗如此多的原因之一，譬如《诗经》里的《氓》"氓之蚩蚩，抱布贸丝。匪来贸丝，来即我谋"，为了讨好女子，假装来换丝，一旦成功了很快就虐待并抛弃了女子。还有《诗经》中的《何人斯》《日月》等等。

③ 唐俟（鲁迅）：《随感录四十》，《新青年》1919 年第 6 卷第 1 号。

④ 许寿裳：《亡友鲁迅印象记》，峨眉出版社 1947 年版，第 73 页。

⑤ 周阆风：《我们现在所需要的文学作品》，《时事新报 · 学灯》1924 年 7 月 18 日第 18 号。

⑥ 钟仪：《这是新诗吗？》，《时事新报》1924 年 7 月 14 日。

"啊"、"呀",并对此提出了尖锐的批评。[①]还有人把这样的诗蔑称为"歪情诗","自从有人提倡白话诗以后,一些文艺刊物上都充满了'风呀!''月呀!'的'歪情诗'(因为这种连打油诗都不如的句子算不了诗,整天的喊爱人呀的更算不得是情,所以我杜撰这名)"[②]。鲁迅对"啊呀体"也多有不屑,在给许广平的信中谈及《莽原》稿源问题,他说:"我所要多登的是议论,而寄来的偏多小说,诗。先前是虚伪的'花呀''爱呀'的诗,现在是虚伪的'死呀''血呀'的诗。呜呼,头痛极了!"[③]在《立论》里,也讽刺了"啊呀"的说辞,如果既不愿说谎又不愿意遭打,"那么,你得说:'啊呀! 这孩子呵! 您瞧! 多么……。阿唷! 哈哈! Hehe! He,hehehehe!'"[④]鲁迅反感虚伪的"啊呀",他与许广平的书信往来集《两地书》就非常朴实,充满了真挚的关怀,多为生活琐事,并没有强烈的抒情流露。在序言里他说:"这一本书,在我们自己,一时是有意思的,但对于别人,却并不如此。其中既没有死呀活呀的热情,也没有花呀月呀的佳句。"[⑤]他再次提到了啊呀体,虽然出于自谦,但也有对空乏式抒情的不满。在新诗深陷困境之时,作为文学革命的大将,鲁迅身先士卒,积极探索出路,《我的失恋》最重要的品质就是真实、反对虚伪和装腔作势,有力地冲击了诗坛死水,给乏味、虚伪、消极的诗坛注入新鲜、生动的气息。

《我的失恋》历来被当作《野草》中的另类,如丸尾常喜就认为是"如此异样的诗作"体现了《野草》"具备了精神上的多样性和开放性"[⑥]。此诗真的就与其他篇章格格不入吗? 其实《我的失恋》只是文体风格独特,但在内在的思想精神上与其他篇章具有一致性。此诗与《影的告别》《求乞者》同时发表在《语丝》第 4 期上。《影的告别》中影子不愿委曲于明暗之间,毅然选择独自离开,这与《我的失恋》不愿委屈于貌合神离的爱情而宁愿失恋具有相似性。《求乞者》中"我"因为对求乞者的虚伪感到厌恶而不给予布施,这也与《我的失恋》不愿惺惺作态有一致性。《立论》讽刺了不敢正视现实的虚伪做派,说谎话受人喜欢,说真话却遭到痛打,《我的失恋》一定程度上又何尝不是如此? 真心实意相回赠却受到厌弃,要是昧着心灵回赠精美礼物也不会落得如此下场。还有《希望》中否定自欺欺人的假希望,等等。整部《野草》都萦绕着不被理解的孤寂、痛苦,很多篇章都对虚伪予以深刻揭露,呈现出坚守自我、不愿苟且最后毅然选择"告别"的模式。鲁迅在给萧军的信中说:"我的那一本《野草》,技术并不算坏,但心情太颓唐了,因为那是我碰了许多钉子之后写出来的。"[⑦]《我的失恋》也是恋爱失败、碰了钉子。此诗的写作时间与其他散文诗有着连续性,鲁迅在 1924 年 9 月间完成了《秋夜》(9 月 15 日)、《影的告别》《求乞者》(9 月 24 日),在 10 月 3 日作了此诗,在内在心态和思想感情上也是统一的。当时有文艺青年读了《野草》的系列篇章表示"我所

---

① 参见张耀翔《新诗人之情绪》,《心理》1924 年第 3 卷第 2 期。

② 玫友:《我也来谈几句闲话》,《洪水》1926 年第 1 卷第 7 期。

③ 鲁迅:《两地书・三四》,《鲁迅全集》(第 11 卷),人民文学出版社 2005 年版,第 102 页。

④ 鲁迅:《立论》,《语丝》1925 年 7 月 13 日第 35 期。

⑤ 鲁迅:《两地书・序言》,《鲁迅全集》(第 11 卷),人民文学出版社 2005 年版,第 4—5 页。

⑥ 丸尾常喜:《耻辱与恢复——〈呐喊〉与〈野草〉》,秦弓、孙丽华编译,北京大学出版社 2009 年版,第 171 页。

⑦ 鲁迅:《致萧军》,《鲁迅全集》(第 13 卷),人民文学出版社 2005 年版,第 224 页。

喜欢的是野草的语丝，是同传统思想，同黑暗势力，同虚伪绅士奋斗的语丝”①。《我的失恋》在反传统、破虚伪的内核上和其他篇章有着共通处，被收录到《野草》有着内在合理性，并不是混入其中。

三、形式转化：外在结构与情感结构的统一

鲁迅在《集外集·序言》中透露自己既不喜欢作新诗也不喜欢作古诗，除却自谦的成分，这里可能隐约暗示了他所理想的诗歌形式既不完全是新诗也不完全是古诗，而是介于二者之间的第三种类型：将古今熔铸为一体。这种熔铸不是用旧风格含新意境，实际上，以鲁迅为代表的新文学大家也擅长写作旧体诗词，他们把新旧体分得很开。在写作旧体诗词的时候按照格律，如鲁迅的《题〈彷徨〉》《自嘲》等。写作新诗的时候则采用自由体，鲁迅“五四”时期的新诗如《梦》《爱之神》等形式都很自由，并没有旧诗词影子，胡适就曾评价说：“我所知道的‘新诗人’，除了会稽周氏兄弟之外，大都是从旧式诗、词、曲里脱胎出来的。”②新诗的写作如果不突破传统形式，那就倒退到了“诗界革命”的老路上去了。

《我的失恋》是新诗，因为打破了原来的形式。与之相对的是“活剥”（鲁迅原语）古诗而来的一些诗作，这些诗分散在他的杂文中，共有三首，见于《咬文嚼字（三）》《头》《崇实》，虽然对古诗的内容进行了部分修改，但是仍然使用原来的形式，不能算为新诗。并且这些“活剥”诗不是单独存在的，附在杂文里，是文章的有机组成部分。《我的失恋》使用的是解放了的自由体形式，采用白话、口语，是独立的新诗。迄今，关于《我的失恋》与传统的关系，多解读为向传统诀别，如钱伟就认为鲁迅是在讽刺新诗倒退到传统，张洁宇认为是对旧诗的不敬和调侃。联系古诗今译的大语境和此诗形式上的营造，不难发现鲁迅并不是要完全摒弃传统，而是取之于古、用之于今。

《我的失恋》总共 4 节，每节 7 句，每句字数不一（不算标点），其中每句 7 字的居多并且集中，形式相对整饬，但仔细分析不难发现字数的变化与情感的变化呈正相关，现将各节各句的字数情况统计如下：

表 1　《我的失恋》每节每句的字数统计

节次	第 1 节							第 2 节							第 3 节							第 4 节						
句次	1	2	3	4	5	6	7	8	9	10	11	12	13	14	15	16	17	18	19	20	21	22	23	24	25	26	27	28
字数	7	7	7	7	7	7	9	7	7	7	7	8	7	9	7	7	7	7	7	7	11	7	9	7	7	7	7	9

《四愁诗》是严格整齐的七言诗，每节结构一致，内容相似，每句字数等同。《我的失恋》大体保留了形式上的特点，每句 7 字的占整首诗约 78.5%，形式突破之处正是作者感情强烈之时，根据以上表格绘制变化趋势图如下：

---

① 长虹：《走到出版界·与春台讲讲语丝》，《狂飙》1926 年第 1 期。

② 胡适：《谈新诗——八年来一件大事》，《星期评论》1919 年 10 月 10 日纪念号第 5 号。

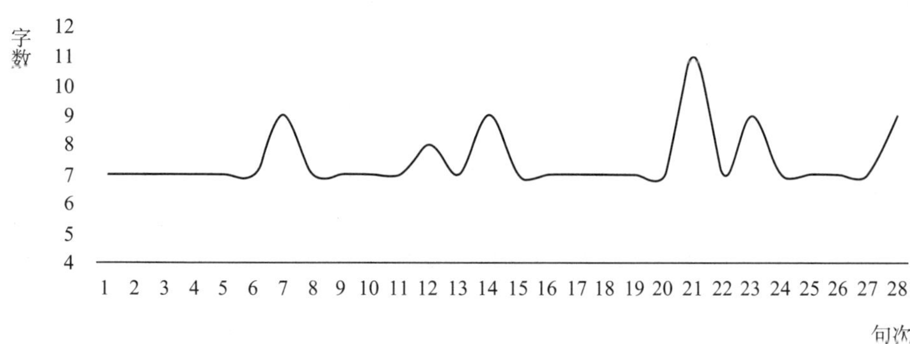

图1 《我的失恋》每句字数变化趋势图

整首诗在7字的水平面上呈现一波三折、层层递进的特点,变化趋势就如一幅心电图。仔细分析也可发现,高低起伏的变化与诗人心理、情绪的变化是一致的。第一节,前6句字数均等,到第7句时达到一个高峰,情感由平缓到陡然激烈,“不知何故兮使我心惊”,在形式上就直观呈现了“我”受到惊吓的心理状态,突出强调了“我”不明所以。第二节,前4句均为7言,第一次失败后,“我”平静下来再次努力,可是仍然得不到回应,心理再次发生震动,比第一次更甚,于是第5、6、7句出现一个密集的高峰群。第三节,“我”接连受挫仍不死心,可再一次面临失恋,这时情感经过前6句的极力克制,到第7句达到了整节也是整首诗的最高点,“我”这时也陷入了最大的痛苦之中:“不知何故兮使我神经衰弱”。第四节,“我”振作起来抱着最后一丝希望再做最后的努力,可仍然失败,心理再一次出现一个小高峰,“不知何故兮——由她去罢”,只能作罢。整首诗的外在结构与情感结构相应,在形式上就揭示了心理变化过程。

爱人和“我”互赠的礼物形成了对比反差,同时在遣词上也兼顾了音韵的和谐,如:百蝶巾—猫头鹰、双燕图—冰糖壶卢。《我的失恋》韵脚匠心独运,多处押韵并且转韵自然,如:腰—高—袍、巾—鹰—惊、图—卢—涂、滨—襟、索—弱、家—麻—花—罢,整首诗读来音韵铿锵,富有节奏感。鲁迅刻意追求语言审美的异质性,实际上,今译这一行为就有不满古诗形式,要将其打破,有向古诗挑战、从中解放出来的意思。即便今译兼顾了音韵的和谐,在同样押韵的情况下,主旨内容却大相径庭,鲁迅似乎通过这样的方式来讽刺古典诗词形式的僵化。

此诗的标点使用也很有特色,足见作者的用心。每节第一二句不是并列关系,内容紧密承接,据1920年《教育部通令采用新式标点符号文》的规定,按常理中间使用逗号更加合适,但每节第一句“我的所爱在××”后面使用的却是分号,这表示了此句的独立性。此诗在《语丝》发表时从右到左竖排,每节第一句首行缩进两字符,节与节之间有空行。分号的使用和缩进在形式上也隐约传达出“我”与“所爱”难以接近。“爱人赠我××”后面使用的是分号,而“回她什么”后面使用的却是冒号。将爱人赠“我”的东西用分号隔开,将“我”回赠的东西用冒号彰显,更加突出了二人礼物上的反差,暗示了难以跨越的精神鸿沟。最后一节最后一句“不知何故兮——由她去罢”,破折号的使用加强了语意突转,也蕴含了多次失败后的无可奈何之感,以及对无法精神沟通的“爱情”的舍弃。

此诗还有个显著的副标题:“拟古的新打油诗”,即便内容确实是出于实际,并没有开玩笑的意思,鲁迅仍然使用了“打油诗”这个历来被视为不登大雅之堂的诗歌形式来命名。1923年,《时事新报·学灯》针对当时的新诗弊端发了一则“通讯”,称“学灯决定对于新诗起一种甄别运动,因为新诗太滥了。吴稚晖先生新发明了一个‘白话打油诗’的名词,不妨即用这个名词来代表目下对于文学毫无学养而开口胡诌的新诗罢”①。“白话打油诗”无疑是贬义的,将新诗的价值抹杀了。鲁迅既不满新诗出现的问题,也不满对新诗一味地批评和嘲弄,他毫不避讳地称《我的失恋》为“打油诗”,这种行为就含有反批评意味,用实际行动为新诗助阵。

综上,《我的失恋》看起来像随意的玩笑,事实上语言雕琢、结构独特,意象的选择乃至标点的使用等方面都蕴含深意,“看似寻常最奇崛,成如容易却艰辛”(王安石《题张司业诗》),整首诗充满实验色彩,绝不是信笔写来。既打破又吸收利用了传统形式,既符合文学革命反传统的宗旨,又通过艺术处理将传统转化为新文学的突围动力,是除旧布新的典型代表。鲁迅看到了新诗形式的重要性,新诗的形式革命接踵而来,在20世纪20年代中后期,新月派就进行新诗格律诗的探索,象征派也提出“纯诗”主张,纷纷进行形式上的实验。

四、结语

鲁迅作《我的失恋》时,新诗正处在艰难、沉寂的阶段,古诗今译是新诗打破困境的重要试验方法。绝大多数的今译虽然也极其富有创造性,但鲁迅无疑走得更远,《我的失恋》是对古诗唱反调式的彻底颠覆。这首诗不仅在鲁迅的作品中很独特,放置于当时的古诗今译中风格也很突出。因为他深知“用老手段的自然不会长进”②,唯有别开生面才能有所突破,只有先颠覆传统才能谈吸收利用传统。李欧梵指出《野草》是鲁迅“对形式试验和心理剖析的两种冲动的结合”③,在文坛凋敝、存亡攸关的关键时刻,鲁迅集中创作散文诗,除了思想精神上的挖掘,还有着开创新文学的文体意义。《我的失恋》亦体现出显著的实验性,他试图从内容和形式两方面来思考新诗的方向。

沈从文在《新诗的旧账》中总结新诗的发展道路时曾说过这样的话:“新诗到这时节可以说已从革命引到建设的路上,在写作中具有甘苦经验的,渐渐明白新诗不容易作,更不容易作好……玩票的诗人已不好意思再来胡闹打油凑热闹。”④鲁迅并不以新诗著称,也“无心作诗人”⑤,却在此时写作了看似“胡闹”的《我的失恋》,还偏要说就是为了“凑些热闹”,其目的在于新诗建设。他敏锐地意识到传统资源之于现代创作的价值,《我的失恋》思考的更为本质的问题是新文学如何处理古典遗产。这一思索延续在鲁迅的文艺活动中,在《〈木刻纪程〉小引》中他就指出“择取中国的遗产,融合新机,使将来的作品别开生面也是一条路”⑥。

① 记者:答王以仁,《时事新报·学灯》“通讯”栏,1923年10月26日第26号。

② 鲁迅:《古书与白话》,《国民新报副刊》1926年2月2日。

③ 李欧梵:《铁屋中的呐喊》,尹慧珉译,岳麓书社1999年版,第101页。

④ 上官碧(沈从文):《新诗的旧账——并介绍诗刊》,《大公报·文艺》1935年11月10日第40期。

⑤ 《郭沫若序》,见上海鲁迅纪念馆编《鲁迅诗稿》,上海人民美术出版社1961年版。

⑥ 鲁迅:《〈木刻纪程〉小引》,《且介亭杂文》,上海三闲书屋1937年版,第53页。

鲁迅关注的是中国文艺的方向性问题,正如吴俊所说:“鲁迅遭遇和面临的是中国千年之变局中的传统浴火新生时刻,在此重大历史转型关头,他必须凭借自己的眼光和胸襟做出决定性的方向和道路抉择。”[①]以鲁迅为代表的“五四”知识分子在“反传统”的大旗下,其实并没有完全与传统断裂,而是有着内在的延续性。他们通过对传统的转化,在内容与形式双重层面实现创造。历史也证明,鲁迅对传统的利用也成为一种新的“传统”。这也启示我们,研究鲁迅的现代性与世界文学的关系时,也要关注鲁迅与传统的联结。

---

① 吴俊:《〈朝花夕拾〉:文学的个人史(之三)》,《写作》2021 年第 4 期。

“文人”与作为修辞策略的“文人无行”

牛 菡*

摘 要：1933年张若谷发表《恶癖》一文，告诫青年文人切勿“文人无行”。鲁迅随即发表《文人无文》，认为文人的种种丑恶不在于无“行”，而在于无“文”。围绕“文人”与“行”，30年代文坛发生了一系列论争，论战者对“文人”与“行”的理解各不相同，结论也殊异。1928年梁实秋以新人文主义的节制与道德反对现代文人的“浪漫”无行，30年代对文人“行”的批判则更多地指向寄生阶级的道德滑坡。文人这一概念与士、知识阶级交叠，既为儒家修身齐家的道德观念规约，又被要求融入无产阶级实现身份转换。职业文人在为“无行”“辩护”的同时，也在追寻出路与社会的认可。

关键词：文人无行；文人；道德；修辞策略

“文人无行”作为一种对中国文人普泛的道德指责，在不同的时代场域内被填充进相异的时代内涵。在30年代文坛，“文人无行”之“文”，既可指职业，即以作文为生存手段，也可指志业，即以文学为改良社会人生之必须。“文人无行”之“行”，既可指道德，也可指行动，甚至可如邵洵美所说，与“三百六十行”之“行”同义，与职业文人互文。道德内部有新旧冲突，文人职业也有经济乃至阶级属性。将“文”与“行”的不同含义排列组合，便构成了30年代“文人无行”讨论的外延与内核。1933年张若谷《恶癖》一文引发的关于“文人无行”的讨论，在1933—1934年的京海派论争、1935年的“文人相轻”论争中仍有回响。在后五四时代，如何设置“文人”“行”的标尺？反顾梁实秋1928年对文人浪漫行为的指责，可以发现30年代对文人道德劣化的批判具有了某种阶级因素。从批判文人无行到文人为何无行，职业文人的“诉穷”既是对现实境况的描摹，又是身份转换的触媒、自我保存的手段，一次都市“风景”的集中悬览。

学界聚焦相关问题的文章，主要有唐小兵《旧上海文人的自我意识——从〈申报·自由谈〉说起》①。作者以30年代《申报》上涉及知识群体自我体认的文章为研究对象，考察在“文人无行”及“文人无用”话语背后知识分子自我边缘化的行为与心灵困境。本文则将“文人”及“文人无行”视作一种历时变化的话语模式，关注其修辞意味与“表演”性质，考察“文”

* **作者简介**：牛菡，中国矿业大学人文与艺术学院讲师，主要研究方向为中国现当代文学。

① 唐小兵：《旧上海文人的自我意识——从〈申报·自由谈〉说起》，《历史教学问题》2011年第4期。

"文人""行""道德"等概念"所指"的歧义及其中的话语模式转变。

一、行与文

1933年3月9日，张若谷在《大晚报》副刊《辣椒与橄榄》上发表《恶癖》一文，以日本现代文人的种种"恶癖"为例，告诫青年文人切勿"文人无行"。张若谷对文人的"无行"做了如下定义："所谓'无行'，并不一定是不规则或不道德的行为，凡一切不近人情的恶劣行为，也都包括在内。"[①]他接着指出"喜欢服用刺激神经的兴奋剂，卷烟与咖啡"[②]是现代文人普遍的不良嗜好。兴奋剂、咖啡、卷烟都是西方的舶来品，寄居上海、从事脑力劳动的文人对它们的嗜好，与其说是压力下的排遣，毋宁说是一种社会身份的悬览——"摩登"透过物质为文人留下文化/趣味/阶级印记。在这篇短小的文章中，张若谷用了一长段来列举日本文人的种种"怪奇恶癖"，除了"宇野浩二醺醉后侮慢侍妓""林房雄有奸通癖"二则有道德意味外，其他诸如"喜舐嘴唇""爱用指爪搔头发""乘电车时喜横膝斜坐""谈话时喜用拇指挖鼻孔"[③]与其说是道德污点，毋宁说是一种身体惯习。人们"最不假思索的身体姿势，看似琐屑不堪的身体技术，比如走路的姿势、擤鼻子的做派、吃东西的样子，说话的方式等等，它们都关联着最为根本的建构和评价社会世界的原则"[④]。在张若谷的文章中，日本现代文人的身体惯习既与"咖啡"所象征的资产阶级趣味平行，也与"中国旧时文人辜鸿鸣喜闻女人金莲同样的可厌"[⑤]。新与旧，中与西，道德与惯习都被杂糅进文人之行。文章结尾处，张若谷对有为青年谆谆教导，希望他们"切勿借了'文人无行'的幌子，再犯着和日本文人同样可诟病的恶癖"[⑥]。"文人无行"可被用作"幌子"，意味着文人的"无行"具有某种"表演"性，容易博得社会各界的"同情"。这也就是说，"文人无行"作为一种修辞策略，可以连接文本和实践，实现文化资本和社会资本的自由转换。但文人为何会在舆论场域内被判定为无行？如此"幌子""不言自明"的"言"之论点何在？在"文人"与"行"的概念范围模糊不清的情况下，张若谷的文章留下了大片"不言自明"的空白。

1933年4月4日，鲁迅《文人无文》一文发表在《申报·自由谈》，接着《申报·自由谈》刊载了谷春帆《谈"文人无行"》，因为语涉张资平，引发了一桩文坛公案[⑦]。8月1日鲁迅发表《辨"文人无行"》，此外还有《驳"文人无行"》一篇，投给《申报·自由谈》却久不见登出，最终抄在《〈伪自由书〉后记》里。《文人无文》开头，鲁迅对张若谷关于文人恶癖的判断做了反驳，认为"中国文人的'恶癖'，其实并不在这些，只要他写得出文章来，或搔或舐，都不关紧要，'不近人情'的并不是'文人无行'，而是'文人无文'"[⑧]。文人们辑录旧作，自吹自捧，翻

---

① 张若谷：《恶癖》，《大晚报·辣椒与橄榄》1933年3月9日。

② 张若谷：《恶癖》，《大晚报·辣椒与橄榄》1933年3月9日。

③ 张若谷：《恶癖》，《大晚报·辣椒与橄榄》1933年3月9日。

④ 克里斯·希林：《身体与社会理论》，李康译，北京大学出版社2010年版，第123页。

⑤ 张若谷：《恶癖》，《大晚报·辣椒与橄榄》1933年3月9日。

⑥ 张若谷：《恶癖》，《大晚报·辣椒与橄榄》1933年3月9日。

⑦ 详见鲁迅《〈伪自由书〉后记》，《鲁迅全集》(第五卷)，人民文学出版社2005年版。

⑧ 鲁迅：《文人无文》，《申报·自由谈》1933年4月4日。

译世界文坛消息，打着“文人”招牌而无“文人”实绩。在《驳“文人无行”》中，鲁迅进一步就“文人”招牌的欺骗性做了说明，认为社会上自轻自贱的文人“原是贩子，也一向聪明绝顶，以前的种种，无非‘生意经’”①。《辨“文人无行”》一文中，鲁迅认为“搔发舐唇（但自然须是自己的唇），还不至于算在‘文人无行’之中，造谣卖友，却已出于‘文人无行’之外”②。“轻薄，浮躁，酗酒，嫖妓而至于闹事，偷香而至于害人”是古已有之的“文人无行”，这类无行文人“最了不得的辩解，不过要求对于文人，应该特别宽恕”③。现代的一些文人则公报私仇，阴险狡诈，要人“性命”。鲁迅再一次强调，“这种卑劣阴险的来源，其实却并不在‘文人无行’，而还在于‘文人无文’”：“近十年来，文学家的头衔，已成为名利双收的支票了”，“将这样的‘作家’，归入‘文人无行’一类里，是受了骗的。他们不过是在‘文人’这一面旗子的掩护之下，建立着害人肥己的事业的一群‘商人与贼’的混血儿而已。”④从“文人无行”到“文人无文”，鲁迅将论争的重点转移到创作的匮乏和部分文人品行的低劣上，张若谷标举的文人惯习，被排除出“无行”之“行”。鲁迅实际上对“文人”的范围做了圈定：首先，无“文”不足以称文人；其次，“文人”的招牌做了某些“商人与贼”的掩护。“幌子”和“旗子”，张若谷和鲁迅都点出了文人职业的某种欺骗性。鲁迅更进一步区分了古代文人和现代文人欺骗性的不同表征。欺骗意味着表与里的对立，那究竟何为文人之“表”？何为文人之“里”？在鲁迅笔下，文人的“里”是“文”，也即创作实绩，文人的“表”是“行”，具体表现为“商人与贼”的“卑劣阴险”。尽管鲁迅一再强调“文人无行”这句古语不适用于现实情境，但“文”与“行”的交杂还是在他的论述中不时显露出来。

1935年，林语堂发表《做文与做人》一文，文中对文人相轻与文人相骂的现象多有抨击。鲁迅以“文人相轻”为主题连撰数文，阐释自己以“骂”为战的文学批评观念，主张批评家应有“明确的是非，有热烈的好恶”，反对各打五十大板的“轻蔑术”⑤。但这种聚焦文学批评的讨论多少偏离了林语堂的文本，反顾《做文与做人》一文，可以发现林语堂文章的主旨并非在论战态度，而是在文人“文”与“行”的关系上。林语堂将文学区分为创作的文学和理论的文学：“创作的文学，只以文学之高下为标准，但是理论的文学，却要看其人能不能言顾其行”，“一人若不先在品格上、修养上下工夫，就会在文章上暴露其卑劣的品性”。⑥这种人文一体的观念，无疑来自儒家“修辞立其诚”的传统。传统儒家认为文章是自我的外化，宇宙是个人的拓展，个人在变动不居的宇宙中自我完善，“‘我’认为自己知道的东西同‘我’确实知道的东西，已不可避免地交织在一起。如果‘我’错了，那不只是因为‘我’提出的东西站不住脚，而且是由于‘我’的生活方式有缺陷”⑦。因此激昂派的诗人不应遇到“牛毛大一件事，便呼天喊地，叫爷叫娘”，名士派也不应“把做文与做人两事分开，又把孔夫子的道理倒

① 鲁迅：《〈伪自由书〉后记》，《鲁迅全集》（第五卷），人民文学出版社2005年版，第186页。
② 鲁迅：《辩“文人无行”》，《文学》1933年第1卷第2期。
③ 鲁迅：《辩“文人无行”》，《文学》1933年第1卷第2期。
④ 鲁迅：《辩“文人无行”》，《文学》1933年第1卷第2期。
⑤ 鲁迅：《“文人相轻”》，《文学》1935年第4卷第5期。
⑥ 林语堂：《做文与做人》，《论语》1935年第57期。
⑦ 杜维明：《儒家思想新论——创造性转换的自我》，曹幼华、单丁译，江苏人民出版社1996年版，第56页。

栽"①。

提倡"孔夫子的道理"②,在当时很容易被指斥为道学先生,但在1933年的"文人无行"论争中,"道"作为高频词被反复提及。张资平事件的导火索,谷春帆《谈"文人无行"》一文中,作者认为"'人心不古','世风日下'的感喟,也不完全视为'道学先生'的偏激之言",因为文人的种种卑劣行为不胜枚举,"对着这些痛心的事实,我们还能够否认'文人无行'这句话的相当真实吗?""我们能不兴起'世道人心'的感喟吗?"③当"古"作为"今"的时间标尺和道德准绳被判成立,何为"古"、何为"道"又成为一个新的问题。1933年8月2日,《申报》发表了一篇名为《人心很古》的文章,面对种种社会乱象,作者不无讽刺地说道:

> 在明眼人看来,虽然知道是现实的经济机构中不会缺少的现象,同时也是现代社会最好的装饰品,特别是在崩溃的过程中,更其平常更为真实的暴露。但是在道学先生透过铜框眼镜的看来,到底是不胜感慨系之,为的是尧天舜日的圣朝早已过去,而现在只落得如此这般。所以唯一的办法只好复古。④

"复古"究竟是无法为新文艺拥护者们容忍的,面对文坛的种种污秽,谷春帆呼吁中国的"有行"文人"振臂奋起","在污秽不堪的中国文坛,做一番扫除的工作!"⑤无独有偶,在张资平黎烈文为辟"无行"之谣各登声明以后,《申报·自由谈》的"编者附言"中也出现了类似的宣告:"本刊今后对于少数文坛败类,当仍继续予以痛击,为中国新文艺界做一点点除秽的工作。"⑥张若谷将文人惯习归入被扫除之列,鲁迅认为文人劣"行"的根源在于无"文",林语堂主张做人先于做文,但他们眼中的有行文人应该遵循怎样的"行"抑或"道"却各不相同。"文人无行"作为一种修辞策略,既可以整体使用,也可以侧重"文"或"行","行"的标准影响着"文人"的概念范畴,"文人"的身份归属也为"行"的判断提供话语依托。当知识阶级成为"文人"的另一个名字,"文人无行"这张"幌子"的内核也发生了改变。

二、道德的歧义

1928年,梁实秋在《新月》上发表了《文人有行》一文,文章开头他就对"文人"一词下了定义:"第一我们承认他是一个人,第二我们承认他对文学事业又肯用心尽力"⑦。在从事文学创作之前,他首先是"一个人"。因此"德行"成为梁实秋文人概念的关键词。梁实秋区分了两类无行文:一类是"纵酒,狎妓,不治生人家产,不修边幅,放荡不羁,狂倨无礼"的中国

① 林语堂:《做文与做人》,《论语》1935年第57期。
② 林语堂:《做文与做人》,《论语》1935年第57期。
③ 谷春帆:《谈"文人无行"》,《申报》1933年7月5日。
④ 吾:《人心很古》,《申报》1933年8月2日。
⑤ 谷春帆:《谈"文人无行"》,《申报》1933年7月5日。
⑥ 《编者附言》,《申报》1933年7月8日。
⑦ 梁实秋:《文人有行》,《新月》1928年第1卷第2期。

旧式文人，另一类是“色情狂，夸大狂，伤感，被迫狂，显示狂，骇俗震世，性欲横流”[①]的堕落派新文人。“无行的文人之所以能接连不断的在社会上出现，是由于一般人的同情心太多了一点”[②]，社会人士不以文人的放浪举动为失德，反而对他们给予不应有的宽容。文人“浪漫的爱”被视为小说的源泉，他们写的伤感小说和香艳的情诗“都是对于文学的贡献。社会人士饮水思源，略迹原心，于是文人的放浪在德行上可以不发生大的问题”[③]。梁实秋对这种观点做了反拨，他认为文人生活的充实“是说想象能力的养成，养成一种敏锐而有纪律的想象力，以之观察人性的错综万态，以之寻求人性的普遍久远”，如此一来放浪的行为只会“扰乱文人的心，使成为浅薄恣肆”[④]。

梁实秋的说法很快招来了反驳。红石在汉口《新民报》副刊发表了《论文人之行》，认为梁实秋所谈论的“文人无行”实际上是“不能了解文人的庸众对于文人的诋毁之辞”[⑤]，这样一来文章对“文人无行”的讨论便从实践层面转到修辞层面。针对梁实秋所强调的“德行”，红石给出了这样的回应：“我们所希望的‘文人之行’，是希望他有伟大的人格，热烈的同情，并不是像一般哭骂‘文人无行’的乡愿一样，仅仅希望他屈服于传统的道德和礼教之下，做成一个规行矩步的伪君子。”[⑥]何为“真”？何为“伪”？红石此处所规定的“真”，显然是五四个人主义勃发的“真”，这种真以自我表现为中心，要求打破封建礼教的桎梏。红石将现代文学产生的原因归结为“因缺陷而生苦闷”，如若人人都遵守“社会公认的德行，简直就等于否认文学”[⑦]。红石认为梁实秋列举的新式文人之病，即使“见诸行为，也不过是一种法律问题，绝对不能牵涉到道德问题”[⑧]，如若以道德是否完善要求文人，市面上充斥的文学作品不过四书五经。最后红石表示文人应当有行，但行不应遵循礼教道德，而应有新的标准。法律/道德，生的苦闷/小说，新道德/旧道德，一种典型的五四话语逻辑在红石的表述中建立起来，这里的法律问题之所以重要，是因为它意味着个人可以从儒家自我完善的人际关系网络中脱离出来，进入现代的社会契约之中获得有限度的自由。

梁实秋的回应文章和红石一样，出现了多组对应关系。首先是旧道德与新标准。梁实秋“不信道德有什么‘新的标准’”，更“不知道什么叫做‘因袭的道德’”，“道德莫非也像汽车似的，一九二八年的样式便和一九二七年的不同吗？”[⑨]其次是礼教与道德。礼教是“由习惯养成的信仰”[⑩]，道德则基于永恒的人性，因此是否合乎人性是判断道德的标准，无关新旧。最后是感情与理性，梁实秋认为理性节制情感，是文人之行的应有之义。梁实秋“常态”“人性”“德行”“理性”等概念，无疑来自他所信仰的白璧德新人文主义，目的在于扫除五四运动

---

① 梁实秋：《文人有行》，《新月》1928年第1卷第2期。
② 梁实秋：《文人有行》，《新月》1928年第1卷第2期。
③ 梁实秋：《文人有行》，《新月》1928年第1卷第2期。
④ 梁实秋：《文人有行》，《新月》1928年第1卷第2期。
⑤ 梁实秋：《文人之行》，《新月》1928年第1卷第9期。
⑥ 梁实秋：《文人之行》，《新月》1928年第1卷第9期。
⑦ 梁实秋：《文人之行》，《新月》1928年第1卷第9期。
⑧ 梁实秋：《文人之行》，《新月》1928年第1卷第9期。
⑨ 梁实秋：《文人之行》，《新月》1928年第1卷第9期。
⑩ 梁实秋：《文人之行》，《新月》1928年第1卷第9期。

以来浪漫主义之流弊。但他所谓和谐均衡的人性，以理性节制情感，很容易被新文学拥护者指斥为孔教精神的复活。梁实秋在介绍新人文主义内容时，也对二者的相关性做过阐发：“完整均衡的标准人性也许是从来没有存在过，但是在过去有些时代曾经做到差不多的地步。例如希腊的人生观，基督教的传统精神，东方的孔子和佛教等等，这里面都含着足以令后人效法的东西。”①

事实上，梁实秋关于堕落派新文人“色情狂，夸大狂，伤感，被迫狂，显示狂，骇俗震世，性欲横流”②的议论，多半是针对卢骚所发，因此他与郁达夫关于卢骚传记的争论，可视为此次讨论的副文本。梁实秋对郁达夫写作的《卢骚传》颇有不满，认为后者将卢骚的种种“罪恶变成了美德”公开颂扬，自己之所以攻击卢骚，是因为“卢骚个人不道德的行为，已然成为一般浪漫文人的行为之标类的代表，对于卢骚的道德的攻击，可以说即是给一般浪漫的人的行为的攻击”③。郁达夫在回应文章中对梁实秋的“道德”论不以为然：“因以为崇拜或轻笑的标准的道德，究竟是不是和三一律及古典传统一样，有轻重长短等一定的分量的？”④在谈到自己没有看过梁实秋提到的书时，郁达夫还以看似闲笔的方式反戈一击：

> 我的不读这三本书，并不是我的罪，是我的父亲和国家的罪。这话怎么说呢？第一，因为我的父亲没有许多资产给我，使我不能有钱买书，不能有钱去进哈佛大学。第二，因为国家没有公立图书馆供我去自由阅览。——卢骚的所以要流为荡子浪人，我想或者也是因为这两重关系⑤。

不同于红石封建礼教压抑个人情感的新话语体系出现了。郁达夫在回应中隐隐地将自己和梁实秋分置在无产阶级和有产阶级两端。将个人知识的取得，有行还是无行归因于社会和国家，以扩大讨论范畴的方式瓦解梁实秋个人修养式的、普遍的道德。在 30 年代关于“文人无行”的讨论中，红石个人反抗社会压迫的解读方式逐渐失效，阶级覆盖道德成为新的话语体系，经济凋敝对社会组织的压迫取代封建制度对社会组织的压迫，成为时人思考的重心。如 1934 年葫茄《末世的文人》：“文人在社会上是脱离了生产阵的寄生阶级，无论在任何一个时代都是作另一个阶级的附庸，绝没有具备劳动的技能，只晓得歌颂或谩骂。”⑥没有劳动能力，只能寄生于其他阶级，成为文人无“行”的表征和原因。这种阶级话语有过去和未来两种指向，指向过去即与士大夫的身份政治相结合，阐释文人无“行”之历史渊源。指向未来即要求文人投身无产阶级，将文人之德“行”转换为行动。再如 1934 年鲁直《中国文人生活概观》，作者认为封建时期“文人的妙用，是(一)歌功颂德，粉饰升平，(二)装潢制造，怀柔天下，(三)编制法令，钳御万民，(四)收集赋税，奉君养官。”⑦但作者在文章结尾处

① 梁实秋：《白璧德及其人文主义》，《现代》1934 年第 5 卷第 6 期。

② 梁实秋：《文人有行》，《新月》1928 年第 1 卷第 2 期。

③ 梁实秋：《关于卢骚 答郁达夫先生》，《时事新报·书报春秋》1928 年 3 月 25 日。

④ 郁达夫：《翻译说明就算答辩》，《北新》1928 年第 2 卷第 8 期。

⑤ 郁达夫：《翻译说明就算答辩》，《北新》1928 年第 2 卷第 8 期。

⑥ 葫茄：《末世的文人》，《十日谈》1934 年第 45 期。

⑦ 鲁直：《中国文人生活概观》，《新中国》1934 年第 1 卷第 6 期。

赋予现代文人新的责任,希望他们成为“民族复兴的战士”①。同样是以古代士大夫为例劝勉文人有“行”,其中内涵的意旨却随时代演进而南辕北辙,因为士大夫在某种程度上已经由忠孝节义、修身齐家的典范变为腐朽堕落的寄生阶级代表。从士大夫到知识阶级,文人需要警醒的,是切勿堕落,切勿依附。

1933年苏汶发表《文人在上海》一文,其中隐含的逻辑,是上海文人职业与事业的二分:“无论在怎样的情况下,我们还是不能对新书市场所要求的低级趣味妥协、投降,我们还是不能被卑劣的Journalism所影响,即使写文章不能算是事业而仅是职业,但忠于自己的职业还是必要的”②。事实上,张若谷所提点的,鲁迅、梁实秋所要求的“文”与“行”,偏向的是概念性的文人群体。也正因如此,文人无“行”成为一个可以注说阐释者的言论“空洞”。但当阶级出身被作为文人无“行”的原因引入讨论,文人概念极易蜕变为具体的社会人,“行”也具有了行业/职业的含义。1933年,邵洵美在《十日谈》发表《文人无行》一文,文中将文人无行的“行”,解作行当。邵洵美认为文人没有职业,因为“他们除了写文章,不会做旁的事情”,“做官不懂迎上临下,做商不懂点斤较两,跨进社会,无不一败涂地”。③接着邵洵美提出了一个疑问:“究竟做了文人才没有职业呢,还是没有职业才做文人呢?”④他列举了现居文坛的五类人,认为他们都是没有职业才选择做的文人,因为文人不需要什么本钱,人人可以做得。最后邵洵美总结道:“因为他们是没有职业才做文人,因此他们的目的仍在职业而不在文人。”⑤邵洵美否定文人是一种行当,在实际论述的过程中,却证明了从事文人职业的人背景之杂。1934年第2期《漫画生活》刊载了题为《现代文人》的摄影作品多幅,左上角是印有孙文头像的委任状,暗示文人为官,右下角是身着长衫的人跪在地上写字,“伶仃困苦,哀求怜悯”⑥。一左一右,一上一下,现代文人境遇之两级昭然若揭。此外,画面中还有国文教师、律所律师、伏案写作的人。作者采用拼贴画的形式,将毛笔书信、印刷体告示、黑板手书、作家手稿同时呈现在一个画面里,意在表明无论文人从事何种职业,“笔”抑或说知识是他们的生命线。当聚光灯打到上海文人身上,文人的意旨也就不再单纯是梁实秋所言“用心尽力于文学的创作或研究或欣赏的人”⑦,他要有职业,要可以发言,他不再是一个言语客体,而是一个经济学意义上的社会人。

三、职业文人的自我暴露

鲁迅、梁实秋等人讨论文人无行现象时,都提到了文人的一个特点,那就是惯于“表演”。鲁迅称之为“卖”:“有的卖穷,或卖病,说他的作品是挨饿三天,吐血十口,这才做出来的,所以与众不同。有的卖穷和富,说这刊物是因为受了文阀文僚的排挤,自掏腰包,忍痛

① 鲁直:《中国文人生活概观》,《新中国》1934年第1卷第6期。
② 苏汶:《文人在上海》,《现代》1933年第4卷第2期。
③ 邵洵美:《文人无行》,《十日谈》1933年第2期。
④ 邵洵美:《文人无行》,《十日谈》1933年第2期。
⑤ 邵洵美:《文人无行》,《十日谈》1933年第2期。
⑥ 罗谷荪:《现代文人》,《漫画生活》1934年第2期。
⑦ 梁实秋:《文人有行》,《新月》1928年第1卷第2期。

印出来的，所以又与众不同。有的卖孝，说自己做这样的文章，是因为怕父亲将来吃苦的缘故，那可更了不得，价值简直和李密的《陈情表》不相上下了”①。梁实秋称之为“赤裸的招供”：“我是坏人，但是我无所忌讳，并且责任也不在我，你们不必指责我，我叙述我自己的无行，比你们还叙述得好……”②魏金枝作《分明的是非和热烈的好恶》，结尾慨叹“文既无长短可言，道又无是非之分，则空谈是非，何补于事！已而已而，手无寸铁的人呵！”③鲁迅却说："文人的铁，就是文章，魏先生正在大做散文，力施搏击，怎么同时又说是‘手无寸铁’了呢？”④文人从事写作，作品被刊载，文化资本便可转换为社会资本，在私人和社会领域中自由流动。文人与文本、文本与商品间有层级落差，文人自我暴露式的“表演”将私人的“行”附着于公开的“文本”之上，增加了后者的商业价值，也引发了人们对文本是否“真诚”的怀疑。人们普遍希望“配得上在社会中扮演完整的戏份，这种欲望往往主导着我们的虚拟社会认同”⑤，如果将文人无行的习语视作对文人的“污名（stigma）”⑥化，文人主体便会产生强烈的自我表达冲动，即通过语词“把自己呈现为‘正常’的人”⑦，“招供”和“搏击”看似南辕北辙，实则异质同构，都是文人抛却“虚拟社会认同”向“实际社会认同”⑧靠近的手段。时人呼吁文人以行动代替呼告，文人却无法轻易放弃手中之笔，职业文人生活之苦，更加剧了这种自我暴露的倾向。

1933 年 1 月 17 日《申报》刊载了这样一则新闻通讯：

> 汉口商界救济失业文人　乞助者逾万已停止收函
>
> （汉口）此间商界中人以失业寒士，处境最苦。特组表过社登报普告：借贷无门乞讨乏路之极贫文人，请据实去函，待调查真实，即酌予补助。讵旬日来收信已逾万封，大半轶越范围，盖辗转讹传，认系无限制之慈善事业，故投函之人凡一切劳动阶级及妇孺僧尼各色俱有。该社十六日复启事停止收函，有自惭微力善门难启之语。此虽风雪中一趣闻，但足征汉市各界失业问题之普遍也。（十六日中央社电）⑨

“极贫文人”和“一切劳动阶级及妇孺僧尼”因为穷困，出现在了同样的社会失业现状新闻里。其中似乎蕴含着这样的逻辑：被批判“无行”的文人通过“穷”这一经济触媒“融入”无产阶级。30 年代文坛，文人呼穷声不绝于耳，既是一种社会现实⑩，也是一种修辞策略。1935 年《国闻周报》第 12 卷 23 期刊载了徐中玉《文人与穷》一文，作者分析了为何“四民之

---

① 鲁迅：《六论“文人相轻”——二卖》，《文学》1935 年第 5 卷第 4 期。

② 梁实秋：《文人有行》，《新月》1928 年第 1 卷第 2 期。

③ 魏金枝：《分明的是非和热烈的好恶》，《芒种》1935 年第 8 期。

④ 鲁迅：《三论“文人相轻”》，《文学》1935 年第 5 卷第 2 期。

⑤ 克里斯·希林：《身体与社会理论》，李康译，北京大学出版社 2010 年版，第 83 页。

⑥ 克里斯·希林：《身体与社会理论》，李康译，北京大学出版社 2010 年版，第 82 页。

⑦ 克里斯·希林：《身体与社会理论》，李康译，北京大学出版社 2010 年版，第 83 页。

⑧ 克里斯·希林：《身体与社会理论》，李康译，北京大学出版社 2010 年版，第 83 页。

⑨ 《汉口商界救济失业文人》，《申报》1933 年 1 月 17 日。

⑩ 关于这一时期上海文人的现实经济处境，具体请参见叶中强《上海社会与文人生活 1843—1945》（上海辞书出版社 2010 年版）。

首”的文人总给人“三家村中酸秀才穷形极相”的印象。原因之一是文人借笔墨之力，谈“穷”可以惹人同情，助人谈资。其次，文人易感，遇到不得“仕”或生活欲望无法满足的情况便要叹“穷”。此外，“不真穷的人也频频叫穷”①，以表风雅。接下来作者区分了两种穷：物质的穷与遭遇的穷。“诗穷而后工”是就遭遇的穷而言的，因为“穷于物质的文人决不能饿着肚子推敲文章”②。革命文学论争后，小资产阶级身份意识的转换成为新的时代命题，有论者认为小资产阶级的某些革命论调，无非是古代文人“遭遇的穷”的现代版演绎。1931年古平在《学校评论》上发表《文人与穷》一文，指斥普罗作家“以普罗为号召，以普罗博取同情，以普罗的招牌为团结，其实，仍是施展他们诉穷的惯伎而已！”文人的诉苦帮助他们实现身份转变，成为“中国的无产阶级，无产阶级的文艺领袖者”。末尾处作者还对这种“资产阶级无产化”现象给予讽刺：“中国的无产阶级可真了不起，是比资产阶级更为阔绰了。那末，中国真正的无产阶级，又在什么地方呢？”③事实上，无论是遭遇之穷还是物质之穷，“诉穷”本身就是一种用以“保存自我”的修辞策略。在革命文学之风愈烧愈炽的年代，“倘是一个文人而没有诉穷的专长，那不仅要给人目为有产者，而且，还似乎要罪在不赦，永远不得超登天堂”④。1933年一个“为生活而挣扎”⑤的文人这样感叹：“（文人）不但生活的悲惨不为革命者所谅解，反而受了他们的鄙薄，甚至于无故加赐以反动的头衔。其原因就是因为我是一个文人，而文人是被人指为‘无行’的缘故。”“我因此对于今生作为文人的自身，痛恨曷极！但愿来世作个人，而且是个百分之百的，革命的无产阶级，那就为要活着而奋斗，谁都得拥护我了。如果孽根未净，还是生为文人，那就但愿生为一个无产阶级的文人。”⑥

由“穷”而想到“来生”，其间必经的一个步骤是“死”。人类为生存而赋予现世活动以意义，“死亡的前景就构成了对于人们的‘筑造世界’和‘筑造自我’活动的威胁”⑦。“边际情境将我们推至自身生存的边界，迫使我们意识到，人的世界是不确定也不稳定的”⑧。在30年代上海文人的叙述里，“死”和“末路”一道，构成了某种可以预知的前景。1933年的朱湘之死，在文人群体中激起了广泛的讨论。何家槐发表文章称，“生活穷困实在是这惨剧的最大原因”⑨。混乱的中国社会不能给诗人以生活，诗人也不能认识社会，“把他像花草一样培养起来的某种环境已经崩溃，更不相信那个光明灿烂的时期真会实现”⑩，自杀便成了唯一出路。同样有感于朱湘的投水自杀，《现代的文人》一文的作者总结了文人的三条出路：“其一，是站在旧社会势力的敌对方面，绞自己的脑汁去为被压迫者，挣扎反抗的际遇呼号。其二，贴在旧社会势力的尾巴上硬爬，那些‘曾左哀荣禄’以及‘我公不出，如苍生何’的‘敲门

① 徐中玉：《文人与穷》，《国闻周报》1935年第12卷第23期。

② 徐中玉：《文人与穷》，《国闻周报》1935年第12卷第23期。

③ 古平：《文人与穷》，《学校评论》1931年第1卷第3期。

④ 古平：《文人与穷》，《学校评论》1931年第1卷第3期。

⑤ 柳丝：《文人》，《生力（南京）》1933年第9期。

⑥ 柳丝：《文人》，《生力（南京）》1933年第9期。

⑦ 克里斯·希林：《身体与社会理论》，李康译，北京大学出版社2010年版，第167页。

⑧ 克里斯·希林：《身体与社会理论》，李康译，北京大学出版社2010年版，第169页。

⑨ 何家槐：《朱湘之死》，《申报》1933年12月17日。

⑩ 何家槐：《朱湘之死》，《申报》1933年12月17日。

砖'或肉麻歌诀，读得瓜滚烂熟，靠自己的笔锋和面孔，去侍候一切'生张熟魏'的权要。其三，认清自己的潦倒不遇为'理之当然'，既不标榜'安贫'也莫认真'憎命'，暂时浑浑噩噩的过日子。"[①]其中的第一条出路，在《文人的生活苦》中被具象化为"无时无刻不使自己成为大众中间的一员"，将呼号转换为行动，因为这样"才能够明确地认清，估定所谓生活苦的真相，才能跟大众一同去解决问题"[②]。但所谓从文人到行动者的身份转换，在30年代上海文坛并非易事。何毅天以文人入伍为题材写作的《文人们》便是一幅绝妙的讽刺画。文章开头，"一大批'不得不'离开中学大学的文人，在三四千人流汗的斗争中'幸运地'考进军官学校来了"[③]。长袍子和眼镜脱下来，文人们白白的脸露在阳光下，敬礼时"白手掌都微微弯曲"[④]着。文人们爱面子，要求特殊对待，受了红木板的责罚便想要逃走。"幸而文人们都善忘"，"仍然在操场上，在太阳下，在口令声中'一二''一二'的下去了"[⑤]。"白手掌"象征着现代中国的身体政治，拥有"白手掌"的文人在被太阳晒黑之前，是无法被社会承认的。

四、结语

"在现在这'可怜'的时代，能杀才能生，能憎才能爱，能生与爱，才能文"[⑥]。文人生命力的萎谢，使得"文人无行"在30年代被反复讨论。"文"与"行"，新道德与旧道德，道德批判与阶级叙事，职业与志业，作为修辞策略的"文人无行"话语校正焦点的同时，文人自我的"袒露"欲望愈发强烈。末路文人的"穷"与"死"，成为都市摩登的别样"风景线"，似乎只有融入无产阶级大众才是文人的出路，不为文人取代"文人无行"，成为新的时代呼告。

① 立斋：《现代的文人》，《申报》1933年12月29日。
② 森堡：《文人的生活苦》，《现代》1934年第4卷第4期。
③ 何毅天：《文人们》，《申报》1933年8月2日。
④ 何毅天：《文人们》，《申报》1933年8月2日。
⑤ 何毅天：《文人们》，《申报》1933年8月2日。
⑥ 鲁迅：《七论"文人相轻"——两伤》，《文学》1935年第5卷第4期。

《难民回忆录》的文史价值刍议

黄 静[*]

摘 要:新发现的南京大学文学院图书馆藏吴雁秋手稿《难民回忆录》以亲历者身份记录南京大屠杀期间普通民众的流亡过程,其文字既有对大屠杀期间普通市民一家日常生活的详细而生动的记载,亦为还原历史提供了许多可贵的真实细节,足证了该书稿的历史人文内涵。

关键词:吴雁秋;《难民回忆录》;南京大屠杀

历史走到今天,关于"1937 年南京大屠杀"的研究成果已经很多,能够挖掘的原始资料也越来越少。特别是早期文献,除了各种公文,民间以往公开的日记或回忆录主体,大多是第三方观察家(那些在日军进入南京后仍然留在这座不设防城市的外国传教士和商人等)对难民和保护难民的行为记录,亲历者记录中较常见的还以口述史居多,因与历史事件相隔久远,其真相细节会随着岁月的流逝而模糊。因此笔者最新发现的一位名叫"吴雁秋"的亲历者写作于 1938 年的《难民回忆录》手稿,其珍贵的文献价值不言而喻。

和日记体一样,回忆录也是一种自传体写作。《难民回忆录》手稿全文 19137 字,由民国二十六年(1937 年)8 月 15 日侵华日军飞机投弹日起,至民国二十七年(1938 年)3 月 24 日止,以七个半月的南京—六合—南京流亡经过为本,记述了期间种种遭遇、见闻和感想,最后署"雁秋记廿七年三月于五间厅住宅"。由此可见作者安顿下来旋即进行了回忆录的写作,当属南京大屠杀史料中较早的一份一手资料。作者虽自谦:

> 因无日记参考之故,凭余头脑思索恐有不尽之处是所难免,以见拙之心虽一时不能尽情详记,以为引证搜罗其他材料补续于前,但亦不能不将暴日惨杀真实情形披露以留我子孙参考于后,文字之简陋虽不足以供高明大雅之见赏,关于世乱兴衰,余聊尽国民一份子之天职应有记述。余不学无术,幼年失学,中年谋生于外,以老大年华徒增岁月之感,自愧一无长进,拙记自序置诸异日永作我子孙勿忘国耻之纪念耳(第三十页)。[①]

---

* **作者简介**:黄静,南京大学文学院馆员,中国新文学研究中心博士研究生,主要研究方向为中国现当代文学。

① 所引文字皆来自手稿(包括页码),下同。

可见作者是一位有远见和历史责任感的知识分子,具有留存文字以供后人警醒镜鉴的自觉意识。手稿书写工整,虽然记录日期偶有误差,但无论是对那段惨绝人寰的历史情状的描摹,还是对时局和社会的分析,对设立难民区的前因后果,对偷渡过江的士兵的描述,以及对乡村匪患、船票飞涨等时事世风的记录等,都以实录文字为还原历史提供了许多可贵的真实细节。而其对大屠杀期间普通市民一家日常生活的详细而生动的记载文笔,又凸显了作者的文学行文功底。所亲历者都化作了笔下的文字亲诉。因此,《难民回忆录》无论从文学还是史学、社会学等角度来看,都具有十分突出的史料价值。

一、《难民回忆录》的文学价值

吴雁秋逃难之前为最高法院实习书记官,日常写作公文,而《难民回忆录》给我们展示的却是极具个性化的写作风格。作者的文学书写修辞非常成熟老到,文章教养显见高出常人。

比如,回忆录对环境的描写,信手拈来特别具有画面感。逃亡路上,"是日气候酷冷,寒风逼人,沿途田野间布满白色银幕,一望无边,公路上难民往来络绎不绝,肩荷重担,扶老携幼,大都由江南岸而来,各奔家乡安全地迈进,真是一帧实地流亡图"(五)。尤其是写到南京沦陷后,作者第一次返家:

> 午后三时抵故里五间厅,门前排列棺柩三五具,其上浮桥至余处沿途无一人,在万籁无声鸡犬不惊中家家门户紧闭。寂寞徘徊良久,余觉得置身另一世界。(十九)

此情此景,恍然不像是在熟识的人间。居然门前的棺柩连守灵人都没有,门户紧闭"鸡犬不惊",一派战争灾后的死寂。真是此时无声胜有声,作者把世界末日的绝望之感表现得淋漓尽致。相比之前炮轰三天三夜,各种逃难场景的鸡飞狗跳、左冲右突,都没有此刻的无声之境来得惊心动魄。这样的场景式叙事,在画面感和戏剧性之外,已经具有了更为深层的社会悲剧涵义。

作者的叙事行文虽然文白夹杂,但顺畅流利,而且在遣词造句方面又特别讲究,极善传情达意,描摹人事情景氛围,这或也是他的职业能力体现。全文近 2 万字,其中"幸"字用了 32 处,除去几处"不幸中之幸"的强调,有 17 处是表示庆幸,类同于"不幸中之幸"。如:"余之行装幸赖秋平世兄之助搬运,一一送上尾车。""闻若辈均江南夜间偷渡过江。所幸近日气候适宜,江中风平浪静,得能生还。""幸赖蒋公坐镇中原,指挥有方,将士用命未几敉平。""犬正在无隙逼近中,幸有附近农人赶至,呼唤而散。""所幸本年丰收,粮食可告无虞。""当时受吓过剧,被日兵推倒以后完全不知人事,幸蒙邻人救起。"等等。最特殊的是第一处的"幸"字,"所幸内人在乡间产生一女,出世即亡,否则多一累赘"。表层看是作者意图表达与上述内容相似的"庆幸"、"万幸",但读者的感受并不完全受限于作者的字面之意,反而更加同情于作者的言外悲凉之情。怀胎十月,一朝分娩,一个生命的诞生本该是多么幸福的一件事。可在作者的此时此刻,却是无比"庆幸"亲生小生命的消失。妻子乡间产女,不说感受不到一点对新生命降临的喜悦,反而庆幸在这局势危急时刻婴儿的死亡刚好能免于痛苦，否则还“多一累赘”。可见人性和道德在战争摧残下的无奈与痛楚。

作者当时本有三子二女，对在世的四个孩子，作为父亲的他一直都在照应庇护。文中提到名字的有三：延儿，年儿，佩女。延儿应为长子，祭祖也好，走亲访友也好，凡作者当大事记录、多费笔墨处，都是将他带在身边，俗称“见世面”的。出城前，“旧历冬月初一（时1937年12月3日），……携延儿至汉中堂访鲍忠牧师，在途不期而遇，探听难民区情形”（三）；避居六合以后，坐吃山空，生活无着，拟作小本经营，“得梁家欣兄建议，各出资五十元赶至竹镇集采购。于废历十一月二十日，余偕延儿随同梁君前往”（九）；年前回祖籍祭扫并留宿两晚，也是“偕延儿前往”；回来后，“内人告余同来避难之丁府与蔡嫂未识近况若何，嘱余明日探望。余告知内人在冬月初偕延儿与袁大表兄以作初次之问候。次晨偕内人与延儿作第二次之问候”（十二）。可见在文中看得见、看不见的地方，延儿都是作者非常器重寄予厚望的孩子。年儿最幼，逃难途中，作者时时体谅幼子，舍不得他太辛苦，走路走得好也是要表扬的。记录的两次长途跋涉，出城时“只有年儿最幼，仅有八岁，尚能走二十里”（五）；年后返城，“年儿方九岁，骥尾相随，不言不语，精神活泼如作得意状，行走或歌或唱，毫无倦容表示”（二二）；继而心疼，“午后年儿精神疲乏，行走维艰，只得雇驴代步”（五）；即便是在经济最是窘困的时刻，“余爱惜小儿起见，在新街口雇黄包车一辆，嘱内人携带趁（乘）坐”（二四）。作者对女儿同样呵护有加。文中佩女应接近成年，“体格健全，臂力过人”，能帮作者长途负重。这个年纪和性别在当时处境中显然最是危险，作者深恐女儿遭日兵侵犯，回城时纠结再三，独留她在乡下再躲一阵，各种提心吊胆，牵肠挂肚。“余告知长女过江黄山尾附近有少数日军非法举动，青年妇女往来间恐遭侮辱均不敢冒险过江。为汝安全设想，单留汝在此少候，一俟无阻余亲来接汝。望汝善体斯意，好好耐守，不可大意，慎重门户，叮咛再三并托内亲关照一切而别。内人含泪，余目睹心酸，亦复难过，余又面嘱佩女，望汝耐守，稍安毋躁，不日接汝，留洋壹元以作零星日用”（二一）。半个月以后，亲自去接，“父女间闲谈家事，其乐融融”；过江时提前将女儿“藏于船底舱以避风险”，暴雨来临时特地提醒安慰女儿“镇静躲避舱内，切勿声张”。每次外出归家，儿女笑脸相迎，“在细雨濛濛中车抵站时见双方儿女鹄候，笑容可掬，相见而归”，“到达西袁已灯烛明亮。儿女环绕，问余所购何物，答以花生糖是也。”可见作者在家并不是传统的大家长形象，无论儿子女儿，亲子关系都非常和谐温馨。回到南京后，没有生活来源，为维持生计，不仅夫妻俩做小本生意，长子也“持香烟沿街纳（呐）喊”贴补家用，作者为此又专写了长篇感慨：

> 最令人痛心一般尚未成年儿童，平日受良师教导，生活无忧，度其天真烂漫活泼生活，值得父兄欣羡不已。经过此番浩劫，儿童变为难童。因父兄失业，在长期抗战中商业一时不易恢复常态，故将儿女暂充临时走贩以维现状，所见此类儿童逐日奔走往来于途，喊得喉干舌哑，一遇阴雨周身泥污，以半潮半湿之身满面憔悴，其状可悯，路人怜惜，父母心酸。（二五）

即便是在这样的生存环境下，作者首先想到的还是子女的童年生活情状和受教育问题，足见他对子女和家庭的感情观念。这种内在的人情人性和思想意识，都是在作者的叙事行文中自然而然流露出来的。可谓情动于中而显于形。毫无矫饰刻意之感。离乱文字，足见人心和修养的实况。

对比了这么多，再回头读“所幸内人在乡间产生一女，出世即亡”，这个“幸”字比初读又多了几许心酸悲怆，甚至还有对“转瞬即逝”的婴儿免受后世疾苦命运的安慰。读来不能不感同身受于作者用字之间的压抑情怀。

好的作品也是分析人性最好的材料。鲁迅在给柔石《二月》的序中，评主人公萧君(涧秋)“浊浪在拍岸，站在山冈上者和飞沫不相干，弄潮儿则于涛头且不在意，惟有衣履尚整，徘徊海滨的人，一溅水花，便觉得有所沾湿，狼狈起来”①。同样，回忆录作者也介于这几类人之间，在特定的历史时期，沦为难民的知识分子，既没有勇气弄潮又想努力挽住尊严。一个个吴雁秋们展现了离乱大时代中的“小我”和“大我”的矛盾，甚至尴尬。

作者在文中处处流露出一个中年男人对于时代和家庭变故的不安，流露出强烈的家庭观念。处事决定都是“得内人同意”。“比时得内人同意，决先进城再作计较”(三)；“结果得内人同意，通知周君”(四)；“得内人同意，遄赴谢家集原籍扫墓”(十)；“废历正月十四，内人促余赴南京，若再迟延，势必生活无法支持”(十七)；“加以内人催促，于废历二月十五日作第三次过江”(二五)。连逃出避难也是刘天囚建议，又与姚瘦秋商议，再经周绍庭力劝，最后由内人拍板才决定。其他如做小本生意，是“得梁家欣兄建议”等。最见内心纠结的是，作者在逃难时留母亲在南京、返城时留女儿在六合时，“时余母坚不允去，因老人心中不忍抛去置家庭于不顾。老人云：我已年迈，精神有限，只要家内柴米不缺，我宁愿看门以待汝等平安归来，此我所盼望，路上须要当心，务必将孙男孙女照应服帖使我放心。要紧促我登车。余此刻谨遵斯命，内心非常不安，我携儿女眷属逃命他往，独留老母一人在此，外人不明，而余之良心必受舆论责备似无异说”(四)。笔下描写的各种痛楚挣扎，无不体现了作者的瞻前顾后之心。同时作者又知恩图报，逃亡过程中遇到的任何一点滴水之恩，都会“濡笔以记之”，“承××做××事”句式随处可见。反之，作者对邻居友人也是重情守诺，“午后三时告别并向丁母声言：一俟交通恢复，余决计不避艰险，只身过江探听诸位仁兄下落，请丁母蔡嫂暂时耐守，静听佳音”(十二)；“茶余间余对老人表示：现闻长江开放，交通恢复，余不日过江一行，老人如有使命，余决不推诿。比(彼)时老人复云：君如过江，如见我儿女，以平安见告汝辈，能随君过江接我更好，否则听天由命，切勿免强汝辈云云。余以前犹疑，故未成行。今见老人迫切希于一行，若再迁延时日，恐发生不测均在意中。此行无论有多艰险在所不计，俗云受人之托忠人之事，揆诸事理均不容辞”(十五)。离乱中的道德考验，在小节上最能体现一个人的品行。同样，作为“小我”的作者，为求生计能放下身段做小营生，面临危险(接受日军盘查)时为保护自己和家人发挥出小智慧，能屈能伸也颇有自得之情：“离开茶社进和平门，日兵络绎不绝，妻儿见而生畏，在未进城之先经余告诉一番，继而进城，日兵见儿辈活泼可爱馈赠糖果，儿童恐惧之心仍为稍减，由余指导接受变为欢迎状态，一路喜笑容容，一路无阻”(二四)。写出了遭受侵凌下的弱国子民的情态。

回忆录在记叙每个具体事件后，都会引发对事件的审视和反思，这些地方多超越了“小我”而体现出“大我”的思考意识。比如前文所述对儿童失学和师范学校停办的痛惜，开篇和南京沦陷后对国情与战事的分析，以及对六合民风民俗的描摹和评价等。当然，最能体

---

① 柔石作《二月》小引，上海春潮书局发行，1929 年 11 月 1 日初版。

现“大我”思考的便是自觉留下了这本泣血之作的《难民回忆录》:“关于世乱兴衰,余聊尽国民一份子之天职应有记述。”文中还引用过顾亭林(炎武)名言“国家(天下)兴亡匹夫有责”,可见作者毕竟有着传统士人和现代知识者的精神承传与胆识觉悟。历史正是在作者这样的有识之士记录中才保留下了丰富的史料。

二、《难民回忆录》的战争史料价值

作者吴雁秋是普通难民身份,因避难六合,回忆录本身对南京刚沦陷时日军在南京所作暴行的直接描述不多,但隔着长江听闻的三天轰炸声,江水飘红,沿途尸体,茶馆所见所闻,这一路的流亡历程同样给我们还原了一个真实的战争逃难现场和灾后民众惨境。以下记录都是作者亲历。

关于日军杀戮之烈和同胞遇难之惨的记录:

所见街道两旁尚有芦席裹藏尸体,到处均有,南京破城已达三月之久,掩埋工作不为(谓)不久,而未能掩埋者比比皆是,足见死亡之众信而不诬,开南京有史以来惨杀之浩劫(十八);午后三时抵故里五间厅,门前排列棺柩三五具(十九);所见公路两旁房屋破坏,无一完整,田间死尸垒垒,或卧或仰,晒得黑而发赤,群犬争食(二三)。

关于城市民众财产受损被毁的记录:

(六合)进城所见最繁盛十字街竟成一片焦土,两旁摊户林立,完整住房、整齐商场已摧毁殆尽。十室九空,庐舍邱墟,疮痍满目,令人视之真不寒而慄(十五);街市房屋毁坏无一完整,最繁盛下关商埠街竟成一片焦土,真是疮痍满目,令人不寒而慄望而生畏。路上行人绝迹,只有少数荷肩负担苦力同胞小贩而已(十八);城内与下关破坏相等,凡是繁盛之区,高大建筑、完整房屋被炮弹炸毁或遭飞机燃烧。敌人进城到处烽火连天,不分昼夜竟达一星期之久。将若大南京灿烂首都烧成一片焦土,变为瓦砾场。所见芦舍坵墟疮痍满目,沿途扶老携幼不啻人间地狱(十九)。

关于陷城后日军掠杀平民的记录:

母告我汝等过江之翌日,在汝处看门,南京陷落,日兵挨户检查,进门时有一兵因言语隔阂无法传达,该兵酒后手持刺刀向我索钱,我用手表示身上没有钱,该兵气忿之下用力一推,将我推倒地下,险遭非命。未逾片时对门与隔璧(壁)被该兵用刺刀接连戳死,两人当时血流如注,尸身横倒地下已多日,经地方人收殓抬埋。日兵凶恶毒辣,言之历历可畏。其恐怖之心似未稍减,如我不在汝处,汝之东西早以罄净矣。限我之病由汝处而起,当时受吓过剧,被日兵推倒以后完全不知人事,幸蒙邻人救起,已患软瘫病,周身麻木不能行动近已两月尚未全愈,时时需人照应,望汝速即归来。(十九)

关于日军暴戾欺侮无辜民众的记录：

> 同来汤君口吸香烟过街，被日军呼回严厉申斥，口中噜噜喃喃表示汤君无礼貌轻视意思。幸有其他之卫兵代为缓颊，嘱汤君行礼道歉。汤君低首九十九度一鞠躬，告毕而行，言道国未亡而身先亡，战败国人民受此侮辱，真是人民奇耻，勿怪江北岸人不愿回到江南岸，均视若畏途。我等同行睹此情状，只得付之一叹。由海宁门进城，照例脱帽敬礼，由卫兵检查各人身畔。余告以进城登记(因无安居证故)，甲兵阻余进城，乙兵面有和色，挥手指我进城(十八)；翌日(即阳历二月十七日)晨八时至水西门外领安居证，在日军严厉检视下，规定每四人一排分男左女右，各人循规蹈距(矩)秩序井然已达五小时之久，时交中午一时将护身符证书领回(二十)；离开茶社进和平门，日兵络绎不绝，妻儿见而生畏，在未进城之先经余告诉一番，继而进城，日兵见儿辈活泼可爱馈赠糖果，儿童恐惧之心仍为稍减，由余指导接受变为欢迎状态(二四)；午后一时距水斋湾不足里许，见乡人纷纷逃避，闻有日兵自由行动，在村中打鸡(劫)勒索人钱并有奸淫妇女情事。余因赶路心切，不避艰险，行至该处，果见日兵三五持枪鹄立村头，对往来行人注视甚严，余至此埋头而过，幸无若(任)何举动(二六)。

这些直接的史实记录以外，虽然作者本人名不见经传，但是对同为国民政府最高法院工作人员，后来在抗战中编写了《怎样争取最后的胜利》等救亡启蒙书籍的文化名人刘天囚[①]，《回忆录》第二页也有人物描写和神情刻画：

> 院中刘天囚君与余同事，此公谈吐有佳近于诙谐，在公余之暇闲谈中有时令人捧腹转瞬间又使人悲奋交加，如坠五里雾中不知其所以然。公性爽直为人慷慨，待人接物相见以诚。余在此三年受益良多。抗战时国府西迁，院务在未疏散之前公极力劝余一同赴汉，声言祸福共之。

记录虽短，也足以看出刘天囚的为人性格和不凡见识，有助于后世对于历史人物的丰富性进行了解。相比一般史料仍有特殊的价值。

回忆录作者受限于难民身份，仓皇之际，看到的还多是表面现象，所闻所感大多来源于日常生活和茶楼酒肆，不免带有片面性，有些判断也未必准确。但同样反映出了一般社会群体在战争期间的形象思维和心理状态，以及对于家国遭遇的评价立场。比如对南京保卫战的说法就极为生动，犹如报纸新闻述评，或是茶楼说书的口吻：

---

① 刘天囚(1881—1960)，湖南湘潭人，1881年(清光绪七年)生。早岁，加入中国同盟会。曾参加辛亥革命、北伐战争，任北京铁路管理学院教授、国民政府最高法院书记官长。1932年1月，任立法院秘书。1933年2月，任中央公务员惩戒委员会主任秘书。1934年10月，任司法院秘书，嗣任中央公务员惩戒委员会书记官长。1948年10月，任公务员惩戒委员会委员。1953年6月，任上海市文史馆馆员。1960年去世。据徐友春主编《民国人物大辞典(增订本)》，河北人民出版社2007年版，第2439页。

回忆沪上苦战方殷之际，敌人由金山嘴登陆，庙行不守，影响前方军事关系甚大，敌人淞沪得手，采取速战速决以期攻下首都为当务之急。随(遂)以高压手段分海陆空并进，直捣南京。陆路分兵三路，一由京沪线，二由京杭公路线，三由广德泗安下宣城取芜湖威胁首都。水路攻江阴要险直取南京。空军担任掩护轰炸为任务，动员三十余万之众。当时我军要坚强抵抗到底，陆路凭藉两年前建筑最新式昆山马奇尔防线，水路藉江阴新式要险加以沿江炮垒林立。敌人素以精兵之称，采取速战速决主义，我军虽然物质落伍，要是节节抵抗到底，纵然首都不守估计须要一年以上。不料我军自庙行败北采取不抵抗，沿途闻风而溃。敌人以破竹之势，形同摧枯拉朽，如入无人之境，仅有四十余日而首都已被敌人占领。如此迅速成功真出乎敌人意料所不及，证明我方军心唤(涣)散，士无斗志，于此可见平日我方军事当局对于兵额重量而不重质，缺乏训练，遭此惨败，真此国家莫大耻辱(六)。

三、《难民回忆录》的社会学价值

在《难民回忆录》中，作者记录了逃难避居六合的日常生活与当地的风土人情。战乱期间，六合小镇除了房租(每月三元)和川资(过江船资最贵的时候六角/人，最便宜的时候四毛/五人)水涨船高，其他生活成本较南京城低廉，全家吃一顿大餐才四角，日常开销三四百文。在六合两个多月的避难日子里，适逢年关，作者记录了当地的各种过年习俗："家家蒸糕磨豆腐"、备菜、"此处过年习惯十日无菜应市"、除夕夜放爆竹等。年后春耕时，农人"秧歌载道"，尤其第十四页写到了六合灯节：

转瞬已届灯节，余闻六合龙灯久负盛名，尤以该县南乡水斋湾之灯可为全县之冠。据当地人士云每逢灯节，农人捐助重资，钩心斗角研究，灯之式样无不精彩百出，得赏灯好评，远在数十里以外之农人得以欣赏为快，其争先恐后胜(盛)极一时。每一农人因观灯之损失以五元计，其数亦属可观，足徵该乡之富庶信而不诬。乡民对于迎神赛会踊跃参加，此风到处皆然。扭于习惯，一时不易破除。……本年受时局影响，灯节停止举行，不然余在此一饱眼福。

可见乡村生活自有节律，而且灯节之外，农民还自发组织"舞龙灯"来自娱自乐：

八百桥附近村庄终日锣鼓喧天，每以农人纠合十数人一组，兴高彩(采)烈，杠一柴龙显耀于市，妇女儿童均踊跃参加，真有风起云涌之势，空前盛况胜(盛)极一时。

作者围观的同时也对此有所思考，又较一般乡人的娱乐更多了文化含义和社会关怀。他认为迎神赛会富有积极意义，值得提倡。

惟玩灯一项似有意义，较之一般迎神赛会近与迷信者有别，值得提倡推广风行，择其要者略而言之:(一)春为岁首,俗云一日之间在于辰,一年四季在于春,万物由春而生,春为农事复苏之日,农民舞灯欣赏为庆祝丰年之兆;(二)玩灯比赛亦可说锻炼身体,周身骨节调和,气血舒适,增强体质,为运动有益之动作。上述两点似有值得提倡之必要。此举亦有人不赞成,认为迎神赛会近于迷信,往往藉赛会人众之时,最易发生意外冲突。人与人平日稍有涉嫌,乘隙寻衅,藉此洩愤,甚至酿成命案涉讼官厅亦所不惜。此为肇事应当禁止之理由(十四)。

即便同在六合,各乡、镇、村民风还有不同,比如作者暂住的八百桥"赌风甚炽":

其间目睹乡民生活,衣食简单化,一味朴素勤俭,绝不向(像)城市人之浪费,诚为农人之美德。但乡间亦有美中不足之处,农人好赌,此种习惯,到处皆然。一旦秋收种麦后,正是农人闲散,三五成群,茶馆酒肆间为若辈公开赌博场所,输赢甚巨,经年累月之所得有时付之一旦,甚至靠押田地孤注一掷以作最后之胜负亦所不惜。(二七)

作者认为此种恶习"因无教育感化灌输是也"。而作者的祖籍谢家集则"匪氛甚炽,每夜村庄鸣枪示威以诚司空见惯"(十一);江家桥乡民则"爱小"(爱贪小便宜,喜欢小偷小摸):

路过江家桥休息间,将儿童玩具展开营业,乡人麕集互相购买,虽问价而不还价,只见货少而不见送钱,幸有人告余[此处乡人爱小为不良恶习,往往小贩来此大都吃亏而去,嘱余紧(谨)慎,不可随便给人取货,以防货少云云],余闻听之下,检点货色,已缺少数件,再检查钱数与货款之比例,相差甚远,足见来人之言信不诬也。该处乡人爱小,形同窃盗于此可见。(二五)

《难民回忆录》的社会学价值还体现在当时一般群众对教育的认知上。文中特别对四位亲友作了细致的人物描绘,除了上文提到的刘天囚,还有一位返城途中热情留宿的农人缪天培,另外两位都是老师:姚瘦秋老人和梁家欣先生。

(姚瘦秋)老人年已古稀,精神矍铄,性慷慨,平日乐善好施,人有困难处不加吝啬,平日热忱待人,有忠厚长老之风度,言谈国事有声有色,谈吐中似有马伏波老当益壮之遗风。老人又为国学专家,擅长诗词,幼年置名利于不顾,指掌教鞭数十寒暑,造成满门桃李。一生谨慎,始终为书生之本色,可谓难能。至今学辈中脍炙人口,众口皆碑推崇备至,其羡慕长者不已。(二)

(梁家欣)系南京师范生,在六合城镇乡充任教师有年,又是地方上人,而乡镇熟人广泛,平日善与人交,重情感,遍游六合全境无有不知梁先生其人。(九)

可见当时世人对"教师"这个职业的推崇。此外对被停办的晓庄师范学校和现时处境下的儿童失学问题，作者也是尽述其中曲直、感同身受般地表达了“最可痛心者”：

> 最可痛心者久负盛名晓庄师范学校。该校设备完善，为全国之冠，号有模范之称。在民七由陶行知先生创办，苦心经营，尽毕生募化之力，十余年来校誉卓著。始而便利乡村子弟，采取半耕半读以求实避虚为校规，埋头苦干，迄今脍炙人口，有口皆碑。在开办伊始遭公私立各校之忌，反对甚烈，因该校如此号招（召）有碍各校未来之发展。以后此风少戢，校风日炽，遐尔（迩）远近，学子争先恐后无不以进该校为誉，为学校全盛世代。不料民十九遭胡汉民先生之物议，认为该校有宣传过激主义之嫌，故而勒令停办。十余年来惨淡经营之学府毁之一旦，余不无可惜。（二三）

> 最令人痛心一般尚未成年儿童，平日受良师教导，生活无忧，度其天真烂漫活泼生活，值得父兄欣羡不已。经过此番浩劫，儿童变为难童。因父兄失业，在长期抗战中商业一时不易恢复常态，故将儿女暂充临时走贩以维现状，所见此类儿童逐日奔走往来于途，喊得喉干舌哑，一遇阴雨周身泥污，以半潮半湿之身满面憔悴，其状可悯，路人怜惜，父母心酸。受环境驱使，出此下策，是问之过欤，虽属生活逼人，亦是万恶敌人一手造成。余对景生情，自己儿女饱受此种痛苦，推己及人，能不有感于中。（二五）

回忆录的创作动机往往决定了其存史的价值。书写方式则更多体现写作者的个人能力和修养。《难民回忆录》作者吴雁秋自认“不能不将暴日惨杀真实情形披露以留我子孙参考于后”，可见动机所在，彰显了为国存史、教育后人的历史责任感。同时，他的回忆记叙的行文特色及文学性，亦足证了该书稿的历史人文内涵。从多方面来看，《难民回忆录》的史料价值都应待重视和利用。

欲望或悖论：贾樟柯《世界》的全球化叙事

陈书盈*

摘　要：贾樟柯的电影《世界》描绘了世纪之交北京郊区的世界公园在全球化背景下的繁荣和盛景，同时也聚焦了公园里外来务工者真实的生活现状。影片将世界公园看作中国在经济全球化下的一个社会缩影，并揭示了中国进入世界经济贸易体系带来的商业化、城市化、全球化背后存在的社会现实和社会问题。本文从全球化的视角探讨《世界》中劳动力流动、社会关系转变、文化价值观革新等全球资本市场在中国的多重影响，进一步展现了中国现代性成就背后的问题与思考。

关键词：贾樟柯；《世界》；全球化

在过去的几十年中，中国不断地卷入全球化的大浪潮里。20 世纪 80—90 年代，改革开放政策促进了中国从计划经济向市场经济的转型。21 世纪初，中国加入世界贸易组织（WTO），正式融入了全球经济贸易体系。中国不仅树立了一个快速发展的现代形象，也在全球化背景下展望了更为美好的前景。贾樟柯 2003 年的电影《世界》，却通过对现实生活中小人物的观察与描绘，从侧面呈现出了中国融入全球经济共同体后带来的社会、文化与经济的多元影响，并进行了批判性的反思。贾樟柯向我们展现了中国现代性成就背后的曲折与复杂，揭示了全球化在带来进步与发展的同时也产生了人性的欲望或悖论问题。

一、世界公园里的虚与实

《世界》的故事发生在北京郊区的世界公园里。建于 20 世纪 90 年代的世界公园向中国游客呈现了一幅盛大的世界图景，也展示了世纪之交中国人对地球村的幻想。公园里坐落着世界五大洲的名胜古迹的微缩景点，从埃菲尔铁塔、金字塔、比萨斜塔、大本钟，到巴黎圣母院。公园里还有随处可见的大标语“不出北京，走遍世界”“您给我一天，我给您一个世界”。游客们也被这些仿造的世界名胜吸引而来，站在比萨斜塔前拍照来记录他们快乐的“跨国”之行。世界公园为我们呈现了一个在中国市场经济背景下日益全球化的经济的辉

---

*　**作者简介**：陈书盈，美国南卡罗来纳大学语言文学与文化系博士研究生，主要研究方向为比较戏剧及跨文化戏剧与电影研究。

煌、幸福和光明前景。然而,《世界》则聚焦于全球化看似积极的表面下更深刻也更矛盾的社会现实。贾樟柯在接受美国电影杂志 *Cineaste* 的采访时说道:"通过《世界》,我想要展示表层的现代化观念与更深层次的落后现实之间的矛盾。"[①]电影的开篇有一个场景:一个挑着担佝偻着腰的中国农民缓缓走过屏幕的前景,而他身后,屹立着的埃菲尔铁塔成为画面的视觉背景。埃菲尔铁塔是全球化幻象的一个缩影,而农民形象则反映了中国进入市场经济时代的现实。这两种形象的比照与并存是整部电影的一个隐喻,影射了全球化背景下转型期中国的社会现状。

《世界》的故事围绕世界公园里的一位外来务工的舞蹈演员赵小桃(简称"桃")展开。影片的开场,"桃"在后台与她的同事互动嬉闹,紧接着镜头转向舞台上的一场盛大的文化演出,"桃"和其他舞蹈演员穿着各个国家的传统服饰,在聚光灯下摇曳起舞,观众席上不时掌声雷动。仅仅是一幕之隔,电影就为我们展现了舞台和后台两个截然不同的世界。后台是嘈杂的、拥挤逼仄的,化妆品、装饰品、道具与演出服挤满了整个空间。舞者们聚集在这个狭小的地方一边聊天,一边紧张地更换他们接下来的表演服。这与他们在舞台上演出时的华丽精致形象截然不同。在公园里,"桃"和其他工作者每天乘坐单轨列车穿梭于"五大洲"之间,"桃"在电话里告诉她的男朋友太生:"我去印度。"他们甚至在雄伟高耸的城堡前骑着白马散步。在这个梦幻般的世界里,他们过着诗情画意的生活。然而,实际上,他们挤在密闭的地下室后台,蜗居在狭小的宿舍里,不得不每日高强度地工作来吸引公园里的游客。他们仿佛被困在了这个世界公园的时间和空间里,每天扮演着不同的角色。在世界公园创造出的奇异的超现实的氛围里,他们渐渐模糊了现实和虚幻的边界。赵小桃的男朋友成太生是公园的安保队长,他向老家来的农民工介绍说:"双子星座塔,9·11 美国的被炸了,我这儿还有。"他的语气里带着几分自豪和得意。赵小桃这样的舞蹈演员们,每天面带微笑,装扮成不同民族的角色为游客们表演节目,努力地展现这个多彩而繁荣的世界,其乐融融。这些在公园里工作的外乡人沉醉在世界公园营造的辉煌且充满希望的景象里,仿佛忘却了自己正经受的困顿和窘迫。

《世界》密切关注着这些从小县城来到北京郊区谋生的外来打工者还有无业青年们。他们是这个大时代下的小人物,他们背井离乡来到大城市打拼,他们是典型的普通人,是中国的每一个男男女女。他们被全球化欣欣向荣的形势所吸引,不愿意待在小地方被新经济的浪潮抛下,他们来到大城市,努力地融入全球化的劳动力大军。大量农民工离开乡镇涌入大城市也表现出改革开放时期城镇不均衡的发展现状。斯拉沃热·齐泽克(Slavoj Žižek)在《意识形态的崇高客体》中特别将这一不均衡的现象与资本主义联系起来:"资本主义的'正常'状态就是其自身生存条件的永恒革命化:从资本主义'腐烂'的开始,它就被瘸腿的矛盾、不一致,被追求平衡的内在欲望,打上了标记:这正是它不停变化和发展的原因——不停地发展是它反复解决其基本的构成性平衡('矛盾'),并与之达成妥协的惟一方式。"[②]这些农民工被北京更高收入的工作吸引而来,而北京也需要更多的劳动力以加快城

① Richard James Havis, "Illusory Worlds: An Interview with JiaZhangke," *in Cineaste: America's Leading Magazine on the Art and Politics of the Cinema*, Cineaste Publishers, 2005, p. 59.

② 斯拉沃热·齐泽克:《意识形态的崇高客体》,李广茂译,中央编译出版社 2002 年版,第 73 页。

市化的建设。电影里的陈志华,昵称“二姑娘”,是成太生小时候的玩伴,他来到北京投靠太生。当“二姑娘”第一次来到世界公园时,他被眼前如梦如幻的异国风光深深震撼。他羡慕成太生的工作环境,还有他那一身笔挺的警卫服。通过太生的帮助,他最终在北京找到了一份建筑工人的活。在“二姑娘”的眼里,北京是一个他终有一日定能成就一番事业的地方。然而,这些外来打工者逐渐意识到他们被限制在了一个封闭的、机械化的工作空间里,他们的激情也被商品化过程中的去人性化所慢慢吞噬。赵小桃渐渐发觉困在这个公园里,日复一日地表演着这些看似迷人却空洞的演出十分枯燥且压抑。她说道:“天天在这儿呆着,都快变成鬼了。”影片中有一个场景也体现了“桃”认识到获得幸福生活只不过是一张空头支票:赵小桃和“二姑娘”站在一个天台上,他们被身边林立的脚手架环绕着,当他们看到有一架飞机飞过头顶时,“二姑娘”问“桃”:“你说这飞机上坐的都是些啥人?”“桃”回答道:“谁知道呢,反正我认识的人都没坐过飞机。”更为讽刺的是,赵小桃之前穿着制服在停在公园草坪上的大飞机模型里扮演过空姐,但是坐飞机旅行对她来说却很遥远。“桃”在遭受肉体被压榨、情感被背叛后,对全球化财富的幻想破灭了,她甚至慢慢对这个世界感到陌生。电影里一共穿插了六处动画场景。这些画面中的图像都是扭曲的、失真的和荒诞的。这些图像都是“桃”的想象,也是她内心思想的外化,象征了她的内在情感和欲望。在其中的一个片段中,“桃”穿着一身蓝色的空姐制度,像一只小鸟一样在天空中飞翔,飞过北京的城市上空,越飞越高,最后逃离了这片禁锢她的天地。

电影刻画了北京郊区农民工的真实生活境况,对比世界公园营造出的盛景,愈加衬托出幻想与现实的巨大差距。为了更生动直观地展现这个差异性,贾樟柯在电影《世界》中采用纪录片式的镜头语言,运用自然光拍摄,突显出一种粗粝的真实感。电影多次使用长镜头,细细地呈现出人物所处的生活环境和状态,而全景和远景的拍摄手法,则带着一种审视感来观察主人公的生活,衬托出人物与自然背景乃至时代大背景之间的关系。相较于线性叙事,贾樟柯更聚焦于一个个的事件。电影没有直接交代角色在这些事件里出现抑或离开的原因,从而削弱了人物之间的戏剧冲突,更彰显了人物与外在环境之间的联系。《世界》中有一幕,“二姑娘”来世界公园找太生。当他路过比萨斜塔时,电影里响起游客拍照的背景音,此时的镜头也正对着拍照的人群,“二姑娘”则从画面的最右边穿过人群,直到他走过去镜头才追随着他移动。他仿佛只是个误入镜头的路人,但是他移动着的破旧衣服和肮脏行李却在静态的周遭环境里显得更加醒目。此外,贾樟柯还运用了剪接的电影技术,在两个场景之间来回跳切。在电影开篇的一幕中,一边是闪烁着霓虹灯的舞台,“桃”和其他演员一起欢乐地表演着一场多元文化的演出。而另一边,同在公园里打工的太生的表弟二小却在偷其他工人的钱。《世界》向我们展现了全球化浪潮中的矛盾,它一方面描绘了城市化、全球化与商业化渲染出的乌托邦,另一方面又赤裸裸地揭示了无奈又凄凉的人类生存现实。

二、全球化下的动与变

“桃”和公园里的其他打工人一样,渐渐对这里的生活感到失望。曾经充满光明与希望的世界公园变成了一座牢笼,他们都想离开这个地方,到公园外面去。他们憧憬着国外的生活，想看看那个真正的全球化的世界。在世界公园里，人们从埃菲尔铁塔步行到大本钟只要15分钟，无须签证和护照，就可以畅游世界各地的地标名胜。但是，出国去看看它们的原貌对当时大多数中国人来说还是一个梦。在21世纪之初的中国，出国工作和旅游也成为展现一个人财富和社会地位的标志。大多数的农民工像“桃”还有太生，从来没有见过护照。“桃”对从俄罗斯来到公园工作的安娜说：“你真好，能出国，哪儿都能去，多自由。”“桃”后来在一个酒局上遇到一个想包养她的富商。他在香港资助了一个珠宝展，他极力劝说“桃”跟着他一起去香港。他知道，对于像“桃”这样来自社会底层的外来打工者来说，去香港旅行的机会充满了诱惑力。正是由于这种对迈入更广阔的世界的渴望，《世界》中许多的角色都在不断地寻求职业和地位的流动。

贾樟柯早期的电影探讨了许多乡下人进城后的生活困境。在《世界》中，他更是关注了全球化背景下外籍劳工的流动带来的新兴的社会问题。例如，电影展现了“全球劳动力套利”这一现象，“全球劳动力套利”指的是贫穷地区的工人前往工资较高的国家和地区打工，赚取比留在家乡更多的钱。赵小桃的前男友梁子就去了蒙古国做工。不光中国人去外国打工，中国也吸纳了一批外国人来到中国工作。20世纪80年代后，中国在全球资本市场经济体系中崛起，成为许多地区重要的贸易合作伙伴。中国逐渐吸引了一些经济相对落后国家的工人来此生活和工作。安娜就是其中之一，她和其他俄罗斯女孩们被一名商人带到中国，在世界公园里表演。可是安娜后来却在一家卡拉OK吧里成了一名性工作者，她后来面对“桃”时流露的悲戚和无奈或许暗示了可能存在的跨国人口贩卖问题。成太生的情妇廖阿群(简称“群”)有一个在法国打工的丈夫，夫妻俩长期分隔两地。“群”说：“他坐船走了，走的时候花了很多钱，可到了法国，一船人只剩下五六个。”“群”的丈夫从中国坐船非法移民去了法国，一艘载着30个人的船，到达时只有6个人活了下来。“群”告诉太生：“我们温州人都喜欢出去，我们村子人带人，差不多都走完了。”她轻描淡写地说着，仿佛这场非法且凶险的偷渡只是一件稀松平常的事。带着对财富的向往，“群”村子里的人一个跟着一个都去了所谓的国外“乐土”。尽管廖阿群知道为了这样的出国机会甚至会付出生命的代价，但她后来依旧去了国外和丈夫团聚。在影片中，“群”和太生之间有一段对话：

太生：我那儿，埃菲尔铁塔，巴黎圣母院，凯旋门，法国那点玩意儿都有。
群：可是他住的地方你没有。
太生：他住天上？
群：他住Belleville。
太生：Belleville？
群：唐人街，美丽城。
太生：名字挺好听的。

太生劝“群”不必亲自去巴黎，在北京郊区就可以一睹风采。作为世界公园里的一名保安，太生沉浸在自己编织的美梦里，已然是一位世界公民了。“群”描述的美丽城如此的迷人，虽然她还没去过，但在她心目中，巴黎的唐人街就是一个她理想的乐土。然而，美丽城实际上只是巴黎的一个街区，90年代后越来越多的中国人来到这里创业，将这里发展成了一个独具中国特色的唐人街。作为中国移民在巴黎建造起来的文化社区,美丽城就像是一个封闭的小世界,与外面巴黎的景致截然不同。“桃”和太生从乡村来到北京市郊的世界公园,“群”的丈夫从中国来到巴黎的美丽城,然而受限于经济状况,他们依旧是处于消费主义社会的边缘人物。“群”憧憬的美丽城实际上与北京市郊并无不同。

无论是从俄罗斯来到中国工作的安娜,还是“群”的丈夫这批去国外的中国民工,都是被外面的世界所吸引,离开家乡去追求更高的财富和地位。劳动力的流动也是全球化背景下国家之间连接和流通的重要标志。人们为什么离开自己的国家去外面寻求生计?又是什么催化了这一全球化的跨国移民大潮呢?福柯在《性经验史》一书中阐释了生命权力机制的两种主要形式:肉体的规训和人口的调整。福柯认为:“这一生命权力无疑是资本主义发展的一个必不可少的要素。……根据资本的积累来调整人口的增长,以及根据生产力的扩展和利润的不同分配来确定人类组织的增长,从某一方面来说,这些都是由于生命权力按照多种形式和多种步骤的运作才得以可能。对肉体的塑造及其价值规定和对肉体力量的分配管理在那时都是必不可少的。”[①]表面上看,是人们追求金钱和社会地位的欲望驱使了这场劳动力的流动,但实际上是由于资本对人口和劳动力的调整控制。我们的观念受到社会期望和社会规范的潜移默化的影响。每个个体都是在社会秩序中被建构的,我们都无法将自身独立于外在世界。一方面,随着全球化时代新的经济形势的出现,国家之间开展经济贸易的合作与往来,海外市场更多的就业机会吸引了民工进行跨国流动,展现了资本对全世界劳动力的重新分配和调整。另一方面,我们的意识也受到整个社会意识的熏陶和影响。马克思在《政治经济学批判》导论里说:“物质生活的生产方式制约着整个社会生活、政治生活和精神生活的过程。不是人们的意识决定人们的存在,相反,是人们的社会存在决定人们的意识。”[②]共同的社会意识在不知不觉中影响着人们的行为和思想。世纪之交全世界都对一个地球村有着美好的展望,文化经济的广泛交流让人们对外面的世界愈加向往。工人阶级也潜移默化地吸收着西方的价值观和消费观,成为这些观念和意识的载体。在那双看不见的手的操纵下,贫穷地区的劳动力向繁荣国家进行流动,成为全球化劳动力大军中的一员。

从电影《世界》里,我们看到了世界公园里农民工的艰辛生活,看到了他们不愿在小地方被新经济浪潮抛下的焦虑,看到了外籍劳工被迫成为性工作者的绝望。通过对不同人群的聚焦,《世界》展现了全球化是如何渗透到城市化发展的方方面面,也探讨了全球化进程带来的利益和存在的问题。

《世界》记录了市场经济时代中国在全球经济影响下的社会关系的转变。卡尔·波兰尼(Karl Polanyi)在《大转型:我们时代的政治与经济起源》中阐述道:“这正是由市场控制经济体系会对整个社会组织产生致命后果的原因所在:它意味着要让社会的运转从属于市场。与经济嵌入社会关系相反,社会关系被嵌入经济体系之中。”[③]《世界》向我们展现了社

① 米歇尔·福柯:《性经验史》,佘碧平译,上海人民出版社 2005 年版,第 91 页。

② 马克思:《政治经济学批判》,中共中央马克思恩格斯列宁斯大林著作编译局译,人民文学出版社 1976 年版,第 4 页。

③ 卡尔·波兰尼:《大转型:我们时代的政治与经济起源》,冯钢、刘阳译,浙江人民出版社 2007 年版,第 50 页。

会关系转变的一个重要原因:新兴的大众传媒文化改变了年轻人的人际交往方式。仰仗于技术的革新和资本的带动,全球化滋养了新的大众传播形式,大众传媒文化也应运而生。例如,21 世纪初,手机成为最重要的大众传媒方式之一。电影开头,世界公园的舞蹈演员们在后台兴奋地谈论着:“摩托罗拉新出一款手机,全球定位的。”摩托罗拉手机也贯穿了整部电影,在不同的情境下承载了多重的意义。手机极大地改变了人们交流和互动的方式,社会空间被无限扩大的同时又被无限挤压。这种新型的电信系统建立了无形的网络,可以把人们的触角延伸到最远的地方,但与此同时,也限制和约束了人们的空间与自由。贾樟柯在电影里表达了他对这种新型传播媒介下人际关系转变的思考。比如,电影里一对年轻的恋人——小魏和老牛,他们常常因为回复信息不及时发生争吵。老牛在电影中几次质问小魏:“你干嘛关机啊。”他不信任自己的女朋友,要求她时时刻刻在线,甚至后来以死相逼。他们用手机联系彼此,但是又被手机绑架束缚了。尽管手机让人们的联系更加紧密,但是也给人际交往带来了许多压迫感和紧张感。再比如,“桃”的男朋友太生有一个情妇廖阿群,利用手机的便利,太生将欺骗和不忠隐匿在“桃”的眼前。后来“桃”看到了一条暗示太生背叛的短信,最终戳破了他的谎言。手机让人们的沟通看似隐蔽,却又让人们的隐私和秘密无处遁形。新的传播方式使人们难以避开无处不在的信息轰炸,更容易受到社交焦虑的影响,有时候不但没有拉近人们的距离,社交关系某种程度上反而更加疏离。

《世界》还深入地探讨了消费主义影响下人的自我异化。马克思在《1844 年经济学哲学手稿中》指出:“私有财产不过是下述情况的感性表现:人变成对自己来说是对象性的,同时,确切地说,变成异己的和非人的对象;他的生命表现就是他的生命的外化,他的现实化就是他的非现实化,就是异己的现实。”[①]人类通过将自己视为“主体”以及将自己生产的东西视为“客体”以获得利益。更有甚者,这样的社会异化体现在一个人将自身视作可以买卖的商品,将人际关系视为潜在的商业交易。在《世界》里,“桃”的同事友友,为了升职,与公园的主任有着不正当的关系,她以自己的肉体作为条件来获得向上晋升的筹码。“桃”和其他公园里的演员们也会去市中心的会所陪一些中年商人喝酒唱歌。年轻的姿色是她们的资本,与这些有钱人一起调情说笑,就能赚得一笔不错的收入甚至是向中上层阶级流动的机会。不仅是这些贪图她们美色的商人,甚至是这些年轻女孩自己都将身体当作可以创造交换价值的物品,以获得金钱和地位的提升。一个珠宝商劝“桃”说:“珠宝啊,香水啊,这都是你们需要的,你看看你,稍微一包装就出来了,我来给你办这事,保证让你离开歌舞团,马上就出来了。”相较于只能赚取微薄收入的世界公园,他许诺给“桃”的是世俗层面上一个更有前途的未来,只是要以“桃”的身体作为代价交换。“桃”拒绝了,她也因此下定决心要与太生结婚。婚姻此刻成为她去自身商品化的庇护所,使她不用再沦为别的男人的玩物。

全球化下社会的巨变也对中国的传统价值观产生了巨大冲击。马杰声(Jason McGrath)在《后社会主义现代性:市场时代的中国电影文学批评》中指出:“在人们的社会和生活方面,资本主义现代性带来了巨大的错位和混乱,许多以往的社会关系和价值崩塌并

① 马克思:《1844 年经济学哲学手稿》,中共中央马克思恩格斯列宁斯大林著作编译局译,人民文学出版社 2014 年版,第 81 页。

日益沦为抽象的市场功能。"[①]通过对全球化繁荣景象背后人们生活的关注,贾樟柯引导我们思考这个物欲横流的社会中存在的文化和社会危机。影片中一些角色为了获得金钱与地位,甚至不惜做出许多违背道德与法律的事。例如,太生应朋友老张的要求伪造身份证,通过非法的渠道赚钱。友友利用自己的姿色来获得升职的机会。《世界》也向我们展现了中国的传统文化及其价值观念与自由扩张的资本全球化氛围的矛盾和冲突。年轻人从家乡来到大城市打拼,从以家庭为基础的传统社会迈向了日新月异快速发展的现代社会。电影里的外来务工者们都与家乡保持着密切联系,他们渴望了解家乡的每一条新闻。然而,他们却陷入了一个两难的境地:他们不想再回到家乡,却又难以在北京安家。他们远离了农村,远离了曾经熟悉和坚守的传统观念,努力融入大城市新的生活方式和价值观,但是同时也因为这巨大的差异感到彷徨失措。电影就生动地体现了主人公"桃"在这两种价值观念中的痛苦和挣扎。"桃"在农村长大,她一直接受传统的性观念,并信奉着保守的贞操观。尽管男朋友太生多次暗示,她仍旧拒绝和他发生性关系,她认为这是应当留给自己未来丈夫的。她也抵抗住了珠宝商抛出的种种诱惑,尽管"桃"也热切渴望能出人头地,但她不愿意出卖自己的肉体。但是,"桃"在北京并不成功,她一开始憧憬的全球化能带来的财富和地位不过是梦幻泡影。她不想像安娜和友友那样堕落,用肉体换来向上爬的机会。心灰意冷之下,她和太生发生了性关系,她想献出自己的贞节来得到太生对她永远忠诚的许诺,确保自己能过上传统的家庭生活。可是,太生的不忠也摧毁了她最后的希望。"桃"一直坚信和遵循的道德观与价值观在这个快速发展的城市里被随意践踏,她也被两种观念撕扯着,伤痕累累,最终也没能达成和解。

劳伦·勃朗特(Lauren Berant)在《残酷的乐观主义》中写道:"然而,资本主义活动总是导致生产性破坏的不稳定的局面,即资源和生命依照市场的指令和幻想被创造和毁灭。"[②]世界资本经济带来的广泛变化极大地影响着人们的生活,促进了许多工人跨地区乃至跨国家间的挪动。大多数农民工被新的就业形势和机会吸引到大城市,然而,他们依旧没有稳定的工作和收入,依旧面对着种种不安、挫折、绝望,乃至流离失所。贾樟柯的《世界》关注了这些工人在现代市场经济下的遭遇。"二姑娘"陈志华是一个淳朴的农民,跟随同乡的好友来到北京打工,他满怀着希望来到北京,却死在了一场由过度劳累加上工地安全疏忽导致的建筑事故中。太生悲痛地问其他工人:"加什么夜班啊?"他们说:"夜班工资高。"为了赚更多的钱,他们没日没夜地干活,过度劳动已是家常便饭。马克思在《1844 年经济学哲学手稿》里就提到:"工资的提高引起工人的过度劳动。他们越想多挣几个钱,他们就越不得不牺牲自己的时间,并且完全放弃一切自由,在挣钱欲望的驱使下从事奴隶劳动。这就缩短了工人的寿命。"[③]"二姑娘"这些农民工出售他们的劳动时间,而经营者则将工人的剩余劳动力挪作自己的利润。临终前,"二姑娘"递给太生一张手写的纸条,上面写着一长串的

---

① Jason Macgrath. *Postsocialist Modernity: Chinese Cinema, Literature, and Criticism in the Market Age*. Stanford University Press, 2008, p. 8.

② Lauren Berlant. *Cruel Optimism*. Duke University Press, 2011, p.192.

③ 马克思:《1844 年经济学哲学手稿》,中共中央马克思恩格斯列宁斯大林著作编译局译,人民文学出版社 2014 年版,第 8 页。

人名，还有他欠下的钱。尽管都是一些小钱，他还是把每个人的名字都列了出来，仔仔细细地标上了具体的账目。在这个场景中，随着镜头的移动，这些数字慢慢地出现在医院的半绿色的墙上，一笔笔，清晰可见。建造着一座座恢宏建筑的工人们却拿着微薄的收入。“二姑娘”的诚实善良愈加衬托出原始财富积累的不人道，他的死正是资本发展的“原始积累”的残酷体现，经济发展与资本的积累是以这些农民工的生命安全为代价的。朱迪斯·巴特勒（Judith Butler）在《脆弱不安的生命：哀悼与暴力的力量》中描绘了人类的脆弱特质：“肉身具有的社会性弱点构成了我们政治生命的一部分：身体是欲望与身体弱点的所在，也是既坚强又脆弱的袒露之地。社会建构了我们的身体，我们同他人紧密相连，但这种联系极易丧失，从而使我们暴露于他人，并由此产生遭受暴力之虞。正因如此，我们才难免有‘失去’与‘受伤’之痛。”①“二姑娘”的死像一面镜子照出资本追逐中的惨痛代价。正如阿尔君·阿帕杜莱（Arjun Appdurai）所言：“全球化使金融资本与其他形式的资本间的关系更加动荡和模糊，全球商品流通与许多社会政治的战争、安全与和平之间形成了更加危险的关系。”②世纪之交，中国迫切地寻求在经济市场化时期与外界建立新关系和新价值。然而，在建设成为国际化的大都市乃至金融中心的过程中，《世界》揭示出了农民工的苦痛与挣扎，探索了经济贸易全球化背后的社会问题。

三、存在与出路

自80年代起，中国就从中央计划的经济体系向市场统筹的经济体系转型。在短短几十年里，中国就成为世界上发展最快的消费市场。经济改革为中国经济的快速扩张和随之而来的城市化建设铺平了道路。有趣的是，贾樟柯采用了节奏缓慢的电影叙事风格来记录中国的快速转型的社会。贾樟柯在采访里说：“我们变得太快了，我们已经失去了慢的艺术……我们需要放慢脚步，看看四周，我们需要给自己时间去理解这个世界的意义。”③贾樟柯通过《世界》这部影片鼓励观众们慢下来去看看这个快速发展的世界，去思考我们生活所发生的变化，以及我们为何而生活而存在。

《世界》是对人类的生存境遇的一次审视，展现了人类在一个冰冷而疏离的世界面前的孤立、异化和绝望。整部影片里，唯有“桃”与安娜的友情是真实而美好的。安娜原本是世界公园里的一名俄罗斯演员，后来为了挣足够的钱去看她嫁到乌兰巴托的妹妹而成为一名性工作者。她离开公园前对“桃”说：“虽然我们语言不通，但你是我朋友，但在这里你是我唯一的朋友。”“桃”与安娜在这个虚幻的世界里建立了最真实和纯粹的友谊，她们两人，一个说中文，一个说俄文，甚至不能听懂对方，但相似的经历与处境让她们互相理解和靠近。“桃”在卡拉OK被一个商人劝说陪他去香港出差，毫不掩饰他对“桃”的身体的企图。“桃”

---

① 朱迪斯·巴特勒：《脆弱不安的生命：哀悼与暴力的力量》，何磊、赵英男译，河南大学出版社2016年版，第29页。

② Arjun Appadurai. “How Histories make Geographies: Circulation and Context in a Global Perspective,” in *The Journal of Transcultural Studies*, No.1, 2010, p. 5.

③ Richard James Havis. “Illusory Worlds: An Interview with Jia Zhangke,” in *Cineaste: America's Leading Magazine on the Art and Politics of the Cinema*, Cineaste Publishers, 2005, p. 59.

躲到了厕所，竟然偶遇了离开公园后不知去向的安娜。“桃”发现安娜显然已经沦落到卖淫为生，这两个绝望的女人抱头痛哭。这种共通的苦难遭遇使她们紧密地联结在一起，彼此支持，给予慰藉。一种微妙的跨越文化距离的同理心和认同感在她们之间产生。贾樟柯不仅仅叙述了中国人在资本全球化下遇到的困境，还捕捉到了全人类相通的境遇。人与人的连接或许是贾樟柯在这个荒芜世界里埋下的希望的种子，生活在瞬息万变的世界之中，或许唯有情感的羁绊才能超越一切苦难和挣扎。

尽管《世界》不是一部反全球化主题的作品，但它站在人性立场上对全球化保持审慎的态度。贾樟柯对于全球化影响下中国的社会变迁持矛盾的看法，他也试图为陷入僵局中的人们寻找出路。一方面，全球化背景下人们开阔了视野和边界。年轻人拥抱多元的价值观，尝试多种多样的生活方式。在与外界的交流中，中国也更加了解自己和这个世界。新的文化与价值观念也在和外界的碰撞与融合中不断被创造。另一方面，揭示了全球化过程中造成的种种社会与人生问题。贾樟柯在电影里聚焦那些没有受到普遍关注的人群，记录不同群体的真实生活。影片里，我们看到了穷人、农民工、性工作者、失业青年等等的身影。全球化经济没能帮助他们实现愿望，他们面临着这样一种困境：一切似乎都有可能，但一切又几乎无法实现。

电影最后留给了观众一个开放式的结尾。太生的出轨成为压垮“桃”的最后一根稻草，婚姻也不再是她的庇护所。“桃”耗尽了情感，只留下了深深的绝望。寒冷的冬日里，世界公园附近的一个破旧公寓外，一对夫妇躺在雪地里，因为煤气中毒死了。电影并未告诉我们是事故还是自杀，而当尸体慢慢淡出画面时，黑色的屏幕上响起了太生和小桃的声音：“我们是不是死了？”“没有，我们才刚刚开始。”他们或许是死了，又或许活了过来。电影的结尾传达出了一种虚无感，我们最终无法与这一切的矛盾和解。而在这生命的轮回里，人类只有无意义又无休止的挣扎与无奈。他们或许迎来了一个新的开始，又或许是同样的死局。

《世界》向我们展现了全球市场经济与现实生活间的种种冲突和矛盾。世界公园就是一个缩影，表面光鲜亮丽，实则包藏着异化的、不稳定的、与传统文化渐行渐远的当代社会生活。世界公园描绘的全球化的光辉景象，只是对普通百姓的一句空洞承诺。《世界》通过对现实生活现状的反思与揭示，探讨了全球化在转型期中国的利与弊，并在全球资本经济背景下对中国的社会现实进行了人道主义的审视。

《路易·波拿巴的雾月十八日》中的重复修辞

徐　春*

摘　要：J.希利斯·米勒把文学重复分为"柏拉图式"与"尼采式"两种。前者意指重复以"循环游戏"之外的原型为基础来建立相似性；后者则没有这种根基，相似性由本质的差异性产生。诗学意义上，前者为再现式的，后者为互文式的。但这两种重复形式均不能囊括马克思在《路易·波拿巴的雾月十八日》里所呈现的反讽式重复。反讽重复不能简单地界定为同质性抑或异质性，其诗学原理在于，重复的过程是从目的向手段的转换过程。而正是这种重复的诗化形式，与辩证唯物主义历史观形成了逻辑同构。当然，历史总会有曲折回旋，这样就形成了双重反讽的重复逻辑。即手段向目的的转换、手段向手段的转换、目的向目的的转换这三种双重反讽形态。总之，从柏拉图式的再现，到马克思式的反讽，再到尼采式的互文，构成了完整的文学重复形态。

关键词：马克思；雾月十八日；重复；双重反讽；历史诗学

马克思的名篇《路易·波拿巴的雾月十八日》（以下简称《雾月十八日》）将原本拿破仑的"雾月十八日"安置在波拿巴的头上，形成了奇妙的重复，从而将历史诗化。事实上，马克思往往善于以文学的形式描述历史，以至维塞尔认为，马克思是一位诗人，一位浪漫派诗人，"马克思的科学社会主义的观点本质上是变形的诗歌"①。而且，"如大多数伟大的思想家一样，马克思在一定程度上展现了艺术的创造力"②。将历史诗化，在怀特看来，这正是19世纪历史叙事的共性。怀特《元史学》将之"视为叙事性散文话语形式中的一种言辞结构，这就如它自身非常明白地表现的那样"③。而历史意识或历史思想就隐匿在文学性修辞之中。因此，历史诗学的目的就在于揭示出文学修辞形式的史学意义。如《元史学》中译本前言所说："修辞性的语言如何能够用来为不再能感知到的对象创造出意象，赋予它们某种'实在'的氛围，并以这种方式使它们易于受特定史学家为分析它们而选择的解释和阐释技

*　**作者简介**：徐春，汉江师范学院文学院讲师，主要研究方向为文艺社会学。本文系国家社科基金一般项目"文学重复原理研究"（20BZW003）和湖北省高等学校马克思主义中青年理论家培育计划项目"马克思与重复美学的若干问题研究"（21ZD239）阶段性成果。

①　维塞尔：《马克思与浪漫派的反讽》，陈开华译，华东师范大学出版社2008年版，第1页。

②　维塞尔：《马克思与浪漫派的反讽》，陈开华译，华东师范大学出版社2008年版，第2页。

③　海登·怀特：《元史学：十九世纪欧洲的历史想像》，陈新译，译林出版社2004年版，第2页。

巧的影响。”[①]怀特认为,《雾月十八日》是比喻性的文学文本,因为“无论马克思分析什么,无论他分析的东西在社会演化中处于哪个阶段,是哪种价值形式,或者社会主义本身的形式,他都倾向于将研究的现象分为四种范畴或类型,对应于隐喻、转喻、提喻和反讽四种比喻”[②]。《雾月十八日》正是通过这四种修辞模式的交替演进,来呈现这段历史是如何从悲剧走向了喜剧。虽然如此,但怀特的结论忽视了《雾月十八日》独特的诗化形式。正如标题的修辞性所示,重复才是《雾月十八日》的诗化本质所在。这也喻指了,马克思在审视事件的历史价值时,并非基于孤立的视角来度量对象,而是基于关联域,将对象置于纵横交错的重复网络中:“一切已死的先辈们的传统,像梦魇一样纠缠着活人的头脑。”[③]事实如此,《雾月十八日》通过各式各样的、令人眼花缭乱的重复性修辞来呈现波拿巴从法兰西总统变为法兰西皇帝的这段历史。因此,对《雾月十八日》而言,如果文学文本是切入历史文本的关键,那么重复则是其文学性的本原所在。

一

J.希利斯·米勒也意识到了,《雾月十八日》是有关重复思想的重要著作,“现代有关重复思想的历史发展经历了由维柯到黑格尔和德国浪漫派,由基尔凯郭尔的‘重复’到马克思(体现在《雾月十八日》中),到尼采永恒轮回的思想,到弗洛伊德强迫重复的观点,到乔伊斯《为芬内根守灵》,一直到当代形形色色论述过重复的理论家:雅克·拉康、吉尔·德鲁兹、米尔恰·伊利亚德和雅克·德里达”[④]。但米勒并未阐明,基尔凯郭尔到马克思的这一阶段的重复究竟是什么样的理论形态。如不阐释透彻通明,就无法真正明了《雾月十八日》判定历史价值的“诗学尺度”。

回到文本本身,叔叔与侄子两个全不相干的事件,经由张冠李戴式的重复,具有了同一性,从而被紧密关联。但马克思绝非在重复的传统意义上来阐释历史:“黑格尔在某个地方说过,一切伟大的世界历史事变和人物,可以说都出现两次,他忘记补充一点:第一次是作为悲剧出现,第二次是作为笑剧出现。”[⑤]悲剧与笑剧是较为奇特的界定。至少在字面意义上,它不同于关于重复的常识判断。按常理,重复意即再现,或说往事重现。这也是黑格尔意义上的重复。黑格尔意在通过再现来确证事件的历史意义。凯撒用帝制替代共和制,时人不以为是,直至事变再度发生,人们才意识到罗马旧制已沉疴积弊。黑格尔据此认为,事件若孤立判断,可能因其偶然性而遮蔽其历史价值,但将同类事件关联,就会发现事件所显现的历史趋势:“因为自古到今的一切时期内,假如一种政治革命再度发生的时候,人们就把它认为是理所当然的了。也就是这样,拿破仑遭到了两次失败,波旁王室遭到了两次放

① 海登·怀特:《元史学:十九世纪欧洲的历史想像》,陈新译,译林出版社2004年版,第3页。

② 海登·怀特:《元史学:十九世纪欧洲的历史想像》,陈新译,译林出版社2004年版,第432页。

③ 马克思:《路易·波拿巴的雾月十八日》,中共中央马克思恩格斯列宁斯大林著作编译局译,人民出版社2001年版,第9页。

④ J.希利斯·米勒:《小说与重复:七部英国小说》,王宏图译,天津人民出版社2007年版,第6页。

⑤ 马克思:《路易·波拿巴的雾月十八日》,中共中央马克思恩格斯列宁斯大林著作编译局译,人民出版社2001年版,第8页。

逐。经过重演以后,起初看来只是一种偶然的事情,便变做真实和正当的事情了。"[①]这表明,重复是一种去除差异表象的同质化过程。这种重复观,即德勒兹所总结的柏拉图式重复,意指事物之间基于本源同一性而形成的重复。此类重复的基础是事物之间共享一种先验理式,如希利斯·米勒所说,"根植于一个未受重复效力影响的纯粹的原型模式。其他的所有的实例都是这一模式的摹本"[②]。并受此制约,以此来决定事物的存在形式。在这种前提下,重复是对原型的"镜子"似的"摹仿"或"再现"。正如此,重复才能穿透个体差异的偶性形式,体现出事物发展的历史规律。

但马克思所界定的重复,与黑格尔传统意义上的重复思想相反。悲剧与喜剧(笑剧),是马克思著作中经常出现的一组修辞性概念,也是较为复杂的概念,如汪正龙先生所说,悲喜剧"虽然具有自己的美学内涵,但大大超越了通常的美学含义"[③],它还具有历史哲学、戏剧学的意义。而且,"由于历史、戏剧、审美三者并不一定具有统一性,所以有时候在马克思那里形成了裂痕"[④]。但无论从哪种角度来说,悲剧与笑剧都是相互对立、相互否定的概念。"科西迪耶尔代替丹东,路易·勃朗代替罗伯斯比尔,1848—1851 年的山岳党代替 1793—1795 年的山岳党,侄子代替伯父。在使雾月十八日事变得以再版的种种情况中,也可以看出一幅同样的漫画!"[⑤]上述系列历史事件,前者虽然重复了后者,但无一例外,都体现为小丑历史与英雄历史的对立。而小丑与英雄,仅仅停留于表象上的相似性,本质上则相去甚远。这显明了,重复的过程与黑格尔式的同质化过程相反,是异质化的过程,是重复的自我否定的过程。

悲剧与笑剧作为重复过程的描述,它意味着,重复双方并不具备共有的原型基础,因而呈现为一种反讽性的对立模式。在此意义上,《雾月十八日》开创了一种新的重复诗学形态,不如称之为反讽式重复。反讽,被认为源于柏拉图笔下的苏格拉底,即"苏格拉底式的装作无知法(辩论中佯装无知,接受对方的结论,然后用发问方法逐步引到相反的结论而驳倒对方)"[⑥]。这种佯装"不是为获得答案而提出问题,而是为了通过问题而吸空表面上的内容,从而留下一片空白"[⑦]。因此,在诗学意义上,"反讽是外表或期望与现实之间的矛盾或不一致"[⑧]。而这正体现了马克思意义上重复的运行逻辑。

《雾月十八日》的写作表明,重复往往是自我反讽,解构了重复自我的严肃性,从而走向了自我的反面。如米勒所判断而没明示那样,基尔凯郭尔到马克思,是反讽重复的重要发展阶段。稍早于马克思的基尔凯郭尔,在其《重复》里,开篇第一句就在调侃黑格尔:"在埃

① 黑格尔:《历史哲学》,王造时译,上海书店出版社 2006 年版,第 292 页。

② J.希利斯·米勒:《小说与重复:七部英国小说》,王宏图译,天津人民出版社 2007 年版,第 7 页。

③ 汪正龙:《马克思论悲剧与喜剧》,《中国人民大学学报》2018 年第 2 期。

④ 汪正龙:《马克思论悲剧与喜剧》,《中国人民大学学报》2018 年第 2 期。

⑤ 马克思:《路易·波拿巴的雾月十八日》,中共中央马克思恩格斯列宁斯大林著作编译局译,人民出版社 2001 年版,第 8 页。

⑥ 新英汉词典编写组:《新英汉词典》,上海译文出版社 1978 年版,第 672 页。

⑦ 索伦·奥碧·克尔凯郭尔:《论反讽概念》,汤晨溪译,中国社会科学出版社 2005 年版,第 27 页。

⑧ Supryia M. Ray: *Bedford Glossary of Critical and Literary Terms*. Bedford/St.Martin's Press, 2003, p.220.

利亚派的信徒们拒绝运动时，正如每一个人所知，第欧根尼作为反对者站出来；他真的是站出来了；因为他一言不发，而只是来回地走几次，由此他认为已经对'否定运动'的观点作出了反证。"①这里"正如每一个人所知"，重复了黑格尔《哲学史演讲录》中有关芝诺的讲述的原话"人们都知道(正如每一个人所知)"②。但基尔凯郭尔并非黑格尔原本意义的忠实再现，而是对该书原文的"讽刺性夸张"。基尔凯郭尔借用黑格尔式的语言来反讽黑格尔，从而瓦解了重复的同一性基础，这本身就否定了黑格尔的重复思想。对再现型重复的评判，是基尔凯郭尔的《重复》的出发点。他从心理学角度，讲"我"为了印证重复，再次来到柏林，但发现已时过境迁，再也回不到过去的那个柏林。无论是旅馆、房东，还是剧院，虽然俱在，但不再是过去熟悉的"感觉"，都已悄然改变，成了陌生的形式。这是奇妙的反讽，越是力图重复的，越足颠覆了重复本身。正如爱恋在持久的交往中往往会丢失那样，重复正是在彼此之间的同一性关联中，挖掘了自我的根基，拓展了异质的空间，从而指明了，"唯一重复的事情就是一种重复的不可能性"③。

那么，在基尔凯郭尔、马克思看来，黑格尔或柏拉图式的重复的误区在哪呢？以先在的原型基础为前提来界定重复，如米勒《小说与重复》中译本序言所概括的那样，"重复的因素以处于循环游戏之外的某个原型为基础"④。而这种原型基础是一种形而上学式的虚拟性设定，它把对象抽象化为静止、孤立的形式来把握，这样就必然导致重复与一般性混同，从而忽视了事物之间的有机关联，及其引发的重复效力问题。重复割裂了其具体的语境，因此变得抽象而孤立。换而言之，它忽视了重复引发的张力问题，从而成为机械式重复的、纯粹的、一般化形式。所以，基尔凯郭尔举了一个例子："在一次宫廷宴上，女王讲了一个故事，所有宫廷人员都笑了，包括一个聋大臣，这时这大臣站起来，要求得到恩准也讲一个故事，然后他讲了同一个故事。"⑤两次讲述对于其他宫廷人员来说绝非一致，因为故事已熟悉，再听一次已然多余，所有新奇的笑料已荡然无存，这即重复引发的反讽效应。而如果不考虑重复之间的关联，那么，我们就像聋大臣，对显而易见的重复效应视而不见。故此，德勒兹在《差异与重复》的开篇即强调，重复绝非一般性。而该书的副标题就是"对再现的批判"。在此基础上，德勒兹在评价马克思的重复思想时说："历史中的重复既非简单的类比，亦非历史学家的反思概念，它首先是历史行动本身的条件。"⑥

重复的效力引发事物的新变，是基尔凯郭尔以来的基本认知，其《重复》对持存充满了忧虑，持存之物引发自我的丢失，约伯正是在"义人"的反复再现中，随着重复的惯性，逐渐遗忘"因信称义"。相反，重复是约伯的"失而复得"，意味着凤凰涅槃："'重复'的辩证法很容易的；因为那被重复的东西曾存在，否则的话，它就无法被重复，而恰恰这'它曾存在'使得重复成为'那新的东西'。"⑦而在马克思看来，重复之间之所以是反讽而非再现，在于重复

---

① 索伦·基尔克郭尔：《重复》，京不特译，东方出版社2011年版，第3页。
② 黑格尔：《哲学史讲演录》(第一卷)，贺麟、王太庆译，商务印书馆1959年版，第282页。
③ 索伦·基尔克郭尔：《重复》，京不特译，东方出版社2011年版，第50页。
④ J.希利斯·米勒：《小说与重复：七部英国小说》，王宏图译，天津人民出版社2007年版，第6页。
⑤ 索伦·基尔克郭尔：《重复》，京不特译，东方出版社2011年版，第26页。
⑥ 吉尔·德勒兹：《差异与重复》，安靖、张子岳译，华东师范大学出版社2019年版，第165页。
⑦ 索伦·基尔克郭尔：《重复》，京不特译，东方出版社2011年版，第25页。

的历史本质使然。即历史是线性时间,而非再现式的循环。前者必然引发后者的“重复焦虑”,形成了对后者的“破坏性”干扰,从而在存在的根本意义上否定对方。“人们自己创造自己的历史,但是他们不是随心所欲的创造,并不是在他们自己选定的条件下创造,而是在直接碰到的、既定的、从过去承继下来的条件下创造。一切已死的先辈们的传统,象梦魇一样纠缠着活人的头脑。”[①]因此,重复的本质必然是反讽的:“他模仿特里尔的圣衣礼拜仪式在巴黎布置拿破仑皇袍的礼拜仪式。但是,如果皇袍终于落在路易·波拿巴身上,那么拿破仑的铜像就将从旺多姆圆柱顶上倒塌下来。”[②]

二

然而,我们不能简单地认为,悲喜剧就在意指“侄儿代替伯父”之类英雄与小丑的反讽式对立。事实上,1852 年版本写为“第一次是作为伟大的悲剧出现,第二次是作为卑劣的笑剧出现”。这一版本中,悲喜剧前的修饰语“伟大的”与“卑劣的”明确地将悲喜剧对应于英雄与小丑的重复模式。但后来去掉了修饰语,变成“第一次是作为悲剧出现,第二次是作为笑剧出现”[③]。这样,悲喜剧概念就不再限于具体的价值判定,或者说限于某一具体的重复类型,而是在宽阔的修辞视野中建构反讽重复的原理,进而把握历史的重复规律。否则,无法理解马克思在《雾月十八日》里所精心构筑的各种复杂的重复现象:“在观察世界历史上这些召唤亡灵的行动时,立即就会看出它们中间的显著差别。旧的法国革命时的英雄卡米尔·德穆兰、丹东、罗伯斯庇尔、圣茹斯特、拿破仑,同旧的法国革命时的党派和人民群众一样,都穿着罗马的服装,讲着罗马的语言来实现当代的任务,即解除桎梏和建立现代资产阶级社会。”[④]如路易·波拿巴对拿破仑的摹仿那样,拿破仑也借用了神圣罗马帝国皇帝的古老称号。波拿巴的重复与拿破仑的重复虽同是反讽,却完全不同。问题就在于,为什么拿破仑的反讽重复是英雄式的,而波拿巴的反讽重复却是小丑式的。这就表明,马克思意在用悲喜剧来建构反讽重复的逻辑本质,并以此来统摄所有的历史重复现象。

那么,反讽重复的逻辑本质究竟隐喻什么样的历史哲学观?这势必回到重复悲喜剧的判定起点。马克思有意强调了“第一次是悲剧,第二次是喜剧”的重复序列。那么,由悲剧到喜剧的这种重复序列是否可以置换?在德勒兹看来,悲剧到喜剧“这一时间顺序并没有被绝对地奠基”[⑤]。德勒兹认为,马克思之所以用悲喜剧来界定,在于区分重复是否引发了事物的新变:“按照马克思的看法,当重复没有达到目标时,它就是喜剧性的。也就是说,它

① 马克思:《路易·波拿巴的雾月十八日》,中共中央马克思恩格斯列宁斯大林著作编译局译,人民出版社 2001 年版,第 8—9 页。

② 马克思:《路易·波拿巴的雾月十八日》,中共中央马克思恩格斯列宁斯大林著作编译局译,人民出版社 2001 年版,第 116 页。

③ 马克思:《路易·波拿巴的雾月十八日》,中共中央马克思恩格斯列宁斯大林著作编译局译,人民出版社 2001 年版,第 8 页。

④ 马克思:《路易·波拿巴的雾月十八日》,中共中央马克思恩格斯列宁斯大林著作编译局译,人民出版社 2001 年版,第 9 页。

⑤ 吉尔·德勒兹:《差异与重复》,安靖、张子岳译,华东师范大学出版社 2019 年版,第 166 页。

没有引起变形和新的东西的产生，而是形成了一种退化，而这正是真正重复的反面。喜剧性的化装替换了悲剧性的变形。”[①]也就是说，历史的悲喜剧以历史自我是否发生历史性改变为判定标准，且这一改变应符合历史阶段的历史使命。由此看来，1848—1851年的一系列革命，最终呈现为一种未完成的状态，因此，总体上是喜剧性的。事实上，德勒兹将马克思的重复思想纳入尼采的永恒轮回历史观中，由此历史的宏观走向体现为三个阶段，即悲剧、喜剧，进而正剧。而且，在这种螺旋式的重复序列中，悲剧与喜剧“这两个环节并不具有独立性，而且它们只是为了第三种超越了喜剧性和悲剧性的重复而存在：在某种新东西的生产之中的、排除了主人公本人的正剧的重复”[②]。之所以如此，在于德勒兹所描述的重复模式是互文式重复，重复是一种自我消解的过程，“重复即行动……节日有一个明显的悖论之处，那就是要重复一种‘不可重演的事情’。不是在第一次之外再加上第二次、第三次，而是要使第一次升至N次方。就这种方幂比率而言，重复通过内化自身而颠转自身”[③]。所理解的重复模式在于，重复的悲、喜剧序列不具有决定意义，关键在于重复双方的合力，以及由之引发的互文效应。不是后者对前者，也不是前者对后者，而是双方合力共生。

然而，永恒轮回作为被设定为历史重复的终极形式，那么，它只能是理想化的、虚化的形式。因为人永远在历史之中而不是在历史之外，也只能依靠历史的规律来推理与想象，而无法真正把握这一终极形式的具体所指。如此一来，在螺旋式回环的历史进程里，我们无法获有客观标准，来判定处在历史每一具体碎片中的重复是否真正引发了“形变”。而且若悲喜剧没有凝定的重复序列，那么，每一历史事件都可能应对多重重复形式，也就意味着其形变与否为摇摆不定的重复对象所决定，这样在无形中消解了悲剧和喜剧之间的凝定界限。在此意义上，德勒兹忽视了重复的悲喜剧限定所具的反讽效应。之前已表明，马克思意在用重复性修辞来梳理1848—1851年间的各种令人眼花缭乱的历史事件，而这种梳理的过程就是重复逻辑的构建过程，也是经由反讽来对事件的历史意义进行判断的过程。因此，在重复的语境里，悲喜剧至少体现为历史价值的准则，而不仅仅是在变动不居的重复关系中把握历史目标的实现与否。否则，按德勒兹所阐发的，重复性修辞失去了它所隐喻的历史哲学的根本价值，从而无法为各种复杂的重复现象条分缕析。也正如此，英雄的重复与小丑的重复就不具有历史价值的差异性，然而这正是马克思、雨果等人对路易·波拿巴等小丑群体在历史中拙劣表演的批判所在。所以，重复修辞的悲喜剧序列，意在从根本上阐明事件的历史价值标准。

如何通过悲、喜剧的序列，在原理层面来统摄英雄的重复与小丑的重复？《雾月十八日》对历史重复有一基本判定：“由此可见，在这些革命中，使死人复生是为了赞美新的斗争，而不是为了拙劣地模仿旧的斗争；是为了在想象中夸大某一任务，而不是为了回避在现实中解决这个任务；是为了再度找到革命的精神，而不是为了让革命的幽灵重行游荡。”[④]重

① 吉尔·德勒兹：《差异与重复》，安靖、张子岳译，华东师范大学出版社2019年版，第165页。
② 吉尔·德勒兹：《差异与重复》，安靖、张子岳译，华东师范大学出版社2019年版，第166页。
③ 吉尔·德勒兹：《差异与重复》，安靖、张子岳译，华东师范大学出版社2019年版，第8页。
④ 马克思：《路易·波拿巴的雾月十八日》，中共中央马克思恩格斯列宁斯大林著作编译局译，人民出版社2001年版，第10页。

复意在“死人复生”，然而，它绝非再现式的召唤往昔，其目的在于“新的斗争”。这正如基尔凯郭尔所说：“重复和回忆是同样的运动，只是方向相反；因为那被回忆的事物所曾是的东西，向后地被重复；相反，真正的重复则是向前地被回忆。”[①]换而言之，死人复生意味着，它摈弃了重复的内容，而将重复抽空为形式，从而成为手段。

事实上，这是马克思关于重复的根本思想。马克思曾高度赞美《荷马史诗》：“它们何以仍然能够给我们以艺术享受，而且就某方面说还是一种规范和高不可及的范本。”[②]虽然《荷马史诗》是后世艺术的范本，但这不是黑格尔意义上的再现。因为历史在根本上体现为线性的发展规律，事物的历史形态是独特和差异的。而若想再现《荷马史诗》是不可能的，因为其所依存的历史境遇发生了根本的改变：“这种艺术倒是这个社会阶段的结果，并且是同这种艺术在其中产生而且只能在其中产生的那些未成熟的社会条件永远不能复返这一点分不开的。”[③]所以，任何试图将范本与摹本同一化的努力都没有意义。因为历史的逻辑自然而然地消解了事物作为自我本质的持存的合法性：“一个人不能再变成儿童，否则就变得稚气了。但是，儿童的天真不使成人感到愉快吗？他自己不该努力在一个更高的阶梯上把儿童的真实再现出来吗？”[④]

既然摹本和范本绝无对等的可能性，那么，范本决不是摹本的目的，其意义就在于，它为摹本提供了形式化的策略，或说手段：“借用它们的名字、战斗口号和衣服，以便穿着这种久受崇敬的服装，用这种借来的语言，演出世界历史的新的一幕。”[⑤]由此可见，在重复的历史中，作为原初的端点，其形式就是其目的，而摹本则变成了手段。据此，重复修辞的历史思想明晰起来：重复是让事物的形式从目的走向手段的过程。这一过程正是重复内在的反讽力所引发的必然规律。形式在从目的走向手段的过程中，也是颠覆、消解自我的过程，因而，是从悲剧滑向喜剧的过程。反讽将目的转换为形式，这是历史重复的必然进程，而不是相反。正如此，《雾月十八日》才强调了“第一次是悲剧，第二次则是笑剧（喜剧）”。马克思意在用此来显明辩证的唯物史观，在这种历史的进程中，拿破仑、克伦威尔等人，将“罗马的语言”从目的变为手段，留下空洞的形式，填补时代的内容，从而实现了历史的飞跃与转进。也只有在这种历史逻辑中，重复才具有永恒性。基尔凯郭尔说：“回忆是一件弃置的衣服，不管它多么美丽，它总不再合身，因为我们已经成长而无法置身于其中。重复是一件磨不破的衣服，它贴身而柔软，既不紧又不松。”[⑥]正是“回忆”，显明了此存与往昔的遥远距离，这种距离是作为时间的历史不可更改的，因此它诱发了再现性的朦胧幻象。而重复在将自我

---

① 索伦·基尔克郭尔：《重复》，京不特译，东方出版社2011年版，第3页。

② 马克思、恩格斯：《马克思恩格斯选集》（第二卷），中共中央马克思恩格斯列宁斯大林著作编译局译，人民出版社2012年版，第711页。

③ 马克思、恩格斯：《马克思恩格斯选集》（第二卷），中共中央马克思恩格斯列宁斯大林著作编译局译，人民出版社2012年版，第712页。

④ 马克思、恩格斯：《马克思恩格斯选集》（第二卷），中共中央马克思恩格斯列宁斯大林著作编译局译，人民出版社2012年版，第712—713页。

⑤ 马克思：《路易·波拿巴的雾月十八日》，中共中央马克思恩格斯列宁斯大林著作编译局译，人民出版社2001年版，第9页。

⑥ 索伦·基尔克郭尔：《重复》，京不特译，东方出版社2011年版，第4页。

从目的向手段的转变中,紧紧地贴近了历史。

三

从目的走向手段,这是重复的反讽逻辑所显明的、理应如此的历史规律。这也是重复修辞所隐喻的英雄的历史。当然,英雄借用重复推动了历史的发展,小丑则相反。而马克思的本意也在于,经由重复的反讽原理,来揭示英雄与小丑等诸如此类的、各种重复形式的本质差异,以及据此形成一种历史价值的判断标准,来对这一历史时期的历史事件条分缕析。之所以如此,在于重复自身所具的迷惑性。至少在表象上,英雄的历史形式与小丑的历史形式并无二致。如无法深入重复的本质,就会因形式表象的干扰而引发错误的判定。黑格尔意义上的再现式判断,正是基于这个前提,混淆了英雄与小丑的区别,模糊了历史价值的判断尺度,这也是马克思借"悲剧"与"喜剧"对重复进行的逻辑限定的根本原因。

事实如此,不妨将拿破仑称帝与路易·波拿巴称帝的这两段历史放在一起对比。拿破仑于 1799 年 11 月发动雾月政变,成为法兰西第一共和国执政官;1802 年 8 月修改共和八年宪法为拿破仑宪法,改为终身执政;1804 年 11 月 6 日,法兰西共和国改为法兰西帝国,加冕称帝。而路易·波拿巴于 1848 年成为法兰西第二共和国总统;1851 年 12 月发动政变,并修改宪法,将总统任期延长至十年;1852 年 12 月,恢复帝国,为法兰西帝国皇帝。这两段历史如此惊人的相似,离不开路易·波拿巴·拿破仑对其叔叔拿破仑·波拿巴亦步亦趋的努力。果不其然,路易·波拿巴精心制造的重复形式打动了法国农民阶级以及部分资产阶级,他们怀着对拿破仑时代的眷恋向往而迷醉其间。正是借助这种重复的醉境,路易·波拿巴获得了最后的胜利。殊不知,这正是雨果所说的"您竟看不出,所有这种种全是幻象!竟看不出,12 月 2 日是一场巨大的幻想"①。小丑借重复制造了英雄幻象,"竟是他啊,这徒具人形的假面"②。

马克思一针见血地指出:"12 月 2 日,二月革命被一个狡猾的赌徒的骗术所葬送,结果,被消灭的不再是君主制度本身,而是一世纪以来的斗争从君主制度方面夺取来的自由主义的让步。结果,不是社会本身获得了新的内容,而只是国家回到了最古的形态,回到了宝剑和袈裟的极端原始的统治。"③从重复逻辑来看,拿破仑对罗马帝国的重复,意在将"罗马的语言"从目的变成手段:借助帝国皇帝的舞台,上演资产阶级的戏。因此,拿破仑意义上的重复,意指从目的到手段的形式化变动。路易·波拿巴则刚好相反。虽然在重复拿破仑,但并未按照重复的反讽逻辑来改变历史,按历史的历史性要求来推动历史的前行,而是开了历史的倒车,"拿破仑的铜像就将从旺多姆圆柱顶上倒塌下来"。从修辞的逻辑序列上看,他把原本作为目的"资产阶级的戏"变成了手段,进而把原本作为手段的"帝国皇帝"这一落后的体制转变为实实在在的终极目的。由此,英雄的重复与小丑的重复得以在修辞原

① 雨果:《一桩罪行的始末》,丁世忠、涂丽芳译,译林出版社 2013 年版,第 216 页。

② 雨果:《一桩罪行的始末》,丁世忠、涂丽芳译,译林出版社 2013 年版,第 215 页。

③ 马克思:《路易·波拿巴的雾月十八日》,中共中央马克思恩格斯列宁斯大林著作编译局译,人民出版社 2001 年版,第 12 页。

理上区分,既遵循了反讽逻辑,也进一步颠倒了反讽逻辑。

反讽逻辑的颠倒错位,深化了马克思对于重复的悲喜剧限定。也即,它不仅意指反讽,还意指双重反讽:违背修辞规律的反讽。这正来自马克思对曲折迂回的历史的反思,目的与手段往往颠倒错位,是历史回旋的修辞本质。事实上,从唯物史观来看,各色阶级在此期间正走向了重复的误区,而与历史的发展规律渐行渐远:“在1848—1851年间,只有旧革命的幽灵在游荡,从改穿了老巴伊的服装的戴黄手套的共和党人马拉斯特起,直到用拿破仑的死人铁面具把自己的鄙陋可厌的面貌掩盖起来的冒险家止。”①

不同于英雄的重复,也不同于小丑的重复,这一时期的资产阶级重复呈现为另一种双重反讽的逻辑形式。以共和派为例,马克思说:“资产阶级共和派认为最革命的事件,实际上却是最反革命的事件。果实落到了资产阶级共和派的怀里,但它不是从生命树上落下来,而是从知善恶树上落下来的。”②共和派统治的总结之一是“拟定共和主义宪法”,但这种新宪法只是1830年宪章的“共和主义化”版本,所有的变更“只涉及目录而没有涉及内容,只涉及名称而没有涉及事物”③。而且,议会、总统、宪法之间形成了矛盾冲突,以至于“宪法本身是在号召以暴力来消灭自己”④。为什么宪法的拟定落不到实处?那是因为,资产阶级的重复形式一旦要具体为目标,就会被自我否定。这为资产阶级的分裂现状所决定,分裂的各政体所主导的政治形式并不一致,并时而矛盾。这就决定了,在一系列的政治角逐之中,各政体小心翼翼地维持一种此起彼伏的均衡,就必然是形式到形式的更替。1848—1851年间的法国资产阶级政党处于内部分裂的状态,大致包括垄断资产阶级(“波旁派”、“奥尔良派”)、产业资产阶级(“共和派”)、小资产阶级(“山岳党”)等,各自的政治诉求并不一致,在彼此起伏的政治舞台中轮番上阵,自然而然引发了“五彩缤纷”的重复事件。资产阶级在自我重复的过程中,去除了重复的内容,把自我追求变成了纯粹的游戏性形式。从而在反讽逻辑上,体现为手段向手段的转换。

这表明,资产阶级的革命伊始,就不曾下沉到实质性的革命目的中去,意在让革命成为革命的形式。“宪法、国民议会、保皇党、蓝色的和红色的共和党人、非洲的英雄、讲坛的雷鸣声、报刊的闪电、整个著作界、政治声望和学者的名誉、民法和刑法”等,无不如此,所以,“所有这一切,都好像一片幻影在一个人的咒文面前消失不见了,而这个人连他的敌人也不认为是一个魔法师”⑤。在马克思看来,资产阶级的重复革命是“真重复”,它既没让历史前进,也没让历史倒退,而是让历史滞留不前。“资产阶级革命,例如18世纪的革命,总是突飞

① 马克思:《路易·波拿巴的雾月十八日》,中共中央马克思恩格斯列宁斯大林著作编译局译,人民出版社2001年版,第10页。

② 马克思:《路易·波拿巴的雾月十八日》,中共中央马克思恩格斯列宁斯大林著作编译局译,人民出版社2001年版,第21页。

③ 马克思:《路易·波拿巴的雾月十八日》,中共中央马克思恩格斯列宁斯大林著作编译局译,人民出版社2001年版,第21页。

④ 马克思:《路易·波拿巴的雾月十八日》,中共中央马克思恩格斯列宁斯大林著作编译局译,人民出版社2001年版,第23页。

⑤ 马克思:《路易·波拿巴的雾月十八日》,中共中央马克思恩格斯列宁斯大林著作编译局译,人民出版社2001年版,第13—14页。

猛进,接连不断地取得胜利的;革命的戏剧效果一个胜似一个,人和事物好像是被五彩缤纷的火光所照耀,每天都充满极乐狂欢;然而这种革命为时短暂,很快就达到自己的顶点,而社会在还未学会清醒地领略其疾风暴雨时期的成果之前,一直是沉溺于长期的酒醉状态。"[①]翻来覆去的重复,在手段与手段之间的游走,各种政见主张流于形式化的争斗,使资产阶级的自我力量弱化,也让历史的机会主义者乘虚而入:"然而波拿巴像阿革西拉乌斯回答国王亚奇斯那样回答了秩序党:'你把我看作蚂蚁,但是总有一天我会成为狮子的'。"[②]

资产阶级是手段到手段的重复模式,无产阶级在这一阶段的重复形式与资产阶级刚好相反,"像十九世纪的革命这样的无产阶级革命,则经常自己批判自己,往往在前进中停下脚步,返回到仿佛已经完成的事情上去,以便重新开始把这些事情再做一遍"[③]。其意在于,无产阶级以革命为目的,不断重复自身,由此形成了从目的到目的的重复逻辑。这种历史逻辑的问题在于,革命的本质本应是改变世界的手段,"无产阶级不把哲学变成现实,就不可能消灭自己"[④]。只有在革命成为手段的时候,无产阶级才如《普罗米修斯的束缚》所说那样,"是世界历史戏剧中的行动者"[⑤],来主导并推动历史。但此时的无产阶级,限于历史的局限性,无法基于未来的高度清晰地认知自我的历史定位。因此,这一阶段,他们往往依附于资产阶级的革命形式,而无产阶级"改变'现实'社会经济世界的物质能量"[⑥]也被资产阶级所左右。但资产阶级的各种革命只是手段化重复,而无法带来历史的实质性改变。这就引发了无产阶级的自我怀疑,以及不断地加强以自我目的为目的的重复模式:"它们十分无情地嘲笑自己的初次行动的不彻底性、弱点和拙劣;它们把敌人打倒在地上,好像只是为了要让敌人从土地里汲取新的力量并且更加强壮地在它前面挺立起来。"[⑦]而一旦如此,无产阶级就会发现,站在无产阶级这边的,只有他们自己。因此,在这种目的性循环的重复逻辑中,无产阶级"醉心于这样一种运动,即不去利用旧世界自身所具有的一切强大手段来推翻旧世界,却企图躲在社会背后,用私人的办法,在自身的有限的生存条件的范围内实现自身的解放,因此必然是要失败的"[⑧]。

至此,《雾月十八日》的重复诗学已然明朗,以目的到手段为重复的反讽本质,进而衍生

---

① 马克思:《路易·波拿巴的雾月十八日》,中共中央马克思恩格斯列宁斯大林著作编译局译,人民出版社2001年版,第12页。

② 马克思:《路易·波拿巴的雾月十八日》,中共中央马克思恩格斯列宁斯大林著作编译局译,人民出版社2001年版,第77—78页。

③ 马克思:《路易·波拿巴的雾月十八日》,中共中央马克思恩格斯列宁斯大林著作编译局译,人民出版社2001年版,第12页。

④ 马克思、恩格斯:《马克思恩格斯选集》(第一卷),中共中央马克思恩格斯列宁斯大林著作编译局译,人民出版社1995年版,第16页。

⑤ 维塞尔:《普罗米修斯的束缚》,李昀、万益译,华东师范大学出版社2014年版,第218页。

⑥ 维塞尔:《普罗米修斯的束缚》,李昀、万益译,华东师范大学出版社2014年版,第217页。

⑦ 马克思:《路易·波拿巴的雾月十八日》,中共中央马克思恩格斯列宁斯大林著作编译局译,人民出版社2001年版,第12—13页。

⑧ 马克思:《路易·波拿巴的雾月十八日》,中共中央马克思恩格斯列宁斯大林著作编译局译,人民出版社2001年版,第16—17页。

出手段到目的、手段到手段、目的到目的的三种双重反讽逻辑，并以此来指向 1848—1851 年间的所有重复历史。回到米勒所说的“从基尔凯郭尔到马克思”这一阶段，事实上就是米勒未能阐明的反讽式重复这一重要阶段。从西方重复思想史来看，米勒曾创造性阐释了德勒兹的重复思想，把重复分为“柏拉图式”和“尼采式”两种重复观。前者也是黑格尔意义上的重复，基于同质性本质：“在各种事物间真正的、共有的相似（甚至同一）的基础上，可提炼出隐喻的表现方式。”[①]而后者则基于异质性本质：“相似以这一‘本质差异’的对立面出现，这个世界不是摹本，而是德鲁兹（德勒兹）所说的‘幻影’或‘幻象’。”[②]简而言之，尼采式重复意在异质的事物之间寻求一种“朦胧的相似性”，因此，这种重复可称之为互文式重复。然而，无论是柏拉图式重复，还是尼采式重复，都无法囊括马克思《雾月十八日》的反讽式重复。在此意义上，《雾月十八日》的重复修辞显明了它应有的诗学价值。

① J.希利斯·米勒：《小说与重复：七部英国小说》，王宏图译，天津人民出版社 2007 年版，第 7 页。

② J.希利斯·米勒：《小说与重复：七部英国小说》，王宏图译，天津人民出版社 2007 年版，第 7—8 页。

宋集整理之佳构，诗僧研究之杰作

——评周裕锴《石门文字禅校注》

卞东波*

摘　要：惠洪是宋代著名的诗僧，其文集在中国古代无注，周裕锴教授所著的《石门文字禅校注》是对惠洪诗文集全面的校注。《石门文字禅校注》不但对《石门文字禅》中的词汇、典故精校详注，纠正了日本禅僧廓门贯彻《注石门文字禅》的众多错讹，而且注评结合，注意抉发惠洪创作的各方面特色。《石门文字禅校注》汲取中国古代注释学特别是宋人注宋诗的长处，释事兼释意，对惠洪的生平与文学创作进行了深入的考论，取得了很高的学术成就。但《石门文字禅校注》也存在一些标点和文字上的错讹，注释使用的版本也有待优化，注释也有一些可以补正之处。

关键词：《石门文字禅校注》；惠洪；宋集；诗僧；宋人注宋诗

文学研究进步之一端表现在从前被视为文学史边缘的人群开始受到学术界的注意，就宋代文学研究而言，从前受到忽视的江湖诗人、女性作家、诗僧群体、理学家诗人等都开始受到不同程度的关注。今人撰述的宋代文学史很少会讲到诗僧创作，其实这一群体应该在文学史上占有一席之地。作为宋代诗僧代表的惠洪近20年来得到较多的关注，一直未曾离开宋代文学研究界的视野，有关惠洪的文献整理与学术研究也次第展开。2002年，张伯伟先生点校出版了《稀见本宋人诗话四种》，收录了惠洪所撰的五山版《冷斋夜话》、宽文版《天厨禁脔》，以及无著道忠所著的《冷斋夜话考》。五山版《冷斋夜话》是最接近元刻本的版本，较中国流传的明代刻本文献价值为高。2005年，陈自力出版了《释惠洪研究》。2010年，周裕锴先生出版了《宋僧惠洪行履著述编年总案》，这是学术史上第一部有关诗僧的年谱类著作。2012年，张伯伟、郭醒、童岭、卞东波点校出版了江户时代日本禅僧廓门贯彻所作的《注石门文字禅》。2014年，椎名宏雄先生所编的《五山版中国禅籍丛刊》第11卷收录了京都建仁寺两足院藏日本南北朝时代刊本（即五山版）《天厨禁脔》。2021年，周裕锴先生出版了

*　**作者简介**：卞东波，南京大学文学院教授，主要研究方向为中国古代文学、域外汉籍研究。本文系国家社科基金重大项目“东亚古代汉文学史”(19ZDA260)阶段性成果。

《石门文字禅校注》[①](以下简称《校注》)。周裕锴、莫砺锋先生关于宋代诗学核心概念"夺脱换骨"提出者的争论[②],还使惠洪一度成为学术界关注的焦点。如果"夺胎换骨"是由惠洪而不是黄庭坚首创的,那么无疑会改变宋代诗学史的传统叙述,意义重大。从20年来有关惠洪研究的学术史简单梳理来看,周裕锴先生一直在这个领域辛勤耕耘。2021年,他出版皇皇十巨册的《石门文字禅校注》不但是他多年来惠洪研究的集大成,而且也是近年来宋集整理的典范之作。

一、详注精校:《石门文字禅校注》的学术价值

诗僧是中国文坛的边缘人群,六朝时期的惠休就名列钟嵘《诗品》之中。至唐代,诗僧群体逐渐壮大,产生了诸如寒山、皎然、齐己、贯休、灵澈等著名诗僧,南宋李龏选录唐代诗僧诗歌五百首,编为《唐僧弘秀集》,其序称唐代诗僧,"皆有拔山之力、搜海之功"[③],亦是对这一群体创作成绩的承认。宋代诗僧群体较唐代更为庞大,作品数量、成就也更多、更高,并且在宋代还出现了数部诗僧总集,如《九僧诗选》《圣宋高僧诗选》《中兴禅林风月集》《江湖风月集》等。宋代诗僧有一个很大的特色就是士大夫化,写诗毫无"蔬笋气"或"酸馅气",他们经常和文人士大夫交游唱和,几可以视为无发之士大夫,惠洪可谓宋代诗僧的典型。《永乐大典》卷八七八三《瑞阳志》,称其"禅学超诣……博通儒书,尤工于诗,名动京辇"[④]。他自幼饱读诗书,后又与黄庭坚等士大夫交游,一生虽坎坷崎岖,然著述宏富,对佛经、僧史多有研究,又富于文学创作,古人称其:"落笔万言,了无停思。其造端用意,大抵规模东坡,而借润山谷。"[⑤]时人"张无尽、陈了翁、邹志完诸公评其诗文,以为晋唐以来诗僧之冠"[⑥],当时为相的张商英更称惠洪是"天下之英物,圣宋之异人"[⑦],评价不可谓不高。他所著的《石门文字禅》30卷则是他一生文学创作的结晶,完整呈现了宋代诗僧士大夫化的特色,以及宋代文学的时代特色,举凡江西诗派提出的"点铁成金""夺胎换骨",以及宋诗"以才学为诗""以议论为诗"等元素都可以在其集中找到痕迹。

惠洪在宋代文学史上应该占有一席之地,但宋代文学研究者对其所著的《冷斋夜话》关注较多,而对其创作的特色与成绩则未有全面的观照,盖诗僧群体自古以来一直被视为文学史的边缘人群,亦为士大夫文学的光芒所掩。近年来,宋代诗僧群体受到学术界的注意,

① 张伯伟编校:《稀见本宋人诗话四种》,江苏古籍出版社2002年版;陈自力:《释惠洪研究》,中华书局2005年版;周裕锴:《宋僧惠洪行履著述编年总案》,高等教育出版社2010年版;释惠洪撰,释廓门贯彻注,张伯伟、郭醒、童岭、卞东波点校:《注石门文字禅》,中华书局2012年版;椎名宏雄编:《五山版中国禅籍丛刊》(第11卷),临川书店2014年版;释惠洪撰,周裕锴校注:《石门文字禅校注》,上海古籍出版社2021年版。

② 参见周裕锴《惠洪与换骨夺胎法——一桩文学批评史公案的重判》,莫砺锋《再论"夺胎换骨"说的首创者——与周裕锴兄商榷》,皆载《文学遗产》2003年第6期。又周裕锴《"夺胎"与"转生"的信仰——关于惠洪首创作诗"夺胎法"思想渊源旁证的考察》,载《成都理工大学学报》2008年第2期。

③ 李龏:《唐僧弘秀集序》,《景印文渊阁四库全书》第1356册,台湾商务印书馆1983年版,第862页。

④ 《校注》附录一,第4565页。

⑤ 释祖琇:《僧宝正续传》卷二《明白洪禅师传》,《校注》附录一,第4568页。

⑥ 《舆地纪胜》卷二七《瑞州》,《校注》附录一,第4566页。

⑦ 释祖琇:《僧宝正续传》卷二《明白洪禅师传》,《校注》附录一,第4568页。

特别是在中国失传而存于日本的南宋诗僧文集陆续在中国得到影印、整理和研究，出版了许红霞辑著的《珍本宋集五种：日藏宋僧诗文集整理研究》[①]，朱刚、陈珏《宋代禅诗辑考》[②]，孙海燕点校的《参寥子诗集》[③]，高慎涛《参寥子诗集校注》[④]等宋代诗僧整理著作。《石门文字禅》中国古来无注，只有日本江户时代曹洞宗僧人廓门贯彻的注释。周裕锴教授《校注》的出版是近年来出版的最大规模的宋代诗僧文集整理著作，一方面重新定位了惠洪的文学史地位，另一方面又为如何整理中国诗僧文集作出了示范。

先来看《校注》对《石门文字禅》的校勘。《石门文字禅》版本系统比较简单，宋版已经失传，现存版本皆源于明万历二十五年（1597 年）杭州径山寺本（已影印入《四部丛刊初编》），他本的校勘价值不高，故《校注》在校勘上的一大特色就是大量利用“理校法”。关于理校法，陈垣先生尝言：“遇无古本可据，或数本互异，而无所适从之时，则须用此法。此法须通识为之，否则卤莽灭裂，以不误为误，而纠纷愈甚矣。故最高妙者此法，最危险者亦此法。”[⑤]《校注》在使用理校法时比较谨慎，有的地方文字形近而误，可直接理校。卷一《豆粥》“豆末亦趁泗涡入”，《校注》：“末：底本作‘才’，不辞，乃涉形近而误。”卷二《赠阎资钦》“杳然自靖深”，《校注》：“靖深：底本作‘清深’，诸书状人无此用例，当涉形近而误，今改。”卷二《赠王性之》“且复白帢拖红尘”，《校注》：“白帢：白色便帽，与‘拖’字不侔，当为‘白袷’之误。”[⑥]这里都是底本形近致误，又无他本可据，但通过上下文可以理校。

有的地方《校注》还通过音韵学知识来理校[⑦]。卷一《十二月十六日发双林登塔头晓至宝峰寺见重重绘出庵主读善财遍参五十三颂作此兼简堂头》“泥软脱芒屦”，《校注》：“此诗为五言古诗，一韵到底……‘雾’‘屦’‘路’‘莫（暮）’‘故’‘具’‘步’‘露’‘遇’‘注’属去声七遇，其韵均可通押。而‘履’字为上声五旨，不可通押，故知‘履’当为‘屦’之误。”卷四《狱中暴寒冻损呻吟》“以手枕匣楔”，《校注》：“底本‘楔’作‘禊’。考‘楔’音先结切，入声，屑韵；‘禊’音胡计切，去声，霁韵。本诗押入声韵，故当作‘楔’，‘禊’乃涉形近而误，今改。”[⑧]这两处理校比较有依据。

有的地方《校注》则通过禅学知识来理校。卷二《廓然送僧之邵武颇叙宗祖以自激劝次韵》，《校注》：“叙宗祖：底本作‘叙宗族’，误，今改。盖本诗有句曰‘作诗颇亦叙宗祖’，可证。又思睿与所送僧均出家人，其所叙当为‘宗祖’，即禅宗祖师，或特指云门宗祖师，其‘以自激劝’当指参禅修道之事，与儒家礼仪排列同宗族次序以定辈分之‘叙宗族’固有不同。”又卷

---

① 北京大学出版社 2013 年版。另外，黄启江先生著有《文学僧藏叟善珍与南宋末世的禅文化——〈藏叟摘稿〉之析论与点校》（新文丰出版公司 2010 年版）、《静倚晴窗笑此生：南宋僧淮海元肇的诗禅世界》（台湾商务印书馆 2013 年版）对释元肇、释善珍等南宋“文学僧”有一系列的研究，可资参看。

② 复旦大学出版社 2012 年版。

③ 上海古籍出版社 2017 年版。

④ 中州古籍出版社 2014 年版。

⑤ 陈垣《校勘学释例》，中华书局 1959 年版，第 148 页。

⑥ 分别见《校注》，第 94、261、299 页。

⑦ 陈永正先生认为：“注释诗歌，有特殊的专业方面的要求。其中最基本的一点，就是注家必须懂得‘声律’。”（《诗注要义 · 知难章第一》，上海古籍出版社 2018 年版，第 15 页）因为周裕锴先生擅长古典诗词创作，故古诗的声律亦有切身的体会。

⑧ 分别见《校注》，第 101、639 页。

二、注评结合：《石门文字禅校注》的特色

《校注》在注释过程中，注评结合，通过注释揭示了惠洪诗歌创作的特色。如卷五《补东坡遗三首题武王非圣人论后》，《校注》："惠洪流配海南，寻访苏轼遗迹，作诗追补苏轼在海南当作而未作之阙，号'补东坡遗'。此'补东坡遗'之形式，乃惠洪仿苏轼之《和陶诗》而有变化者。"[①]苏轼《和陶诗》开创了今人次韵古代诗人的传统，而惠洪的"补东坡遗"则学习苏轼在诗体上的创新，补东坡当作而未作的诗。

宋人在文学批评上开创了很多独特的形式，如以禅喻诗、以食喻诗、以书法喻诗，惠洪则喜"以战喻诗"。周裕锴先生曾撰文《以战喻诗：略论宋诗中的"诗战"之喻及其创作心理》[②]讨论这种文学现象，并讨论了宋人"以战喻诗"中出奇争胜的竞技心态、对语言表现力的征服欲望、争夺话语权的结盟意识等心理。基于上述研究，《校注》也对惠洪诗歌中这种诗学现象进行了剖析。卷二《予与故人别因得寄诗三十韵走笔答之》"降旌狼藉诗魔泣"，《校注》："降旌：表示投降之旗帜，此喻自愿认输。本集屡用此喻。"卷四《金陵吴思道居都城面城开轩名曰横翠作此赠之》"君应意挑战"，《校注》："此乃以战喻诗，以迫近敌垒喻作诗水平接近，可主动挑战。"此两处正是周先生指出的"出奇争胜的竞技心态"的体现。卷九《次韵曾伯容哭夏均父》"哭子如临敌，当勾失短铤"，《校注》："谓临到吊唁夏倪之时，却难以写出佳句，如同临阵对敌，却失去兵器。此亦以战喻诗。"又卷一〇《公亮超然见和因寄复答之》"意的千钧善发机"，《校注》："谓其诗意精确中肯。……锴按：宋人好以'破的''中的'喻诗，本集卷七《次韵》：'吐句如善射，字字皆中的。'即其例。"[③]"破的"源自杜诗，后成为宋人以战喻诗的典型意象。作诗确实如作战，如作诗时的谋篇布局恰似战前的运筹帷幄，遣词造句亦似作战之时的调兵遣将。《校注》对惠洪诗歌中"以战喻诗"的概括非常精到。

诗歌是修辞的艺术，《校注》指出了惠洪诗歌修辞上的独特之处。如卷五《次韵苏东坡》"丽词有逸韵，文君方小妆"，《校注》："喻苏轼诗文辞章如美女，复坐实其如正梳妆之卓文君。此即'将错而遽认真，坐实以为凿空'之曲喻修辞法。"卷一〇《公亮超然见和因寄复答之》"濯出秦川锦一机"，《校注》："喻公亮、超然和诗秀句绮丽如织锦。……锴按：下联复就秦川锦而生出'春步障''夜行衣'，均喻诗句，此亦曲喻之修辞法。"[④]所谓"曲喻"，就是在用了比喻后，再从喻体形象出发，进一步发挥想象，写出本体形象本来并不具有的状态或动作。钱钟书先生云："例若'青州从事斩关来'，'管城子无食肉相，孔方兄有绝交书'……酒既为'从事'，故可'斩关'；笔既有封邑，故能'失身食肉'。……均就现成典故比喻字面上，更生新意；将错而遽认真，坐实以为凿空。"[⑤]这种修辞现象在苏黄等人诗中比较多见，受到苏黄影响，惠洪亦学习了此种方法。

---

① 《校注》，第 759 页。

② 载《文学遗产》2012 年第 3 期。

③ 分别见《校注》，第 249、630、1413、1653 页。

④ 分别见《校注》，第 775、1652 页。

⑤ 钱锺书：《谈艺录》，中华书局 1984 年补订版，第 21—22 页。

惠洪诗歌好用比喻，《校注》对此多有揭示，从一方面也显示了惠洪诗歌创作的特色。如卷一《谒狄梁公庙》"顿尘看奔马"，《校注》："本集好以顿尘骏马喻言谈诗文。"卷一《豆粥》"但觉铜瓶蚯蚓泣"，《校注》："本集喜用'铜瓶泣'之喻，几成套语。"卷一《秀上人出示器之诗》"秀丝出盆明"，《校注》："本集颇好用出盆丝喻诗。"卷二《赠阎资钦》"愿为匿盆麝"，《校注》："覆盆缶藏匿麝香，而香气难掩，以喻人不事张扬，而美名愈彰。本集多用此喻。"卷二《次韵见寄二首》"安知磁石针"，《校注》："谓磁石与针无论新旧，均相互吸引，喻朋友无论新旧，均自然默契。……本集屡用此喻。"[①]指出这些比喻之后，注者又引证大量惠洪诗句，显示是惠洪习惯性用法。

《校注》亦分析了惠洪诗歌在对仗上的技巧，卷一—《法轮齐禅师开轩于薝蔔丛名曰薝蔔二首》其二"苾刍来问宗风事，薝蔔为薰知见香"，《校注》：

叶梦得《石林诗话》卷中："荆公诗用法甚严，尤精于对偶。尝云：'用汉人语，止可以汉人语对，若参以异代语，便不相类。'如'一水护田将绿绕，两山排闼送青来'之类，皆汉人语也。此惟公用之，不觉拘窘卑凡。如'周颙宅在阿兰若，娄约身随窣堵波'，皆以梵语对梵语，亦此意。"惠洪仿荆公遗法，此处以"薝蔔"对"苾刍"，以及上文以"薝蔔园"对"旃檀座"，皆以梵语对梵语。[②]

本注指出了惠洪诗歌在对仗上学习王安石"遗法"，用梵语对梵语。从上可见，惠洪虽为衲子，其实受到士大夫文学很大的影响，有明显的士大夫化倾向。

《校注》注评结合的特色还表现为书中不少注语宛似一则诗话，将其置于宋人诗话中亦不能别。许顗《彦周诗话序》云："诗话者，辨句法，备古今，纪盛德，录异事，正讹误也。"[③]《校注》在"辨句法""正讹误"方面着力颇多。《校注》多次指出，惠洪诗歌效仿东坡"句法"，卷二《廓然送僧之邵武颇叙宗祖以自激劝次韵》"初如迷径失向背，忽得车首分西东"，《校注》："苏轼《虔州八境图八首》之六：'山水照人迷向背，只寻孤塔认西东。'此二句仿其句法。"卷三《飞来峰》"颇怪胡阿师"，《校注》："苏轼《送参寥师》：'颇怪浮屠人。'此仿其句法。"[④]据王德明先生的意见，"句法"在宋代包括诗句的语言组合模式，诗句的内容，具体的技法、手法、方法，一般意义上的造句方法等意义[⑤]。《校注》中指出的"仿其句法"，应该指惠洪效仿苏轼诗句语言的组合模式。又卷二《次韵见寄二首》"游丝登百尺，飞絮沾泥尘"，《校注》：

廓门注："《韩文》九卷：'落英千尺堕，游丝百丈飘。'下皆效此。"……锴按：惠洪句法虽仿此，然写春景而兼有比兴。"游丝"以喻阎孝忠，"登百尺"喻青云直上。"飞絮"以喻己，"沾泥尘"喻禅心空寂，不受外界诱惑。《冷斋夜话》卷六《东坡称赏道潜诗》：

---

① 分别见《校注》，第5、96、182、263、267页。

② 《校注》，第1793页。

③ 何文焕辑《历代诗话》，中华书局1981年版，第378页。

④ 分别见《校注》，第280、533页。

⑤ 王德明：《中国古代诗歌句法理论的发展》第一章《绪论》，广西师范大学出版社2000年版，第5—9页。

> “东吴僧道潜，有标致。……东坡遣一妓前乞诗，潜援笔而成曰：‘寄语巫山窈窕娘，好将魂梦恼襄王。禅心已作沾泥絮，不逐东风上下狂。’”此借用其喻。[①]

廓门之注能道其然，未能道其所以然，仅能指出惠洪句法的出处，而未能揭其妙谛。《校注》非常精准地指出惠洪诗歌“写春景而兼有比兴”的特质，具体阐释了此诗诗语背后的喻意。最后引证《冷斋夜话》中道潜之诗，指出惠洪实是“借用其喻”，读者读至此方知惠洪诗歌的实际渊源应是道潜之诗。此种注文不仅释事兼释意，而且还揭示更深层次的意蕴，是注释学术性的体现。从《校注》也可见，惠洪创作的诗歌与诗话之间存在着互文性，或者说，其创作与理论是互通的，而非割裂的。

惠洪曾称，苏轼等人作诗以“以奇趣为宗，反常合道为趣”[②]，受此影响，他在诗歌创作中也爱造新词，诗语多戛戛独造，《校注》也多次指出惠洪独创的新的诗语。如卷一《谒蔡州颜鲁公祠堂》“闹传平原城壁坚”，《校注》：“闹传：纷纷传言，意同‘閧传’。此词惠洪独创，本集屡用之。”卷二《廓然送僧之邵武颇叙宗祖以自激劝次韵》“削弱不胜服”，《校注》：“削弱：瘦削柔弱。此用法为惠洪首创。”又卷三《洪玉父赴官颍川会余金陵》“举步惧推鄙”，《校注》：“推鄙：推却拒绝，鄙薄轻视。此词乃惠洪独创。”[③]独创“闹传”、“削弱”、“推鄙”三个新的诗语，也可见惠洪在创作上努力追求语言生新的一面。

惠洪诗歌在语言上的创新，还表现在其诗中运用了诸多禅语。周裕锴教授精于禅学研究，著有禅宗与文学的研究专著多种，在他的剖析下，读者对惠洪诗中的诗与禅的交涉有了深入了解，如下面两则注文：

> 卷九《云庵生辰》“死生浪遮掩，漏泄是今辰”，《校注》：“意谓己与克文老师虽生死相隔，然老师禅风却于此忌日全体展现，不再隐藏。盖因‘亡僧面前正是触目菩提’，漏泄涅槃之真谛。锴按：禅师传法弟子，重自证自悟，故语多‘遮掩’，而防‘漏泄’禅机。遮掩、漏泄为禅门习见语，如《黄龙晦堂心和尚语录偈颂・送张居士》：‘看着桃花春正好，又摇鞭影出岩扉。风前一札难遮掩，已泄灵云最上机。’”[④]
>
> 卷九《四月二十五日智俱侍者生日戏作此授之》“谷响千斤重，虚空五采描”，《校注》：“空谷响声乃应物而发，本无实体，却称其有千斤重量；虚空本一无所有，不可扪摸，却言其由五彩描出。此二句即禅家违背常情识见之‘格外谈’。《建中靖国续灯录》卷二二《潭州大沩山祖琇禅师》：‘上堂云：雨下阶头湿，晴干水不流。鸟巢沧海底，鱼跃石山头。众中大有商量，前头两句是平实语，后头两句格外谈。’锴按：谷响、虚空，佛经以喻万缘俱寂，《华严经》卷四四《十忍品》：‘譬如谷响，从缘所起，而与法性无有相违。’此言‘千斤’‘五采’者，欲示世上万缘不过如谷响、虚空耳，故诗之末句谓‘豁尔万缘消’。”[⑤]

---

① 《校注》，第268页。

② 惠洪：《冷斋夜话》卷五，张伯伟编校《稀见本宋人诗话四种》，第51页。

③ 分别见《校注》，第13、279、574页。

④ 《校注》，第1514页。

⑤ 《校注》，第1521页。

本处的两则注文特别精彩，先讲释惠洪诗句的意思，然后解释诗句中“遮掩、漏泄”等“禅门习见语”的内涵，又指出惠洪诗歌使用了“禅家违背常情识见之‘格外谈’”的写作手法，最后进一步引证禅籍作深入说明。这些诗句表面上读来明白如话，但其实蕴含着深厚的禅意，经周裕锴教授解读后，读者方才豁然开朗，此乃注家之高境，亦是原作者之功臣。

三、从宋人注宋诗看《石门文字禅校注》

中国学术史就是一部诠释学的历史，中国学术主要依赖对经典的阐释而得以演进，经史子集四部历代以来积累了海量的注本。不过，相较于经学阐释，中国的文学阐释起步较晚，独立的集部注本出现亦较迟，且受到经学阐释很大的影响。如果不把《诗经》看作文学总集，那么王逸的《楚辞章句》可能是最早的集部注释，且是中国文学“讽寓性阐释”传统的代表性作品。王逸《离骚经序》云：“《离骚》之文，依《诗》取兴，引类譬喻，故善鸟香草，以配忠贞；恶禽臭物，以比谗佞；灵修美人，以媲于君；宓妃佚女，以譬贤臣；虬龙鸾凤，以托君子；飘风云霓，以为小人。”[①]王逸以“香草美人”寄寓政治隐喻的阐释方式对中国文学阐释产生很大的影响，但也被后人视为有穿凿附会之虞。中国主流的文学阐释成立于李善《文选注》，李善注虽有“释事而忘意”之讥，但开创了中国古代注释重典故出处的学术传统。班固《两都赋》李善注：“诸引文证，皆举先以明后，以示作者必有所祖述也。”[②]李善注发明的“诸引文证”方法也开创了中国文学阐释的“知识主义”传统。虽然“讽寓性阐释”的传统在历代集部注本中都有或多或少的表现，但中国文学阐释的主流是李善《文选注》的传统。这种传统和宋代江西诗派提倡的“无一字无来处”的诗学主张一经结合，遂产生了中国文学阐释的重要结晶——宋人注宋诗。宋人施元之、顾禧、施宿注《东坡先生诗》，任渊注黄陈诗，胡穉注《简斋诗集》，李壁注《王荆文公诗》等皆具有重大的学术价值，今天读来亦觉得有较高的学术性。周裕锴教授长期钻研宋代文学，对宋人注宋诗亦有研究，他认为宋人诗集注本有三个突出的特点，即历史主义、理性主义和知识主义[③]，这保证了宋人注宋诗有较高的品质，《校注》即继承了宋人注宋诗的优良传统。

施顾注《东坡先生诗》是宋人注宋诗中的精品，在注释体例、注释方法以及注释水准上都取得了很大的成绩。在注释体例上，施顾注是编年注，书前配有施宿所著的《东坡先生年谱》，同时每首诗皆经过编年，确定了写作时间。这一方法在《校注》中也得到了体现，周老师之前已经出版了《宋僧惠洪行履著述编年总案》，相当于惠洪的年谱。《校注》也在考证的基础上，尽力为惠洪每一首作品系年。《校注》对一些诗系年的考证，宛若一篇考证札记。卷二《赠阎资钦》，《校注》系年：“建中靖国元年初冬作于南昌。”接着《校注》考证了阎资钦的生平，指出《全宋诗》小传称其“字资道”是错误的。又根据《宋史·职官志》，正七品的驾部员外郎当“服绿”，而诗中云“服青”，当为八、九品官员，从而推测此诗作于惠洪初识阎氏之

① 洪兴祖撰，白化文等点校：《楚辞补注》，中华书局1983年版，第2—3页。

② 萧统编，李善注：《文选》卷一，上海古籍出版社1986年版，第2页。

③ 周裕锴：《中国古代阐释学研究》第五章《两宋文人谈禅说诗》，上海人民出版社2003年版，第207页。

时[①]。此段考证丝丝入扣,又结合了宋代制度史进行文学考证,翔实可信。

施顾注在注释方法上继承的是李善《文选注》的方式,“援引必著书名,诠诂不乖本事,又于注题之下务阐诗旨,引事征诗,因诗存人,使读者得以考见当日之情事”[②]。《校注》注释方法亦是“援引必著书名”“引事征诗”,承施顾注之精髓。施顾注分为“题左注”和“句中注”,“题左注”对诗题中的人物、典故、背景进行详注,这部分注释往往援引了现在已经失传的宋代国史或其他宋代史料,篇幅也比较长,学术价值很高。“句中注”是对诗句中事典、语典的注释,一般是学习李善《文选注》的方式,揭示东坡诗句典故的出处。《校注》也用了类似施顾注的“题左注”和“句中注”的方式,在题注中对诗题中的人物、背景进行了详细考释。如卷二《蒲元亨画四时扇图》题注云:

> 蒲元亨:名不可考,生平未详。据诗中“对客忆蛾眉”句,可知其为蜀人。锴按:蜀中蒲氏家世善画,五代宋初有蒲思训,其子蒲延昌。……此诗称蒲元亨为“醉蒲”“笔端忘我”“解衣磅礴”,与蒲永升性格相近。元亨殆蜀中蒲氏之后裔欤?或竟为永升之子侄欤?待考。[③]

蒲元亨是一个历史中的小人物,相关史料记载很少,但《校注》结合相关史料,推测蒲元亨可能与蜀中蒲氏家族有关,虽然周老师谦虚说蒲元亨与蒲氏家族关系“待考”,但其推测是可信的。类似的考证还有很多,有的亦很长,但读来严谨坚实,可称笃论。

任渊所作的黄庭坚、陈师道诗集注亦是宋人注宋诗的名著,古人称其注“且为原本立意始末,以晓学者。非若世之笺训,但能标题出处而已也”[④];又称“大抵不独注事而兼注意,用功为深”[⑤]。任渊为蜀人,据任渊《黄陈诗集注序》:“始山谷来吾乡,徜徉于岩谷之间,余得以执经焉。”[⑥]可见,任渊曾从学于黄庭坚,对江西诗学可谓心领神会,在注释黄庭坚诗歌之时,对江西诗派主张的“点铁成金”“夺胎换骨”之说亦心有戚戚焉。王安石曾说:“世间好语言,已被老杜道尽;世间俗言语,已被乐天道尽。”[⑦]故面对唐诗“影响的焦虑”,宋人必须在语言上努力生新,其法之一就是对前代诗歌语言的利用或翻新[⑧]。赵夔《注东坡诗集序》概括苏轼的用典时说:

> 凡偶用古人两句,用古人一句,用古人六字、五字、四字、三字、二字,用古人上下句

---

① 《校注》,第259—260页。

② 张榕端:《新本施注苏诗序》,见祝尚书编《宋集序跋汇编》卷一三,中华书局2010年版,第605页。

③ 《校注》,第255页。

④ 许尹:《黄陈诗集注序》,黄庭坚撰,任渊等注,刘尚荣点校《黄庭坚诗集注》,中华书局2003年版,第2页。

⑤ 陈振孙撰,徐小蛮、顾美华点校:《直斋书录解题》卷二〇“《注黄山谷诗》二十卷《注后山诗》六卷”提要,上海古籍出版社1987年版,第593页。

⑥ 任渊:《黄陈诗集注序》,黄庭坚撰,任渊等注,刘尚荣点校《黄庭坚诗集注》,中华书局2003年版,第1页。

⑦ 胡仔撰,廖德明点校:《苕溪渔隐丛话》前集卷一四引《陈辅之诗话》,人民文学出版社1962年版,第90页。

⑧ 关于这一点,周裕锴《中国古代文学阐释学十讲》第八讲《典故密码的破解以及与作者对话》第一节《以故为新》有深入的解说,复旦大学出版社2020年版,第273—279页。

中各四字、三字、一字相对；止用古人意，不用字；所用古人字，不用古人意；能造古人意；能造古人不到妙处；引一时事；一句中用两故事；疑不用事而是用事；疑是用事而不用事；使道经僻事、释经僻事、小说僻事、碑刻中事；州县图经事；错使故事；使古人作用字，成一家句法；全类古人诗句，用事有所不尽；引用一时小话，不用故事，而句法高胜；句法明白，而用意深远；用字或有未稳；无一字无来历；点化古诗拙言，间用本朝名人诗句；用古人词中佳句，改古人句中借用故事；有偏受之故事；有参差之语言；诗中自有奇对；自撰古人名字；用古谣言；用经史注中隐事、闾俗语俚谚；诗意物理，此其大略也。①

这一段可谓宋人用事之法的集大成式的概括，黄庭坚用事之法也大致同此。任渊注也指出了黄庭坚是如何利用前人诗句的。如《山谷内集诗注》卷一《古诗二首上苏子瞻》其一"桃李终不言，朝露借恩光"，任渊注曰："《汉书·李广传》赞曰：'桃李不言，下自成蹊。'此借用，言江梅为桃李所忌。"②《校注》也在注释中多次指出惠洪对前人诗语的"借用"，体现出与任渊注类似的方式。如卷一《谒狄梁公庙》"古祠苍烟根"，《校注》："唐杜甫《送樊二十三侍御赴汉中判官》：'恸哭苍烟根，山门万重闭。'此借用其语。"此处借用杜诗三字。卷三《赠癞可》"我痴世不要"，《校注》："苏轼《曹既见和复次其韵》：'嗟我与曹君，衰老世不要。'此借用其语。"此是借用东坡之诗语。卷二《予与故人别因得寄诗三十韵走笔答之》"枯木钻膏竹沥汁"，《校注》："苏轼《岐亭五首》之五：'枯松强钻膏，槁竹欲沥汁。'本喻穷窘之态，此借用其语意而喻诗思枯竭。"此既借其语又借其意。卷二《赠阎资钦》"借无轩冕意，功名亦相寻"，《校注》："杜甫《独酌》：'本无轩冕意，不是傲当时。'此用其语，而异其意。"③用其语而异其意，即江西诗派所说的"点铁成金"。

"借用"是直接挪用前人语句，"化用"则指化用了前人诗意。卷二《予与故人别因得寄诗三十韵走笔答之》"诗源荒涸如废池"，《校注》："贾岛《戏赠友人》：'一日不作诗，心源如废井。'此化用其意。"惠洪化用贾岛诗意而稍变其语，将两句诗融为一句。亦有不用其语而用其意者，卷四《见蔡儒效》"犹疑是梦中，惊定无所睹"，《校注》："杜甫《羌村三首》之一：'妻孥怪我在，惊定还拭泪。夜阑更秉烛，相对如梦寐。'此点化其意。"这两首诗都是写别后重逢，反疑在梦中之态，这是古人常写的情境，著名的还有晏几道《鹧鸪天》中所言的"今宵剩把银釭照，犹恐相逢是梦中"。又有既借用其句又化用其意者。卷一〇《秋日还庐山故人书因以为寄》"何时却作庐山去，渡水穿云取次行"，《校注》："王安石《中书即事》：'何时白土冈头路，渡水穿云取次行。'此化用其意，兼借用其语。"④惠洪后一句诗竟然完全袭用王安石之诗，诗意亦袭自王诗。这种现象并非个案，惠洪诗中还有很多诗句是全然抄袭苏轼的诗句。据史料记载："韩子苍宰分宁，慧洪从高安来，馆之去岩寺，寺僧三百，各持一幅纸，求诗于洪，洪握笔立就。子苍见之不怿，曰：'诗当少加思，岂若是易易乎？'洪笑曰：'取快吾意而

---

① 祝尚书：《宋集序跋汇编》卷一三，第593页。标点有所不同。

② 《黄庭坚诗集注》，第48页。

③ 分别见《校注》，第4、529、251、261页。

④ 分别见《校注》，第251、689、1649页。

一○《冷然斋》"芦圌世界分",《校注》:"圌:底本作'图',乃涉形近而误。芦图,世无此物,而芦圌则为参禅之坐具,正为斋室中物。本集卷四《次韵天锡提举》:'南归亦何有,自负芦圌柄。'亦可证。"[①]此两处所言甚确,可作为理校法的范例。

《校注》在学术上另一贡献就是对廓门贯彻《注石门文字禅》的订误。《注石门文字禅》是前近代时期东亚学术史上唯一一部《石门文字禅》注本,廓门贯彻被称为"洞上硕宿"[②],学问赅博,其注能够"开露觉范之蕴奥于今日,扬般若波罗蜜之波澜,润色文字禅之枯槁"[③],取得了一定的成绩。廓门贯彻毕竟是异域人士,虽然有较高的汉学水平,但对中国古典的理解还有隔膜之处,其注出现讹误也在所难免。《校注》在吸收《注石门文字禅》成绩的基础上,对廓门贯彻注本疏误之处进行了订正。

卷一《送雷从龙见宣守》"江浦买舟春水生",廓门注:"《一统志·应天府》:江浦县,在府东八十五里。"《校注》:"江浦即江边,不能解作地名。应天府江浦县为明代所设,宋无此县,且其地属今江苏,在宣城下游。雷从龙自庐山往宣城,当于九江乘船,岂能于江浦县买舟,逆水行至宣城?廓门注失考。"又卷四《劝学次徐师川韵》"东瓯赘华夏",廓门注:"《一统志·温州府》:郡名东瓯,汉名。"《校注》:"下文欧阳生乃泉州晋江人,故此东瓯当指福建泉州,而非浙江温州。"[④]此乃不明地理致误。

卷一《送雷从龙见宣守》"府中若见空青老",廓门注:"空青不知何人,愚以为不要必解。杜诗:'石壁断空青。'"《校注》指出,"空青"乃曾纡之号。卷三《崇因会王敦素》"文公诸郎能世家",廓门注:"文公者,谓王文康公,与敦素以同姓,故言。"《校注》指出"文公,即王安石",又云:"王文康公,乃仁宗时大臣王曙,累官枢密使,拜同中书门下平章事。《宋史》有传。敦素非其诸孙,廓门注殊误。"[⑤]此乃不明人物致误。

卷二《予与故人别因得寄诗三十韵走笔答之》"箧有缇衣余十袭",廓门注:"《周礼》注:'缇衣,古兵服之遗。袭,包也。'"《校注》指出,廓门注不确,又谓此句意为:"箧中尚余有黄赤之缯数重可包裹宝物,犹言郑重珍藏。"卷四《劝学次徐师川韵》"治朝开三舍",廓门注:"宋景公荧惑守心云云。'有至德之言三,荧惑退三舍。'《左传·僖公二十八年》:'退三舍辟之,所以报也。'注:'一舍,三十里。'"《校注》:"其说殊误,盖彼星宿之三舍、道里之三舍,非此取士之三舍。"[⑥]此乃对诗意理解不确致误。

廓门注虽然是《石门文字禅》最早的注释,但从现代古籍整理的规范来看,尚有缺陷,如注诗中地理时,主要引用《大明一统志》,而没有利用宋代编纂的方志;廓门虽是曹洞宗僧人,对佛学亦有研究,但其注释对《石门文字禅》中的佛典并没有精详的解释。这些地方,《校注》较《注石门文字禅》有很大的提升,体现了现代古籍整理的最高水准。

---

① 分别见《校注》,第278、1605页。

② 無著道忠《注石门文字禅序》,载释惠洪著,释廓门贯彻注,张伯伟、郭醒、童岭、卞东波点校《注石门文字禅》卷首,第7页。

③ 卍山道白《注石门文字禅序》,载《注石门文字禅》卷首,第5页。

④ 分别见《校注》,第190、724页。

⑤ 分别见《校注》,第190、537页。

⑥ 分别见《校注》,第252、728页。

已。'"[①]可见,惠洪作诗求快而欠打磨,短时间内要写这么多诗,袭用他人之句或之意也是可以想见的。惠洪也有用其意而不用其字之处,即《冷斋话话》中所说的"夺胎换骨",如卷四《见蔡儒效》"初如涉微波,沙石俯可数",《校注》:"欧阳修《水谷夜行赠圣俞子美》:'梅翁事清切,石齿漱寒濑。'苏轼《读孟郊诗二首》之一:'水清石凿凿,湍激不受篙。'此乃用其意而换言之。"[②]"夺胎换骨"最早记载于《冷斋夜话》,可见惠洪对此理论早已心领神会。

翻案法是宋诗创作的特色,苏黄等人也屡屡为之。任渊注也经常指出山谷诗对前人诗句"反其意而用之",《山谷内集诗注》卷九《乞姚花二首》其一"正是风光懒困时,姚黄开晚落应迟",任渊注:"老杜诗:'春光懒困倚微风。'东坡《梅》诗曰:'也知早落坐先开。'此句反其意用之。"[③]惠洪之诗虽有蹈袭前人之处,但宋人最忌食人余唾,追求自成一家,《诗话总龟》前集卷九:"宋景文云:'诗人必自成一家,然后传不朽。若体规画圆,准方作矩,终为人之臣仆。'故山谷诗云:'文章最忌随人后。'又云:'自成一家始逼真。'诚不易之论。"[④]所以在诗歌中使用翻案法成为宋诗中习见的现象,惠洪亦是如此。卷一《谒狄梁公庙》"整帆更迟留,风正不忍挂",《校注》:"唐王湾《次北固山下》:'潮平两岸阔,风正一帆悬。'此反其意而用之。"卷二《读庆长诗轴》"人间何从有此客",《校注》:"苏轼《昨见韩丞相言王定国今日玉堂独坐有怀其人》:'人间有此客,折简呼不难。'此反其意而用之。"[⑤]通过《校注》的揭示,读者也看到了惠洪在创作上努力走出前人影响的一面。

从上可见,《校注》吸收了宋人注宋诗的优长之处,并能在此基础上加以拓展提升,取得较大的成绩。

四、《石门文字禅校注》的缺憾

《校注》在宋诗整理与注释上取得了令人瞩目的成就,笔者在拜读的过程中,深为周裕锴教授的学识所折服,但愚者千虑,亦有一得。笔者在学习之余,亦发现此书有一些地方似可以进一步改进。

(一)标点、文字之讹

《校注》在文献整理上精审准确,但在标点和文字上仍有若干讹误。如《前言》"元禄二年(1689)京都堀川小林半兵卫刻筠溪集单卷一册,见于积翠文库"[⑥],"积翠文库"是地名,非书名,专名线当作直线。卷二《次后韵》"少陵功名念"[⑦],"少陵"少专名线。附录一《惠洪传》:"桓玄弄兵权,刘裕窃神器。"[⑧]桓玄与刘裕相对,同为人名,不当分开,故专名线应连起来。卷三《崇因会王敦素》,注[一]:"旧图经云……吴大和二年改崇果院……元释大昕《蒲

① 《永乐大典》卷八七八三《瑞阳志》载《宝觉圆明大师德洪传》,《校注》附录一,第4565页。

② 《校注》,第689—690页。

③ 《黄庭坚诗集注》,第330页。

④ 阮阅编,周本淳校点《诗话总龟》,人民文学出版社1987年版,第103页。

⑤ 分别见《校注》,第5、307页。

⑥ 《校注》前言,第15页。

⑦ 《校注》,第269页。

⑧ 《永乐大典》卷八七八三《九江府志》,《校注》附录一,第4566页。

室集》卷一〇……伪吴太和改崇果……"[①]。上文,"图经"可加书名号。"释大昕"当作"释大䜣"。附录一《寂音尊者塔铭》:"及靖康初,大除党禁,谈者谓师前日违众趋义,娄濒于死。"[②]"娄"当作"屡"。古人刻书时,"屡"常省刻作"娄",此处可根据上下文迳改。

(二)注释中使用的版本有待优化

本书援引宏富,但注文引用宋代文献注释惠洪作品时所用版本不佳,似乎与本书在文献上的严谨不相匹配。

如本书多次引用宋陈舜俞所撰的《庐山记》一书,但使用的是《四库全书》本。《庐山记》宋刻原本为五卷,现藏于日本国立公文书馆;而中国流传的《四库全书》本、《守山阁丛书》本《庐山记》仅为三卷,乃五卷本之前两卷,宋本卷三所载《山行易览》《十八贤传》,卷四所载《古今留题》,卷五所载《古碑目》《古人题名》皆未收,从版本上来看,并非佳本,应该使用宋本《庐山记》,此本日本内阁文库在 1957 年已经出版了影印本。《校注》卷二《次韵性之送其伯氏西上》"锦绣谁同赏云谷",注引《庐山记》卷二《叙北山》:"由天池直下山十五里,同名锦绣谷。《旧录》云:谷中奇花异卉,不可殚述……"[③]宋本《庐山记》在卷一[④]。卷三《福唐秀上人相见圆通》"北山攫饭借榻眠"注引《庐山记》卷三《叙山南》、卷二《叙山北》,前者见宋本卷二,后者见宋本卷一。同诗"深谷忽惊如锦绣"注引《庐山记》卷二《叙山北》,见宋本《庐山记》卷一[⑤]。卷一一《李德茂家有磈石如匡山双剑峰求诗》"双剑峰"注引《庐山记》卷三《叙山南》,见宋本卷二。

《校注》引用的苏轼诗歌主要使用的是"东坡诗集注",即旧题王十朋所作的《分类集注东坡先生诗》,此书今有宋本、元本,为 25 卷,分为 78 类,被称为"旧王本";亦有明万历间茅维刊、崇祯间王永积翻刻、清康熙间朱从延重刊《东坡诗集注》本,此本 32 卷,增收了见于东坡七集而不见于"旧王本"的诗(包括《和陶诗》),分为 30 类(朱刻本又并酬和、酬答为 1 类,则为 29 类),是为"新王本"[⑥]。"新王本"因为收入《四库全书》,比较好用,但与"旧王本"内容相差较大,在使用时应该利用《中华再造善本》中所收的宋本,或《四部丛刊初编》中所收的元本,而最好不要用《四库全书》本《东坡诗集注》,此本颇有讹误。如卷二《次韵余庆长春梦》"软风细涨玉横斜",注引"《东坡诗集注》卷二〇《次韵王仲至喜雪御筵》:'故残鳷鹊玉横斜。'注:'玉横斜,雪残之貌也。'"[⑦]按:东坡诗见宋本、元本《分类集注东坡先生诗》卷二二,"注"乃赵次公注,"新王本"误作"次名",宋元本皆作"次公",此处当承全书之例,补出注者之名。

注文所用东坡诗集,除了版本不太好的《东坡诗集注》外,还引用了版本更不好的清人

① 《校注》,第 535 页。

② 《校注》,第 4564 页。

③ 《校注》,第 303 页。

④ 此注又见卷一一《寄权巽中》,重出,当如本书体例,承前省。

⑤ 《校注》,第 531 页。此段内容已见卷二《次韵性之送其伯氏西上》诗注,本处所引"旧录"未加书名号,然卷二引此段则有书名号,前后当统一。

⑥ 参见刘尚荣《〈百家注分类东坡诗集〉考》,载刘尚荣《苏轼著作版本论丛》,巴蜀书社 1988 年版,第 54—56 页。

⑦ 《校注》,第 305 页。

所编的《施注苏诗》。施元之、顾禧、施宿合作完成的《注东坡先生诗》今有嘉定、景定两种宋刊本传世，已收入《中华再造善本》等书。康熙年间，宋荦得到宋刊施顾《注东坡先生诗》后，憾其不全，就请邵长蘅、李必恒相继为之补注，又辑得施顾未收的东坡佚诗四百余首，属冯景注之，编成一部新的《施注苏诗》。但邵长蘅等人接手后，对施顾原注无端删减，"大都掇拾王氏旧说，失施氏面目"[①]；"又旧本黴黯，字迹多难辨识。邵长蘅等惮于寻绎，往往臆改其文，或竟删除以灭迹，并存者亦失其真"[②]。邵长蘅等人所作的《施注苏诗》不但没有恢复施顾注的原貌，还增加了新的问题，包括肆意改动施顾注原文，可谓古籍整理的反面教材。遗憾的是，《校注》在引用施顾《注东坡先生诗》时，没有使用宋本，而是使用了清代的假古董《施注苏诗》，造成了一些文献上的缺憾。卷五《次韵苏东坡》"褊心隘世议"，《校注》引《施注苏诗》卷四《游径山》："公《乌台诗话》：熙宁六年游径山留题云：'近来愈觉世议隘，每到胜处差安便。'以讥讽朝廷进用之人多是刻薄褊隘，不少容人过失。"[③]核之宋本施顾注，发现《施注苏诗》有脱字，"熙宁六年"后脱"内"字，"世议隘"后脱"之人"两字。卷一一《李德茂家有魄石如匡山双剑峰求诗》"戏浇砚滴瀑潺颜"，《校注》引《施注苏诗》："《西京杂记》：汉广川王去疾，好发冢。晋灵公冢得玉蟾蜍一枚，大如拳，腹空，容五合水，王取以盛砚滴。"[④]然"砚滴"，宋本施顾注《东坡先生诗》卷二七作"书滴"。

（三）其他注释可以补正之处

有些注释不甚准确。如卷一〇《冷然斋》"玉麈天花委落英"，《校注》："'玉麈'：拂尘之美称。"[⑤]按：麈，即麈尾，并非"拂尘之美称"，原为魏晋名士清谈之道具。《世说新语・言语》："庾法畅造庾太尉，握麈尾至佳，公曰：'此至佳，那得在？'法畅曰：'廉者不求，贪者不与，故得在耳。'"余嘉锡《笺疏》云："嘉锡案：今人某氏（忘其名氏[⑥]）《日本正仓院考古记》曰：'麈尾有四柄，此即魏、晋人清谈所挥之麈。其形如羽扇，柄之左右傅以麈尾之毫，绝不似今之马尾拂尘。此种麈尾恒于魏、齐维摩说法造像中见之。最初者，当始于云冈石窟魏献文帝时代造营之第五洞，洞内后室中央大塔二层四面中央之维摩。厥后龙门滨阳洞中，洞正面上部右面之维摩。天龙山第三洞，东壁南端之维摩。又瑞典西伦氏《中国雕刻集》中所载，北魏正始元年、孝昌三年，北齐天保八年诸石刻中维摩所持之麈尾，几无不与正仓院所陈者同形。不过依时代关系，形式略有变化。然皆作扇形也。陈品中有柿柄麈尾。柄，柿木质。牙装剥落，尾毫尚存少许。今陈黑漆函中，可想见其原形。'"[⑦]按《艺文类聚》卷六九引徐陵《麈尾铭》曰："爰有妙物，穷兹巧制。员上天形，平下地势。"[⑧]从"员（即圆）上天天形，平下地势"可见麈尾形制如羽扇，非如拂尘明矣。

---

① 查慎行：《补注东坡先生编年诗例略》，见查慎行补注，王友胜校点《苏诗补注》卷首，凤凰出版社2013年版。

② 纪昀等纂：《四库全书总目》卷一五四"查慎行《补注苏诗》提要"，中华书局1965年版，第1327页。

③ 《校注》，第774页。

④ 《校注》，第1723页。

⑤ 《校注》，第1605页。

⑥ 引者按：应为傅芸子。

⑦ 刘义庆著，刘孝标注，余嘉锡笺疏，周祖谟等整理：《世说新语笺疏》（修订本），上海古籍出版社1993年版，第111—112页。

⑧ 《艺文类聚》，第1216页。

有些注释前后重复或矛盾，有待完善。《校注》之注释多用“互见法”，即前文已注之处，后文往往作“参见本集卷几”，这也是古人注书常用之法。但《校注》在实践此条时，时有重复，即某事前文已注，后文又注，如卷四《劝学次徐师川韵》注[一]注“徐师川”生平出处，重出，已见卷三《洪玉父赴官颍川会余金陵》注[五][①]。卷一〇《冷然斋》“蝶成魂梦篆烟轻”，注引《庄子・齐物论》，此注重出见卷一《香城怀吴氏伯仲》“春生梦蝶室”之注[②]。又《校注》在指出惠洪“化用”他人诗句时，有时又与“借用”混淆，似应严格区分。卷二《予与故人别因得寄诗三十韵走笔答之》“形骸念念非昔人”，《校注》：“苏轼《再过常山和昔年留别诗》：‘那知梦幻躯，念念非昔人。’此化用其语意。”[③]但是按《校注》的体例，此处惠洪之诗不是“化用”苏轼其语，而是“借用”其语，应该循卷一〇《秋日还庐山故人书因以为寄》之例，指出惠洪对苏轼之诗是“化用其意，兼借用其语”[④]。

有些注释的出处可以更精确一点。如卷二《送瑜上人归筠乞食》“蜂房蚁穴天魔宫”，《校注》：“《诗人玉屑》卷一八引黄庭坚《题落星寺》：‘峰房各自开牖户，蚁穴或梦封侯王。’”[⑤]按：本处引黄庭坚诗用《诗人玉屑》而未用其本集，盖《山谷外集诗注》卷八《题落星寺》作“蜜房各自开牖户”。山谷喜用“蜜房”两字，又见《山谷外集诗注》卷七《次韵答叔原会寂照房呈稚川》：“客愁非一种，历乱如蜜房。”此处注文应说明《山谷外集诗注》原作“蜜房”，而非“蜂房”，惠洪当有所据。又《诗人玉屑》引作“蜂房”者亦非最早，最早见于《苕溪渔隐丛话》前集卷四七所引《王直方诗话》，《校注》文献出处应改用《苕溪渔隐丛话》，盖惠洪两宋之际之人，无缘得见南宋晚期所编《诗人玉屑》，而可见北宋已成书之《王直方诗话》。

《校注》附录了惠洪的传记资料和惠洪著述序跋，便于读者了解惠洪及其《石门文字禅》。不过，吹毛求疵地说，如果能够将文献搜罗的范围扩大到整个东亚汉文化圈，则可以看出《石门文字禅》的世界意义。笔者在阅读日本汉籍时就读到不少有关《石门文字禅》的评论资料，如南源性派《读石门文字禅(师自号甘露灭)》云：“石门开八字，俨尔对师颜。法眼昭今古，声光著宇寰。肝肠清似玉，道骨峻如山。甘露何曾灭，恒留济世间。”[⑥]此诗对惠洪评价颇高。《石门文字禅》在日本不但有和刻本，而且出现了东亚最早的注本即廓门贯彻的《注石门文字禅》，惠洪的其他著作在日本也多被翻刻，可见日本对惠洪及其《石门文字禅》的重视。如果将东亚汉籍中的相关资料纳入进来，则是锦上添花。

五、结语

著书难，注书则难上加难。陈琏《注唐诗三体序》云：“选诗固难，注诗尤难，非学识大过

① 《校注》，第722、573页。

② 《校注》，第1605、150页。

③ 《校注》，第250页。

④ 《校注》，第1649页。

⑤ 《校注》，第228页。

⑥ 南源性派：《南源禅师藏林集》卷二，见王焱编《日本汉文学百家集》(第88册)，北京燕山出版社2019年版，第86页。

于人,焉能及此哉!”[①]杭世骏《李太白集辑注序》亦云:“作者不易,笺疏家尤难,何也?作者以才为主,而辅之以学,兴到笔随,第抽其平日之腹笥,而纵横曼衍以极其所至,不必沾沾獭祭也。为之笺与疏者,必语语核其指归而意象乃明,必字字还其根据而证佐乃确,才不必言。夫必有什倍于作者之卷轴,而后可以从事焉,空陋者固不足以与乎,此粗疏者尤未可以轻试也。”[②]两人表达的意思相同,即注诗者必须学识过人方可注书,甚至学识水平还要过于原作者,否则所注之书当流于空陋、粗疏。正如陈永正先生所言:“注释,属于学术基础建设工作,实际上是一种跨学科的结合性研究,它涉及多方面的知识学问。”[③]《石门文字禅》虽然仅是宋代衲子惠洪所作的诗文,但牵涉到宋代诗学、禅学、宋史、佛教史等多学科的知识,在校注过程中,又要运用版本、目录、校勘、辑佚等文献学知识。周裕锴教授精研《石门文字禅》几二十年,又长于禅学和宋代文学研究,著有相关专书、论文多种,前期又对惠洪的生平和诗学做过详细研究,同时又是《苏轼全集校注》主要作者之一,古籍校注经验丰富,对中国文学阐释学亦有精深的研究,可见《校注》是在长期前行研究基础上积累而成的,体现了“适千里者,三月聚粮”(《庄子·逍遥游》)、精益求精的学术精神,其取得的学术成绩亦有目共睹。总之,《石门文字禅校注》是近年来宋代文集整理的佳构,亦是中国古代诗僧研究的杰作,必将在学术史上留下深远的烙印。

① 陈琏:《琴轩集》卷六,《丛书集成续编》(第139册),新文丰出版公司1988年版,第183页。

② 杭世骏:《道古堂文集》卷八《李太白集辑注序》,见《续修四库全书》编纂委员会编《续修四库全书》(第1426册),上海古籍出版社2002年版,第278页。

③ 《诗注要义·知难章第一》,第6页。

出版说明

1992年，原南京大学中文系（现南京大学文学院）开始编辑出版学术论文集《文学研究》，由南京大学出版社出版。1997年，中文系与中国社会科学院文学研究所《文学评论》编辑部合作，以《文学评论丛刊》的名义编辑出版，共出版15卷。因合作期满，2014年，南京大学文学院决定重新编辑出版《文学研究》，内容包含文艺学研究、中国古代文学研究、中国现当代文学研究、比较文学研究等领域的学术成果。

《文学研究》依托南京大学中国语言文学学科，坚持严格的学术研究规范和优良的学术传统，努力编辑高水平学术论文，追求学术深度与广度，推进文学理论、中国文学与比较文学的研究，依循严格的送审与推荐程序，认真持久地办好论文集。

欢迎学界同仁提供高质量的学术成果，对《文学研究》的编辑工作给予批评和帮助。

图书在版编目(CIP)数据

文学研究 / 董晓，傅元峰主编. —南京：南京大学出版社，2022.10

ISBN 978 - 7 - 305 - 26190 - 9

Ⅰ. ①文… Ⅱ. ①董… ②傅… Ⅲ. ①中国文学—文学研究 Ⅳ. ①I206

中国版本图书馆 CIP 数据核字(2022)第 183787 号

出版发行 南京大学出版社
社　　址 南京市汉口路 22 号　　邮　编 210093
出 版 人 金鑫荣

书　　名 文学研究
主　　编 董　晓　傅元峰
责任编辑 荣卫红　　编辑热线 025 - 83685720

照　　排 南京紫藤制版印务中心
印　　刷 徐州绪权印刷有限公司
开　　本 787×1092 1/16 印张 12.75 字数 310 千
版　　次 2022 年 10 月第 1 版 2022 年 10 月第 1 次印刷
ISBN 978 - 7 - 305 - 26190 - 9
定　　价 48.00 元

网　　址：http://www.njupco.com
官方微博：http://weibo.com/njupco
官方微信：njupress
销售咨询热线：(025)83594756